Thomas Meßenzehl

Hexenfeuer

Historischer Roman
aus Aschaffenburg und Kahlgrund

VerlagRegioKom

Bitte besuchen Sie uns im Internet:
www.verlagregiokom.de

Vollständige Taschenbuchausgabe, 5. Auflage 2009
Verlag RegioKom GbR, Aschaffenburg

Umschlaggestaltung: Petra Wegmann
Umschlagabbildungen:
Basteiturm in der Aschaffenburger Stadtmauer, Foto: Thomas Meßenzehl;
»Hexenverbrennung im 16. Jahrhundert«, Gemälde,
unbekannter Künstler, um 1860: AKG-Images, Berlin;
Karte des Vizedomamtes Aschaffenburg, aquarellierte Federzeichnung, um 1575, Stadt- und Stiftsarchiv Aschaffenburg, Original im Staatsarchiv Würzburg;
Scharfrichterschwert, Stiftsmuseum Aschaffenburg, Foto: Thomas Meßenzehl.
Satz: Verlag RegioKom GbR
Druck und Verarbeitung: Druckerei C.H.Beck, Nördlingen
Printed in Germany
ISBN 978-3-9810660-0-5

Vielen Dank an alle, die zur Entstehung
dieses Buches beigetragen haben.

Ein spezieller Dank gilt den Mitarbeitern
des Stadt- und Stiftsarchivs Aschaffenburg,
insbesondere Matthias Klotz, Carsten Pollnick
und Marita Mischon, die mich bei der
ausführlichen Recherche tatkräftig unterstützt haben.

Dieses Buch ist allen Menschen gewidmet,
die jemals unter unbegreiflicher Gewalt von
Dogmatismus, Frömmigkeit und Selbstgerechtigkeit
zu leiden hatten.

Außer den Personen der Zeitgeschichte
sind alle Namen frei erfunden.

Vorwort

»Bekenne Dich schuldig, entrinnen wirst Du nicht!« – das Urteil in einem Hexenprozess stand in vielen Fällen schon vor dem Ausgang fest. Unschuldige Opfer fanden dadurch nach oft qualvollen Folterritualen den Tod auf dem Scheiterhaufen.

Der Hexenwahn, ein sozial-psychisches Phänomen des Spätmittelalters und der Neuzeit, wütete in Europa vom 14. bis zum 17. Jahrhundert. Angefeuert durch die Veröffentlichung der »Hexenbulle« von Papst Innozenz VIII. im Jahr 1484 und dem 1487 in Straßburg erschienenen »maleus maleficarum«, dem sogenannten »Hexenhammer«, hatten die Richter und die Bevölkerung sogar die Kirche als Rückhalt für gnadenlose Verbrechen an unschuldigen Frauen.

Der vorliegende historische Roman »Hexenfeuer« von Thomas Meßenzehl spielt um 1580 und spiegelt eindrucksvoll die Umstände der damaligen Zeit. Dass dabei bekannte Ortschaften wie Aschaffenburg, Hörstein oder Johannesberg eine wichtige Rolle spielen, ist kein Zufall: Meßenzehl bezieht sein Hintergrundwissen aus heimatgeschichtlichen Veröffentlichungen, die man vor allem im Stadt- und Stiftsarchiv Aschaffenburg findet. Ausgestattet mit Detailkenntnissen wie z.B. über die Straßen Aschaffenburgs, glaubt der Leser fast, selbst ein Teil zu sein vom Aschaffenburg in der zweiten Hälfte des 16. Jahrhunderts.

Tauchen Sie mit Rosina, Meister Quirin und Michel ein in die frühe Neuzeit und lassen Sie sich fesseln von den ergreifenden Schicksalen.

Matthias Klotz
Stadt- und Stiftsarchiv Aschaffenburg

Historischer Hintergrund

Bereits zur Zeit der Antike wurden erstmals Menschen, denen man die Kunst von Zauberei und Hexerei nachsagte, auf die Scheiterhaufen geführt. Auch die Bibel trug ihr Scherflein dazu bei, damit der Aberglaube an Zauberei aus dem Orient seinen Weg ins christliche Abendland fand. Das Zitat: »Eine Zauberin sollst du nicht leben lassen« (2. Mose 22,17 Exodus 22,18) machte sich das Papsttum dabei zum Leitspruch. Zudem übernahm die von Intoleranz vollgesogene Kirche die Verfolgung Andersdenkender - den Häretikern (Ketzern) - ebenso wie den Teufels- und Hexenwahn aus dem Heidentum.

Die vormals selbst verfolgte Kirche tat alles, um ihre Glaubenslehre durchzusetzen. So fiel im Jahre 390 n.Chr. die berühmte Serapeion-Bibliothek in Alexandrien einem von fanatischen Christen gelegten Brand zum Opfer. Über 200.000 Schriftrollen von unersetzlichem Wert verbrannten.

Die 1232 zur Erhaltung des rechten Glaubens von Papst Gregor IX. ins Leben gerufene Inquisition (»Heiliges Offizium«) war es schließlich, die sich von Südfrankreich ausgehend wie ein riesiger Flächenbrand über weite Teile Europas ausbreitete. Dabei fand die Inquisition genau genommen bereits beim gnadenlosen Kampf der Kirche gegen die Katharer 1227 erstmals ihre »erfolgreiche« Anwendung. Mit der Veröffentlichung des heillosen Machwerkes der »Hexenbulle« im Jahre 1484 rief der Verfolger der Hussiten und Waldenser, Papst Innozenz VII., Vater von 16 Kindern, die Regierungen in Deutschland dann zur Verfolgung und Ausrottung der in den Augen der Kirche gefährlichen Hexensekten auf.

Dass es auch wirklich so weit kam, dafür trugen die beiden sadistisch veranlagten Dominikanermönche Jakob Sprenger und Heinrich Kramer (lat. Institoris) mit die Hauptschuld. Kramer wurde auch durch Urkundenfälschung und Unterschlagung von Ablassgeldern bekannt. Von schier unstillbarem Eifer erfüllt, verfassten die zwei in Deutschland übereifrig tätigen Inquisitoren 1487 den berüchtigten »Hexenhammer«. In diesem wahrhaft wiederwärtigsten Schreckensbuch der Menschheitsgeschichte erteilten die beiden wahngeleiteten Autoren den geistlichen und weltlichen Richtern bis ins Detail gehende Ratschläge, wie Hexen und Hexenmeister aufgespürt und in grausamer Art und Weise »vernichtet« werden konnten.

Der Hexenhammer (»Bibel des Hexenwahns« und »Ketzergeisel -

Gesetzbuch für die Gerichtspraxis wie Folter und Hexenprobe«) ließ nun endgültig die letzten Dämme menschlicher Vernunft und Mitgefühle brechen. Mit blindwütigem Terror suchte der verhängnisvolle Hexenwahn Europa auf das furchtbarste heim. Der wohl größte Sündenfall der Kirche nahm seinen Lauf. Sowohl in den katholischen als auch in den protestantischen Ländern wurden die Hexenjäger aktiv, wobei die ersteren in ihrem Glaubenseifer mit Abstand am schlimmsten bei der Sache waren.

Ein endloser Totentanz durcheilte die Gesellschaftsschichten. Vom Säugling bis hin zum Greis, Alters- wie Geistesschwache, ob Arm oder Reich - schlichtweg jedermann war in Gefahr. Auch Pfarrer, Domherren, Vikare und Ordensgeistliche wurden verhaftet und verbrannt. Selbst Päpste wie Sylvester II. waren nicht gegen den Kampf gegen die Zauberei gefeiht. Mancherorts bestiegen jedoch auch einige der geldsüchtigen Hexenrichter selbst die lodernden Holzstöße, am Ende als Zauberer überführt und unter grausamer Folter geständig gemacht. Eben diese Folter war das eigentliche Symbol der vom Papsttum ins Leben gerufenen Hexenprozesse. Ohne diese die wahnwitzigsten Geständnisse erpressende Folter wäre dem »Pesthauch des Teufelswahns« schon bald der verderbende Atem ausgegangen.

So aber raste über fünf Jahrhunderte im Namen Gottes der Wahn eines irrenden Glaubens durch das völlig verängstigte Volk, unterstützt von den »Gebildeten« ihrer Zeit, die ihre »gelehrten Werke« unter die Menschen brachten. Dem von der Kirche und der weltlichen Obrigkeit absichtlich auf einem niedrigen geistigen Niveau gehaltenen und durch Steuern und sonstige Abgaben finanziell ausgebluteten Untertanen blieb nichts anderes übrig, als sich dem durch Unterdrückung aufgebauten kirchlichen Glaubenssatz - dem Dogma - zu unterwerfen.

Neid, Hass, Rachsucht der Ankläger und des Mobs, Intoleranz, Habsucht, geistige Finsternis des Klerus und der Richter, Hexenjäger und Henker bildeten den Nährboden, seinen Nächsten auf die Folterbank und den Scheiterhaufen zu bringen. Dies alles geschah letztlich auf Antrag und Befehl der Kirche, die die Häretiker zur Bestrafung jedoch den weltlichen Behörden übergab - so dass den verantwortlichen Kirchenmännern zumindest in der Öffentlichkeit kein Blut an den Händen kleben blieb.

Durch die »gezielte Untersuchung« (Inquisitio) ließ die Kirche nichts unversucht, den zu ihren Hauptfeinden erklärten Andersgläubigen unbarmherzig nachzustellen und sie auszumerzen. Der stets im Dienste der »ewigen Wahrheit« handelnden hohen Gerichtsbarkeit gierte es unter Anwendung rohester Gewalt auch nach den Besitztümern Wohlhabender unter den Hingerichteten. Selbst das wenige Hab und Gut kleinerer Leute wurde von den Schatzmeistern des Klerus wohlwollend beschlagnahmt. So soll unter anderem auch der Bau des Renaissance-Schlosses Johannisburg in Aschaffenburg zum Teil von eingezogenen Hexengeldern finanziert worden sein.*

Letzten Endes uferte die Hexenrichterei zu einem wahren Gewerbe aus, von dem es sich recht gut leben ließ. Die oftmals leeren Kassen mussten gefüllt werden. Die Hexenprozesse seien nichts anderes als eine neu erfundene Form von Alchemie (Goldmachekunst), um aus Menschenblut Gold und Silber zu machen, bemerkte ein zeitgenössischer Gegner der Hexenprozesse im 16. Jahrhundert treffend. Allein die Mainzer Domkapitularkammer »gewann« durch die Hinrichtung von 300 Menschen 1.000 Morgen wertvolles Land. Die Folge war, dass nicht nur viele Felder, Äcker und Weinberge, sondern auch ganze Dörfer, Märkte und Städte wegen der grausamen Hexenverfolgungen verödeten. Aber weder Kirche noch weltliche Landesherren zeigten sich anfänglich davon beeindruckt – Hauptsache, ihre Schatullen blieben gut gefüllt.

Neuesten Schätzungen zufolge sollen in Deutschland weit über 100.000 angebliche Ketzer, Zauberer und Hexen auf den Scheiterhaufen ein furchtbares Ende gefunden haben. Allein im Kurfürstentum Mainz dürfte die Zahl der Opfer im 17. Jahrhundert weit über 2.000 gelegen haben. Doch es ist zu bedenken, dass zahllose Akten aus diesen Hexenprozessen mit der Zeit verschwanden. Diese sind von den Tätern entweder absichtlich beseitigt worden, in Kriegswirren verbrannt oder anderweitig abhanden gekommen.

Die Wahrheit über die tatsächlichen Opferzahlen werden wir nie erfahren. Schon allein die Anzahl der in den finsteren Kerkerlöchern elendig zugrunde gegangenen Gefangenen oder den zu Tode gefolterten Angeklagten bleibt für immer im Nebel der Geschichte verborgen. Genauso wie Zahl der Vergewaltigten und der durch Folter von ihren gnadenlosen Richtern zeitlebens zu seelischen und körperlichen Krüppeln geschundenen Menschen. Hinzu kommt eine große Anzahl Unbekannter, die aus Furcht vor ihren erbarmungslosen Häschern (den »Hexenriechern«) ihre Heimat für immer verlassen mussten.

---

* Der Bau des neuen Schlosses 1605 bis 1614 unter Baumeister Ridinger aus Straßburg verschlang nicht weniger als 1.032.142 Gulden, heutiger Wert etwa 4,5 Mio. Euro, eine für die damalige Zeit ungeheure Summe.

Am schlimmsten wüteten hierzulande die fürstbischöflichen Landesherren von Bamberg, Köln und Würzburg in der Zeit zwischen 1590 und 1639 – dem traurigen Höhepunkt des Hexenmordens, in dem sogar Tiere grausamste Folter, Verurteilung und Tod über sich ergehen lassen mussten.* In den Dörfern, die das Holz und Reisig für die Scheiterhaufen lieferten, soll zeitweise das Brennholz ausgegangen sein, wie eine alte Chronik berichtet. Ein Gelehrter seiner Zeit bezeichnet dieses dunkle Kapitel deutscher Geschichte wohl zu Recht als die »Hölle von Rhein, Main und Mosel«.

Die Zeiten der Hexenverbrennung sind zwar vorbei – doch der von der mittelalterlichen Kirche in Gang gesetzte Teufels- und Hexenglauben ist gerade in der ländlichen Gegend bis zum heutigen Tage lebendig geblieben.

* 1474 wurde in Basel eine hahnenfedrige Auerhenne vom Henker geköpft, weil diese als vermeintlicher Hahn, der vom Teufel besessen sei, ein »langes Ei« legte. Derlei groteske Fälle sollten leider hundertfache Nachahmung erfahren.

Prolog

Mitte der zwanziger Jahre des vergangenen Jahrhunderts machte man in Aschaffenburg einen aufsehenerregenden Fund. Bei Bauarbeiten kamen zwei Skelette zum Vorschein. Untersuchungen ergaben, dass es sich hierbei um die sterblichen Überreste von Männern handelte, die gegen Ende des 16. Jahrhunderts gelebt hatten.
An und für sich nichts außergewöhnliches, schließlich finden sich noch heute Zeugnisse und Spuren aus unserer Vergangenheit, die bis weit in die graue Vorzeit zurückreichen. Wäre da nicht das verrostete Schwert, das bei einem der beiden Toten lag. Auch der Platz, auf dem der merkwürdige Fund passierte, war ein ganz besonderer. Lange Zeit bevor der »Galgenbuckel« den Ratsherren und dem Blutgericht der Stadt Aschaffenburg als Richtstätte diente, wurden die Urteile an der Galgenmühle vor dem Dingstall (Karlstor) vollstreckt.
Unter den Experten und Wissenschaftlern der Geschichts- und Heimatkunde warf dieser sensationelle Fund große Rätsel auf. Denn niemals zuvor stieß man in Europa auf dem Boden eines alten Hinrichtungsplatzes auf ein Skelett, dessen Fingerknochen ein Schwert umklammert hielten.
Bis auf eine kleine eingedrückte Stelle an der Hinterseite des Schädelknochens wies das Skelett des Unbekannten keinerlei Verletzungen auf. Nach erfolgreicher Restaurierung gab das Schwert sein Geheimnis preis. Auf der restlos von Rost befreiten Klinge prangte der Schriftzug:
»Wan Ich das Schwert thu auffheben, so wünsche Ich Dem Sünder das Ewige Leben«.

Man vermutet, dass es sich bei dem Toten nur um einen Scharfrichter gehandelt haben kann, der wahrscheinlich neben seinem Gehilfen oder einem seiner Opfer ausgerechnet auf dem einstigen Schindanger seine letzte Ruhestätte fand.
Wer mochte jener von seinen Mitmenschen gefürchtete und verhasste Zeitgenosse aus rauhen Zeiten gewesen sein?
Wie kam es, dass man die beiden Männer hier begrub?

Buch 1

Meister Quirin

1

»Die Zauberer oder Hexen, das sind die bösen Teufelshuren, die da Milch stehlen, Wetter machen, (...) die Leute schießen, lähmen, verdorren, die Kinder in der Wiege martern (...) und die Leute zu Liebe und Buhlschaft zwingen und des Teufels Dinge viel.«

Martin Luther, 1522

»Magdalena, Witwe des verstorbenen Stephan Hartmann, ist als Hexe beschuldigt, unter des Teufels Verbündnis, die hochheilige Dreifaltigkeit, die selige Muttergottes und das ganze himmlische Heer verleugnet, sondern auch demselbigen ihren Anführer Huldigung geschworen zu haben. Unter der Besessenheit des Satans, ferner großen Schadenszauber an Menschen und Vieh und Frucht und viele andere schwere Verbrechen getan. Sowie das heilige Sakrament geunheiligt zu haben. Deshalb soll sie nun auf einen Wagen gesetzt, zur Richtstätte ausgeführt, inzwischen aber an jedem Arm mit glühender Zange ihr ein Griff gegeben werden. Weil sich die Unholdin bei der peinlich Befragung geständig und bußfertig erzeigte, lässt unser allseits gnädigster hochwohlgeborener Kurfürst und Erzbischof zu Mainz, die fürstliche hohe Gnade erweisen, die Maleficantin zur Strafe und den anderen zum abschrecklichen Exempel durch den Scharfrichter erstlich durch Erdrosseln vom Leben zum Tode hinzurichten, als dann ihr toter Körper mit dem Feuer zu Pulver und Asche verbrannt werden soll. Ihre sterblichen Überreste sind hernach ins Wasser zu streuen. Nichts soll hier auf gottgeweihter Erde noch an die vermaledeite Teufelsbuhlin erinnern...«

Bedrohlich und unheilschwanger drangen die Worte aus dem Mund des Gerichtsschreibers Paul Eyles. Mit ihrer ganzen schicksalhaften Bedeutung erfüllten sie auch den letzten Winkel des kleinen Rathaussaales. Das Blutgericht des Marktes Hörstein hatte mit dem Segen des Mainzer Hofrates sein Urteil gefällt. Unabdingbar bis zu seiner endgültigen Vollstreckung. Eisblumen klebten zierend an den kleinen Butzenscheiben. Dem frühen Morgenlicht des zweiten Montag in der Fasten anno Domini 1570 fiel es schwer, die graue Düsternis aus dem Raum zu verscheuchen. Prasselndes Kaminfeuer leckte zehrend über die knackenden Holzscheite. Doch allein den brennenden Kerzen auf den Tischen war es zu verdanken,

dass das Urteil verlesen werden konnte. Die todgeweihte Person, der dieses grauenvolle Los in Kürze zuteil werden sollte, schien vom harten, lebensversagenden Urteilsspruch nicht im geringsten bewegt. Ohne eine Regung zu zeigen, verharrte Magdalena Hartmann barfüßig vor dem Richtertisch. Nicht ein einziger Laut drang über ihre dünnen blutleeren Lippen - weder um Erbarmen zu erflehen, noch der Schmerzen wegen. Bevor die Verurteilte den ersten Schritt hin zum lodernden Holzstoß setzte, war sie bereits jetzt dem irdischen Dasein weit entrückt. Längst war jeglicher Lebenswille gebrochen.
Von heftigen Fieberschüben geschüttelt, starrte die Arme Sünderin ins trostlose, blanke Nichts. Ihre blutunterlaufenen, tief in ihren Höhlen liegenden Augen nahmen die Mitglieder des Gerichtsrates nur als schemenhafte Umrisse wahr, allesamt verschmolzen in bedeutungsloser Gleichgültigkeit. Von der Schere des Scharfrichters ihrer einst fülligen, roten Haarpracht beraubt, glich ihr kahlgeschorenes Haupt dem eines bleichen Totenschädels.
Ein schlicht gewirktes Büßergewand verhüllte ihren zum Skelett abgemagerten Leib. Das vormals blütenweiße Linnen strotzte vor Schmutz, sichtliches Zeichen ihres wochenlangen Aufenthaltes im Gefängnis. Außerhalb des Stenggassentores in der Abtsbergshohle gelegen, bargen dessen feuchtkalte Mauern tausendfachen Schrecken. Bei modriger Luft, im völlig finsteren Kerkerloch eingesperrt, sah sich Magdalena Hartmann nicht nur unsäglicher Kälte und Durst ausgeliefert. Das vergammelte Essen oder die »Hexensuppe«, die der Wärter ihr vorsetzte, hatte sie, unter heftigen Rutenstreichen gezwungen, herunterwürgen müssen, nur um sich daraufhin aufs Neue zu übergeben.
In übel riechender Pfütze und fauligem Stroh liegend, war die mehr als bedauernswerte Kreatur zusätzlich der unerbittlichen Tortur der Flöhe, Läuse und Ratten ausgesetzt. Doch die Maleficantin musste noch sehr viel mehr über sich ergehen lassen. Ihr Marterkittel war durchtränkt vom eigenen Blut, Spuren der peinlichen Befragung in der Folterkammer. Magdalena Hartmanns geschundener Körper sehnte sich geradezu nach Erlösung, Erlösung aus der Welt von Leid und Pein. Bald, sehr bald würde all das endlich vorbei sein ...
Wie die übrigen Mitglieder des Blutgerichtes hatte sich Hans Erben eine rote Schaube über seinen hochgeschlossenen feinen Wams gestreift. Die weiten Zierärmel seines Überwurfes waren zurückgeschlagen. Sein voller Bart fiel über den weißen, schmuckvollen Ring des breiten Kragenfaltens. Als Zentgraf von Hörstein oblag ihm der Vorsitz dieses »endlichen Gerichtstages«. Zum Zeichen seiner hohen Amtswürde trugen

seine ergrauten Schläfen ein rotgefärbtes Barett. Blass spannte sich seine straffe Haut über das kantige Gesicht. Er wirkte unruhig, was jedoch nicht daran lag, dass er vielleicht Mitleid mit der Verurteilten empfand, dem war weit gefehlt. Auch in seinen Augen hatte diese ruchlose Zaunreiterin nichts anderes als nur ihre gerechte Strafe verdient.
Fahrig glitten seine Finger über das schwere, dicke Buch, das vor ihm auf dem Richtertisch lag, das »Malleus maleficarum« - der »Hexenhammer«. Seine beiden Autoren, die Dominikanermönche Sprenger und Kramer, erteilten den Hexenjägern und Richtern Seite für Seite Weisungen und Ratschläge, wie man die verderbliche Teufelsbrut aufspürte und in geeigneter Art und Weise vernichtete. Auch der Zentgraf hatte, den Buchstaben getreu, genau nach jenem Gesetzeswerk gehandelt, er konnte es drehen und wenden, wie er wollte. Ihm war es einfach nicht gelungen, der Gespielinnen von Magdalena Hartmann habhaft zu werden. Und dies trotz Anwendung der Folter fünften Grades. Gegen den Listenreichtum des Teufels war auch er machtlos geblieben. Schließlich betrog der Höllenfürst selbst seine treuesten Diener, die Hexen und Zauberer. Er bedeutete schlechthin die Lüge selbst.
Als Vorsitzender des Blutgerichtes stand ihm für die Verurteilung eines Armen Sünders ein Handgeld zu. Liebend gern steckte es Hans Erben in seinen Geldsäckel. Diesmal erhielt er einen Gulden aus dem konfiszierten Vermögen der Hexe. Schade drum, schäumte er innerlich vor Wut, es hätte ruhig mehr sein können. Je mehr Hexenfeuer loderten, umso mehr wuchs seine Barschaft. Dem Zentgrafen zur Seite saß der Landbereiter des Freigerichts, Simon Zimprecht. Vormals als Kriegsknecht in Hanauer Diensten stehend hatte er es zum Stellvertreter des Amtsmanns gebracht. Die beiden Blutschöffen Contz Seypel der Alte und Paul Ruger der Junge schlossen sich dem Kreis des Blutgerichtes an. Ganz in das dunkle Gewand der Inquisition gekleidet nahm noch eine weitere Person am »endlichen Gerichtstag« teil. Der Procurator Fisci war trotz der schlechten Witterung aus Hanau angereist. Als öffentlicher Ankläger vertrat er die Interessen der landesherrlichen Regierung. Ein langer Degen zierte seine linke Seite. Schon des öfteren hatte er auf seinen weiten Reisen im Mainzschen Kurfürstentum so manchen Strauchdieb und Mordbrenner damit in die Flucht geschlagen. Dem Träger des spitzen breitkrempigen Hutes fiel eine der wichtigsten Aufgaben jenes Märztages zu.
Der Zentgraf gab ein Zeichen. Gemeinsam erhoben sich die Angehörigen des Blutgerichtes von ihren Plätzen. Fast gleichzeitig kippten ihre leeren Stühle auf die Holzdielen. Es war soweit. Hans Erben hob

seine Hände und streckte sie über den Kopf der Delinquentin. Mit einem leisen, kaum zu vernehmenden Knacken zerbrach der Blutrichter das dünne, rotgefärbte Weidenstäbchen, was ihn nicht die geringste Mühe kostete. Genauso wenig wie die Anklage, der Prozess und letztlich das Fällen des Urteils. »Gott sei deiner Seele gnädig.« Mit kühler gleichgültiger Stimme warf er die zerbrochenen Teile der Hexe vor die Füße. Doch trotz dieser Geste, die nun endgültig ihr Todesurteil besiegelte, verzog Magdalena Hartmann keine Miene. In der Leere ihres Inneren gab es kein Aufbäumen mehr, da ihre Seele zerbrochen war - zerbrochen wie das Weidenstäbchen vor ihr auf dem Boden.
»Herr, mein Gott, erhöre mein Gebet, Arme Sünderin, lass uns gemeinsam beten. Herr, heiliger Vater ...« Sogar diese eindringliche Mahnung des Geistlichen nach Bußfertigkeit und Reue prallten von ihr ab, als sei es ein warmer Landregen draußen auf ihrem Weinberg.
Johann Weitkandts kleine untersetzte Gestalt steckte in einer schwarzen Priestersoutane, die eher dem einer einfachen Büßerkutte glich. Mit schier unendlicher Geduld redete er auf Magdalena Hartmann ein. Seine Hände hielten ihr ein großes Kruzifix entgegen.
»Bereue dein sündiges Werk, Weib. Bald wirst du vor dem Richterstuhl deines Herrn und Schöpfers stehen.« Für den Dorfpfarrer war der letzte Gang eines zum Tode verurteilten Menschen schon lange nichts Neues mehr. Allzu vielen hatte er in der Vergangenheit in ihren wenigen noch verbleibenden Stunden hier auf Erden beigestanden. An den scheußlichen Anblick einer Hinrichtung konnte er sich jedoch nie gewöhnen. Auch Magdalena Hartmann würde er bis zuletzt zur Seite stehen. Die heilige Hostie, die er ihr im Morgengrauen im Gefängnis zusammen mit einem Schluck Messwein reichte, lag erbrochen im verwaisten Verließ.
»Büttel, walte deines Amtes!« Barsch drang der Befehl des Zentgrafen hinaus in den zugigen Flur. Es brauchte nur einen Moment und die Tür ging auf. Ein Mann im altfränkischen Bauernwams betrat den Saal und verbeugte sich kurz. Ihm fehlte der linke Arm. Eine breite Lederkappe mit weiten Ohrenklappen bedeckte den Kopf des Versehrten. Jedermann kannte ihn als den »schnappenden Jörg«. Doch dies war nicht immer so gewesen. Noch vor wenigen Jahren standen ihm als kraftstrotzendem Jüngling gar viele Frauenherzen offen, wäre da nur das Schicksal nicht ganz so arg mit ihm umgesprungen. Denn eines Tages kam es zu einem schlimmen Unglücksfall. Als Weinschröter hatte er im Hof des Benediktinerklosters in Seligenstadt Wein zu liefern. Während des Abladens der schweren Weinfässer begannen die Rösser zu scheuen, etwas musste sie aufgeschreckt haben. Jörg geriet unter die Räder

und der eiligst herbeigerufene Barbier sah sich gezwungen, dem Schwerverletzten seinen abgequetschten Arm zu amputieren. Wenigstens die Beine hatte er behalten, doch fortan verschlossen sich die Frauenherzen vor dem bemitleidenswerten Krüppel. Mutterseelenallein in einer windschiefen Hütte in der Enggasse hausend drohte ihm in trostloser Einsamkeit gefangen obendrein der Hungertod. Doch dem Zentgrafen sei Dank blieb dem Jörg wenigstens dieses furchtbare Los erspart. Er bekam das Amt des Dorfbüttels übertragen. Es drängte sich auch niemand groß auf, der ihm diese unehrliche Arbeit streitig machen wollte. Schließlich zählte diese zu den eher niederen und für verwerflich gehaltenen Diensten, so wie die des Bettelvogtes, Eisenmeisters, Türmers, Totengräbers oder gar des Henkers. Im Gegenzug musste Jörg dem Zentgrafen für dessen erwiesene »großzügige Nächstenliebe« sein einziges brauchbares Hab und Gut überlassen. Zwei ganze Tagewerk Wiesen wechselten für ein paar lausige Albus ihren Besitzer.

»Meine Herrschaft hat nach mir verlangt?« Zwischen Jörgs gelblichen Zähnen taten sich große Lücken hervor.

»Büttel, das Urteil ist gefällt, so wie das Gesetz es verlangt. Verkünde nun dem wartenden Volk die Exekution«, erklang die sonore Stimme des Zentgrafen. »Du weißt um deine Aufgabe?«

»Jawohl mein Herr!« Jörg drehte sich um. Mit seinem gesunden Arm griff er nach der am Türrahmen lehnenden Fahnenstange. Hinkend mühte er sich zum mittleren der Fenster und öffnete es.

Ein kräftiger Schwall eiskalter Luft strömte herein. Flugs verloschen die Kerzenlichter. Vom stürmischen Windhauch gepackt, schlotterte das Büßergewand um Magdalena Hartmanns abgemagerten Leib. Doch auch dieser grimmige Kälteschauer schien ihr nichts anzuhaben. Wie zu einer Salzsäule erstarrt verharrte die Delinquentin weiterhin reglos auf der Stelle.

»Grundgütiger, wenn das nicht ein Blendwerk des Teufels ist«, zischte der Zentgraf verächtlich. Wie die anderen Männer fröstelte auch ihn. Nicht nur wegen der Kälte.

Behutsam schob der »schnappende Jörg« die lange Fahnenstange zum offenen Fenster hinaus und befestigte sie an einem Haltegriff. Munter im wilden Spiel des Windes flatternd zeigte das rote Tuch die anstehende Hinrichtung an.

»Jaaa, jetzt ist es endlich soweit!« Vielstimmiges Jubelgeschrei und ohrenbetäubendes Gejohle brandeten auf. Sich am Gemäuer der umliegenden Häuser brechend schallte es wie ein Echo in den Rathaussaal.

Pfarrer Weitkandt schüttelte sein lichtes Haupt. Ihn erschauderte. Wie

konnte ein Menschenherz nur eine derartige Freude angesichts des schweren Leids anderer fühlen? Von Fassungslosigkeit erfüllt trafen ihn die frenetischen Ausbrüche des Pöbels wie tausend Nadelstiche. Diese rohe Menschenhorde da draußen sollten Ebenbilder Gottes sein? Wieder schüttelte er den Kopf. »Pater noster...« Von Neuem bewegte der Geistliche seine Lippen zum Gebet.
Vom fürchterlichen Lärm der erregten Menschenmenge aufgeschreckt fingen im weiten Rund des Dorfes die Hunde an zu bellen. Hähne krähten, Gänsevolk verfiel in den Ställen in zeterndes Geschnatter. Aufgescheucht flog eine Schar Rabenvögel über das verlassene Storchennest auf dem Dach der großen Zehntscheune hinweg, im bewölkten Märzhimmel verschwindend.
Auf den bloßen Wink des Zentgrafen hin verließ der Dorfbüttel das Rathaus. Über der Hauspforte verewigt prangte im verputzten Fachwerk die Jahreszahl 1532. Aber für die Erinnerung an den Bau des Amtsgebäudes hatte der »schnappende Jörg« keinen Blick. Schneidende Kälte nahm ihn draußen in Empfang. Ihn fror entsetzlich. Zum Glück hatte er jedoch nicht weit zu gehen. Nur einen Steinwurf entfernt erhoben sich über der Weyten Gasse die steil aufragenden Mauern der Pfarrkirche. Das Gotteshaus, dem heiligen Bernhard von Clairvaux und der Himmelfahrt Mariens geweiht, zeigte sich mit einem stilgotischen Chor, dem zinnenbekränzten Wehrturm und spitzem Steinhelm geschmückt. Die Zeiger des am Turm befindlichen Uhrenhäuschens rückten auf die neunte Tagesstunde vor. Allerhöchste Zeit, die alte Martins-Glocke zu läuten.
Während der Dorfbüttel über den verschneiten Friedhof der Kirche entgegeneilte, drängte das Blutgericht zum Aufbruch. Aus den Eckschatten des Saales auftauchend schob sich ein glatzköpfiger Mann mit leicht hervorquellenden Augen in den Vordergrund. Das Zwielicht ließ seine hageren Züge recht bedrohlich erscheinen. Sein grimmiges Mienenspiel tat das übrige dazu. Er trug das unverkennbare Habit der Henkerstracht. Grob fasste er Magdalena Hartmann am Arm. Außer Haut und Knochen bekam er nichts zu fassen. Von dem recht schmutzig aussehenden Henkersgesellen ging ein entsetzlicher Gestank aus, vielmals schlimmer stinkend als die Pest. Es war aber nicht nur der üble Geruch nach allerlei Dreck, Tierkadavern und Kloake. An »Schinder-Michel« haftete untrüglich der Hauch des Todes. Jedermann spürte es deutlich. Wie sein Meister, so übte auch der Gehilfe des Scharfrichters einen gleichwohl furchteinflößenden Eindruck auf seine Zeitgenossen aus, galten beide doch als Meister des Folterns und des Tötens. Wehe der Armen Seele, die ihnen in die Hände geriet. Aber nicht nur deswegen

waren die Menschen von großer Furcht beseelt. Schon die geringste Berührung mit diesen Unehrlichen brachte pure Verachtung. Mit einem Schlag galt der Unglückliche, dem dieses schlimme Mißgeschick widerfuhr, selbst als unehrlich, zurückgesetzt und ausgestoßen aus der Ständegesellschaft, gemieden für alle Zeiten.
Langsam und mechanisch setzte Magdalena Hartmann Fuß vor Fuß. Pfarrer und Henkersknecht nahmen sie dabei in die Mitte. Sie konnte kaum noch gehen, jeder einzelne Schritt bereitete ihr furchtbare Schmerzen. Die in der Folterkammer aufgesetzten Beinschrauben hatten ihr die Schienbeine zerquetscht, so wie es mit ihren Daumen geschehen war, als man sie zur Urgicht erpresste. Auch wenn »Schinder-Michel« – den wir fortan einfach nur Michel nennen wollen – die Hexe nicht leiden konnte, so empfand er dennoch so etwas wie Mitleid mit ihr. Zumindest einen Hauch davon. Ausgerechnet er, der jene Frau gemeinsam mit Meister Quirin erst zu diesem jämmerlichen Wrack gefoltert hatte. Dennoch besaß Michel mehr Gefühl als all die kalten Herzen des Blutgerichtes zusammen.
»Verzeiht, Herr, ich muss mit euch sprechen«, wandte sich Michel beim Hinausgehen an den Zentgrafen.
»Kann das dann nicht bis später warten?«
»Nein, Herr.«
»Wenn es denn sein muss«, drängte Hans Erben unwirsch. »Aber fasse dich kurz. Der Hinrichtung bedarf keinerlei Verzögerung.«
»Macht euch deswegen nur keine Sorgen. Alles läuft ganz nach Plan«, erwiderte Michel Zuversicht versprühend. Plötzlich eine ernste Miene aufsetzend, sprach er weiter. »Es sei denn, ihr seid nicht Willens, dass ich eine Tote zur Richtstätte fahren soll...«
»Bist du des Wahnsinns, Peinknecht?« Irritiert runzelte der Zentgraf seine Stirn.
»Nein, keineswegs. Aber betrachtet euch die Delinquentin doch einmal genauer. Seht ihr nicht, wie schlimm es um sie bestellt ist? Wenn ich das Hexenweib jetzt noch zusätzlich mit glühenden Zangen zwicken soll, stirbt sie mir noch auf dem Schinderkarren. Ehe wir das Tor nach Wasserlos passiert haben.«
»Um Himmels Willen, nur das nicht!« Erschrocken fuhr der Zentgraf zurück. »Dann lass es lieber mit der Torquierung bleiben. Aber ich werde es euch von eurem Lohn abziehen, lass das deinen Meister wissen. Nun aber voran, die Zeit drängt!«

*

Schon seit dem ersten fahlen Morgenlicht hatte sich an jenem bitterkalten Spätwintertag viel Volk eingefunden. Zahllose Ledersohlen und Filzstiefel zertraten den Schnee in Hörsteins engen Gassen, dem größten und bedeutendsten Ort des ganzen Freigerichts, dessen Bewohner durch den Segen des Kurfürsten und den Grafen von Hanau die Marktgerechtigkeit erteilt bekommen hatten. Die bevorstehende Hinrichtung war bereits Tage vorher öffentlich ausgerufen worden, ehe das Urteil überhaupt gefällt war. In Windeseile hatte sich die Kunde der Hexenverbrennung im Land verbreitet. Die Geistlichkeit versprach den Teilnehmern einen vierzehntägigen Sündenablass. Doch dies war für viele wohl nicht der einzige Grund, dem erregenden Schauspiel beizuwohnen, bot es doch eine durchaus willkommene Abwechslung im tristen Einerlei des Alltags. Allein das Spectaculum zählte. Erst recht, wenn man eine jener verhassten Zaunreiterinnen zum Scheiterhaufen führte. Jedermann wollte dabei sein, egal ob alt oder jung. Bis auf wenige bettlägrige, altersschwache Greise und die Säuglinge in den Wiegen war ganz Hörstein auf den Beinen. Bäcker, Bender, Gerber, Hafner, Leinenweber, Metzger, Müller, Plattenmacher, Sattler, Schuhmacher, Winzer und Wirte, sie alle ließen ihre Arbeit ruhen. Da hinzu reihten sich jene, die aus allen Teilen des Freigerichts herbeigepilgert waren, darunter auch einfache Landbauern und Köhler. Sie kamen aus Altenmittlau, Bernbach, Horbach, Neuses, Somborn, dem Hof Trages, Albstadt, Maisenhausen, Michelbach, Hemsbach, Kälberau, Wasserlos, Wilmundsheim, Hohl, Kahl und Welzheim. Die Weyte Gasse mit der alten Schmiede und der Zehntscheune im Mittelpunkt schien aus ihren Nähten zu platzen. An keinem anderen Gerichtstag zuvor hatte sich eine derart riesige Menschenmenge vor dem Rathaus eingefunden.
Der überwiegende Teil des Volkes schützte sich in seiner althergebrachten Tracht, dem Bauernkittel, Wams oder Rock gegen die beißende Kälte. Die besser betuchten Herrschaften trugen Schoßrock, schicke Puffhosen oder fröhlich herausgeputzte Pluderhosen. Seitdem die rote Fahne aus dem leicht hervorragenden Obergeschoß des traufenständigen Rathauses wehte, herrschte erst recht ein hektisches Gedränge und Geschiebe unter den Schaulustigen. Jeder wollte die beste Sicht haben. Ein Meer von Kopftüchern, Hüten, Mützen und Kappen hob sich. Neugierig und lüstern verrenkten sich die Leute ihre Hälse.
Plötzlich tat sich was! Da erschien sie endlich – die Hexe. Wankend verharrte Magdalena Hartmann auf dem obersten Treppenabsatz. Trotz all ihrer Mühe kam sie nicht weiter. Schmerzen verzerrten ihr Gesicht zu einer Fratze. Die Beine trugen sie nicht mehr länger. Schlagartig ver-

stummte das Geschrei und Gejohle der Massen. Das grauenvoll entstellte Antlitz der Maleficantin jagte nicht wenigen einen gehörigen Schauer über den Rücken. Was? Dies sollte die stolze und vermögende Winzerwitwe aus der Keltergasse sein?
Die ausgemergelte Jammergestalt da oben auf der Treppe glich statt einer Lebenden eher einem wandelnden Gespenst, einem Gespenst aus Marter und Traurigkeit. Doch wer jetzt in aller Öffentlichkeit groß Mitleid mit der Hexe zeigte, der lief unweigerlich Gefahr, sich selbst der Hexerei verdächtig zu machen. Der Pöbel war durchsetzt mit genügend Spitzeln, heimlichen Spähern und Verrätern. Der Amtmann in Wilmundsheim, hoch droben auf seiner Burg Alzenau thronend, besaß stets ein offenes Ohr für derlei Informationen. Zudem geruhte das Auge der Inquisition in seiner Wachsamkeit nie nachzulassen. Die gnadenlose Verfolgung des teuflischen Hexengeschmeiß, jener gefährlichen Hexensekten, hatte sich der Papst persönlich zur obersten Aufgabe gemacht.
»Verbrennt die Hexe, verbrennt sie! Worauf wartet ihr denn noch?!« Das rohe Plärren einer Männerkehle ließ das Volk zu sich kommen. Die allgemeine Erstarrung wich. Im Nu verflog jegliches Mitgefühl für die Todgeweihte. Das tobende Geschrei gewann seine vorherige Lautstärke zurück.
»Ja, schafft sie endlich auf den Scheiterhaufen, wo sie hingehört! Damit sie nie wieder jemanden von uns krumm und lahm hexen kann.«
»Vorsicht, achtet auf ihren bösen Blick!«, warnte eine alte Frau. Mit frierenden Fingern nestelte sie in ihrer grauen Rocktasche. Schließlich zog sie ein kleines Kreuzchen hervor, eines, wie es viele in diesen Tagen besaßen. Meistens trug man diese Kreuze um den Hals, aber auch an Häusern, in Stuben und Kammern oder an Kinderwiegen fanden sie sich wieder. Sogar in den Ställen des Viehs hingen sie. Erst vor wenigen Tagen war ein Wandermönch nach Hörstein gekommen. In stürmischer Nachfrage hatte er all seine mitgebrachten Amulette aus Wachs verkauft. Bestehend aus Kräutern, Hostien, benediziertem Salz und Friedhofserde, gemeinsam mit warmen Weihwasser zu einer Masse vermengt, versprachen jene Kreuze Schutz vor Hexen und ihrem verderblichen Schadenszauber.
Die ersten Schneebälle flogen. Abgebrochene Eiszapfen folgten. Einer davon traf Magdalena Hartmann mitten ins Gesicht. Eine Augenbraue platzte auf, Blut lief herunter. Doch sie empfand kein neuerliches Leid, die Schmerzen aus der Folterkammer überwogen. Zwischen höhnisches Gelächter mischte sich frenetischer Beifall für den Werfer. Die Arme Sünderin war nicht in der Lage sich zu schützen. Ihre Arme kraftlos

nach unten hängen lassend, wartete sie auf den nächsten Wurfhagel aus Schnee und Eis. Beim Aufziehen mit dem Seil in der Folterkammer hatte man der Unglücklichen die Schultergelenke ausgerenkt.
Michel sah in ihre fiebrigen Augen. Tausendfaches Flehen um Hilfe spiegelte sich darin wider. Magdalena Hartmann litt Höllenqualen. Er hob sie auf seine Arme. Dankbar schenkte sie ihm ein gequältes Lächeln. Lustlos ließen die Werfer ihre Schneebälle zu Boden fallen. Keiner von ihnen riskierte es, den Henkersknecht zu treffen. Müßig darüber nachzudenken, wie es einem Fehlschützen ergangen wäre. Zumindest einer gehörigen Tracht Prügel durfte er sich da sicher sein.
Für Michel waren solche Momente nichts Neues mehr. Er hatte schon so manchen Armen Sünder zum Richtplatz begleitet. Wieviele von ihnen es inzwischen geworden sein mochten, konnte er nicht sagen. Irgendwann hatte er aufgehört zu zählen. Michel wusste nur allzu gut, wie es um das Seelenleben eines Delinquenten bestellt war. Die Angst, das Zittern vor den Todesqualen, die letzten Momente... Vor etlichen Jahren war er es, den man zum Rabenstein geführt hatte. Doch ihm war jetzt nicht danach, in eine trübe Gedankenwelt einzutauchen. Kreisch nur, du lustgeifernder Pöbel! Verächtlich sah Michel in die frostgeröteten Fratzengesichter der spaßgeilen Gaffer. Wartet nur ab, einst kommt schon noch der Tag, wo die eine oder andere Seele aus euren Reihen die »Braut des Seilers« heiraten wird. Verlasst euch darauf. Dann bin ich es, der demjenigen den Strick um den Hals legt, dachte er voller Grimm. Oh, ihr Erbärmlichen!
Michel trug Magdalena Hartmann die eisverkrusteten Sandsteinstufen hinab. Im selben Augenblick läutete die Armesünderglocke. Ihr schellendes Lied würde solange erklingen, bis von der Frau nichts als Asche und verkohlte Knochen übrigblieben. Die bis an die Rathausmauer hin dichtgedrängte Menge wich beiseite, bereitwillig bildeten die Schaulustigen dem Henkersknecht eine breite Gasse. Der zweirädrige Schinderkarren stand bereit. Vor diesem wartete ein äußerst seltsames Gespann auf die Weiterfahrt. Ein kleiner buckliger Esel teilte sich gemeinsam mit einem alten Gaul das Geschirr. Die zwei recht klapprig ausschauenden Tiergestalten hatten ihre besten Tage längst hinter sich, der Weg zum Schlachter schien überfällig. Aber der elendig klägliche Anblick, den die beiden boten, täuschte.
Als vor wenigen Jahren Meister Quirin sein Amt als Scharfrichter antrat, benötigte er zur Ausübung seines Handwerks ein Pferd, das den Schinderkarren zog. Der geringe Lohn für seine erste Hinrichtung versagte es ihm damals, eines der großen starken Rösser auf dem Aschaffenburger

Rossmarkt zu kaufen. Stattdessen blieb ihm nur der nahe »Katzenmarkt«, wo Händler die eher minderwertigen, vor allem kleineren Pferde zum Erwerb feilboten. Quirin sah sich gezwungen, ein Pferd samt eines Esels zu nehmen, denn keiner hatte ohne den anderen an seiner Seite auch nur einen Schritt getan, geschweige denn sein Futter angerührt. Der Esel und das Pferd waren unzertrennlich. Als man es versuchte, begannen beide derart wild zu bocken und mit ihren Hufen auszukeilen, dass man es für besser hielt, sie zusammen zu lassen. Wie lange die zwei Tiere schon Arbeit, Stall und Futtertrog teilten, wusste niemand. Es stand nur fest, dass das eigenartige Duo vorher einem jüdischen Kaufmann gehört hatte. Von Räubern erschlagen fand man ihn auf dem Sälzerweg nach Orb. Die treuen Zugtiere hatten solange bei ihrem toten Herrn ausgehalten, bis man sie fortführte. Trotz all der anfänglichen Skepsis sollten die Unzertrennlichen bald ihre Tauglichkeit beweisen. Sie zogen jeden Karren und mochte dieser auch noch so schwer und der Weg noch so weit sein. Quirin hatte mit seinem tüchtigen Gespann nie Grund zur Klage.
Ungeduldig scharrten die Tiere mit ihren Hufen im Schnee. Die Aufgeregtheit der Menschen machte sie zusehends nervös. Michel setzte seine leichte Last ab. Magdalena Hartmann sank mit zittrigen Knien auf den strohbedeckten Boden des Schinderkarrens. Michel band ihre Handgelenke an den Reisigsprossen der Karrenwände fest. »Jetzt kann die verfluchte Hexe nicht mehr des Nachts heimlich mit ihrem Besen aus dem Schornstein ausfahren! Hahaha!«, höhnlachte es aus der grauen Wand der Menge. »Stattdessen fährt sie nachher geradewegs in die Hölle. Das wird einen Mordspaß geben!«, pflichtete jemand dem Schreihals bei. »Die Hexentanzplätze an der Wilgefortiskapelle und im Kahler Reisig werden bald leer sein."
Michel nahm auf dem kleinen Kutschbock des Schinderkarrens Platz. In scheinbar stoischer Ruhe griff er nach der Zugleine. Ein lauter Peitschenknall ertönte über den Köpfen des Gespanns. »Hüüüh-hiiiiüh, vorwärts meine Braven. Verdient euch euer Futter. Nur zu, ihr Lieben.« Ruckelnd rollte der Karren an. Unter den Rädern knirschte die gefrorene Schneedecke. Aus den schnaubenden Pferdenüstern stoben weiße Atemwolken. Langsam setzte sich der große Armesünderzug in Bewegung. An seiner Spitze lenkten Zentgraf, Landbereiter und der Fiskal aus Hanau ihre Pferde. Ihnen folgten zu Fuß gehend die beiden Blutschöffen. Hiernach kam der Schinderkarren. Den Abschluss zum nachfolgenden Volk bildete die Schar von einem guten Dutzend Landsknechten. Allesamt trugen geschlitzte bunte Pluderhosen und lange en-

ge Ärmeljacken, ihre Füße steckten in breiten Kussmaulschuhen. Auf ihren Köpfen saßen einfache Kappen oder federgeschmückte Barette. Ein jeder von ihnen war mit einem Schwert oder einer langen Pike bewaffnet, mancher schulterte sogar eine der gefürchteten Feuerbüchsen.
Johann Weitkandt ging neben dem Schinderkarren her. Fest umklammert hielt er das Kruzifix zu Magdalena Hartmann hoch. Doch ihr völlig leerer Blick schenkte dem eisernen Korpus des Gekreuzigten keinerlei Beachtung. Aus dem Munde des Geistlichen drang von Neuem das Pater Noster in die kalte Winterluft.
Das Geräusch von Klappern kündete vom Erscheinen Aussätziger. Eine Handvoll von ihnen schlich dem Zug hinterher. Auch sie wollten der Hexenverbrennung beiwohnen. Richtete Meister Quirin zur Zufriedenheit des Zentgrafen und dem Volke, durften sie sich eines Almosens erfreuen.
Nur zögerlich kam der lange Menschenwurm voran. »Böse, böse Hex – verhex uns nicht, verhex uns nicht!« Grimassen schneidende und feixende Kinder sprangen in ausgelassener Freude um den Schinderkarren. Einige von ihnen hüpften auf Besen und einfachen Stecken und spielten fliegende Hexen. Der Dorfbüttel hatte etliche Mühe, die Kleinen zu vertreiben. Sein Gebet für eine Weile unterbrechend, stand ihm Pfarrer Weitkandt bei. Kreischend ergriffen die Kinder die Flucht. Unter ihre Spottrufe mischte sich das rohe Lachen aus Männerkehlen. Die rauhbeinigen Landsknechte hatten ihren Spaß, den beiden unbeholfenen Männern bei ihrer vergeblichen Jagd nach den Kindern zuzusehen. »Verfluchte, verfluchte Hex – schelle, schelle sechs!« Nach kurzer Dauer begannen die Kinder ihr sorgloses Spiel von Neuem. »Die reinigende Kraft des Feuers wird dich erlösen, Sünderin ...«, fuhr der Pfarrer mit seiner Litanei fort.
Wieder flogen Schneebälle, keiner traf jedoch sein Ziel. »Hinfort mit ihr – verbrennt sie endlich«, brüllte eine alles andere übertönende Stimme. »Das Hexenweib soll keine Blätter mehr mit ihrer Zaubersalbe beschmieren. Ihr Stecken darf keinen Weinstock mehr beklopfen, damit unsere Weintrauben verderben!«
Plötzlich ging ein Ruck durch Magdalena Hartmann. Es schien, als erwache ihr Geist aus dem Schattenreich des Todes, in das sie bald für immer hinüber treten würde. Ihren Kopf drehend, sah sie in die nachfolgende Menschenschlange. Diesen aufdringlichen Rufer kannte sie doch. Und zwar besser als ihr lieb war. Sogar mit verbundenen Augen hätte sie ihn erkannt.
Mathes, der Winzer aus der Elmertsgasse, schwamm in der Masse des

Volkes mit. Feinstes Seidentuch umhüllte seine gedrungene massige Figur. Das unter buschigen Augenbrauen hervorstechende Augenpaar brachte all seine Verschlagenheit zum Vorschein. Obwohl ihr gegenüber es niemand zugeben wollte, so wusste Magdalena Hartmann ganz genau, dass sie nur ihm dieses furchtbare Los zu verdanken hatte. Gemeinsam mit den übrigen Winzern aus Hörstein standen die beiden untereinander stets im harten Konkurrenzkampf. Mit dem Mut eines Löwen kämpfend, wusste die Winzerin sich gegen die Männer zu behaupten. Ihr blieb schließlich nichts anderes übrig, als mit ihnen den Kampf aufzunehmen, es ging ja um ihre Existenz, um ihr Leben. Ihr großes Lebensglück, ihren geliebten Mann Stephan, hatte sie vor ein paar Jahren verloren. Ein Blitzschlag riss ihn bei seiner Arbeit im Wingert, oben auf dem Räuschberg, mitten aus seinem Leben, und somit auch aus dem ihrigen. Dass ausgerechnet eine Frau ihm, Mathes, dem reichsten Winzer, das Geschäft am schwersten machte, konnte er nie so richtig verwinden. So ließ er keine Gelegenheit aus, Magdalena Hartmann etwas anzuhängen. Erst recht nicht, nachdem der strenge Winter ins Land kam.

»Hütet euch ja vor ihrem bösen Blick«, schrie Mathes mit grimmiger Stimme. Immer wieder versuchte er, mit seinen Zwischenrufen die Leute aufzustacheln. In den Augen von Magdalena Hartmann regte sich Leben. Ihr anklagend scharfer Blick traf geradewegs in Mathes Augen. Erschrocken fuhr er zurück, doch zu spät. Plötzlich verlor er den Halt unter den Füßen. Die ledernen Sohlen seiner Beinlinge rutschten weg. »Ahhh!« Unter einem lauten Aufschrei des Entsetzens schlug er schwer zu Boden. »Diese verruchte Teufelsanbeterin, sie hat mir etwas angetan«, platzte es wutentbrannt zwischen seinen dickfleischigen Wangen hervor. Wild mit den Armen gestikulierend, lag er auf der großen Eisplatte, strampelnd und zappelnd wie ein plumper Käfer, der auf dem Rücken liegt.

»Ihr böser Blick hat mich verhext. Zu Hilfe, ihr guten Leute. Erbarmt euch meiner...« Verzweifelt versuchte Mathes auf die Beine zu kommen, doch vergeblich. Sein rechtes Bein war gebrochen. Magdalena Hartmann empfand keinerlei Schadenfreude über das Mißgeschick des Winzerbarons. Dafür war ihr Innerstes zu leer, leer an jeglicher Freude, leer an Lebensmut. Erneut in tiefe Lethargie verfallend, wandte sie sich ab. Währenddessen schob sich das Volk an dem verletzten Mathes vorbei. Alles folgte stur dem Schinderkarren. Keiner erbarmte sich des Gestürzten. Wer sich jetzt nicht ranhielt, hatte nachher bei der Hinrichtung das Nachsehen. Nur den Ersten blieb die beste Sicht auf den Scheiterhaufen.

»Ihr könnt mich doch nicht so einfach hier meinem Schicksal überlassen«, flehte er inbrünstig, noch immer auf der Eisplatte liegend. »Bedenkt eure Christenpflicht!« Mathes Rufe verhallten allesamt ungehört. Es gab aber auch wirklich niemanden, der den Drang verspürte ihm zu helfen. Bald wurde seine Stimme von den Lazarusklappern der Aussätzigen übertönt.

»Sagt, wer ist denn dieser übermütige Schreier?« Der Fiskal lenkte sein Pferd zum Zentgrafen hinüber.

»Das ist Mathes, er ist hier der größte und reichste Winzer weit und breit. Die Leute im Dorf mögen ihn aber nicht besonders.«

»Warum denn das, plagt sie vielleicht der ewige Brotneid?«

»Nein, es hat andere Gründe.«

»Nur zu, sprecht weiter, lasst euch nicht jedes Wort einzeln aus der Nase ziehen.«

»Mathes treibt bei seinen Geschäften nicht selten Schindluder. Wer da nicht auf der Hut ist, wird von ihm schamlos beluchst.«

»Habt ihr denn keine Handhabe gegen ihn?« Drohend zogen sich die Augenbrauen des Fiskals hoch.

»Ach, wisst ihr, Mathes hat auch seine guten Seiten«, schob der Zentgraf nach. »Letztlich ist es ihm zu verdanken, dass wir überhaupt der Unholdin habhaft werden konnten.«

»Wohl, wohl«, nickte der Fiskal anerkennend. Verzog aber gleichzeitig seine bartlosen Mundwinkel zur abschätzigen Miene. »Der Scholaster in der Domschule zu Mainz lehrte uns einst über das Leben eines berühmten Staatsmannes aus dem alten Rom. Einen von Cäsars weisen Sprüchen habe ich mir bis heute behalten. Jener sprach: Ich liebe den Verrat, hasse aber den Verräter.«

»Wie meint ihr das, Herr Procurator?« Dem Zentgrafen fiel es schwer, dem tiefen Gedankengang seines Gegenübers zu folgen.

»Hat man dem Denunzianten seinen Lohn schon ausgezahlt?«, wich der Procurator Fisci aus und sah zum Landbereiter hinüber. Dieser hatte die ganze Zeit über still und aufmerksam dem Gespräch der beiden zugehört.

»Ja, dies ist bereits veranlasst«, ergriff er das Wort. »Mathes hat sein Handgeld aus der Barschaft der Verurteilten erhalten.«

»Dann mag ja alles gut sein«, sprach der Fiskal zufrieden. Schweigend lenkten die drei ihre Pferde durch den erst halbfertigen Rundbogen des Wasserloser Tores.

2

»Zur größten Hexerei gehört es, wenn man nicht ans Hexenwesen glaubt.«

aus dem Hexenhammer

Zu einem der westlichsten Ausläufer des Spessarts gehört das hoch aufragende waldreiche Bergmassiv des Hahnenkamms. Von hier aus bietet sich dem verzückten Betrachter eine herrliche Aussicht hinab in die Mainebene bis weit zum westlichen Horizont, wo die Konturen der Höhenzüge des fernen Taunus zart mit dem Blau des Himmels verschwimmen. Gegen Süden schließt sich der Kreis mit einem wundervollen freien Blick in den Odenwald. An den Hahnenkamm schmiegt sich ergebungsvoll die steile Anhöhe des Spiegelsberges.

Wie ein riesiges Leinentuch legte sich die tief verschneite Landschaft um Hörsteins verwinkelte Gassen, Häuser und Höfe. Bestehend aus Steinen, Zaunlatten und Aststücken, bot eine noch unfertige Ringmauer seinen Bewohnern Schutz. Wildem Getier und üblem Gesindel sollte der Zutritt verwehrt bleiben. Nur dem Teufel gelang es dennoch, sich mit List und Tücke Zutritt durch die Pforten zu verschaffen.

Der Sommer des vergangenen Jahres war viel zu nass und verregnet gewesen, und so kam das Getreide gar nicht erst richtige zur Reife. Bereits im September fiel der erste Schnee, Seen und Bäche froren zu. Selbst der große Main trug starkes Eis - derart dick und fest, dass die Menschen mit ihren schweren Pferdefuhrwerken darüber hinwegfahren konnten. Klirrend schlich die Kälte in Häuser und Hütten. Etliche Leute mussten jämmerlich erfrieren, hungrige Wölfe rissen das Vieh. Schnee und Frost vernichteten auch einen großen Teil der Ernte draußen auf den Äckern und Feldern und den Weinbergshügeln.

Warum dabei ausgerechnet die Reben von Magdalena Hartmann verschont geblieben waren, war allen ein undurchschaubares Rätsel geblieben. Abseits von den Weinbergen gelegen, wurde ihr Wingert vom zerstörerischen Eishauch im frühen Herbst nur gestreift, geschehen durch eine bloße Laune der Natur. Aber für Magdalena Hartmanns Mitmenschen stand untrüglich fest, dass nur der Grünwältge hierbei seine Hände im bösen Spiel gehabt haben konnte und sie, die schöne Winzerin, seine dankbare Gespielin war. Kurzum, mit ihrem unheiligen Maleficium hatte die Hexe die Ernte der anderen vernichtet. So

sollte es gewesen sein und nicht anders. Deshalb sollte Magdalena Hartmann nun auch brennen. Der einsamen Gestalt da oben auf dem Spiegelsberg stand nicht der Sinn danach, die schöne Aussicht hinein ins Land längs von Main und Kahl zu genießen. Der scharfböige Nordwind ließ den Mann mächtig frieren. Heftig schlug er mit seinen Armen um seinen bis zum Boden reichenden Mantel aus Schafspelz. Vormals noch weiß, war er jetzt gänzlich in eine rote Farbe getaucht, so wie die ganze Kleidung, die er darunter trug. Unter der hochgezogenen Kapuze stach das ovale Rund einer braunen Ledermaske hervor. Ihr Zweck war weniger als Schutz gegen die Kälte gedacht, vielmehr sollte sie ihren Träger vor dem bösen Blick schützen. Einem jener gefährlich fürchterlichen Blicke, wie ihn Todgeweihte all denjenigen zuwarfen, die ihnen etwas Schlimmes antaten, so wie beim Winzer Mathes kurz zuvor, der glaubte, davon getroffen worden zu sein.
Unter der Ledermaske verborgen strahlte matt ein zufriedenes Gesicht. Der breitschultrige Hüne sah zum Scheiterhaufen hinüber. Drei Klafter weiches harziges Holz und zwei Schoß Reisig waren nötig gewesen, um diesen richtig aufzuschichten. Ihm war ein wahres Meisterwerk gelungen. Es hatte ihn aber auch allerhand Zeit und Mühe gekostet. Während Hörstein noch im tiefsten Schlaf lag hatte er sich bereits an die Arbeit gemacht. Damit die Hexe nachher auch recht gut brannte, waren zusätzlich drei Bund Stroh, Wolle, ein Pfund Schwefel und Weidenruten dazwischengesetzt, das Ganze ausreichend mit öltriefendem Werk und Pech getränkt, nur noch darauf wartend, von einer brennenden Fackel entzündet zu werden .
Schmährufe, Geschimpfe und Spottgesänge gewannen allmählich an Lautstärke, verschmolzen mit dem fernen Geläut der Glocke und dem nicht verstummenden Gebet des Pfarrers: »Christi Blut und Gerechtigkeit...« Der Mann mit der Ledermaske stieg den Scheiterhaufen hoch. Sich an dem vier Ellen messenden Eichenpfahl festhaltend, hielt er Ausschau nach dem Armesünderzug. Zusehends kam dieser näher. Schwer hingen die beiden Zugtiere des Schinderwagens in ihrem Geschirr. Mit schnaubenden Nüstern kämpften sich Esel und Pferd Seite an Seite tapfer durch die hohen Schneewehen vorwärts. Bald passierten sie auch die letzte Anhöhe des Spiegelsberges.
Das Dreigestirn Zentgraf, Landbereiter und Fiskal erreichte als erstes den Richtplatz.
»Seid ihr bereit, Meister Quirin?«, fragte der Zentgraf, sein Pferd zügelnd.
»Jawohl, wie ihr seht, edle Herrschaft – es ist alles vorbereitet. Von mir

aus kann die Hinrichtung beginnen«, drang es bestimmt aus der Mundöffnung der Ledermaske hervor. Meister Quirin machte keine Anstalten, vom Scheiterhaufen herunterzusteigen. Er genoss es, dass die feinen Herren der Obrigkeit ausgerechnet zu ihm, dem Unehrlichsten unter den Unehrlichen aufschauen mussten. Sonst war er es, der ihnen, den angesehensten Bürgern, mit größter Ehrerbietung zu begegnen hatte. Wo auch immer, stets musste er jenen auf Schritt und Tritt den Weg freigeben, und dies im gebührlich großen Abstand.
Meister Quirin sah die beleidigte Miene des Zentgrafen. Aber auch die beiden anderen Herren schienen ihm für sein respektloses Verhalten insgeheim zu zürnen. Er tat jedoch so, als bemerke er ihr Ärgernis nicht. Quirin blieb, wo er war – hoch oben auf dem Scheiterhaufen. Die hohen Würdenträger sollten schon noch zu ihrem Recht kommen. Doch dies hatte Zeit, nur jetzt nicht. Auf dem Richtplatz war der Scharfrichter aus Aschaffenburg der alleinige Herr über Leben und Tod. Zwischen Himmel und Erde, als die rechte Hand Gottes fungierend, und sei es nur für den kurzen Moment eines Schwertstreiches. Hier rückte er in den Mittelpunkt der Öffentlichkeit. Alles sah voller Spannung auf ihn und sein Tun. Die Bewunderung und der Applaus der Massen waren ihm sicher, worum er sich aber einen Kehrricht scherte. Hunderte oder gar Tausende von Schaulustigen jubelten ihm jedes Mal zu, wenn er einem Armen Sünder in »kunstgerechter Weise« das Lebenslicht ausblies. Gleich, ob dies durch Hängen, Enthaupten, Rädern oder andere grausige Todesarten geschah. Nur einmal hatte er bislang eine Ausnahme gemacht, indem er einem seiner Opfer das verwirkte Leben neu schenkte...
Obwohl Meister Quirin kaum die Zwanzig überschritten hatte, verstand er sein blutiges Handwerk wahrhaft meisterlich. Als wäre er allein hierfür geboren worden und als hätte er niemals etwas anderes getan, als Menschen zu foltern, zu strafen oder zu töten. Dass dies aber nicht immer so war, um dieses Geheimnis wussten nur wenige. Auch an diesem Tag würde Meister Quirin die ihm auferlegte Pflicht erfüllen. Wie immer, mit der stoischen Ruhe eines Bierkutschers zu Werke gehend. Nichts, gar nichts konnte ihn aus der Fassung bringen.
Inzwischen kam der Schinderkarren vorgefahren.
»Weib, sei standhaft im christlichen Glauben und stirb wie ein Christenmensch.« Auf der hohen Stirn von Pfarrer Weitkandt klebte der Schweiß. Der beschwerliche Weg den Spiegelsberg hinauf hatte ihn angestrengt. Das andauernde Beten forderte zusätzlich seinen Tribut. Aber der Geistliche tat es gern, schließlich galt es die Seele eines Menschen zu retten, auch wenn sie längst dem Teufel verfallen war. Er tat

dies mit einem Eifer, wie ihn sonst nur die päpstliche Inquisition bei der Verfolgung Andersgläubiger kannte. »Sprich mir nach: Jesus Nazarenus, rex Judaeorum, erbarme dich meiner.« Seine Stimme wurde nicht müde.
Selbst angesichts des Scheiterhaufens und der unheimlichen Erscheinung des Henkers empfand Magdalena Hartmann keinerlei Furcht. Im Gegenteil, ihre über alles herbei gesehnte Erlösung nahte.
Einen großen Halbkreis bildend, stellten sich die Landsknechte zwischen Scheiterhaufen und Publikum auf. In den Reihen der Zuschauer kehrte allmählich Ruhe ein. Die letzten Schreier verstummten. Stattdessen setzte ein hektisches Geschiebe und Gedränge ein. Jeder wollte den besten Platz, die beste Sicht im Theater des Schreckens einnehmen. Derweil löste Michel die Fesseln der Maleficantin. Anschließend trug er sie zum Scheiterhaufen, wo nach wie vor Meister Quirin ausharrte. Willenlos ließ Magdalena Hartmann alles mit sich geschehen. Der Scharfrichter nahm sie aus den Händen seines Gehilfen entgegen, hob das leichte Bündel aus Haut und Knochen zu sich hoch und lehnte sie an den Eichenpfahl. Schwer legten sich die Eisenketten um ihre Füße, Leib und Hals.
In der Zwischenzeit verlas der Zentgraf vor dem versammelten Volk noch einmal das Urteil: »Christi Blut und Gerechtigkeit...« Pfarrer Weitkandt segnete mit dem Kruzifix die Todgeweihte.
»Herr Richter, wollt ihr das Urteil?«, fragte Meister Quirin, so wie es die Zeremonie vorschrieb.
»Ja, Meister, es ist euch erlaubt und auferlegt es zu vollbringen«, erwiderte der Zentgraf. »Richte mit sicherer Hand und dem richtigen Maß, damit das abscheuliche Verbrechen der Teufelsbuhlin gesühnt und getilgt werde vor Gott und den Menschen.« Mit geübtem Griff rollte Hans Erben die steife Pergamentrolle zusammen.
»Verzeiht mir«, sprach Meister Quirin, der sich Magdalena Hartmann zuwandte, »es ist meine hochheilige Pflicht, das Urteil des Blutgerichts an dir zu vollstrecken. Ich erlöse dich im Namen des Allerhöchsten und der übergebenedeiten Jungfrau Maria.« Magdalena Hartmann nickte stumm. Sie war bereit, den letzten Weg zu gehen.
»Kurze Not, sanfter Tod. Gnad bei Gott!« Fest schlossen sich seine Hände um ihren dürren Hals. Sie schloss ihre Augen. Meister Ouirin atmete innerlich auf. Es war für ihn vielmals schlimmer, wenn sich Delinquenten plötzlich im letzten Augenblick zu wehren begannen, heulten oder gar tobten. Dies alles erschwerte dann die Hinrichtung ungemein. Bei dieser Armen Sünderin jedoch hatte er nichts zu befürchten. Mag-

dalena Hartmann war schon jetzt mehr tot als lebendig.
»Mama, Mama!«, schrie es plötzlich über den Richtplatz hinweg. In Magdalena Hartmann kam noch einmal Bewegung. Entsetzt riss sie ihre Augen auf. Suchend huschten sie über die Menge des schaulustigen Volkes. Ihr Leib aus Haut und Knochen bäumte sich auf. Es schien, als wolle sie das Band der eisernen Fesseln sprengen. Von neuem Lebenswillen beseelt, kehrte ein Teil ihrer verlorengeglaubten Kraft zurück.
»Rosina, mein Kind...«, hauchte es aus ihrem Mund hervor. Meister Quirin wurde es siedendheiß zumute. Damit hatte er wirklich nicht gerechnet. Seine ganze Sicherheit verpuffte mit einem Schlag. Ein Scharfrichter durfte alles bei einer Hinrichtung, aber dem Delinquenten sollte er im Augenblick seines Todes nicht mehr Schmerzen zufügen als unbedingt nötig. Das Volk liebte das Schauspiel des Tötens, besonders dann, wenn der Henker mit sicherer Hand richtete. Wenn er jetzt »butzte«, wäre es um ihn geschehen. Gefangen von immenser Anspannung, hielten die Menschen ihren Atem an. Für einen Augenblick glaubte Meister Quirin die Kontrolle zu verlieren. Ihm perlte der Schweiß nicht nur auf der Stirn. Er begann zu zittern. Doch es blieb nur von kurzer Dauer. Niemand bemerkte es. Sein Würgegriff verstärkte sich wieder.
»Mama, was macht man mit dir? Tut ihr doch nicht weh!« Das verzweifelte Rufen ihrer Tochter war das letzte, was Magdalena Hartmann in dieser Welt vernahm, ehe sie starb.
Meister Quirin löste seinen Griff. In seinen Händen pulste ein leichtes Zittern. Gottlob, es war vorbei. Leblos fiel der Kopf der Toten vornüber auf ihre Brust.
Da platzte es los. Die ganze aufgestaute Spannung entlud sich. Geformt aus unzähligen von Kehlen erhob sich ein einziger ohrenbetäubender Jubelschrei. Getragen von Häme, Hass, Freude und Blutgier lärmte es über die angrenzenden Rebenhügel hinweg. Für eine Weile in der Luft schwingend, brach der tausendfache Schrei plötzlich ab, als ob eine Welle gegen ein Felsenkliff donnerte und dabei zerbarst. Aber noch immer fand ein Teil der Menschen keine Ruhe.
»Seht, dort ist das Hexenbalg - die Deibengerte. Die verfluchte Saat des Buhlteufels!« Mit ausgestreckten Zeigefingern deuteten einige der Leute eifrig auf ein kleines Mädchen. Verzweiflung prägte sein rundes volles Gesicht. In ein graues, dickes Wams und Filzschuhe gekleidet, löste sich Rosina aus dem Band der Menge. Ihre kurzen Beine trugen sie hurtig über das zertretene Schneefeld. Sie spürte, wie ihr Herz ganz wild pochte, als wolle es zerspringen. Warum sagte ihre Mutter nichts

mehr? Seltsam, wie ihr auf einmal der Kopf nach unten hing, als schliefe sie. Doch was wusste schon ein zartes junges Wesen von sieben Jahren, was der Tod bedeutet. Rosina sprang weiter. In ihrem roten Haar fing sich der Wind. Die langen Strähnen flogen wirr auseinander. Es schien, als habe der Wind Spaß an seinem munteren Spiel. Jeden Augenblick musste Rosina zwischen der Mauer der völlig verdutzt dreinschauenden Landsknechte hindurchhuschen.
»Rosina – sei vernünftig, bleib hier!«, keuchte es aus dem beinahe zahnlosen Mund einer gramgebeugten Greisin mit schlohweißem Haar. Katharina Hartmann, der Mutter der toten Hexe, stand die Sorge um ihre Enkelin deutlich ins Gesicht geschrieben. Nur schwerfällig konnte sie Rosina folgen. Es würde zu spät sein. Mitten im Lauf verspürte Rosina plötzlich einen heftigen Ruck. Der Griff, der ihren Nacken umschloss, war eisenfest. Da konnte sie strampeln wie sie wollte, für Rosina gab es kein Vorwärtskommen mehr. »Nein, nein, lass mich los, du Grobian. Auuuh, du tust mir weh! Ich will zu meiner Mama!« Vergeblich versuchte sich Rosina aus der Umklammerung zu befreien. Tränen schossen ihr über die mit Sommersprossen übersäten Wangen.
»He, wen haben wir denn da, hast es wohl gar zu eilig, auf den Holzstoss zu kommen, kleine Gewalt?«, lachte der Landsknecht mit Knebelbart im Gesicht. In seiner rechten Hand zappelte Rosina wie ein Fisch in den Netzen der Mainfischer. In der Linken hielt er eine Muskete, eine jener neuen Handfeuerwaffen. Pfeil und Bogen und die gute alte Armbrust hatten wohl die längste Zeit über ihre Dienste getan.
Je mehr Rosina sich wehrte, umso mehr gefiel es dem Landsknecht, sie weiter festzuhalten. »Hahaha, zappel nur, du wildes Biest.« Schwer atmend erreichte Katharina den Landsknecht. Mit vorgestreckten Armen wollte sie ihre Enkelin entgegennehmen.
»Altes Mütterchen, passt mir in Zukunft besser auf die Kleine auf. Nicht, dass ihr am Ende etwas zustößt. Für den Scheiterhaufen ist sie noch zu jung.« Mit diesen gut gemeinten Worten, gab der Landsknecht Rosina ihrer Ahne zurück.
»Werft den kleinen Feuerkopf am besten gleich mit ins Feuer. Damit ein für allemal Schluss ist mit dem Hexengeschmeiß!«, geiferten aufgebrachte Kreischer. »Vergesst nicht die Hebamme an ihrer Seite. Sie war es, die aus den Leichen verstorbener Kinder die Hexensalbe machte. Los, ergreift die alte Vettel!«
»Keinen Schritt weiter, oder ich teile euch zu Paaren!« Die Warnung des Hauptmanns der Landsknechte war unmissverständlich. Seine Männer nahmen ihre Waffen in Anschlag, bereit, die Aufsässigen notfalls in

Stücke zu hauen.
Im Nu zerstob jegliche Forderung nach weiterem Blutvergießen. Der Pöbel hatte seinen Spaß gehabt, für heute war Schluss damit. Sie in den Schutz ihre Arme bergend, nahm Katharina das Waisenkind an sich. Rosina ließ es geschehen, als hätte sie begriffen, in welch großer Gefahr sie plötzlich schwebte. Ihr Weinen ging in ein leises Schluchzen über. Wie von Furien gehetzt verließ die Ahne den Richtplatz. Rosina wagte einen Blick über die Schulter ihrer Beschützerin. Durch den Schleier ihrer verweinten Augen sah sie verschwommen den Widerschein entzündeter Fackeln aufleuchten. Irgendwo dazwischen wandelte gespenstisch die schreckliche Gestalt des Henkers. Seinen langen roten Mantel und die gräßliche Ledermaske, dieses furchteinflößende Bild sollte Rosina zeitlebens nicht vergessen ...
Auch die Blutrichter auf ihren Pferden wurden Zeugen dieser herzzerreißenden Szene. »Zentgraf, ich merke, ihr werdet langsam alt«, blaffte der Fiskal verärgert. Dabei versäumte er es nicht, sein Gegenüber mit einem vorwurfsvollen Blickes zu strafen. »So etwas darf eigentlich niemals passieren. Ihr Leichtsinnsvogel hättet gefälligst dafür sorgen müssen, dass das Kind der Hexe zu Hause bleibt.«
»Aber ihr habt doch befohlen, dass alle...«, entgegnete der Gescholtene kleinlaut.
»Humbug!«, wehrte der Fiskal mit mürrischer Geste ab. »Der Pöbel ist sehr wankelmütig, daran brauche ich euch wohl nicht zu erinnern. Ein Aufstand wäre mit den paar Landsknechten nicht zu verhindern gewesen!«
Hans Erben wollte noch etwas sagen, aber was er da plötzlich zu sehen bekam, ließ ihm auf der Stelle das Blut in den Adern gefrieren. Blankes Entsetzen packte ihn. Mitten aus den hochschlagenden Feuerflammen, starrten ihn auf einmal die Augen der Hexe an. Grell lodernde Blitze schlugen ihm entgegen. Er glaubte sich verloren. »Neiiiin, d-das ist doch nicht möglich. S-sie kommt aus dem Höllen-reich zu-rück«, kroch es dem zutiefst Erschrockenen stotternd über die Lippen.
»Was ist denn plötzlich in euch gefahren?« Der Fiskal packte den Zentgrafen am Arm und schüttelte ihn. »Kommt zu euch. Ihr schaut ja aus, als sei euch der Leibhaftige begegnet.«
»Dort, seht ihr sie denn nicht – die Hexe!« Leichenblass zeigte der Zentgraf zitternd zum Scheiterhaufen hinüber.
»Was soll schon mit ihr sein?«, staunte der Fiskal verwundert. »Die Teufelsanbeterin ist tot, mausetot. Sie wird gleich brennen.«
»Landbereiter, habt ihr es wenigstens bemerkt?«, fragte der Zentgraf

völlig verstört. Noch immer stand ihm der Schrecken deutlich ins leichenblasse Antlitz geschrieben.
»Ich sehe nur, dass Meister Quirin gemeinsam mit seinem Gehilfen den Holzstoß in Brand setzt. Das ist alles.«
Der verwirrte Zentgraf sah auf. Die Henkersleute stießen soeben brennende Pechfackeln in die mit Schwefel gefüllten Schlote. Dunkelgelbe Wolken stiegen empor. Knisternd fingen die ersten Reisigbündel Feuer. Flammenzungen schossen aus dem Gefüge des Scheiterhaufens und leckten höher und höher. Magdalena Hartmanns Kopf hing nach wie vor reglos herab. Die Tote würde ihn auch nie wieder erheben.
»I-ch, ich dachte für ei-nen Moment, die Hexe sei noch am Leben«, murmelte der Zentgraf zaghaft und wischte sich den Schweiß aus dem Gesicht. Ein starker Hustenreiz packte ihn.
»Teuerster, ich denke, das Ganze war heute zu viel für euch«, meinte der Fiskal besorgt.
»Langsam zweifle ich selbst an meinen Sinnen. Ob es wohl am Fieber liegt, ich glaube ich werde krank.« Prüfend fuhr sich der Zentgraf über die glühendheiße Stirn. »Am besten, ich lege mich nachher gleich ins Bett.«
»Nur zu, das könnt ihr halten wie ein Plattenmacher«, höhnte der Fiskal. »Ich für meinen Teil werde mich mit dem Herrn Landbereiter zum Ochsenwirt begeben, wo wir beim warmen Kaminfeuer gemeinsam unsere Gaumen an einem deftigen Braten erfreuen. Und uns dazu den köstlichen Trunk des Hörsteiner Rieslings munden lassen.«
Um das Feuer bei der herrschenden Kälte lebendig zu halten, bedienten sich Meister Quirin und Michel eines großen Blasebalgs. Der Flammenring begann sich allmählich von allen Seiten zu schließen. Es brauchte nicht lange und der hellauf lodernde Scheiterhaufen verwandelte sich in ein höllisches Inferno aus Glut und Hitze. Die Gaffer in den vordersten Reihen wichen zurück, ihnen wurde es sichtlich zu heiß. Niemand wollte das schlimme Los von Magdalena Hartmann teilen. Ohne es zu wissen oder zu ahnen würde mancher Zuschauer, der heute noch enthusiastisch Beifall klatschte, auf die gleiche brutale Weise aus dem Leben scheiden. Früher oder später, es war nur eine Frage der Zeit. Von neuem ertönte von den Lippen der begeisterten Schaulustigen ein infernalisches Freudengeschrei. Die Hexe brannte nun lichterloh. Das Volk kreischte und jauchzte, alle kamen auf ihre Kosten, auch wenn es an diesem Tag kein »Armesünderfett« und Stücke vom Galgenstrick vom Scharfrichter zu kaufen gab. So musste man halt bis zum nächsten Mal warten, um solche heißbegehrten heilbringenden Talismane erwerben

zu können. Heillose, schändliche Leute und sonstiges finsteres Gelichter gab es schließlich zur Genüge auf der Welt, dem das wachsame Auge der Obrigkeit auf die Schliche kam. Waren jene Unholde erst einmal dingfest gemacht, ließ die Vollstreckung des Urteils meist nicht lange auf sich warten. Die Armen, Bettler, Krüppel und Aussätzigen brauchten heute keinen Armenvogt zu fürchten, der sie mit seiner Peitsche vertrieb. Sie alle durften auf ein Almosen hoffen. Für einige der Zuschauer war es eine Art Brauch, nach vollzogener Hinrichtung bereitwillig etwas in die Büchsen jener Bedürftigen zu werfen. Und seien es nur ein paar Pfennige.

»Bevor ich es vergesse, was ist eigentlich mit den zwei Fuder Wein aus dem Kellergewölbe der toten Hexe?«, wandte sich der Fiskal an den Zentgrafen.

»Den Erlös aus dem Verkauf habe ich euch schon ausgezahlt. Zusammen mit der konfiszierten Barschaft.« Erst langsam wich das steinerne Entsetzen des Trugbildes von Hans Erben. »Von einem Teil des Geldes bezahlt ihr anschließend eure Gerichtsmahlzeit. Wir müssen aber noch Meister Quirin und seinem Knecht den Lohn vergüten.«

»Ach, das hat Zeit«, wehrte der Fiskal mit einer lapidaren Geste ab, »der Gute wird warten können.«

Meister Quirin hatte sein grausiges Werk vollendet. Ihm zur Seite stand Michel . Beide gingen sie langsam auf die drei Reiter zu. Jetzt war es wieder der Scharfrichter, der wie es sich eigentlich gehörte zur Obrigkeit aufsehen musste. Seine kurze Zeit als die rechte Hand Gottes war vorüber. Im vorgeschrieben gebührlichem Abstand blieben die beiden Unehrlichen vor den ehrwürdigen Blutrichtern stehen.

»Herr Richter, habe ich recht gerichtet?«, tönte es scheinbar vergebungsvoll unter Quirins Ledermaske hervor.

»Du hast gerichtet, wie Urteil und Recht gegeben und wie die Arme Sünderin es verschuldet hat. So lass es dabei bleiben«, verkündete der Zentgraf. Die Hinrichtung fand damit ihren ordnungsgemäßen Abschluss. In der Miene des Landbereiters spiegelte sich zunehmend Zufriedenheit wieder, denn schließlich wurde er mit dem heutigen Tag gleich um vier Gulden reicher. Desgleichen zeigte sich beim Procurator Fisci. Er klopfte auf die Satteltasche seines schwarzen Hengstes. Diese enthielt die Urgicht der Hingerichteten, die vom Gerichtsschreiber sorgfältig in Reinschrift gebracht wurde. Den gewichtigeren Inhalt barg jedoch das eingezogene Hexengeld. Dem Fiskal fiel somit die wichtige Aufgabe zu, das einstmalige Vermögen von Magdalena Hartmann in der Mainzer Domkapitularkammer abzuliefern.

Das Blutgericht hatte seine Pflicht erfüllt, es war an der Zeit aufzubrechen. Die drei Reiter gaben ihren Pferden die Sporen. Gefrorene Schneeklumpen spritzten auf. Auf zwei der Männer wartete eine warme Stube und ein deftiges Mahl beim Ochsenwirt, dem fiebrigen Zentgrafen winkte das Bett. Hinter ihrem Rücken zuckte und bäumte sich Magdalena Hartmanns Leichnam in seltsam anzuschauenden Bewegungen im Glutofen der Feuerhölle. Der grässliche Geruch nach verbranntem Menschenfleisch verpestete zusehends die Luft. Mittlerweile war das Armesünderläuten verstummt. Nach und nach verließen die Schaulustigen den Rabenstein. Viele hatten einen langen und beschwerlichen Heimweg vor sich, doch keiner von ihnen bereute sein Kommen. Keines Blickes mehr gewürdigt blieben Meister Quirin und Michel allein auf dem Spiegelsberg zurück. Der Scheiterhaufen brannte noch immer hellauf. Das Feuer spendete genügend Wärme, so dass sie wenigstens nicht frieren mussten. Es würde eine gute Weile dauern, ehe der von den Flammenwirbeln verzehrte geschwärzte und verkohlte Leib vollends zu Asche zerfiel.
»Hoffentlich sind wir vor Einbruch der Dunkelheit in der Stadt«, sorgte sich Michel mit prüfendem Blick zum Winterhimmel. Vom eisigen Nordwind angetrieben schob sich ein dichtes blaugraues Wolkenband heran. »Das gibt bestimmt wieder Neuschnee. Welch ein verrücktes Jahr. So was seltsames habe ich bislang noch nicht erlebt.«
Quirin schüttelte den Kopf. Er nahm die Ledermaske herunter. Eingerahmt von blondem, schulterlangem Haar, kam sein gepflegtes Gesicht zum Vorschein. Doch trotz seines noch jungen Alters spiegelte sich darin nicht ein einziger Hauch eines Gefühles wider. Weder Freud noch Leid lagen in den steinernen Gesichtszügen. Verschmolzen mit den Schatten der Traurigkeit zeigte es das Bild eines Seelenlosen. Was auch sein langer Kinnbart nicht verbergen konnte.
»Das Wetter wird sich ändern, das merke ich an meinen kaputten Knochen.«
»Leidest du starke Pein, Michel?« In Quirins kühl wirkender Stimme schwang der Anflug von Mitgefühl.
»Nein, es ist nicht schlimmer als sonst«, wehrte der Gehilfe ab. Ein gequältes Lächeln huschte über sein rußverschmiertes Gesicht. Nur mit Mühe konnte er seine wahren Schmerzen verbergen. Einen Moment lang blieben ihre Blicke aneinander haften. Einander wortlos begegnend, aber dennoch vielsagend.
»Wenn du heute Abend in deine Kammer gehst, werde ich dir Verbände anlegen. Die Salbe aus den zerstoßenen Wurzeln des Beinwells

und den Fingerhutblättchen wird dir sicher gut tun.«
»Ja, Meister.« So richtig geholfen hatte es ihm eigentlich nie, diese Mixtur aus Heilpflanzen und Kräutern, die Quirin auf den Wiesen und in den nahen Wäldern sammelte. Dafür waren Michels Verletzungen damals zu groß gewesen. Es grenzte überhaupt an ein Wunder, dass seine zerschlagenen Knochen jemals wieder richtig zusammengewachsen waren. Immer wenn er dieses furchtbare Reißen und Ziehen in den Armen und Beinen verspürte, sah er unweigerlich vor seinem geistigen Auge das eisenbeschlagene Rad des Scharfrichters über sich in der Luft schweben.
»Dieses verfluchte Hexenpack, macht das Wetter wie es will, so dass wir am Ende nach all dem vielen Schnee bald in Wasser und Schlamm versinken!« Michel schimpfte wie ein Rohrspatz.
»Zerbrich dir nicht den Kopf darüber«, versuchte Meister Quirin ihn zu beruhigen. »Rechne lieber aus, was wir heute zum Lohn bekommen. Das ist viel gescheiter, als immerfort wie ein altes Waschweib zu jammern. Sei doch froh und dankbar, wenn es diese verwirrten Weibsleute gibt, die dem Satan dienen und alles verzaubern wollen. Wegen dieser Hexen bekommen wir schließlich Arbeit und Geld. Das allein zählt für uns.« Michel nickte. »Lass uns aufbrechen.«
In der Zwischenzeit hatte das Feuer auch den letzten Rest des Scheiterhaufens heruntergebrannt. Der Schnee war im weiten Kreis geschmolzen. Von Magdalena Hartmann blieb nur eine Handvoll schwelender Knochen übrig. Es war schon verdammt wenig, was hier noch an einen Menschen erinnerte. Eben diese spärlichen Überreste zerstieß Michel mit einer Eisenstange zu Pulver. Zusammen mit der Asche der Verbrannten füllte er dies alles in einen Ledereimer. Meister Quirin nahm derweil mitten auf der Ladefläche des Schinderkarrens Platz. Unter seinem Hintern lagen die verrußten Eisenketten, mit denen die Hingerichtete gefesselt war. Sie gaben noch genügend Wärme ab. Wenigstens Quirin brauchte nicht allzusehr zu frieren. Schützend schlang er eine alte Kuhhaut um seinen Körper. Michel setzte sich vorne auf den Kutschbock, um das Gespann zu lenken. Ein lauter Peitschenknall dicht über ihren Mähnen ließ die Zugtiere antraben. Langsam rollte das kleine Fuhrwerk den Spiegelsberg hinab. Zurück blieb ein auf halbe Höhe herabgebrannter Eichenpfahl, ein Rest verkohltes Reisig und Asche, stumme Zeugen der Hinrichtung. Doch bald würde von alldem dank einem Mantel aus Eis und Schnee nichts mehr zu sehen sein, so als wolle eine höhere Macht die grausige Tat der Menschen vom Erdboden tilgen.

Die einsetzende Abenddämmerung warf ihre ersten Schatten. Hörstein wirkte wie ausgestorben, als der Schinderkarren die menschenleeren verschneiten Gassen durchfuhr. Die ersten Schornsteine rauchten. Hinter den pergamentbespannten Fenstern und den kleinen Butzenscheiben der Häuser erstrahlten die ersten Kerzenlichter. Frierend sehnten sich die beiden Männer nach einer beheizten Stube, aber es lag noch ein weiter Weg vor ihnen, ehe sie sich von ihrem unehrlichen Tagewerk ausruhen durften. Sie passierten das ebenfalls nur halbfertige Tor der Unteren Pforte und kehrten damit Hörstein den Rücken. An der Straßenkreuzung hielten sie geradewegs in Richtung Kahl. Wären da nicht die zahllosen Fußabdrücke der bereits heimwärts gepilgerten Menschen gewesen, hätte es der Wagenlenker zweifellos schwer gehabt, den rechten Weg über die verschneite Landstraße zu finden. Esel und Pferd legten sich mächtig ins Zeug. Sie spürten, dass es nach Hause ging. Ein Haufen Heu und ein warmer Stall waren ihnen sicher.
»Also, fünf Gulden gibt es für das Holz, Stroh und Reisig«, rechnete Michel laut in Gedanken den fälligen Lohn für die vollzogene Hinrichtung. »Pech, Schwefel und Wolle sind inbegriffen.« Quirin nickte stumm vor sich hin. »Für das Verbrennen der Hexe erhaltet ihr vier Gulden, zwei weitere für das Zerstreuen ihrer Asche. Macht zusammen elf Gulden. Kein schlechter Verdienst, Meister, was?!«
»Hohoho!«, lachte Quirin. »Michel, du bist und bleibst ein hundsmiserabler Rechner.«
»Warum?« Erstaunt warf Michel seinen Kopf herum.
»Laut meines Rechnungszettels gibt es zusätzlich für jedes Pferd fürs Fahren zur Richtstätte einen Gulden. Und dann hast du aus deiner Sicht das wichtigste vergessen.«
»Was denn?«
»Den einen Gulden für deinen eigenen Lohn, du Dummkopf! Aber habe keine Bange, ich werde das Exekutionsbuch gleich morgen in der Kellerei des Vizedoms persönlich vorlegen. Darin ist auch der Geldbetrag für die Henkersmahlzeit eingetragen. Sonst lassen uns die edlen Herren viel zu lange auf unser Geld warten. Ich werde ihnen in die Suppe spucken. Verlass dich drauf.«
Der Schinderkarren fuhr direkt auf den nahen Wald zu. Auf der freien Fläche stand linker Hand ein großer Ziehbrunnen, bedeckt von Schnee und Eis. Erst wenn das Frühjahr endlich ins Land kam, konnten ihn die Bauern wieder für ihre Felder und das Vieh benutzen. Der auf der gegenüberliegenden Seite befindliche Platz war den beiden Männern bestens bekannt. Hier, längs der Straße nach Kahl, stand das Gerüst des

einschläfrigen Galgens. Eine weitere Richtstätte des Blutgerichtes von Hörstein. Unlängst im Jänner zu Sebastian hatten sie dort einen Viehdieb gehängt. Es hatte lange gebraucht, ehe sich dieser ausgezappelt hatte. Nun hingen statt seiner lauter lange Eiszapfen am Galgen.
Plötzlich wuchs dicht am Waldrand eine kleine Gestalt aus dem Boden. Einem Häufchen Elend gleich kauerte mutterseelenallein ein Kind in einer Schneewehe. Es rührte sich nicht.
»Lass uns rasch mal nachsehen, halt an!« Quirin klopfte seinem Knecht auf die Schulter.
»Hooo, hooo, ihr Braven!« Michel zügelte das Gespann. Der Wagen hielt an. Gemeinsam liefen sie die vier, fünf Schritte zu dem Kind hinüber.
»Seht, Meister, das ist doch der Feuerkopf vom Spiegelsberg!« Michel erkannte das Mädchen wieder. Völlig in sich zusammengesunken, gab es keinen Muckser von sich. Der rote Haarschopf hing ihr zerzaust ins Gesicht. Der nachlassende Wind konnte es einfach nicht lassen, sanft mit ihren langen Haaren zu spielen.
»Du hast recht, Michel, das ist die Kleine, deren Mutter ich heute Morgen erwürgt habe.« Quirin kniete sich vor ihr in den Schnee. »Rosina, komm, sag etwas.« Sie blieb stumm. Es schien, als sei sie bereits ihrer Mutter gefolgt, hinüber ins Schattenreich, aus dem es keine Rückkehr mehr gibt.
»Meister, woher kennt ihr ihren Namen?«
»Von ihrer Mutter, sie hat ihn kurz vor ihrem letzten Atemzug genannt.«
»Vergesst nicht, dass ihr den Feuerkopf unehrlich macht, sobald ihr ihn mit euren Händen berührt.«
»Soll ich Rosina lieber ihrem Schicksal überlassen?«, schnaubte Quirin. »Was seid ihr alles nur für Christenmenschen.«
»Ich habe die Gesetze nicht gemacht...«
»Schon gut, Michel. Es wird ohnehin egal sein«, seufzte Quirin. »Sie ist bestimmt schon tot. Wer weiß, wie lange sie hier sitzt. Das arme Ding ist ganz steif vor lauter Kälte.« Quirin nahm Rosina in die Arme. Ganz vorsichtig, als könne sie unter seinen starken Händen zerbrechen, zog er die Leblose ganz nah zu sich heran. Behutsam strich er ihr die wilden Strähnen aus dem Gesicht und wischte die Tränen von ihren frostgeröten Wangen.
Michel traute seinen Augen nicht. Was war da nur plötzlich in seinen Meister gefahren? Welch merkwürdige Verwandlung ging eigentlich in ihm vor? All die Jahre über, seitdem er bei Quirin in Diensten stand,

hatte er ihn so noch nicht erlebt. Quirin legte sein rechtes Ohr auf Rosinas Brust. Er horchte. »Sie ist noch am Leben!« Über Quirins angespannte Miene flog ein warmherziges Lächeln. »Ihr Herz, es schlägt ganz schwach. Aber es schlägt!«
»Der Feuerkopf ist verdammt zäh. Wie eine Katze, mit sieben Leben.« Michel nahm an der Freude seines Meisters keinen Anteil. Er wunderte sich nur, warum jener unversehens derartige Gefühle zeigte.
»Wo ist die Alte geblieben?« Quirin erhob sich. Zornig ließ er sein Augenpaar umherschweifen.
»Wen meint ihr denn?«, fragte Michel.
»Na, die greise Frau, die heute Morgen noch bei ihr war. Sie nahm sie doch mit, als der Pöbel sie ebenfalls auf den Holzstoß setzen wollte.« Michel verstand. Er zeigte auf die Fußspuren im Schnee. Diese führten von Rosina weg, schnurstracks seitlich in die Tannen. Quirin wollte das Mädchen in Michels Hände geben. Doch dieser fuhr erschrocken zurück. »Was ist los mit dir? Du tust gerade so, als habe sie die Pest«
»Sie ist ein verfluchtes Hexenbalg, sie bringt Unglück«, entgegnete Michel.
»Du alter Angsthase, nimm sie endlich. Rosina wird dich schon nicht beißen.« Michel gehorchte. Mit einer gehörigen Portion ungutem Gefühl im Leib sah er Quirin nach, wie dieser sich auf den Weg machte, um den Spuren zu folgen. Kratzend schlugen Quirin Tannenzweige und Fichtengeäst ins Gesicht. Schnee fiel ihm in den Kragen seiner herunterhängenden Kapuze, während er tiefer und tiefer in den zunehmend unwegsamen Wald drang. »Da kann ich ja bis zum Sanktnimmerleinstag suchen«, brummte Quirin missmutig. »Ach, soll die Alte doch der Beelzebub holen.« Er gab die Suche nach der Kindesaussetzerin auf und stapfte zurück. Nur wenige Schritte von der Stelle entfernt, an der Quirin kehrt machte, hielt sich Rosinas Ahne hinter einer großen verschneiten Buschhecke verborgen. In Katharinas schreckgeweiteten Augen loderte blanke Todesangst, wie sie größer wohl nicht sein konnte. Im Glauben, dass sich schon jemand um Rosina kümmern würde, hatte Katharina ihr Enkelkind kurzerhand am Waldrand ausgesetzt. Sie selbst war in ihrer grenzenlosen Verzweiflung Hals über Kopf in den Wald geflüchtet. Doch niemand, der bislang des Weges gekommen war, hatte sich des rotschopfigen Mädchens angenommen, bis Meister Quirin erschien. Katharina, die Hebamme aus Hörstein, brauchte sich jetzt nicht mehr zu fürchten. Ihre Lebenskerze war verloschen. Sie erfror aber nicht, wie die Holzfäller dachten, die die Tote Tage später finden sollten. Nein, die alte Frau starb aus lauter Angst,

von ihren Mitmenschen verbrannt zu werden wie ihre Tochter Magdalena. Als Quirin auf der Suche nach ihr in der Nähe ihres Verstecks auf einen abgebrochenen Ast trat, war ihr noch im selben Augenblick das Herz zersprungen.
Der Schinderkarren fuhr weiter. Quirin hielt Rosina fest an sich gedrückt, um ihr möglichst viel von seiner Körperwärme abzugeben. Beide steckten sie unter der alten Kuhhaut. Nach wie vor blieb Rosina von einem tiefen festen Schlaf gefangen. Nur ein schwaches Atmen verriet, dass noch Leben in ihr war. Kurz vor den Grenzen Kahls gelangte der Karren an die schilfbewachsenen Ufer eines kleinen Flusses. Dieser trug denselben Namen wie das Dorf, durch das er floss.
»Michel, denk daran, wir haben noch eine Aufgabe zu erfüllen.«
»Ja, Meister, ich werde mich sogleich darum kümmern.« Michel sprang vom Kutschbock. In seinen Händen hielt er den Ledereimer und eine Axt. Er bahnte sich seinen Weg durch das raschelnde Schilf. Mühsam schlug Michel ein Loch in die beinahe ellendicke Eisdecke, groß genug, um hier die sterblichen Überreste der verbrannten Hexe hineinzustreuen, so, wie es das Urteil des Blutgerichtes befahl. Nun gab es nichts mehr, was an Magdalena Hartmann erinnerte, »getilgt vor Gott und dem Menschen«.
»Meister, lasst den Feuerkopf niemals wissen, wer ihr in Wirklichkeit seid«, mahnte Michel, als sie weiterfuhren.
»Das wird sich wohl kaum vermeiden lassen. Aber warum hegst du solche seltsamen Gedanken, ist dir nicht wohl?«
»Nein, keineswegs, aber glaubt mir, Rosina wird die Gestalt mit der Maske und dem Schaffellmantel nie aus ihrem Gedächtnis streichen, sie darf niemals erfahren, wer ihre Mutter auf dem Gewissen hat. Ihr tut gut daran, wenn ihr wenigstens diese Sachen stets vor ihr verborgen haltet. Nicht, dass ihr es sonst eines Tages bitter bereuen müsst.«

3

»Gott ehret das Schwert so hoch, dass er es sein eigen Ordnung heisst und will nicht, dass man sagen solle, Menschen haben es erfunden oder eingesetzt. Denn die Hand, die solch ein Schwert führet, ist dann nicht mehr Menschen Hand, sondern Gottes Hand und nicht der Mensch, sondern Gott hänget, rädert, enthauptet, würget und krieget, sind alles seine Werke und Gerichte.«

Martin Luther, 1526

Aus dem dichten Flockenwirbel des Schnees schälte sich die markante Silhouette einer großen Stadt. Im Schmuck ihrer hohen Mauern, stolzen Zinnen, Türmen, Ecken, Bastionen, Pforten und Toren, bot Aschaffenburg einen mittelalterlich wehrhaften Anblick, geschützt und umschlossen von einem breiten tiefen Graben. Im Hintergrund verschmolzen die Berge und Steilhänge des Vorspessarts allmählich in der hereinbrechenden Abenddämmerung. Vor nunmehr sechshundert Jahren hatten Herzog Liudolf von Schwaben und seine Frau Ida hier den Kollegialstift St. Peter und Alexander gegründet, mit dem kirchenpolitischen Ziel, sich außerhalb ihres eigenen Herzogtums einen Stützpunkt im Zentrum des Ottonischen Reiches im Herzogtum Franken zu sichern.
Dieses Stift sah sich von ihrem Sohn Otto Herzog von Bayern und Schwaben sowie dessen Oheim Kaiser Otto II. in der Folgezeit tatkräftig unterstützt. So war neben der alten Burg und einer offenen Siedlung, die auf eine alte fränkische Volksburg unter Frankenkönig Chlodwig aus dem Jahr 500 zurückreichte, ein zweiter Kristallisierungspunkt entstanden, der zur späteren Stadtwerdung entscheidend beitragen hatte. Als Herzog Otto von Bayern und Schwaben 982 gestorben war, waren Stift und Stadt an das Erzstift Mainz gefallen. Aschaffenburg war zum Zentrum des Mainzer Oberstiftes und der Zweitresidenz der Erzbischöfe und Kurfürsten aufgestiegen. An der Handelsstraße gelegen, die durch den östlich von Frankfurt beginnenden Maingau bis hin zum Rhein führte, war die Stadt mit den Jahren zu einem bedeutsamen Umschlagplatz erblüht. Mit der Errichtung einer langen Holzbrücke über den Main im Jahre 982 unter Erzbischof Willigis hatte es Aschaffenburg schließlich zum Knotenpunkt wichtiger Verkehrslinien gebracht. Als 1255 der Rheinische Städtebund gegründet worden war, hatte sich Aschaffenburg

diesem angeschlossen. Der Aufstieg war unaufhaltsam erschienen, doch die Geschichte hatte alsbald ganz andere, dunkle Kapitel geschrieben. 1520 und 1533 war die Pest in ihrem schwarzen Gewand, viele Opfer fordernd, durch die Gassen der Stadt geschritten.

Mit dem April 1525 waren besonders finstere Wolken aufgezogen. Im Deutschen Reich erhoben sich die Bauern zum Aufstand. Diese hatten sich neben der Verwirklichung der »zwölf Artikel« vor allem die Abschaffung der adeligen Grundherrschaften auf ihre Fahnen geschrieben. Unter dem militärischen Druck des näherrückenden Neckartal-Odenwald-Haufens sah sich Aschaffenburg zur Teilnahme am Aufstand genötigt. Die Bürgerschaft sah jedoch dabei auch die Möglichkeit, sich von so mancher Fessel zu befreien, die die Privilegien des Stifts in ihren Augen bedeutet hatten. Die Niederlage der vereinigten Bauernheere gegen die Truppen der zum schwäbischen Bund zusammengeschlossenen Fürsten am 2. Juni 1525 bei Königshofen hatte auch die Stadt Aschaffenburg mit in den Abgrund gerissen.

Die Führer des Aufstands, darunter auch zwei Geistliche, waren hingerichtet worden. Kardinal Albrecht von Brandenburg hatte Aschaffenburg seine Stadtrechte und Freiheiten entzogen, die Urkunden waren abzugeben gewesen, die Schlüssel zu den Stadttoren hatten ausgeliefert werden müssen. Außerdem war seinen Bürgern ein Strafgeld in Höhe von 1.300 Gulden auferlegt worden. Von da an einem frühabsolutistischen Regime unterworfen, war die Stadt in den Zustand weitgehender Unselbstständigkeit zurückverfallen.

Als ebenso verhängnisvoll hatte sich für Aschaffenburg die Regierungszeit des Kurfürsten Sebastian von Heusenstamm zwischen 1545 und 1555 erwiesen. Weder im Schmalkaldischen Krieg konnte jener schwache Landesherr der Stadt und seinen Untertanen ausreichenden Schutz bieten, noch beim Raubzug des Markgrafen Albrecht Alcibaldas von Brandenburg-Kulmbach im Sommer 1552, der mit seinem 30.000-Mann-Heer plündernd, sengend und mordend den erzstiftischen Untermain auf das Schrecklichste heimsuchte. Die Aschaffenburger Bürger hatten schwere Not gelitten. Trotz der Brandschatzung von 40.000 Gulden wurde ein Teil der Stadt geplündert. Selbst das herrliche kurfürstliche Schloss, eine spätgotische Burg, fiel einem mutwillig gelegten Brand zum Opfer. Mit ihm sanken viele Häuser in Schutt und Asche. Auch die Hl.-Grab-Kirche und die Beginensiedlung im Tiergarten blieben hiervon nicht verschont.

Doch abermals war der Federkiel des Chronisten ins Tintenfaß getaucht worden, bereit, von neuerlichen Ereignissen zu berichten, die die Men-

schen im Spessart in den Bann geschlagen hatten. Die schreckliche Zeit der Hexenfeuer sollten viele von ihnen nicht überleben.
Von Kahl aus, immerzu der alten Geleitstraße folgend, erreichte der Schinderwagen endlich sein Ziel. Den dreien blieb noch genügend Zeit zur Einfuhr in die Stadt. Das einsetzende Läuten der Glocke kündete vom Schließen der Stadttore, was jedoch erst in einer guten Stunde erfolgen würde.
Die beiden Torwächter des Dingstalltores sahen mit verschlafenen Bli–cken auf. Ihnen war das Gefährt des Scharfrichters längst zu einem vertrauten Anblick geworden. Meister Quirin kehrte soeben von einer seiner vielen auswärtigen Hinrichtungen heim. Ihre langen Spieße beiseite nehmend, ließen die Wächter den Schinderwagen passieren. Respektvoll gaben sie den Weg frei. Polterndes Hufgeklapper und Räderrollen lärmte über die heruntergelassene hölzerne Zugbrücke.
Unter dem hochgezogenen eisernen Fallgitter des von zwei Steintürmen flankierten Tores hindurch lenkte Michel die beiden Rösser geradewegs in die Stadt. Auf den am Eingang angebrachten Narrenkopf mit den Eselsohren brauchte er nicht zu achten. Das Verbotszeichen galt weder ihm noch seinem Meister. Der Flennelstein, wie dieses Zeichen genannt wurde, warnte lediglich wandernde Musikanten, Gaukler und Zigeuner vor dem Betreten der Stadt. Bei Nichtbeachtung warteten empfindliche Strafen auf sie, wie das Beizeichen eines Besens, das Symbol des Stäubens, den unliebsamen Besuchern unmißverständlich anzeigte.
In der Dingstall-Vorstadt ließ sich kaum eine Menschenseele blicken. Schon lange hatten auch hier die »Weinglocken« den Wirten den weiteren Ausschank an die durstigen Kehlen untersagt. Nur in den Herbergen brannte noch Licht. Dicht vor den Rössern über den Weg springend, suchte eine Katze ihr Heil in der Flucht. Gefolgt von zwei streunenden Hunden, verschwandt sie in einem dunklen Winkel. Das garstige Kläffen ging schnell in ein jammervolles Winseln über, begleitet vom drohenden Fauchen der Katze.
Der Schinderkarren fuhr an den ummauerten Erbleihhöfen vorbei. Die Bauern, die diese bewirtschafteten, waren verpflichtet, von ihrem Faselvieh Fleisch und Milch an die kurfürstliche Hofhaltung zu liefern. Zur Burgruine hin standen die kleinen Holzgiebelhäuser der Handwerker. Hier waren hauptsächlich die Seiler ansässig. Auf der linken Seite lag die Pfarrkirche St.Agatha hinter dem dichten Schneevorhang verborgen. Die Steingasse führte geradewegs ins Herz der Stadt. Damals beim Judenpogrom 1348/49 war dort die Hälfte aller Häuser einem Brand zum Opfer gefallen. Die aufgebrachten Bürger hatten die Juden der Vergiftung der

Brunnen angeklagt, getötet und ihre Anwesen angezündet. Die dabei entstandene Feuersbrunst hatte auf die Gebäude in der Treibgasse übergegriffen und auch die Häuser der halben Herstallgasse vernichtet.
Am Säumarkt, dem Freihof und dem Heumarkt mit seiner Mehlwaage und den Badestuben entlanggekommen, bog der Schinderkarren in den Löhergraben ein. Rechts auf dem hohen Stifts- und Badberg streckte sich stolz der spätgotische Turm der spätromanischen und frühgotischen Stiftskirche St. Peter und Alexander in den Abendhimmel, aus dem es nach wie vor kräftig schneite.
»Meister, ist denn der Feuerkopf endlich zu sich gekommen?« Michel brach das lange Schweigen. Die ganze Zeit über hatten sie, jeder für sich, gedankliche Zwiesprache gehalten.
»Nein, Rosina hat bisher nicht ein einziges Mal ihre Augen geöffnet«, flüsterte Quirin, um die Schlafende in seinen Armen nicht zu wecken.
Wie konnte man nur so lange schlafen? Michel verfiel in Verwunderung. Das Ganze grenzte schon an Teufelswerk und Hexenkunst. Hatte hier etwa Magdalena Hartmanns Buhlteufel seine Klauen im Spiel? Schenkte er Rosina diesen langen todesähnlichen Schlaf?
»Im bergenden Schutz des Schlafes liegen oftmals Heilung und Erholung der Kräfte«, fuhr Quirin erklärend fort. »Womöglich vermag der kleine Bruder des Todes die schlimmen Ereignisse aus Rosinas Erinnerung zu löschen.«
»Verlasst euch nicht allzusehr darauf«, entgegnete Michel skeptisch. »Ihr wisst ja, was ich vorhin gesagt habe.«
»Oh, du alte Unke hörst wohl gerne die Flöhe husten, was?!« Michel schwieg. Ihm war es nicht geheuer, dass sein Meister dieses Mädchen mit nach Hause nahm.
Sie durchfuhren gerade die Löherpforte, als plötzlich fern der Stadtmauern schaurige Laute erklangen. Das durchdringende Heulen der Wölfe jagte dem Gespann ordentlich Furcht ein. In das beinerweichende »I-i-i-a-h, i-i-i-a-h« des Esels mischte sich das laute Wiehern seines Gefährten. Von gar heftiger Panik ergriffen, galoppierten die beiden wie geölte Blitze den Löhergraben hinunter. Die aufgeschreckten Tiere waren nun nicht mehr zu bändigen. Michel schoss der Schweiß aus allen Poren. Er hatte alle Hände voll zu tun, damit ihr Wagen auf dem gefährlichen Eis des Welzbaches nicht ins Schleudern geriet.
»Ja, heul nur, du graues Räuberpack!«, fluchte Michel wie ein Bürstenbinder. »Ihr Verdammten, mein Meister und ich werden bald Jagd auf euch machen. Dann bekommt ihr von uns euren Pelz abgezogen.« Unter Aufbietung aller Kräfte, schaffte es Michel, das ausbrechende Ge-

spann wieder unter Kontrolle zu bringen. Langsam beruhigten sich die Tiere, die Fahrt verlor an Rasanz. Die unheimlichen Rufe des Wolfsrudels verstummten. Es schien, als hätten die Wölfe Michels drohende Worte nur allzu gut verstanden.
Wenn es auch innerhalb der schützenden Stadtmauern lag, so stand das kleine, einsame Gehöft des Scharfrichters dennoch weit abgeschieden von den Häusern der Lohgerber. Aus dem Ring eines aus Weidenruten, Stecken und Ästen geflochtenen Zaunes hob sich das Wohnhaus hervor. Sein Fachwerk ragte kräftig über das massive Erdgeschoss. Der Schinderwagen fuhr in den Hof. Lautes Gebell aus den Hundezwingern nahm die späten Heimkehrer in Empfang. Dabei blieb es auch. Außer den Vierbeinern gab es niemanden, der auf sie wartete und sie begrüßte. Die Unehrlichen kehrten in ihre Einsamkeit zurück. Gefangen in menschlicher Abgeschiedenheit, durfte Meister Quirin hier leben, gemeinsam mit seinem Gehilfen, dem »Schinder-Michel«. Wenigstens solange, wie die beiden Männer ihr Handwerk zur Zufriedenheit der Hohen Gerichtsbarkeit ausübten. Denn die wahren Eigentümer des Scharfrichtergehöfts waren der Zehnt Bachgau, der Zehnt vorm Spessart und die Stadt Aschaffenburg selbst.
Von dichtestem Schneegestöber eingehüllt, trug Quirin die schlafende Rosina ins Haus. Derweil kümmerte sich Michel um Esel und Pferd. Auch die hungrige Hundemeute wollte versorgt sein.
Endlich trat Michel in die Stube und klopfte den letzten Rest des Schnees von seiner Jacke. Heimelige Wärme nahm ihn auf. Es tat ihm merklich gut, nach der langen Zeit auf dem kalten Kutschbock endlich Wärme zu spüren.
Im offenen Kamin knackten die ersten Holzscheite. Sein Meister hatte bereits Feuer gemacht. Der nur mäßige Lichtschein des noch kleinen Feuerherdes gab von der Räumlichkeit so gut wie nichts preis. Das meiste blieb von dunklen Schattenschleiern verhüllt. Quirin stand vor einer kleinen Bank. Nur noch Wams und Hose tragend, hatte er sich seines langen Schaffellmantels entledigt. Mit sorgenvoller Miene sah er zu Rosina hinab. In Felle und strohgefüllte Kissen gepackt, schlief sie felsenfest weiter, ohne dass sie noch einmal aufgewacht wäre, pure Erschöpfung hatte das zarte Wesen mit aller Macht übermannt.
Das unruhige Zucken der Flammenzungen zauberte seltsame, ja schon beinahe gespenstische Züge auf Rosinas Gesicht. Michel schluckte schwer. Ihm schien, als streichele der Teufel persönlich über ihre roten Wangen. Er glaubte, eine kleine Hexe vor sich zu haben, die einem Wolf im Schafspelz gleich den Mantel der kindlichen Unschuld trug und

dann beim Erwachen ihr wahres Ich zum Vorschein kommen ließ.
»Wollen wir den Feuerkopf nicht lieber im St. Elisabethen-Hospital abgeben?« Michel näherte sich zaghaft Rosinas Bettlager. »Dort ist sie gut aufgehoben. Es wäre für alle am besten.«
»Nein, Rosina bleibt hier bei uns«, sprach Quirin ruhig, aber bestimmt. »Hoffentlich bekommen wir sie überhaupt durch«
Michel wollte es einfach nicht in den Kopf, warum Quirin sein sonst so kaltes Herz ausgerechnet an dieses Mädchen hing. Hatte die Hexe auf dem Scheiterhaufen den Scharfrichter kurz vor ihrem Ableben etwa verhext? Michel packte das nackte Grauen. Er schwor sich, hinter dieses Geheimnis zu kommen.
»Rosina hat sehr hohes Fieber.« Quirin berührte ihre heiße Stirn. Er wischte ihr den gelbgrünen Schleim weg, der ihr aus der Nase lief. »Ich werde ihr später eine ordentliche Medizin verabreichen. Ein Sud, gekocht aus der Rinde des Katzenstrauches, Fieberkraut und den Blüten der Winterlinde wird ihr bestimmt helfen.« Quirin sah kurz zum kleinen, gusseisernen Kessel hinüber, der mit Wasser gefüllt über dem Kaminfeuer hing. »Rosina hat zudem eine starke Kämpfernatur. Wir haben es ja an ihrer Mutter gesehen...«
Die beiden sahen sich an. Vor ihrem geistigen Auge taten sich Bilder auf, Bilder des Schreckens, wie nur die beiden sie kannten.
»Aber was wollen wir nur mit ihr anfangen?« Michel schüttelte als erster die Erinnerung an die grausigen Geschehnisse in der Folterkammer des Hörsteiner Hexenturmes ab.
»Es wird sich zeigen. Das Schicksal hat Rosina in ihrem kurzen Dasein auf Erden kaum ein Lächeln geschenkt. Erst verlor sie ihren Vater, den sie wohl nie zu Gesicht bekam, weil er viel zu früh verstarb. Unter der peinlichen Befragung gestand ihre Mutter ja, sie habe gehext, dass der Blitz ihren eigenen Mann erschlage. Nun ist auch sie tot. Nicht einmal ihre Ahne wollte sich mehr um Rosina kümmern. Nein, da draußen, in dieser fürwahr gottlosen Welt, wäre sie verloren. Wer weiß, was die verblendeten Menschen mit ihr anstellen würden. Glaub mir, Michel, bei uns ist Rosina noch am besten aufgehoben. Wenn denn jemand in der Lage ist sie zu beschützen, dann wir beide...«
»...weil uns alle meiden wie die Pest.« Michel flocht den langen, tiefsinnigen Gedankengang seines Meisters zu Ende. Er gab es endgültig auf, sich gegen Quirins festen Entschluss zu sträuben, Rosina behalten zu wollen, auch wenn es ihm ein recht mulmiges Gefühl in der Magengegend bereitete. Michel hasste und fürchtete die Hexen und alles was mit ihnen und ihrem Schadenszauber zusammenhing. So, wie es fast alle

seine Zeitgenossen empfanden.
»Nicht nur unsere, fortan auch ihre eigene Unehrlichkeit wird Rosina vor Ungemach bewahren«, meinte Quirin.
Rosina glitt ein schwerer Seufzer über die Lippen, der in ein leichtes Hüsteln überging. Doch sie schlief weiter. Die beiden Männer sahen zu ihr hinab. Michel ergriff noch einmal das Wort. »Dafür wird sie, genau wie wir, auf ewig eine Ausgestoßene und Verdammte bleiben. Solange sie lebt.«

*

Michel sollte Recht behalten. Auf seine kaputten Knochen war Verlass. Das Wetter änderte sich tatsächlich. Genau an St. Gertrudis setzte plötzlich Tauwetter ein. Zu den zunehmend milder werdenden Temperaturen gesellte sich tagelanger Regen. Durch die ungeheuren Mengen von Schmelzwasser schwollen Bäche und Flüsse zu reißenden Strömen an, alles mit sich führend, was den gewaltigen Wassermassen nicht widerstand. Menschen und Tiere fanden in den tod- und verderbenbringenden Fluten ein furchtbares Ende. War die alte Mainbrücke, eine Holzkonstruktion aus dem Jahre 982, bei Eisgang und Hochwasser 1408 eingestürzt, so hielt die neue, völlig aus Stein gebaute Brücke von einigen wenigen Beschädigungen abgesehen diesmal aber stand.
Jedoch wurden ganze Häuser weggerissen. Auch die beiden Mühlenhäuser auf einer der kleinen Maininseln vor Aschaffenburg mussten dieses Schicksal teilen. Bäche und Flüsse traten weit über die Ufer, das Wasser drang in die Häuser und Kirchen der Städte und Dörfer, mancherorts musste deshalb der Gottesdienst ausfallen. Obwohl auch die Ställe nicht verschont blieben, brauchten sich die meisten Bauern um ihr Vieh nicht zu sorgen, da sie längst keines mehr besaßen. Wegen der Missernte ein Jahr zuvor herrschte grosser Futtermangel, so dass das wenige Heu in den Ställen gar nicht erst bis ins kommende Frühjahr reichte. Aus purer Not hatte man sich gezwungen gesehen, die Tiere entweder zu verkaufen oder zu schlachten.
Nach den Überschwemmungen stand auf den Feldern noch wochenlang das Wasser, an eine Aussaat der Feldfrüchte war lange Zeit nicht zu denken. Bald von Disteln, Unkraut und Dornen überwuchert sollten ganze Landstriche veröden. Von Aschaffenburg bis in den entlegensten Winkel des Spessarts drohte den Menschen neuerlich große Not.

*

Blitzend traf ein Lichtstrahl in das Gesicht der Schlafenden. Zaghaft öffnete Rosina ihre Augenlider, die sie jedoch gleich wieder schloß. Die Sonne blendete sie, ihre großen hellklaren Augen schmerzten. Nur langsam gewöhnten sie sich an die Helligkeit des Lichtes, das durch die Butzenscheiben der großen Fenster fiel. Über Tage und Nächte hinweg hatte Rosina um ihr Leben gekämpft, ohne dass sie selbst etwas davon mitbekam. Es war ein hartes Ringen, das die schwer Fieberkranke austragen musste. Dank Meister Quirins behutsamer Pflege konnte das an jenem Wintertag fast erfrorene Waisenkind Gevatter Hein noch einmal von der Schippe springen.

Sich müde räkelnd lag Rosina auf ihrem Bettlager. Verwundert betrachtete sie das Innere der Stube. Wo war sie? Das ganze war doch nie und immer ihr Zuhause in der Keltergasse zu Hörstein. Wie kam sie nur hierher? Fragend und staunend zugleich schweifte ihr Blick musternd von Wand zu Wand, von einer Ecke zur anderen .

Links, nicht weit von der Eingangstüre entfernt, schob sich eine Bettlade weit in den mittelgroßen Raum. In dem kastenartigen Möbelstück lag ein mit Federn gefüllter leinener Bettsack. Von der balkengetragenen Decke fiel ein mit Schnüren und Stangen befestigter Betthimmel. Die Vorhänge waren zurückgeschlagen. Der Kopfpfühl, ein zerwühltes Schlaflaken und die große Wolldecke zeigten eine leere Bettstätte.

Vom Besitzer war weit und breit nichts zu sehen. Rosina hatte von seinem Erwachen nichts bemerkt. Ebensowenig von der Morgenwäsche, die er bereits hinter sich gebracht hatte. Am Waschtisch, der genau zwischen Bett und Türe stand, hing ein benutztes Handtuch. Aus der großen Zinnkanne, die zusammen mit einer hohen Waschschüssel den Platz auf dem Tisch teilte, war reichlich Wasser auf die schmalen Dielen aus Fichtenholz geflossen. Auch der mattschimmernde Glasspiegel an der Wand trug Spuren von Wassertropfen.

Dem Stubeninneren blieb der Einzug von Armut verwehrt. Stolz präsentierte sich ein großer Kronleuchter mit seinen vielen aufgesteckten Kerzen. Der oder die Menschen, die hier lebten, mussten gutbetuchte Leute sein, wovon es in Rosinas Heimatdorf nur ganz wenige gab. Zentgraf Hans Erben und der Weinhändler Mathes rangierten dabei deutlich als Krösusse an der Spitze.

Ringsum an den sauberen, weißgekalkten Wänden des Raumes hingen ein paar breitausladende Regale. Aus dem Sammelsurium von Tellern, Tonschalen, Krügen und Kannen ragte eine schöne holzgeschnitzte Madonnenfigur. Von wertvollen Rahmen eingeschlossen, zeigten leuchtende Ölfarben auf einer Handvoll Bilder die Lebendigkeit eines

großen Flusses. »Vater Main« hatte Mathis Grünewald, einem weit über die Landesgrenzen hinaus bekannten Maler, der meist Aufträge für den kurfürstlichen Hof ausführte, Modell gestanden. Das kleine, schlichte Holzkreuz direkt über der Stubentüre musste sich inmitten all der Kunst regelrecht verlassen vorkommen. In der Ecke, links vom offenen Kamin, lehnte ein runder hochgeklappter Eßtisch. Ihm schloss sich ein einzelner Stuhl an, auf ihm ein achtlos beiseite gelegtes Kleidungsstück. Gemeinsam mit dem Bett und einem kleinen Schrank, auf dem eine leere Blumenvase und eine halb herabgebrannte Kerze standen, waren dies die einzigen Möbelstücke im lichtüberfluteten Raum. Nicht zu vergessen die lange Bank, auf der man Rosina das Bettlager bereitet hatte. Sie erhob sich. Bei den ersten Schritten torkelte sie leicht. Kein Wunder, schließlich stand sie ja seit langem erstmals wieder auf ihren wackligen Beinen. Rosina wollte schon auf das große breite Fenster zugehen, als sie sich plötzlich von etwas anderem abgelenkt sah. Ihr Augenpaar blieb am Kamin hängen.
Ein breites, gut drei Ellen langes Schwert nahm am schrägen Kaminmantel seinen Platz ein. Die zweischneidige, stahlblaue Klinge lief vorne zu einer halbrunden Spitze zu. Ein feines Ledergeflecht umschlang den langen Griff, den ein birnenförmiger Messingknauf zierte. Der Zweihänder wirkte nicht wie ein bloßer Schmuck, nein, sehr viel mehr bedeutend, fast majestätisch, prangte die prunkvolle Waffe am Kamin. Blitzend und blinkend zog der glänzende Stahl den Betrachter in seinen Bann. Auch Rosina schien davon wie gefangen zu sein. Ihre Neugier war geweckt. Sie ging zur Bank, rückte diese ganz nah an den Kamin heran und stieg hoch. In der Blutrinne des Schwertes war ein Spruch eingraviert. Rosina musste sich auf ihre Fußspitzen stellen, um die Worte lesen zu können, die da geschrieben standen. Mit halblauter Stimme las sie vor: »Wan Ich das Schwert thu auffheben, so wünsche Ich Dem Sünder das Ewige Leben.«
Neben dem Abbild eines Rades schlang sich das kunstvoll gearbeitete Ornament vom Astwerk eines Baumes um die Schrift. Bislang hatte Rosina noch keine Gelegenheit besessen, ein Richtschwert aus der Nähe zu betrachten. Es war vielleicht auch ganz gut so, denn wer eine solch schreckliche Waffe aus derartiger Nähe zu sehen bekam, dessen Lebensuhr lief meistens sehr bald ab. Es sei denn, man führte das Schwert in den eigenen Händen. Aber es gab nur einen, dem diese vom Gesetz gegebene Tätigkeit oblag, und zwar keinen geringeren als den Scharfrichter selbst. Nicht einmal sein Gehilfe durfte es für ihn halten, geschweige denn überhaupt anfassen.

Plötzlich durchströmte Rosina ein seltsames Gefühl. Ihr tieffeiner Spürsinn erfasste die eigenartigen Schwingungen, die von diesem Schwert ausgingen. Sie spürte es, obwohl sie die Waffe nicht einmal berührte. Noch gab sie der seltsame Zauber des Richtschwertes nicht frei. Rosina glaubte, die Seelen der Getöteten rufen zu hören. Sie schienen an der Stahlklinge zu haften wie einst das Blut, das die Unglücklichen vergossen hatten. Erschrocken wich Rosina zurück. Der unheimliche Spuk, der sie anfangs noch erfasste, verflog. Nein, vom Abschlagen von Köpfen und sonstigen Gliedmaßen wollte Rosina nichts wissen. Es war schon schlimm genug, sich jedesmal die Schilderungen der Nachbarskinder anhören zu müssen, wenn diese vom schaurigen Gruselszenario auf dem Richtplatz erzählten. Rosina hatte ohnehin nie das Verlangen verspürt, einem blutrünstigen Spectaculum beizuwohnen. Das Abschließen der Haustüre hätte sich ihre Mutter...

Da schoss ein einziger allumfassender Gedanke durch ihren Kopf: Ihre Mutter! Wo war sie? Hastig wandte sich Rosina den drei großen aneinandergereihten Fenstern mit den Butzenscheiben zu und öffnete das mittlere. Die Morgensonne knallte ihr genau ins Gesicht. Schützend nahm sie ihre rechte Hand über die Augen. Im gleißenden Licht erkannte sie die Umrisse eines großen Hofes, der aber genauso fremd wirkte wie die Stube. So wie alles hier um sie herum.

Nirgends war eine Menschenseele zu sehen oder zu hören. Dem Wohnhaus schloss sich ein weiträumiger Hinterhof an. Auf ihm standen eine Scheune, ein paar Hütten, ein Stall und ein paar leere Hundezwinger. Schlammiges Erdreich säumte das weite Rund. Es fanden sich Futtertröge, ein Brunnen, der Abort nebst Sickergrube und ein großer Misthaufen. Der neue Frühlingstag, der sich mit herrlicher Klarheit sonnenschillernd über das Land spannte, wurde von einem entsetzlichen Gestank überlagert. Naserümpfend schlug Rosina das Fenster zu. Igitt, was roch hier nur so? Derart üble Dünste kannte sie nur vom Hof des Daniel Hamburger, einem Knochen- und Lumpensammler in ihrem Dorf. Doch hier war der Gestank weitaus schlimmer. Ohne zu zögern verließ sie die Stube.

Links an einer Wand lehnend schälte sich aus dem Halbdunkel des Hausflures eine große Eisentruhe. Jemand hatte den Deckel mit einem Haufen großer Holzscheite zugesetzt. Sollte hier vielleicht etwas absichtlich verborgen bleiben oder geschah das Ganze nur rein zufällig? Doch Rosina schenkte der Truhe keine weitere Beachtung. Sie wollte nur noch eines – raus aus dem fremden. Haus. Und zwar so schnell wie möglich.

Kaum dass Rosina die Haustüre aufgerissen hatte, trugen sie ihre Füße

auch schon die kurze Sandsteintreppe hinunter. Im Freien angelangt empfing sie heftiges Hundegebell. Erschrocken fuhr Rosina herum. Kreidebleich verharrte sie auf der Stelle. Gleich ein ganzes Dutzend Jagdhunde war im Begriff, sich auf sie zu stürzen, zähnefletschend und geifernd kamen die Tiere näher. Aber noch bevor die angriffslustige Meute Rosina erreichte, erscholl ein lauter, alles durchdringender Pfiff.
»Aus, aus – lasst ab von ihr!«
Rosina sah sich von den wild kläffenden und heulenden Hunden umringt. Als hätte sie ein Wild gestellt, hielt die Meute das Mädchen gefangen. Für Rosina gab es kein Entkommen. Die Hunde gaben den Weg nicht frei, verhielten sich aber ruhig. Nur einer der Hunde hörte nicht auf den Befehl seines stimmgewaltigen Herrn. In einem weiten Satz versuchte er Rosina an die Kehle zu springen. Sie war zu keiner Regung mehr fähig. Wie gelähmt sah Rosina das Ende auf sich zukommen. Alles ging blitzschnell. Das weit aufgerissene Maul des Angreifers wurde größer und größer. Sein Atem stank gräßlich. Die fürchterlichen Reißzähne blitzten wie Dolche. Rosina glaubte bereits den tödlichen Biß zu verspüren. Sie schloß die Augen.
Plötzlich drang ein leises Sirren an ihre Ohren. Ein kleiner kurzer Pfeil, der Bolzen einer Armbrust, traf den Hund mitten in die Flanke. Tief bohrte sich das Geschoß in sein Herz. In dem Augenblick, als die Vorderpfoten des Hundes Rosinas Brust berührten, war dieser schon tot. Die Wucht des Aufpralls war so stark, dass Rosina zurückgeworfen wurde. Ein erstickter Laut glitt über ihre blutleeren Lippen. Das verendete Tier begrub Rosina unter sich.
»Ihr vermaledeites Pack – wenn ihr mir gehören würdet, täte ich euch allen den Garaus machen. Und zwar auf der Stelle. So wie es beim Hundeschlagen mit den räudigen, herrenlosen Gassenkötern der Stadt geschieht.« Außer sich vor Zorn kam ein Mann näher. Wütend teilte er ein paar kräftige Fußtritte aus. Winselnd und jaulend gaben die Hunde den Weg frei. Quirin ging auf Rosina zu und kniete sich zu ihr nieder. Die Armbrust ablegend, stieß er den toten Hund beiseite.
»Hast du dir was getan?« Zwei tiefe Falten zogen durch seine Stirn.
»Nein, fremder Herr«, antwortete Rosina. Nur langsam kehrte Farbe in ihr bleiches Angesicht zurück. Außer einem riesigen Schrecken, der ihr in die schlotternden Glieder fuhr, war Rosina nichts passiert. Musternd betrachtete sie das Antlitz des fremden Mannes, der sich über sie gebückt hielt. Blondwellig fiel das lange Haar des Kinnbärtigen auf seine breiten Schultern. Sein ledernes Wams trug das gleiche Rot wie die Pluderhose und die stoffene Strumpfhose, die in zwei hohen Stiefelschäch-

ten endete. Den schlanken Leib umspannte ein breiter Ledergürtel. An ihm hing ein langer Dolch, der in einer Scheide steckte. Quirin half ihr auf die Füße. Rosina packte das Grauen, als sie den Hund vor sich liegen sah. Blut sickerte aus seiner tödlichen Wunde. Das Maul weit aufgerissen, kam sein angsteinflößendes Gebiss zum Vorschein. Zitternd wich Rosina zurück.

»Fürchte dich nicht, der tut dir nichts mehr«, beruhigte er sie.

»Danke, dass ihr mich vor diesem schrecklichen Ungeheuer gerettet habt.« Rosina löste ihren versteinerten Blick vom Kadaver des Hundes. Über das Gesicht des Fremden huschte ein flüchtiges Lächeln. »Wer seid ihr?«

»Man nennt mich Quirin...«

»...Meister Quirin!« Ein zweiter Mann, kahlköpfig, mit weit herausquellenden Augen, trat an die beiden heran. »Rotschopf, du hast meinen Herrn gefälligst mit Meister anzureden«, zischte er, die Augenbrauen hochziehend.

»Lass sie in Ruhe, Michel«, brummte Quirin ärgerlich. »Merke es dir doch endlich, ich bin weder für dich noch für das Mädchen hier ein Meister. Ihr braucht mich beide nicht so zu nennen. Ich bin nur ein...«

»Was macht ihr mit den vielen Hunden?«, platzte ihm Rosina ins Wort.

»Wir sind Hundehetzer.«

»Sind die Hunde euch?« Noch war Rosinas Wissensdurst nicht gestillt.

»Nein. Sie sind Eigentum des Kurfürsten. Wir füttern die Hunde nur und richten sie für die Jagd ab, besonders für die Sauhatz im Spessart. Woran unsere edle Herrschaft Daniel von Homburg ihre größte Freude hat.«

Inzwischen hatte sich die Hundemeute wieder einigermaßen beruhigt. Das fremde Mädchen interessierte sie nicht mehr. Einige der Hunde näherten sich ihrem toten Artgenossen und beschnupperten ihn.

»Warum stinkt es denn hier so arg?«

»Das liegt an den toten Tieren«, antwortete Quirin.

»Welche toten Tiere denn?«, staunte Rosina. »Außer dem toten Hund, sehe ich keines.«

»Vieh, Pferde, Säue, Katzen und Hunde. Eben alles was kreucht und fleucht und verendet ist. Wir sammeln sie alle auf, von überall her. Selbst wenn ihre Kadaver auf dem Main treiben, müssen wir sie von dorther holen.«

»Warum denn das?«

»Es geschieht, damit keine Seuchen ausbrechen. Drüben in unserer Schindhütte ziehen wir ihnen die Felle und Häute ab.« Quirin zeigte zu

einem Gebäude, das an die Scheune grenzte.
»Das ist ja grauslig!«, entfuhr es Rosina angewidert. »Bereitet euch eure Arbeit denn Freude?«
Quirin und Michel warfen sich einen Blick zu. Es fehlte nicht viel und beide wären in ein schallendes Gelächter ausgebrochen. In ein Gelächter voll bitterer Ironie. So etwas hatte sie bislang noch niemand gefragt. In ihrer beruflichen Tätigkeit konnten sie kaum wählerisch sein. Die »Albertinische Ordnung« aus dem Jahre 1526 legte in der Bestallung und Eidesformel eines Scharfrichters der Stadt Aschaffenburg genauestens fest, welche Aufgaben er zu erfüllen hatte. Die Entsorgung gefallener Tiere gehörte dabei zu seinen höchsten Pflichten.
Erst jetzt löste sich vollends der Griff des Schreckens, der Rosina wegen der Hundeattacke gepackt hatte. »Wisst ihr, wo meine Mutter ist?« Erneut sahen sich die beiden Männer an.
»Am besten du kümmerst dich um die Hunde«, sprach Quirin zu Michel, bevor er sich Rosina zuwandte. Er wartete ab, bis sein Gehilfe die Tiere zu ihren Zwingern führte. »Sei tapfer, denn was ich dir mitzuteilen habe, wird nicht leicht sein für dich.« Quirin fasste Rosina fest an den Schultern und sah ernst in ihre großen Augen. Sie versuchte in seiner Miene zu lesen, was er ihr sagen wollte. »Deine Mutter – sie ist tot« Er machte eine bedauernde Geste. »Du wirst sie niemals wiedersehen.« Nur schwer drang die schlimme Nachricht in Rosinas Bewußtsein. Es traf sie wie ein Keulenschlag, sie zuckte zusammen.
»Nein, nein, das kann nicht sein«, schrie Rosina auf. »Ihr habt mich nur von meiner Mutter weggeholt. Ja, gestohlen habt ihr mich! Ich will zurück zu ihr...« Rosina begann wie wild mit ihren Fäusten auf Quirin einzuschlagen.
»Beruhige dich doch...« Rosina riss sich los und rannte weg, kurzerhand zum Hof hinaus in den Löhergraben, einen langen Grabenzug, dem die am oberen Verlauf ansässigen Lohgerber ihren Namen gegeben hatten. Von nackter Verzweiflung getrieben eilte sie die breite Talsohle des Welzbaches entlang. Den hochaufragenden, mit Rebstöcken bepflanzten Höhenrücken des Stiftsberges beachtete sie nicht. Hier, weit über den Dächern Aschaffenburgs thronend, standen die Stiftskirche, das Kapitelhaus und die Stiftshöfe des Kollegialstiftes St. Peter und Alexander. Rosina hatte für nichts mehr einen Blick. Kopflos sprang sie in Richtung Mainbrücke, auf das Gebäude des St. Elisabethen-Hospitals zu, den Ort, an dem arme Pilger und Reisende Aufnahme fanden, wo kranke und siechende Menschen gepflegt wurden. Im »Bettlerstall« fanden die Mittellosen der Stadt Unterkunft. Nein, Rosina suchte keine

obhutsvolle Zuflucht. Sie wollte nur weg von den Menschen und alleine sein, alleine mit dem Schmerz, der ihr kleines Herz umklammerte und mit der Trauer, die es einhüllte.
Einen Haken schlagend bog Rosina ins angrenzende Fischerviertel ein. In diesem, einem der ältesten Siedlungsgebiete der Stadt, lebten überwiegend die Familien von Fischern und Schiffsleuten. Mit tränenüberströmtem Gesicht lief Rosina weiter. Ziellos trugen sie ihre Beine über die von Küchenabfällen und zerschlagenem Hausrat gesäumte Gasse, auf der selbst Pferde und Kleinvieh ihre Haufen zurückließen und wohin sich der Inhalt so manchen Pinkeltopfs ergoss.
›Der Fremde, dieser Quirin – er lügt, er lügt!‹ So hämmerte es unentwegt durch Rosinas Kopf. Bald ließ sie die Fischergasse mit ihren meist giebelständig stehenden Fachwerkhäusern hinter sich. Auch hier gab es noch Leute, die die Dächer ihrer armseligen Heimstätten anstatt mit Ziegelwerk mit Strohgarben und Schilfrohr decken mussten. Fischer, die gerade ihre Netze flickten und zum Trocknen aufhängten oder mit ihren Flusskähnen beschäftigt waren, sahen von ihrer Arbeit auf und blickten dem Mädchen nach. Doch niemand verspürte das Verlangen, sie aufzuhalten. Schon gar nicht eine Rothaarige. Die Fischer hatten letztlich genug mit sich selbst zu tun. Ihre grimmigen, abgehärmten Mienen spiegelten einen Teil des Leides wider, das sie in diesen schlimmen Tagen durchmachen mussten. Wegen des Hochwassers, das nur allmählich zurückging, war ihnen nun schon seit langem kaum noch ein lohnender Fang in die Netze gegangen. Auch ihre Familien litten Hunger, wie so viele andere.
Rosina rannte über die Tränkgasse, geradewohl durchs offene Tor des Fischertorturmes. Ehe die beiden schläfrigen Torwächter sich richtig versahen, war Rosina bereits aus der Stadt enteilt. »Das arme Kind, was mag es nur haben?« Einer der beiden Wächtersleute, der sich müde am langen Schaft seiner Hellebarde festhielt, warf Rosina einen mitleidigen Blick nach.
»Vielleicht plagt die Ärmste der Zahnwurm«, meinte sein Kamerad mit gähnender Stimme. »Wenn sie einen in Wasser gewärmten Schwarzen Nachtschatten auf den Kiefer legt, wird es ihr bestimmt Linderung verschaffen. So ist es mir erst neulich ergangen.«
»Meister Quirin wusste glücklicherweise mal wieder hilfreichen Rat, was?«
»Pssst, nicht so laut. Es muss doch nicht gleich alle Welt wissen, dass ich nachts heimlich zum Henkerhaus schleiche, wenn mich ein Zipperlein zwickt.«

»Wo du Recht hast, hast du Recht. Es bleibt einem ja auch keine andere Wahl. Denn außer den paar Barbieren ist niemand in der Stadt, der einem helfen kann, wenn man krank ist«, pflichtete ihm der andere bei. »In ganz Aschaffenburg ist kein einziger Medicus am Werke. So ist es gut, dass es wenigstens Meister Quirin gibt.«
Die weiten Auen der Mainwiesen waren durch das Hochwasser sumpfig geworden. Unter Rosinas Filzschuhen spritzte das Wasser, bis hoch an ihr graues Wams. Plötzlich verließen sie ihre Kräfte. Erschöpft fiel sie zu Boden. Ihr Kopf tauchte ein Stück weit in den tiefen Morast einer Pfütze. Prustend spuckte sie das geschluckte Dreckwasser aus, blieb aber liegen. Sie wollte und konnte nicht mehr weiter. Ihr Leid erschien grenzenlos. Selbst die Nässe, die rasch durch ihre Kleidung drang und die Haut berührte, war ihr egal. Reglos verharrte sie am Boden, von heftigen Weinkrämpfen geschüttelt.
Mit dem Blick hin über den Main gen Westen spannte sich im Hintergrund die völlig aus Stein erbaute neue Brücke über den breiten Fluß. Nach über siebzigjähriger Bauzeit trugen insgesamt elf Brückenbögen die kraftvolle Schönheit des Bauwerks mit den schmückenden Türmen. Ungehört verlor sich das Geläut von Kirchenglocken in der Ferne. Rosina fiel in einen tiefen Schlaf.
Und da, aus den dunklen Schatten des traumlosen Nichts, tauchte sie plötzlich auf: Die Kapuzengestalt in ihrem roten Schaffellmantel. Hoch droben auf dem Scheiterhaufen stand ihre Mutter. Ketten hielten sie an einen Pfahl gefesselt. Die unheimliche Erscheinung legte ihre Hände um Mutters Hals. »Rosina, Rosina!« Wie von fern, erklang das Rufen ihres Namens. Ihre Mutter rief nach ihr. Rosina rannte los. Doch sie kam nicht vom Fleck, jemand hielt sie zurück. Wild schlug sie um sich. »Nein, nein, lasst mich. Ich will zu meiner Mutter. Ich will ihr helfen...«, schrie sie. Mit weit nach vorne gestreckten Händen fasste Rosina nach ihrer Mutter. Doch je mehr sie sich bemühte, sie vom Scheiterhaufen wegzuholen, umso weiter entfernte sich ihre Mutter von ihr. Der Griff des Unheimlichen löste sich vom Hals ihrer Mutter. Plötzlich fiel ihr Kopf leblos nach vorne. Ein ohrenbetäubender Krach erscholl. Menschen schrien und freuten sich. Umhüllt von hell auflodernden Feuerzungen kam die gespenstische Gestalt auf einmal auf Rosina zu. Sie kam näher und näher, immer schneller...
»Rosina. Rosina!« Unruhig wälzte sich Rosina im Traum umher. Plötzlich spürte sie ein zärtliches Streicheln über ihr Haar. Es war aber nicht der milde Hauch des Frühlingswindes, der über sie hinwegstrich. Erschrocken und schweißgebadet sah Rosina auf. Die schrecklichen Bil-

der ihres schlimmen Alptraums wichen. Aus dem verwischten Schleier ihrer verweinten Augen schälte sich statt der spukvollen Erscheinung der Kapuzengestalt Quirins Antlitz. Erleichtert atmete Rosina auf.
»Gut, dass ich dich endlich gefunden habe, Rosina. Dem Himmel sei Dank!«
»Woher wisst ihr, wie ich heiße?« Erstaunt setzte sie sich auf.
»Deine Mutter hat es mir gesagt, kurz bevor sie starb.«
»All das Schreckliche, dass ich soeben träumte, ist es wirklich geschehen?«
»Ich weiß es nicht genau. Aber es muss sicherlich furchtbar gewesen sein für dich. Erzähle mir von deinem Traum.« Rosina schilderte ihm, was sie soeben geträumt hatte. Als sie damit endete, sah Quirin sie eine Weile lang stumm an, ehe er sich dann aus seiner eigenen Gedankenwelt losriss.
»Du hast den Tod deiner Mutter noch einmal durchlebt. Du warst dabei als sie starb. Es muss bestimmt entsetzlich für dich gewesen sein. Doch nun komm mit, bevor du dir hier noch den Tod holst. Du bist ja nass bis auf die Haut.« Quirin half Rosina auf die Füße. Sie war bereit, mit ihm zu gehen.
»Hat Mutter sehr leiden müssen?«, fragte sie leise, als habe sie Angst vor der Wahrheit.
»Nein – ihr Tod war eine Erlösung für sie.«
»Warum hat man sie mir genommen?«
»Du weißt es nicht?!«
»Nein!«
»Sie war eine Hexe.« Quirin sah ihr fest in die Augen. »Du weißt was Hexen sind und was sie alles anstellen?«
»Ja, schlimme Dinge, sagen die Leute«, antwortete Rosina. »Aber Mutter war immer gut zu mir. Mich hat sie nicht verhext.« Quirin fuhr ihr streichelnd übers nasse Haar. »Wer mag nur diese schaurige Schreckensgestalt sein, die meine Mutter umgebracht hat?« Rosina bebte vor Angst, allein schon, wen sie an den Unheimlichen denken musste. »Der Scharfrichter, er war es gewesen!«
Quirin trat plötzlich der Schweiß auf die Stirn. Ihm wurde auf einmal siedendheiß zumute.
»Ist das der Mann, der die Menschen foltert und ihnen die Köpfe abhaut?«
»Ja, so ist es.«
Rosina glaubte sich wie vom Donner gerührt. Sie riß ihre Hand aus der seinigen. »Dann seid ihr dieses Scheusal!«, fauchte sie.

»Warum?« Quirin tat verwundert.
»Weil ihr ein großes Schwert bei euch zu Hause in der guten Stube habt. Damit werden Menschen getötet. Ich habe es selbst am Kamin hängen sehen.«
»Du irrst dich!«, log Quirin verzweifelt. »Du warst sehr krank gewesen. Das Fieber hat dir bestimmt einen Streich gespielt.«
»Geht weg, lasst mich allein. Ich will nie im Leben etwas mit euch zu schicken haben«, schleuderte sie ihm wütend entgegen. »Ich wünsche fest, dass ihr bald in der Hölle schmort, weil ihr so grausam seid!«
Quirin schwieg bedrückt. Ihre harten Worte stachen ihm wie Dolche ins Herz. Rosina wurde es plötzlich schwindelig zumute. Sie taumelte. Es war zuviel für sie, was da alles an einem Tag auf sie einstürzte. Sie wurde ohnmächtig. Quirin sprang herbei und fing Rosina rechtzeitig auf, ehe sie zu Boden stürzte. Auf seine Arme bergend, trug er sie in die Stadt zurück.

*

Rosina kam in derselben Stube wieder zu Bewusstsein, wo sie am Morgen noch von ihrem Krankenlager aufgewacht war. Inzwischen war es Abend geworden. Im prasselnden Kaminfeuer knackte das Reisig. Wohlige Wärme verströmte sich im Raum. Ihr erster Blick schweifte hin zum Kamin. Das Schwert fehlte, es war nicht mehr an seinem Platz. Stattdessen hing dort die große Armbrust, mit der Quirin den tollwütigen Hund erschossen hatte. Wie konnte sie sich nur so irren? Allem Anschein nach lag es wohl doch am schweren Fieber, das ihre Sinne so genarrt hatte. Die Stubentüre ging auf. Quirin und Michel traten ein. Beschämt senkte Rosina ihre Augen.
»Mein Herrr, verzeiht mir, dass ich euch für den...«
»Denke einfach nicht mehr daran«, besänftigte sie Quirin und ging auf sie zu. Er hielt etwas in seiner Hand und gab es ihr.
»Ein scharlachrotes Kopftuch, ist es für mich?!«
»Ja, Rosina, ich möchte es dir schenken.«
»Danke, es ist sehr schön.«
»Solltest du künftig außer Haus gehen, setzt du es auf.«
»Das Kopftuch hat die gleiche Farbe wie ihr beide eure Sachen am Leib tragt«, stellte sie fest.
»Betrachte es sozusagen als ein Zeichen, dass wir drei von nun an zusammengehören. Weil du kein Zuhause mehr hast und nicht einmal eine Muhme da ist, die sich deiner annähme, bleibst du hier bei uns.«

»Meine Großmutter!«, fiel es Rosina plötzlich ein. »Wo ist sie?«
»Kannst du dich denn nicht mehr daran erinnern, was geschah, als du deine Ahne zuletzt gesehen hast?«
Vor Rosinas geistigem Auge wurde das längst vergessene auf einmal wieder lebendig. Es war nach der Hinrichtung ihrer Mutter gewesen. Ein Teil des Pöbels war immer noch aufgebracht, man wollte sie ebenfalls brennen sehen. Rosina wurde von ihrer Großmutter auf die Arme genommen. Beide flüchteten. Sie spürte, wie die Tränen der alten Frau auf ihre Wangen liefen. Die Tränen gefroren auf ihrer Haut. Die Flucht ging weit über die Gassen Hörsteins hinaus. Plötzlich war ihre Großmutter weg gewesen. Allein, mutterseelenallein war sie, Rosina, in der garstigen Unwirtlichkeit von Eis und Schnee zurückgeblieben. Furchtbar schneidende Kälte hatte ihren eisigen Mantel um sie gelegt.
»Vielleicht sucht sie mich ja?« Vom aufblitzenden Hoffnungsschimmer getragen, kehrte Rosina wieder in die Gegenwart zurück.
»Ich muß dich enttäuschen, Rosina. Deine Großmutter ist seitdem spurlos verschwunden. Niemand hat sie bisher wiedergesehen«, ernüchterte sie Quirin. »Michel und ich fanden dich einsam und verlassen im Schnee sitzen. Du warst schon fast erfroren. Damit du nicht umkamst, nahmen wir dich mit zu uns.«
»Dann habt ihr mir also jetzt schon zweimal das Leben gerettet?!«
Quirin nickte nur.
Ausgerechnet dieses Mädchen, hatte sein Meister gleich zweimal vor dem sicheren Tod bewahrt, dachte Michel verwundert. Wo dieser auf der anderen Seite nicht mal mit der Wimper zuckte, wenn er einem Armen Sünder das Lebenslicht ausblies... Argwohn machte sich in Michels Innerem breit.
»Du bekommst auch eine eigene Kammer«, versprach ihr Quirin. »Morgen will ich sie dir zeigen.«
Anderntags, gleich in der Früh, stieg Quirin mit Rosina die schmale Klötzchenstiege hoch ins obere Stockwerk. »Du kannst dir eine von drei Kammern aussuchen«, sagte Quirin, als sie im Flur vor den Türen standen, »außer der Kammer ganz hinten in der Ecke, dort schläft Michel.«
»Wenn schon, möchte ich eine Kammer, mit einem Fenster haben«, wünschte Rosina.
Quirin öffnete eine der Türen. Knarrend gab sie den Blick ins Innere frei. Rosina wünschte sich, niemals da hineingesehen zu haben. Breite Netze von langen Spinnweben spannten sich von der Decke, über Ecken und Winkel. Nur spärlich fand der Lichtschein durch die staubblinde Fensterscheibe. Das Linnen, das über den Alkoven – einer in die Wand

eingelassenen Schlafstatt – hing, war längst den gefräßigen Motten zum Opfer gefallen. Der Bettkasten teilte unweigerlich das gleiche Schicksal. Ein zerdepperter Tonkrug und ein zusammengebrochener Holzschemel ragten aus der Staubwüste, die nicht nur den Boden bedeckte.
»Du wirst hier wohl erst einmal gehörig aufräumen müssen, bevor du da überhaupt wohnen kannst. Am besten, du fängst gleich damit an.«
Bedröppelt dreinschauend, atmete Rosina tief durch. Ihr blieb nichts anderes übrig, als in den sauren Apfel zu beißen und den Besen zu schwingen.
»Wir müssen nun ebenfalls an unsere Arbeit«, verabschiedete sich Quirin, »es wird spät werden, bis wir wieder heimkommen. Bis dahin wirst du deine Kammer bestimmt aufgeräumt haben.« Bevor Quirin ging, blieb er an der Türschwelle stehen und wandte sich ihr noch einmal zu.
»Verstehst du schon etwas vom Kochen?«, fragte er sie.
Sie nickte. »Ich habe Mutter oft genug dabei zugesehen und ihr auch geholfen.«
»Dann kannst du uns ja später eine Mahlzeit zubereiten.« Quirins Miene hellte sich auf. »Unten in der Küche findest du alles, was du dazu brauchst.«
Seufzend ergab sich Rosina in ihr Schicksal. Quirin ging hinaus in den Hof. Unter seinem rechten Arm trug er ein langes dichtverschnürtes Leinenbündel. Rosina sah ihm vom oberen Flurfenster aus nach. Michel hockte wartend auf dem Kutschbock des Schinderkarrens. Nachdem auch Quirin aufgesessen hatte, gab Michel den beiden Zugtieren die Peitsche. Rumpelnd fuhr der Schinderkarren vom Hof, hin zu einer anderen Richtstätte...
Rosina war alleine. Sie ging an die Arbeit. Vor lauter Staub hustend, kämpfte sie sich durch den dichten Vorhang von Spinnweben. Sie warf das ganze alte Gerümpel aus dem Fenster hinunter in den Hof und fegte die Spinnennetze weg. Mit einer Bürste und einem Eimer voll Laugenwasser schrubbte sie die staubvertrockneten Holzplanken des graubraunen Fußbodens. Zusehends perlte ihr der Schweiß, immer wieder fuhr sich Rosina mit dem Handrücken über ihr verschwitztes Gesicht. Gleich mehrmals musste sie frisches Wasser vom Brunnen heraufschleppen, bis ihre Kammer endlich sauber war.
Die Zeit verstrich, die Mittagszeit war längst vorbei. Rosinas Beine und Arme schmerzten. Auch der Rücken tat ihr mittlerweile ungemein weh. Ihr Magen meldete sich knurrend. Rosina ging in die Küche hinab. Doch bevor sie ans Kochen gehen konnte, musste sie erst noch die Feuerstelle des Kamins ausfegen und neues Reisig entzünden, die verbeul-

te Kupferpfanne säubern und das Geschirr reinigen.
Ihre Mutter war eine gute Lehrmeisterin gewesen. So war es für Rosina nicht schwer, eine riesige Pfanne voll Speckeierkuchen zu backen. Als sie damit fertig war, lud sie sich einen ordentlichen Schlag davon auf ihren Tonteller. Endlich konnte sich Rosina an den Küchentisch setzen. Bevor sie jedoch ihren Holzlöffel in den heißdampfenden Berg der Speckeier tauchen konnte, überkam sie auf einmal bleierne Müdigkeit, so dass ihr schließlich die Augen zufielen.
Es wurde wirklich spät. Die Abenddämmerung setzte gerade ein, als Quirin und Michel nach Hause kamen. Beide waren ziemlich gezeichnet. Gleich zwei Arme Sünder hatten »aufs Rad geflochten« werden müssen, nachdem man ihnen vorher »vernünftig die Glieder versetzt« hatte, was keine leichte Arbeit war. Ein weiterer Missetäter »läutete fortan als Galgenschwengel die Feldglocke«. Zum Abschluss des »endlichen Gerichtstages« schlug Quirin einem Buschklepper in einem wohlgezielten Hieb »rasch absetzend« das Haupt ab, was zur großen Freude des blutlüsternen Publikums geschah. Für diesen Tag mochte Recht und Gesetz ausreichend Genüge getan sein.
Im Lichtschein des Binsenlichtes, das Quirin in der Hand hielt, fanden sie die Schlafende, noch immer am Tisch sitzend, so wie sie vor Stunden eingeschlafen war. Quirin leuchtete über Rosinas schmutzverschmierte Wangen. In ihrer blasenübersäten Hand hielt sie den Holzlöffel. Der Speckeierkuchen vor ihr war längst erkaltet. Quirin trug Rosina zur Bettstatt, die ähnlich wie in ihrer Kammer oben in eine Küchenwand eingelassen war. Behutsam legte er sie auf die Decke und zog den Betthimmel vor. Derweil entfachte Michel im Kamin ein neues Feuer und legte Holz und Reisig nach. Langsam erwärmte sich der Speckeierkuchen in der großen Kupferpfanne.
»Hast du den Leichnam des Geköpften schon in die Schindhütte gebracht?«, flüsterte Quirin leise und tauchte seinen Löffel in die Mahlzeit.
»Ja, Herr, ich habe ihn gut unter den Kuhfellen versteckt.«
»Gut, aber es hätte auch so gereicht. Hauptsache ist, dass Rosina ihn nicht sieht.«
»Vorsicht, man kann nie wissen, bei diesem Rotschopf.«
»Was hast du nur gegen sie?«
»Ohhh, nichts, eigentlich.« Michel wich der Frage aus. »Ich habe es nur so vor mich hingesagt.«
»Du brauchst mir nichts vorzumachen, du Hosenscheißer«, spöttelte Quirin. »Gebe ruhig zu, du hast Angst vor ihr, weil ihre Mutter eine

Hexe war, stimmt's?!«
Michel blieb die Antwort schuldig. Mit finsterem Blick sah er zum Alkoven hinüber. Dort tat sich aber nichts. Rosina schlief tief und fest weiter.
»Michel, verlass dich darauf, Rosina wird die Schindhütte niemals betreten«, sprach Quirin leise weiter. »Sie hasst den Gestank wie die Pest.« In Schweigen verfallend nahmen die beiden hungrigen Männer ihr Abendbrot ein.

*

Rosina tat bald nichts anderes mehr, als den beiden den Haushalt zu führen. Sie kam überhaupt nicht vom Hof, geschweige denn aus dem Haus, packte überall mit an, wo es nur ging. Sie putzte und schrubbte die Stuben und Kammern, die Blasen und Schwären vergingen. Rosina konnte nicht nur Suppen aus gehacktem Gemüse mit Brocken altbackenen Brotes und Brühe vermischt kochen oder einen einfachen dicken Hirsebrei, künftig brutzelte des öfteren auch ein Fisch in der Pfanne. Anders als an den Herdstätten vieler Familien mangelte es bei Meister Quirin nicht an Geflügel und Wildbret. Schließlich gab es im Spessart genügend Hexen, Spitzbuben, Lumpen und sonstiges lichtscheues Gesindel, das auf seine Aburteilung durch den Scharfrichter wartete. Statt weniger wurden es ihrer beinahe täglich mehr.
Die größte Freude bereitete es Rosina, wenn Quirin sie mit hinaus nahm in die gottgesegnete Flur. So entkam sie wenigstens eine zeitlang dem Gestank, der über dem Gehöft lag. Rosina fühlte sich glücklich, wenn sie mit ihm über Wiesengründe, Hänge und Hügel zog oder an seiner Seite den bis nah an die Stadt heranreichenden Spessartwald durchstreifte. Es bereitete ihr großes Vergnügen, Kräuter, Blüten und Blätter zu pflücken, Wurzeln, Knollen und Zwiebeln auszugraben, Samen zu sammeln oder Gräser zu rupfen.
Quirin brachte seiner gelehrigen Schülerin bei, dass gerade im Frühjahr die Grünkraft den Saft in die Blätter treibe, was für die Heilkraft der Kräuter immens wichtig sei, und dass die Ernte gerade noch vor dem Verschwinden des Morgentaus am besten sei, weil auch hier die Grünkraft der Pflanzen ihren Höhepunkt erreiche. Begierig lernte Rosina, welche Pflanzen den Kranken bei ihren Leiden halfen. Gleichzeitig erfuhr sie, dass so manche Pflanzen auch den Tod herbeiführen konnten. Bei äußerlicher Anwendung half beispielsweise das Bilsenkraut gegen Entzündungen und Geschwüren, nahm es der Patient hingegen inner-

lich ein, hatte es für ihn eine tödliche Wirkung.
Geduldig erklärte Quirin die richtige Zubereitung der einzelnen Tränke, Kräutersalben, Öle, Pulver und Tinkturen, wie man Wurzeln zerrieb, Kräuter trocknete und diese in Holzbüchsen, kleinen Spanholzschachteln oder einfach in Hafen aufbewahrte. Rosina wusste auch bald, wie das »Küchlein«, ein münzgroßer aus Mehl und Eigelb hergestellter Teig, zubereitet wurde, in den man pulverisierte Narkotika einarbeitete. Bei der Mandragorawurzel war auf die richtige Dosierung zu achten, führte diese doch zu starken Sinnesstörungen.
Die meiste Zeit über hielten sich Quirin und Michel gemeinsam in der Schindhütte auf. Sie waren dort mit dem Abdecken, dem Abledern von Tierkadavern beschäftigt. Beim Herschaffen kleinerer Tiere, wie Schafen, Ziegen, Katzen, Hunden und Gänsevieh genügte der Schubkarren. Bei größeren Tieren wie Pferden, Ochsen, Kühen, Kälbern oder Schweinen musste Michel schon den Schinderkarren vorspannen. Die zwei Abdecker verstanden es, aus all dem gefallenen Vieh viel Nutzbares zu gewinnen. Neben vielem anderen bildeten die Felle und Häute die Haupteinnahmequelle. Das Fett konnten sie gut an Gerber, Seifensieder und Kerzenzieher verkaufen. Aber gerade das Abkochen des Fettes verursachte den größten Gestank. Rosina hielt deshalb alle Türen und Fenster des Wohnhauses geschlossen. Quirin behielt Recht, Rosina ging gar nicht erst aus dem Haus. Auch die Jagdhunde des Kurfürsten wollten gut versorgt sein. So war es letztlich nicht mehr viel, was von den Tierkadavern übrigblieb. Der Rest, wie die Eingeweide, landete in einer Senkgrube.
Der Rat der Stadt Aschaffenburg erlaubte dem Scharfrichter, dass er sich auch des Leichnams eines Hingerichteten annehmen durfte. Wie beim gefallenen Vieh verwertete Quirin die Leichenteile seiner Opfer, so wie es bei dem Geköpften geschah. Nicht nur die Haut oder das Armesünderfett brachten ordentlichen Gewinn. Meister Quirin war geschäftstüchtig genug, um seine von Aberglauben beseelte Kundschaft mit Glücks- und Heilsbringern zu versorgen. Ein abgehackter Diebesdaumen, unter die Waren gelegt, verschaffte dem Krämer Glück. Das Knöchelchen eines Armen Sünders, im Geldbeutel aufbewahrt, brachte dem Besitzer reichlich Geld und ließ den Beutel niemals leer werden. Beliebt war vor allem das Blut der Hingerichteten, und seien es auch nur wenige Tropfen auf einem Lappen aufgefangen. Alles kostbare Schätze, die man gerne gegen gutes Geld dem Scharfrichter abkaufte. Das »Arme-Sünder-Blut« sollte gegen gefährliche Krankheiten, besonders bei Fallsucht helfen. Selbst blutgetränkte Holzsplitter vom

Blutgericht oder Strickteile eines Gehängten waren sehr begehrt. Meist heimlich, im Schutze der Nacht, kamen vermummte Gestalten an den Zaun des Hofes geschlichen, um nach Meister Quirin zu rufen. Es lebte sich recht gut vom schwunghaften Handel dieser vielbegehrten, unverzichtbar erscheinenden »Kostbarkeiten«.
Auch zu Fragen in der Medizin konnte Quirin den Ratsuchenden stets helfend zur Seite stehen. Seine Auswahl an Salben, Säften, Brandpflastern, Gewürzweinen und Heilkräutern war schier unerschöpflich. Die Angst vor einer Berührung durch den Unehrlichen war unter der Bevölkerung riesengroß, brachte sie dem Unglücklichen, dem dies unverzeihliche Mißgeschick geschah, letztlich Ächtung und Verstoß aus Zunft und Gesellschaft mit sich. Doch wenn es gar nicht mehr anders ging, wenn Not und Schmerzen unerträglich waren, setzten sich Bauern, Handwerker, selbst Pfarrer oder Grafen diesem großen Wagnis aus. Meister Quirins Tätigkeit erstreckte sich auf die Behandlung von Brüchen, Verrenkungen, Amputationen oder Hieb- und Stichwunden. Auch gegen den gefürchteten »Schelmo«, eine unter Pferden, Eseln, Ochsen, Schafen und Schweinen grassierende Viehseuche, wusste Quirin Rat. Kastanienrinde, pulverisiertes Wisentgeweih und Luchsblut oder einfacher Tannen- und Kieferduft sollten die befallenen Tiere heilen.

*

Schließlich kam der Tag, an dem Rosina erstmals in die Stadt gehen durfte. Sie trug ihr scharlachrotes Kopftuch, darunter lugten verstohlen die Strähnen ihres roten Haares hervor. Ihr mittlerweile verschlissenes graues Wams war ins Feuer gewandert und Quirin hatte ihr bei einem Flickschuster in der Sandgasse ein neues gekauft. Wie andere Leute auch benutzte sie ihr Nachthemd gleichzeitig als Unterwäsche, darüber Leibchen und Rock tragend. Zwischen den Trägern des Leibchens blitzte ein blütenweißes Halstuch hervor. Über die Hemdsärmel waren lose, blaugefärbte Zierärmel gezogen. Damit sich Rosina nicht gleich ihre neue Kleidung verschmutzte, hatte sie sich eine graue Schürze um den Rock gebunden. Michel musste sie begleiten. Der schwere Korb, den Rosina schleppte, war gefüllt mit lauter kleinen Tonschälchen.
Beide gingen sie den Welzbach entlang und den Löhergraben hoch. Erst mehrere Steinwürfe vom Gehöft entfernt fanden sich die Häuser der Lohgerber. Schon von weitem kündete das frohe Lachen spielender Kinder. Bald konnten Rosina und Michel sie sehen. Voll ausgelassener

Spielfreude sprangen sie jauchzend und vergnügt den Welzbach herunter. Gleich zwei Dutzend Mädchen und Buben ließen im schnell dahinfließenden Wasser kleine aus Rindenholz geschnitzte Bootchen fahren. Für Rosina war es das erste Mal seit langem, dass sie wieder anderen Kindern begegnete. Plötzlich ergriff sie grenzenloses Verlangen, mit ihnen zu spielen. Der Korb in ihrer Hand wurde zusehends schwerer. Der Kinderschwarm kam näher. Rosina konnte nicht mehr länger an sich halten. Kurzerhand setzte sie den Korb ab und lief auf die Kinder zu.
»He, was soll das?!« Ehe sich Michel versah, war sie ihm bereits enteilt. Rosinas Herz hüpfte vor Freude. Das würde ein Heidenspaß geben, endlich wieder einmal einem Spiel fröhnen zu dürfen. Doch als die Kinder Rosina auf sich zueilen sahen, verwandelten sich ihre hellfreudigen Mienen schlagartig in Abscheu und pure Feindseligkeit. Schon flogen Rosina die ersten Steine entgegen. denen sie nur um Haaresbreite entging.
»Los verschwinde, wir wollen nicht mit dir spielen, verfluchtes Schinderbalg!« Rosina verlangsamte ihren Schritt, schließlich blieb sie stehen. Vor wenigen Augenblicken noch hatte große Freude ihr Herz hüpfen lassen, doch nun sah es sich vom Mantel bitterer Enttäuschung umhüllt. Plötzlich verharrten die Kinder auf der Stelle. Feixend und Grimassen schneidend schrieen sie Rosina ein Spottlied zu:
»Der Schäfer und der Schinder, das sind Geschwisterkinder, und der Säuhirt noch dabei, das sind die Schinder alle drei.« In ein schadenfreudiges Lachen ausbrechend und bald wieder in ihr unbeschwertes Spiel vertieft, kehrten sie Rosina den Rücken. Rosina verstand die Welt nicht mehr. Weshalb geschah das alles?
Plötzlich packte Michel Rosina ziemlich rüde am Arm, um sie mit fort zu ziehen.
»Auuuh, du tust mir weh!«
»Sei nicht so wehleidig und gehorche lieber«, herrschte er sie an. Mit Tränen in ihren großen Augen sah Rosina sehnsüchtig den Kindern nach. Doch diese waren fast schon aus ihrem Blick verschwunden. Warum wollten die Kinder nicht mit ihr spielen? Verständnislosigkeit spiegelte sich in ihrer kummervollen Miene wider.
»Worauf wartest du denn noch?« Michel riss sie aus ihren traurigen Gedanken. »Halt gefälligst nicht länger Maulaffen feil, wir müssen zum Apotheker«, brummte er missmutig und stapfte los.
»Ich pack den schweren Korb nicht mehr, du hast mir den Arm fast zerquetscht.« Rosina hielt sich die schmerzende Stelle.

»Dann nimm die Linke, wozu hast du denn zwei Hände«, zischte Michel ungehalten, ohne dass er sich dabei umsah. Seufzend hob Rosina den Korb wieder auf. Schweigsam folgte sie dem Knecht.
Kurz vor der Löherpforte schmiegten sich eine handvoll Badestuben an den Fuß des Stiftsberges. Aus den Fenstern drang herzhaft heiteres Lachen fröhlicher Männer und Frauen.
»Pfui Teufel, schlimmer als Sodom und Gomorrha!« Angewidert schüttelte Michel seinen Glatzkopf und spuckte aus. »Der Herrgott wird euch für eure Sündhaftigkeit strafen. So wahr ich hier stehe.«
»Warum schimpfst du denn schon wieder?« Rosina packte der blanke Trotz. »Was machen denn die Leute da drinnen, weil du dich so aufregst?«
Michel räusperte sich verlegen. »Ähhh, sie baden nur... in riesengroßen runden Holzzubern...« Er brachte es nicht fertig, ihr zu erklären, was wirklich im Inneren der Badestuben vor sich ging: Dass Männer und Weiber gemeinsam ihr Bad teilten, um sich trinkselig und lasterhaft ausschweifenden Orgien hinzugeben. Von all dieser Verderbtheit brauchte Rosina nichts zu wissen, dafür war sie schließlich noch zu jung.
»Das ist doch nichts Schlimmes, wenn Leute sich waschen und baden. Deswegen musst du doch kein solches Theater machen«, meinte Rosina und schaute den vor Dreck strotzenden und stinkenden Michel abschätzig an. »Du könntest auch mal ein gutes Bad vertragen, so wie du aussiehst.«
»Was? Du freche Kröte willst mir sagen, was ich zu tun habe?« Michels Augäpfel drohten aus ihren Höhlen zu fahren. Zornesröte stieg ihm ins Gesicht, soweit dies seine verschmutzten Wangen überhaupt zuließen. Wutschnaubend ging er auf Rosina los. »Na warte, du Früchtchen, ich werde dich gleich Mores lehren.« Schon griffen seine dreckigen Finger nach ihr. Bebend sprang Rosina zur Seite. Ihr Heil in der Flucht suchend ließ sie den schweren Korb stehen. Leichtfüßig sprang sie durchs Tor der Löherpforte.
»Bleib gefälligst hier und hole dir deine Maulschelle ab, die du verdient hast«, schrie er ihr mit schmerzverzerrter Miene hinterher. Seit Michel vor Jahren die unliebsame Bekanntschaft mit einem eisenbeschlagenen Rad gemacht hatte, konnte er nicht mehr so, wie er wollte. Es grenzte schon an ein Wunder, dass er überhaupt noch gehen konnte, ohne dabei jedesmal größte Pein erleiden zu müssen. Michel blieb nichts anderes übrig, als den Korb aufzuheben und ihn selbst zu tragen.
Mit langsamen Schritten folgte er Rosina. Diese hatte inzwischen den

Heumarkt erreicht, in dessen Hintergrund der große Freihof zu sehen war. Hier wohnte der Stiftsschenk. Der Erbpächter sah sich dem Stift gegenüber verpflichtet, Fuhr- und Hilfsdienste zu leisten und ferner im Herbst die Ernte einzubringen. Dafür durfte der Stiftsschenk Wein ausschenken, vor allem an die Geistlichen der Stadt, und Fremde beherbergen. Nicht weit von der Mehlwaage entfernt saß ein Häuflein Bettler, arme, vom Leben ausgespuckte Menschen. Sie hatten sich ein sonniges Plätzchen ausgesucht. Es waren nur ein paar wenige aus dem endlosen Strom der Bettlerkarawanen, die durchs Land zogen. Viele von ihnen waren vom zurückliegenden Winter in bitterstes Elend gestürzt worden. Manch einer der zerlumpten Trauergestalten war der letzte Überlebende einer ganzen Sippe, bis letztlich auch er oder sie selbst früher oder später entkräftet vor Hunger sterben würde.
Wehe den Bettlern, wenn sie der Bettelvogt erwischte. Die blutigen Striemen, die seine lange Peitsche schlug, taten mordsmäßig weh.
»Bitte, gib uns ein Almosen, um Gottes Lohn...« Jedem, der des Weges kam, streckten die Bettler ihre Hände oder kleine Schüsseln entgegen. Wortlos ging Rosina an ihnen vorbei. Sie besaß ja nichts, was sie den Ärmsten geben konnte.
Viele dieser Hilfsbedürftigen trugen ein schweres Schicksal. Rosina sah Blinde, die ihren stockdunklen Weg gingen. Anderen fehlten wiederum ganze Gliedmaßen. Ein beidseitig fußloser Krüppel musste sich auf allen Vieren kriechend fortbewegen. Doch gab es unter diesem Haufen verlorener Seelen auch so manchen Taugenichts, der nicht davor zurückschreckte, selbst Krüppel und Habenichtse zu bestehlen.
Michel hatte ein geübtes Auge dafür, solche zwielichtigen Gestalten aus den Reihen der Bettler herauszudeuten. Auch diesmal hielt sich ein gemeiner Beutelschneider darunter versteckt. Die weit ins Gesicht des Mannes herabhängende Hutkrempe war nicht breit genug, um das Brandmal auf seiner Stirn restlos zu verbergen. Die rosafarben schimmernde Narbe - ein großes »N« - war noch recht frisch und kaum richtig verheilt.
»Aus Nürnberg kommst du also, Spitzbube«, sprach ihn Michel an. Der enttarnte Verbrecher tat, als höre er nichts und zog den Kopf ein. »Du kannst mir nichts vormachen. Deinesgleichen rieche ich schon von Weitem gegen den Wind«, tönte Michel. »Wie ich sehe, hast du deine Galgenweihe bereits hinter dir. Sei gut beraten, wenn du dir hier bei uns nichts zu Schulden kommen lässt. Du weißt ja, was dir sonst blüht, du Galgenvogel.«
Angesichts dieser fürchterlichen Drohung fiel dem Halunken vor lau-

ter Schreck der Hut vom schwarzlockigen Kopf. Es war ein Mann von kleiner Statur um die Dreißig. Seine Augen schielten vor Falschheit, die krumme Nase glich dem Schnabel eines Greifvogels. Das kurzaufgesetzte heuchlerische Lächeln erstarb in Windeseile. Seine Lippen wurden vor Furcht ganz fahl. Als er beim Aufsehen erkannte, dass er es ausgerechnet mit dem Peinknecht eines Scharfrichters zu tun hatte, war es gänzlich um ihn geschehen. Den Hut weit ins Gesicht schiebend, stahl sich der finstere Bursche eiligst vom Heumarkt davon, als wäre der Leibhaftige hinter ihm her. In gebückter Haltung tauchte er schnell in den Reihen des bunten Volkes unter.
»Ja, lauf nur, du Hasenfuß, sieh dich vor, dass du Meister Quirin nicht in die Quere kommst.« rief ihm Michel nach. Doch er irrte, wenn er glaubte, damit den »Nürnberger« ein für allemal aus der Stadt gejagt zu haben. Unvergänglich wie Unkraut sollte der dreiste Kerl eines Tages wieder nach Aschaffenburg zurückkehren.
Michels Wut auf Rosina war längst verraucht. Letztlich musste er um sein eigenes Seelenheil bangen, täte er Rosina wirklich etwas an, denn Meister Quirin hätte hierfür bestimmt kein Verständnis. »Zum heiligen Donnerkeil, diese kleine raffinierte Hexe hat meinen Herrn verzaubert«, fluchte er wieder Mal in sich hinein. Warum sonst nahm er sich ihrer so sehr an?
Inzwischen ging Rosina am Säumarkt vorbei auf den Salzmarkt zu. Wie überall in der Stadt säumte auch hier jede Menge Unrat die engen Gassen. Direkt vor ihren Augen trieb ein Säuhirt eine Schweinerotte den Weg entlang. Ihr Ziel galt dem Bürgerwald, in dem sich die Tiere ordentlich satt fressen konnten. Am Verkaufsplatz der Orber Salzpfänner blieb Rosina stehen, um auf Michel zu warten. Endlich kam er näher. Michel hielt genau auf sie zu. Würde er sie schlagen? Bei all seiner Rohheit schien Michel dazu fähig zu sein. Doch seine müden Schritte und die versöhnliche Miene, die er aufsetzte, verrieten Rosina recht schnell, dass sie von ihm nichts zu befürchten hatte. Wortlos drückte er ihr den schweren Korb in die Hände.
Gemeinsam gingen sie weiter. Kurz vor dem Scharfen Eck bogen die beiden ab und gingen über den schmalen Holzsteg der Salzbrücke. Diese überquerte den bewässerten Stadtgraben, der die Oberstadt von der Vorstadt trennte.
Der unweit in den Stadtgraben fließende Ohmbach verbreitete einen gräßlichen Gestank. Wie an allen Bachläufen, die durch Aschaffenburg flossen, waren Schöpfstellen eingerichtet, wo Bürger Wasser für jeglichen Verbrauch entnehmen konnten, auch um einen möglichen Brand

zu löschen. Mit der Zeit wurde jedoch der Ohmbach durch einfließende Jauche, durch Färber, Gerber und Bleicher verunreinigt. Sein Wasser war nicht mehr zu genießen.
Das schmale Gässchen »Zwischen den Toren« führte zum Stiftsberg hoch. Beiderseits des Tönges, auch Marktturm genannt, grenzten die Gefängnisse der Stadt an. Mit Blickrichtung zur Stiftskirche hin ragte unmittelbar zur Linken ein viergeschossiges Fachwerkhaus mit Schildgiebel und Schopfwalm hoch auf. Rosina und Michel standen vor der Apotheke »Zum güldenen Löwen«, einem der größten und wohl auch mit Abstand schönsten Fachwerkgebäude der Stadt.
»Da gehst du jetzt hinein«, ordnete Michel an.
»Kommst du denn nicht mit?«
»Du... ich kann nicht.« Michel geriet in Verlegenheit. »In meinem Aufzug geht es wohl schlecht...« Er log, wie sollte er auch anders. Gut, dass er um keine Ausrede verlegen war. Michel konnte ihr gegenüber schlecht zugeben, dass ihm als Peinknecht eines Scharfrichters der Zutritt in diese Apotheke verboten war, was auch für seinen Herrn galt. Viele Häuser, wie auch die Badestuben vorhin, verschlossen sich vor ihnen. In der ganzen Stadt standen ihnen nur im Wirtshaus »Zum güldenen Karpfen« die Türen offen. Abseits von den anderen Gästen bekamen sie unweit der Türe den ihnen bestimmten Platz zugewiesen, an den sie sich zu setzen hatten. Ihre Schemel waren, einem Galgen ähnlich, dreibeinig. Auch mussten sie immer aus einem Krug trinken, den sie von zu Hause mitzubringen hatten. Alles, was einmal mit dem Scharfrichter in Berührung kam, an dem haftete ein Makel fürs Leben. Dies galt für Menschen und Tiere, wie auch selbst für einfache Gegenstände.
»Ich verstehe«, Rosina nickte, »dann gehe ich eben alleine.«
»Bestell dem Herrn Apotheker einen schönen Gruß von Meister Quirin und sage ihm, du brächtest wie versprochen das Nierenfett und den Ziegentalg«, gab ihr Michel mit auf den Weg.
Rosina gehorchte und ging in die Apotheke. Ein melodisches Glockenspiel erklang, als Rosina die Türe öffnete. Der große Ladenraum war voller hoher Regale und einem Schrank mit vielen kleinen Schubkästen. Überall standen Flaschen, kleine Tonkrüge, Gläschen und sonstige Gefäße. In der Apotheke roch es nicht viel anders als in Quirins Kräuterkammer, lediglich mit einem Hauch Schwefel vermischt. Ein breiter Holztisch schob sich weit in den Raum, auf ihm stand eine Pendelwaage. Daneben lag ein Mörserkolben in einer Schale. Es hielten sich bereits einige Personen im Laden auf. Sie nahmen Rosinas Entreten gar

nicht war, derart waren sie miteinander ins Gespräch vertieft.
»...dieses Hexengelichter ist Schuld an der Unfruchtbarkeit meines Gatten, dem Ärmsten. Wir haben schon so viele eurer Arzneien probiert, aber gebracht hat es bislang nichts«, wetterte eine große kräftige Frau mittleren Alters. Die Adern an ihren Schläfen drohten jeden Moment zu platzen. Während ihr kleiner untersetzter Mann nervös an den Lippen nagte. Beide trugen nur feinstes Tuch und Seide.
»Erst wenn die letzte Hexe verbrannt ist...«, fuhr die Frau erbost fort. Drohgebärdend streckte sie dabei ihre Rechte fest zur Faust geballt in die Luft.
»Gnädigste, das Mittel, das ich ihnen jetzt gebe, wird ihnen bestimmt helfen, dass euer Kinderwunsch bald in Erfüllung geht«, unterbrach sie der graubärtige Apotheker und reichte ihr ein kleines Fläschchen über den Tisch.
»Was macht es diesmal?«, schnarrte sie.
»Drei Gulden bitte!«
»Meister Praetor, ich muss schon sagen, ihr werdet von Tag zu Tag teurer.«, jammerte sie und legte die Münzen hin.
»Ergebensten Dank!« Der Apotheker machte einen leichten Diener. »Gnädigste, seid versichert, diesmal hilft es wirklich.«
»Wollen wir's hoffen«, schnaufte sie und bedachte ihren Gatten mit einem vielsagenden Blick. »Bevor ich es vergesse, wisst ihr denn schon das Neueste?«
»Was denn?« Die Augen des Apothekers starrten fragend hinter zwei dicken Brillengläsern hervor.
»Mit dem Zentgrafen von Hörstein soll es nun auch zu Ende gegangen sein. Er hat schon lange für sein gerechtes Urteil leiden müssen, dass er über diese verruchte Teufelsbuhlin sprach.« Die Frau ergoss sich in einen wahren Wortschwall. »Den reichen Winzer Mathes, oder wie er heißt, soll sie noch auf der Fahrt zur Hinrichtung verhext haben. Der Ärmste, ihm wird wohl keine schöne Stunde mehr beschieden sein. Ein furchtbarer Gedanke, zeitlebens als Krüppel dahinsiechen zu müssen. Da hilft auch keine Medizin.«
Die schwatzhafte Frau schneuzte in ein Taschentuch aus reiner Seide. Ihre Pause blieb nicht von langer Dauer.
»Rottet dieses Hexenpack endlich aus. Verbrennt lieber eine Hexe zuviel als wie eine zuwenig.«
Wortlos hatte Rosina alles mit angehört. Langsam trat sie an den Ladentisch heran. Sie wusste, dass man von ihrer Mutter sprach. Rosina hielt sich zurück, ein ungutes Gefühl beschlich sie. Sie musste unwillkürlich

daran zurückdenken, wie der blutgeile Pöbel auf dem Spiegelsberg ihr eigenes Leben gefordert hatte: »...werft den kleinen Feuerkopf am besten gleich mit in die Flammen...«
»Teuerste Herrschaften, beehren sie mich bald wieder.«, drängte der Apotheker seine werte Kundschaft zum Abschied.
Erst beim Gehen bemerkte die Frau die neben ihr stehende Rosina. Beinahe wäre sie sogar über das Mädchen gestürzt. In dem Blick, den sie Rosina dabei zuwarf, lagen Schrecken und Abscheu.
»Schockschwerenot! Auch das noch, ein Rotschopf«, bemerkte die Frau fast schon beleidigend. Grob zog sie ihren fischstummen Ehemann aus dem Laden. »Los, mach schon! Sieh zu, dass wir von hier fortkommen. Merke dir gut, lieber Heinrich: Rote Haare und Erlenhecken, wachsen auf keinem guten Flecken.« Im melodischen Glockenspiel verloren sich ihre weiteren Wortergüsse.
Der Apotheker atmete auf. Mit einem kleinen Tuch wischte er sich über seine nasse Stirn. Er war sichtlich froh, diese Person wieder aus seinem Geschäft zu haben.
»Nun zu dir mein Kind«, der Apotheker beugte sich zu Rosina herab. »Wer bist du denn?« fragte er freundlich.
»Rosina.«
»Und was hast du Schönes in deinem großen Korb?«
»Nierenfett und Ziegentalg, ich soll euch einen Gruß von Meister Quirin bestellen.« Rosina musste all ihre Kraft aufwenden, um den schweren Korb auf den hohen Ladentisch zu wuchten. Der Apotheker machte keinerlei Anstalten, ihr dabei zu helfen. So, als scheue er eine Berührung mit Rosina.
»Na endlich, die Kundschaft wartet schon darauf, dass ich sie mit diesen Sachen von ihren Leiden kuriere.« Über das Gesicht des Apothekers glitt ein mehr als zufriedenes Lächeln. Er bückte sich und holte hinter der Ladentheke ein kleines Teigstückchen hervor, gebacken aus Maismehl, Muskatnuss, Nelken, Kardamom, Zimt und anderen Gewürzen.
»Das Plätzchen ist für dich, weil du den Korb gebracht hast.« Der Apotheker räumte den Korb aus, darauf achtend, dass er diesen dabei ja nicht berührte. Schnell schob sich Rosina den Lebkuchenteig in den Mund, als habe sie Angst, es könne ihn ihr jemand wieder wegnehmen.
»Mmmh!« Eine solch süße Köstlichkeit hatte Rosina nie zuvor schmecken dürfen.
»Bist du alleine gekommen?«, fragte der Apotheker. Vorsichtig spähte er durch seine Brille in Richtung Ladentüre und Fenster. Er schien et-

was Ungutes im Schild zu führen.
»Nein«, antwortete Rosina und schluckte genüßlich die letzten Teigbrösel hinunter.
»Ich sehe aber niemanden...«, sprach er, sich scheinbar in Sicherheit wiegend. »Du kannst jetzt wieder gehen. Vergiss nicht, deinen Korb mitzunehmen.« Er drängte zur Eile.
»Aber, ich soll...«
»Was sollst du...?«, schnitt er ihr barsch das Wort ab. Plötzlich war es mit seiner Freundlichkeit vorbei.
»Das Geld. Ich muss es gleich kassieren.« Sie schob ihm einen Lederbeutel mit fester Zugschnur über den Tisch zu.
»Ach, das können wir doch auch ein andermal erledigen, Kindchen«, wehrte der Apotheker ab, als handele es sich um eine leidige Lappalie. Plötzlich erklang von neuem das melodische Läuten des Glockenspiels. Ohne einzutreten gab Michel sich am Türrahmen zu erkennen.
»Naja, wenn es euch so pressiert, will ich euch das Geld halt gleich geben.« Zähneknirschend gab der Apotheker klein bei und füllte den Geldbeutel mit Münzen. »Meister Quirin soll auf seinen wohlverdienten Lohn nicht warten müssen.«
Wäre es nach Rosinas Willen gegangen, hätte der Apotheker den Lederbeutel statt mit klimpernden Geldstücken viel lieber mit lauter Lebküchlein gefüllt. Schwer wog der Geldbeutel in ihrer Hand. Sie ließ ihn in den Korb plumpsen. »Behüt' euch Gott!« sprach Rosina, drehte sich um und ging hinaus.
»Wollte sich wohl vor'm Bezahlen drücken, der Gute, was?«, empfing sie Michel vor der Apotheke.
Rosina nickte nur und hielt ihm den Geldbeutel entgegen. Michel nahm ihn an sich und verwahrte ihn gut unter seinem Überrock.
»Dieser nimmersatte, habgierige Halsabschneider«, brauste Michel auf, »liebend gerne täte ich ihn mal so richtig durchwalken...« Michel ballte seine Rechte zur Faust.
»Ich habe Durst«, sprach Rosina, der süße Teigling verlangte seinen Tribut. Michel ging mit ihr über den großen weiten Platz vor der Stiftskirche. Hier, auf dem einstigen Milchmarkt, fand an den Samstagen der Wochenmarkt statt. Meistens säumten den Platz, der in früheren Zeiten als Friedhof genutzt worden war, die geballten Massen friedvoller Pilgerzüge. Priester predigten von der Pilgerkanzel aus den Gläubigen vor dem Stiftsgebäude, zeigten ihnen die Heiligtümer und sprachen den Segen. Natürlich erst nachdem die Pilger ihren Ablass hatten im Klingelbeutel verschwinden lassen. Damit die Pilger sich auf ihrer stra-

paziösen Reise etwas erfrischen konnten, war auf Geheiß der Stiftsherren und von Ablassgeldern bezahlt der vierläufige Stiftsbrunnen gebaut worden. Rosina löschte ihren Durst. Anschließend gingen die beiden denselben Weg zurück, den sie gekommen waren.

*

Es schien, als habe sich Michel Rosinas Worte zu Herzen genommen. Noch am selben Ahend stieg der dreckverschmutzte Knecht in den Waschzuber. Quirin hatte im Wohnhaus eine eigene Badestube eingerichtet, da bekanntlich den beiden Männern der Zutritt in die öffentlichen Badestuben verwehrt blieb.
Ein Kachelofen verströmte behagliche Wärme. Michel genoss das Bad in vollen Zügen, was man von Rosina allerdings nicht gerade behaupten konnte. Schließlich hatte sie Schwerstarbeit zu leisten. Viele Ledereimer, bis fast zum Rand hin gefüllt mit erhitztem Wasser, waren nötig, um den großen Waschzuber halbwegs vollzubringen. Michel räkelte sich vor Wohlbehagen, als Rosina ihm mit einer Bürste den Rücken abschrubbte.
»Warum waren heute die Gassenkinder so böse zu mir und beschimpften mich als Schinderbalg?«, fragte Rosina traurig und goss Michel dabei eine Schöpfkelle voll Wasser über den Kopf.
»Weißt du was ein Schinder ist?«, fragte er sie, nachdem er in hohem Bogen das Wasser ausspuckte.
»Nein«
»Schinder, das sind Abdecker, eben was Meister Quirin und ich sind, wenn wir draußen in der Schindhütte unsere Arbeit verrichten. Auch reinigen wir die Latrinen und Heimlichkeiten der Herrschaften. Es ist unser bitteres Los, dass die Menschen uns dafür meiden. So als ob wir die Pest im Ranzen stecken hätten oder Aussätzige wären.«
»Liegt es am Gestank, der an euch haftet?«
»Ja, auch am Gestank«, gab Michel vielsagend zu Antwort.
»Das ist ja schrecklich«, stutzte Rosina ungläubig. »Aber es muss doch jemanden geben, der die Straßen, Gassen und Plätze von Tierkadavern säubert und das andere. Sonst verkommt am Ende alles im Dreck.«
»Ein Schinder verliert niemals seinen Geruch. So wie ein Luchs im dunklen Tann nie seine Flecken verliert«, erklärte Michel, der nun selbst einem Anflug von Melancholie verfiel. »Auch du, Rosina, trägst inzwischen diesen Geruch an dir!«
Rosina sah entsetzt auf. Sofort hob sie ihre beiden Hände an die Nase

und roch. »Ich rieche nichts, auch nicht an meinem Leibchen.«
»Den Gestank nach abgekochtem Tierfett, Kadavern und Kloake meine ich nicht«, fuhr Michel erklärend fort. »Ich meine den Geruch des Unehrlichen. Diesen, Rosina, wirst du nie verlieren. Du selbst kannst ihn nicht wahrnehmen, dies können nur die ehrsamen Bürger.« Michels Stimme klang hart.
»Wie meinst du das?«
»Die Ehrsamen lassen dich deinen Geruch des Unehrlichen spüren, indem sie dich mit Missachtung strafen. Niemand ist jemals Willens, etwas mit dir zu tun zu haben, es sei denn im Verborgenen. Du trägst dein scharlachrotes Kopftuch nicht weil es schön ist...«
»...sondern weil ich bei euch lebe«, Rosina schlug ihre Augen nieder.
»Deshalb also wollte keines der Gassenkinder mit mir spielen?«
Michel nickte. Zum ersten Mal tat sie ihm leid. Er brachte es aber nicht über's Herz, sie zu trösten. »Solange du lebst, wirst du eine Verfehmte, eine Ausgestoßene bleiben. Was soll nur aus dir werden, wenn Meister Quirin und ich nicht mehr da sind...«
Rosina hörte Michels letzte Worte nicht mehr. Vom Schlaf übermannt war sie auf ihrem Holzschemel eingenickt.

*

In der darauffolgenden Zeit konnte Quirin Rosina dabei beobachten, wie sie klammheimlich hinter dem Hofzaun kauernd den spielenden Kindern hinterher sah. Der sehnsüchtige Blick, den Rosina jedesmal in ihren großen, traurigen Augen trug, stimmte ihn nachdenklich. Quirin war nicht gewillt, dieses Jammerspiel noch lange mitanzusehen. »Kam Zeit, kam Rat«, dachte er sich.
Das Hornsignal des Pistors drang seit Tagen nicht mehr in die Gassen der Stadt. Die Pistorei buk schon lange kein Brot mehr. Weder Herrenbrot für die Reichen, noch Weißbrot oder Schwarzbrot für die ärmeren Leute. Keine Brezeln, keinen Zwieback, nichts von alldem gab es mehr zu kaufen. Wenigstens solange, bis die Schuld des Pistors gesühnt wurde. Dieser hatte nämlich zu kleine Semmeln gebacken und Brot mit Untergewicht an seine Kundschaft verkauft. Der städtische Brotwieger war es, der den betrügerischen Schwindel aufgedeckt hatte. Dafür sollte nun der Stiftsbäcker seine »Bäckertaufe« erleiden.
Jedesmal, wenn Quirin und Michel aufbrachen, um als Werkzeuge weltlicher und geistlicher Obrigkeit Gesetzesbrecher ihrer gerechten Strafe zuzuführen, sah sich Rosina einem Berg voll Arbeit ausgesetzt.

Dass dies in Quirins Absicht lag, konnte sie nicht ahnen, ebensowenig, was die beiden Männer wirklich taten, solange sie außer Haus waren. Tierkadaver und Latrinen gab es allem Anschein nach zur Genüge.
Rosina war bereits seit dem ersten Hahnenschrei mit dem Waschen von Klamotten, Betttüchern und sonstigem schmutzigen Linnen beschäftigt. Nachdem sie die saubere Wäsche mit einem Reibglas geglättet hatte, packte Rosina alles in einen großen Korb. Da sie auf dem Hof wegen des ewigen Schmutzes die frische Wäsche nicht zum Trocknen auslegen konnte, musste sie bis hinab zu den Mainauen. Rosina war viel früher als erwartet mit ihrer Arbeit fertiggeworden. Sie lud die nasse Wäsche kurzerhand auf den Schubkarren und fuhr los. Ihr Weg führte sie den Löhergraben hinab, über das »Fischerbrückelchen«, am St. Elisabethen-Hospital und am Ostheimer Hof vorbei. Den Kornmarkt überquerend ließ sie rechter Hand die Metzgerpforte mit dem Narrenhaus liegen. Am städtischen Schlachthaus vorbei, ging es schließlich zum Bleichtor hinaus zur »Großen Bleiche« auf die weite Mainaue.
Inzwischen war es Sommer geworden. Das Wasser war wieder in das normale Flußbett des Mains zurückgeflossen. Nicht nur die Bürger, sondern auch die Tuchfärber legten auf der Großen Bleiche ihre Sachen zum Trocknen aus. Rosina tat dies an diesem Tag nicht zum ersten Mal. Sie wunderte sich, dass heute die Wiesen leer waren und niemand seine Wäsche ausgelegt hatte, obwohl der letzte Morgentau längst unter dem strahlenden Sonnenlicht verdampft war.
Rosina wollte sich soeben an die Arbeit machen, als sie plötzlich ein aufgeregtes Stimmengewirr vernahm. Auf der Mainbrücke drängte und schob sich eine große Menschenmenge. Sogar auf der Brückenmauer standen die Leute dicht an dicht beieinander. Neugierig geworden sah Rosina auf und ging näher ans Ufer herunter, um besser sehen zu können. Was sollte der Volksauflauf nur bedeuten? Der leicht säuselnde Wind blies nur wenige, kaum zu verstehende Wortfetzen an ihre Ohren. Vorsichtig schlug sie die Blätter des dichtgewachsenen Schilfs beiseite.
In diesem Moment schwenkte ein großer Wippgalgen bei. Am vorderen Ende hing an einem langen Seil ein Käfig, der Platz für eine Person bot. Darin saß jemand auf dem sogenannten »Bäckerstuhl« gefesselt. Rosina kannte den Mann, sie hatte beim Herrn Pistor schon so manchen Laib Brot und etliche Brezeln gekauft.
Das Wasser tief unter sich sehend, verfiel der Pistor in ein weinerliches Geflehe, wodurch er lediglich Schmährufe und hämisches Gelächter erntete.

»Erbarmen, so habt doch Erbarmen mit mir, nein, ich will nicht, nein!« Bevor er noch weiter um Gnade betteln konnte, tauchte der »Bäckerkäfig« auch schon in die kalten Fluten, begleitet vom ohrenbetäubenden Gejohle der schaulustigen Massen. Was mochte der Pistor nur Schlimmes getan haben? Rosina schlug sich entsetzt die Hände über den Kopf. Wollte man den Ärmsten gar ertränken? Rosina erstarrte voller Spannung. Als sie schon nicht mehr damit rechnete, den Pistor jemals wieder zu sehen, schnellte der Wippgalgen nach oben. Der Bäckerkäfig tauchte aus dem Fluss. Tropfnass bis auf die Haut und heftig Wasser spuckend kam der Pistor wieder zum Vorschein. Zahllose Drohgebärden, Schmähungen und spöttisches Lachen hagelten auf das verzweifelt nach Luft schnappende Häuflein Elend ein. Doch kaum dass er wieder halbwegs Luft bekam, tauchte der Bäckerkäfig bereits erneut ins Wasser.
Rosina widerte das grausame Spectaculum an. Auch die Menschen, die sich am Leid eines anderen lustgeifernd ergötzten kotzten sie an. Sie wollte sich gerade abwenden, als sie in mitten des Menschenauflaufes eine Gestalt erkannte, auf deren Erscheinen sie liebend gern verzichtet hätte. Da war er wieder, der Unheimliche! In seinen langen, roten Schaffellmantel mit der Kapuze gekleidet und die schreckliche Maske im Gesicht, stand er oben auf der Brücke. In seinen Händen wogte der Wippgalgen. Rosina durchlief ein eisiges Schaudern. Als sähe sie sich plötzlich vom Schwarm eines wilden Bienenvolkes verfolgt, sprang sie über die Große Bleiche. Die Wäsche samt Schubkarren blieben zurück. Nur ein Augenpaar sah zu, wie Rosina über die Mainauen eilte. Wie gut, dass Quirins Gesicht unter der Ledermaske verborgen lag. Einen Scharfrichter, der weinte, hätte die Welt wohl kaum verstanden.
Hinter Rosinas Rücken brandete erneut der begeisterte Jubel des schadenfreudigen, lusttrunkenen Pöbels auf. Auch beim zweiten Mal bekam der Pistor nur kurz die Gelegenheit, ausreichend Atem zu holen. Ob der Frevler diese gräßliche Prozedur noch lange durchstand, hing ganz von der Schwere seines Vergehens ab. Für jedes fehlende Lot, wurde der Pistor einmal ins Wasser getaucht. Doch Rosina hatte für das grausige Schauspiel keinen Blick mehr. Von nackter Furcht getrieben rannte sie auf dem schnellsten Weg nach Hause. Ihre Flucht fand erst ein Ende, als sie sich im Alkoven ihrer kleinen Kammer versteckte.
Quirin und Michel kehrten erst bei Einbruch der Dämmerung auf das Gehöft zurück. Der Stiftsbäcker durfte sich weiterhin seines Lebens erfreuen, geheilt von Lug und Trug für alle Zeit. Die ersten Brotlaibe, die der Pistor frisch aus dem Backofen hub, musste er zur zusätzlichen

Strafe vor dem Rathaus kostenlos unter die Armen der Stadt verteilen. Nach der Bäckertaufe hatte Quirin zwei Tagedieben die Ohren abgeschnitten. Unzüchtige kamen vor dem Rathaus an den Pranger. Eine Ehefrau, die ihren Mann schlug, musste, dem Hohn und Spott der Leute ausgesetzt, rückwärts auf einem Esel reitend durch die Gassen geführt werden. Zum Schluß jagte man einen stadtbekannten Landstreicher mit kräftigen Rutenstreichen zu den Toren Aschaffenburgs hinaus. Der Strafenkatalog des Kaisers Karl V., der »Constitutio Criminalis Carolina« von 1532, war ellenlang.
Von Rosina war weit und breit nichts zu sehen oder zu hören. Kein Licht brannte. Das Feuer im Kamin war erloschen. Michel glaubte schon, Rosina sei für immer verschwunden. Doch Quirin wusste, wo er zu suchen hatte: Oben in ihrer Kammer. Rosina hielt sich weit unter ihrer Bettdecke versteckt. Plötzlich vernahm sie auf der Klötzchenstiege Schritte. Ihr Herz pochte wie wild. Jetzt war es soweit, ihr letztes Stündlein hatte geschlagen. Vor dem Unheimlichen gab es kein Entrinnen, egal wohin man auch flüchtete. Rosina war wie gelähmt. Als sie schließlich das Knarren der Stubentüre hörte, begannen ihre Zähne vor Angst zu klappern. Sie schloß ihre Augen. Rosina wollte ihrem Mörder nicht in sein schreckliches Antlitz sehen...
»Rosina, fürchte dich nicht, ich bin es doch.« Quirins sanft streichelnde Worte rissen sie aus den Klauen ihrer Todesfurcht. Rosina schlug ihre Augen auf, einer Schlafenden gleich, die aus einem schlimmen Alptraum erwacht. Augenblicklich fiel Rosina ihm freudestrahlend um den Hals. Sie begann zu schluchzen. Tränen rannen ihr über's Gesicht und benetzten sein Wams.
Rosina wollte Quirin nie wieder loslassen. Ihr kleiner, von heftigem Zittern geschüttelter Körper beruhigte sich nur langsam. Nie zuvor wurde Quirin von einem anderen Menschen so berührt wie es Rosina tat. Er rang sich einen tief zu Herzen gehenden Seufzer ab. Arme kleine Rosina - wenn du nur wüsstest...

*

Ein regenreicher Sommer sorgte dafür, dass erneut viele Felder und Äcker unbestellt blieben, dass die Aussaat gar nicht erst zur richtigen Reife gelangte oder das Getreide verfaulte. Die Not der Menschen wollte einfach kein Ende nehmen. Die Heerscharen von Bettlern glichen inzwischen wahren Heuschreckenschwärmen. Armut, Verelendung und Hunger breiteten sich vom Land her langsam aber sicher auch auf die Städte aus. In Aschaffenburg erstanden sich die am Hungertuch nagenden Armen heimlich bei Meister Quirin das Kadaverfleisch verendeter Pferde. Rosinas einzige Freude bestand mittlerweile noch darin, Quirin bei seiner Rückkehr von der Arbeit zu begrüßen, weil sie dann nicht mehr länger mutterseelenallein auf dem Hof ausharren musste. Rosinas Furcht vor dem Unheimlichen war nach wie vor ungedämpft. Sie wollte einfach nicht mehr von ihrer getrübten Seele weichen. Quirin musste Rosina regelrecht zwingen, außer Haus zu gehen und wenigstens beim Pistor Brot zu kaufen, beim Apotheker das Nierenfett abzuliefern und auf dem Markt die notwendigsten Dinge zu besorgen. Es wurde oft sehr spät, bis die Männer mit ihrem Schinderkarren heimkamen. Der Scharfrichter und sein Knecht hatten alle Hände voll zu tun, denn mit der Not häuften sich auch die Verbrechen. So manche arme Seele trieb die Verzweiflung geradewegs an den Galgen.

Mit schlechtem Wetter und grausam viel Regen ging es übergangslos in den tristen Herbst. Wie zu dieser Jahreszeit üblich, brachen Quirin und Michel gemeinsam zur Jagd im Spessart auf. Sie durften aber nur Wölfen, Füchsen und dem Luchs nachstellen. Das Erlegen von Reh, Hirsch, Wildschwein und Bär war ihnen wie selbst den ehrbaren Bürgern bei Strafe verboten. Dies hoheitliche Vergnügen blieb ausschließlich dem Kurfürsten, seinem erlauchten Hofstaat und höheren Beamten vorbehalten.

Es wurde später Nachmittag, als die beiden Jäger wieder nach Hause kamen. Das monotone Rumpeln der Karrenräder ließ Rosina vom Kochen des Abendbrotes aufsehen. Geschwind aus der Küche eilend sprang sie den Heimkehrern entgegen.

»Wir haben dir heute etwas mitgebracht«, empfing sie Quirin mit einem leisen Lächeln. Neugierig ging Rosina zum Wagen. Doch alles was sie dort zu sehen bekam war ein halbes Dutzend Wölfe, längs ausgestreckt auf der Holzpritsche liegend. Ihre Pfoten würden sie nie wieder durch den Spessartwald streifen lassen. Mit ausgelegtem Luderfleisch als Köder hatten Quirin und Michel die hungrigen Räuber in die Fallen gelockt und sie getötet. Bellend und geifernd vor Jagdtrieb, warfen sich die Jagdhunde gegen die eisernen Gitterstäbe ihrer Zwinger. Ihre feinen Schnauzen nahmen den Geruch der Grauen war. Er brachte sie zur Raserei.

»Wolltet ihr mir nur die toten Wölfe zeigen?«, kam es Rosina enttäuscht über die Lippen. Ihre Worte gingen im lauten Hundegekläffe fast unter. Sie fand es schrecklich, dass so viele Tiere hatten sterben müssen. Auch wenn diese Wölfe dem Vieh der Bauern nachstellten und es rissen. Schließlich wollten sie ja auch leben, die wilden grauen Räuber.

»Nein«, sprach Quirin und hielt Rosina schmunzelnd einen großen

Sack entgegen, der plötzlich wie wild zu Zappeln begann.
»Was ist da drinnen?«, fragte Rosina zaghaft.
»Du brauchst keine Angst zu haben.«
Rosina nahm den Sack und legte ihn zu Boden. Das Gezappel nahm kein Ende.
»Nur zu, mach endlich auf!«
Kaum dass Rosina die Hanfschnur gelöst hatt, kam auch schon der Kopf eines kleinen Wolfes zum Vorschein.
»Ich schenke dir den Welpen, du darfst ihn behalten«, sagte Quirin zu ihr. »Er soll dein Spielkamerad sein, damit du nicht mehr so alleine bist.«
»Danke!«, hauchte Rosina. Ihre Augen leuchteten vor Glück. Der kleine Wolf war erst wenige Wochen alt. Seine tote Mutter lag mit weit heraushängender Zunge drüben auf dem Wagen bei den anderen Artgenossen. Die Wölfin war mit einer Pfote in einem Fangeisen hängen geblieben. Alles Beißen und Kratzen hatte nichts geholfen, es hatte kein Entkommen aus der heimtückischen Falle der Menschen gegeben. Tapfer aber hilflos hatte das Junge bis zum Schluß beim Muttertier ausgehalten. Selbst als Quirin die Wölfin mit der Axt erschlagen hatte, war der kleine Wolf nicht von ihrer Seite gewichen. Ehe er sich dann richtig versah, hatte er sich im stickigen und dunklen Gefängnis eines Sacks wiedergefunden.
Der Freiheitsdrang des kleinen Wollknäuels war unbändig. Im Nu entschlüpfte er seinem finsteren Verließ. Mit tapsigen Bewegungen lief der Welpe in Richtung des Schinderkarrens, die Witterung seiner Mutter aufnehmend. In diesem Moment bekamen die Jagdhunde den Wolf zu Gesicht. Der Empfang, den sie ihm bereiteten, war keineswegs herzlich. Knurrend und zähnefletschend und vor lauter Eifer wild in die Gitterstäbe beißend, gebärdeten sich die Hunde wie toll. Die Rückenhaare des Wolfes sträubten sich. Ein leises Grollen strömte aus seinem Rachen. Unbeholfen, aber zielstrebig, hielt der Wolf weiter auf den Wagen zu. Davor stehenbleibend hob er seine stupsige Schnauze und schnupperte.
»Der Kleine hat Hunger!«, erklärte Michel.
»Die Milch seiner Mutter wird ihm fehlen«, gab Quirin zu verstehen.
»Wir haben Milch im Haus. Ich will ihn gleich füttern!« Mitten in Rosinas Worte hinein, geschah es. Einer der Jagdhunde schaffte es tatsächlich, sich aus seinem Zwinger zu befreien. Wie ein Blitz schoss der Angreifer über den Hof auf den kleinen Wolf zu. Dem Welpen blieb keine Zeit zur Besinnung. Das Gebiss des Jagdhundes blitzte, klackend schlu-

gen seine Zähne aufeinander. Mit einem lauten Winseln flog der Wolf durch die Luft. Die Landung in einer der großen Regenpfützen gestaltete sich äußerst unsanft. Doch bevor der Jagdhund zu einem neuen Angriff, dem vielleicht tödlichen Biss, ansetzen konnte, warf ihm Michel die Schlinge eines Seiles über den Hals und fing ihn ein. Er hatte seine Mühe, das aggressive Tier im Zaum zu halten.
Inmitten der riesigen Wasserlache sitzend bot der pitschnasse Wolf einen mehr als erbarmungswürdigen Anblick. Er zitterte heftig. Jaulend schickte er seinen Schmerz in die Welt. Der Angriff auf ihn hatte seine Spuren hinterlassen. Blut lief ihm am Kopf herunter. Das rechte Ohr fehlte, es schwamm im Wasser. Kurz daran schnuppernd, ließ er davon ab. Was wollte er auch noch mit diesem blutigen Fetzen? Rosina ging auf den Wolf zu. Obwohl er erst vor wenigen Wochen in einem finsterem Wolfsbau geboren worden war, spürte der Wolf die Gefahr, die vom Menschen ausging. So hatte es ihm die Natur angeboren. Drohend zog er die Lefzen hoch und biß wild mit seinen kleinen Zähnchen um sich. Rosina bekam alle Hände voll zu tun, um das kratzbürstige strampelnde Wollknäuel an sich zu bringen.
»Du musst am Anfang gut auf ihn aufpassen, damit ihm nichts geschieht«, mahnte Quirin. »Wenn du ihn ordentlich aufziehst und gut zu ihm bist, wird er dich später beschützen.«
Rosina trug den Wolf in die Küche, um sich seiner Wunde anzunehmen. Er hatte sich schon etwas beruhigt. Es schien, als fühle er durch das Mädchen keinerlei Bedrohung. Aus der Geborgenheit ihrer Arme sah der kleine Graue mit zusammengekniffenen Augen zu den Zwingern hinüber. Eines Tages würde auch seine Stunde kommen. Auch wenn dies noch in weiter Ferne lag. Dann würde ihm keiner dieser schrecklichen Jagdhunde mehr ungestraft ein Ohr abreißen.

*

In Meister Quirins Galgenbuch fand sich für den ersten Mittwoch nach Sankt Dionys Anno Oktobris 1570 der Eintrag für einen weiteren Vollzug der Todesstrafe. Eine gedungene Kindesmörderin sollte für ihre böse Untat büßen. Deshalb stand diesmal auch eine ganz besondere Art der Hinrichtung auf dem nie enden wollenden Programm im Theater des Schreckens.
Rosina teilte ihre Kammer inzwischen mit dem kleinen Wolf. Während sie in ihren Kissen ruhte, streckte ihr neuer Gefährte vor dem Alkoven liegend gemütlich seine Pfoten auf einem alten Linnen aus. Die Wunde

an seinem Kopf war bereits verheilt. Beide schliefen noch fest, als Quirin und Michel in einen neuen Tag aufbrachen. In einen Tag, der für die Bewohner des einsamen Gehöftes eine entscheidende Veränderung bringen würde, vor allem für Rosina.
Von den Mainauen zogen morgendliche Nebelschwaden hinauf in die Gassen der Stadt. Mit leicht verwischten Konturen ragte der Turm der Stiftskirche aus dem wabernden Nebelmeer. Doch bald würde auch dieses Gemäuer im grauen Nichts verschluckt sein.
Leichter Nieselregen setzte ein. Es wurde zusehends ungemütlicher. Den zwei Männern auf ihrem Gefährt fröstelte. Die Sonne würde es auch an diesem Tag schwer haben, ein Loch durch die dicke, tiefliegende Wolkenbank zu stoßen. Michel hatte sich einen Hut mit einer breiten Krempe aufgesetzt. Auf der Holzpritsche sitzend, zog sich Quirin die Kapuze des roten Schaffellmantels über, aber erst, nachdem sie den Hof eine Weile hinter sich gelassen hatten. Zum Aufsetzen der Ledermaske war noch genügend Zeit.
In der milchtrüben Nebelsuppe huschten schemenhafte Gestalten an ihnen vorüber. Ohne den Schinderkarren richtig zu erkennen, wussten die Bürger, wer da bereits in aller Herrgottsfrühe unterwegs war. Allein das Räderrollen und Hufgeklapper im Matsch kündeten von Meister Quirins Erscheinen. Von großer Furcht durchdrungen, nur ja nicht mit dem unheiligen Wagen oder gar mit einem der Tiere in Berührung zu kommen, machten sich die Leute schleunigst aus dem Weg. Der Schinderkarren war für die Aschaffenburger längst ein vertrauter Anblick, zum Alltag gehörend wie alles andere, was es eben im Leben einer Stadt gab. Wer auf dem Schinderkarren als Armer Sünder mitfuhr, tat dies nur einmal. Ihm stand das Ende bevor. Ob es ein Ende mit Schrecken wurde, hing ganz davon ab, durch welches Verbrechen sich der Missetäter dem Tode geweiht hatte.
»Warum bist du heute so schweigsam, Michel?« ergriff Quirin das Wort. »Du hast doch sicher wieder was auf dem Herzen. Sag, was ist los?«
»Nichts, oh Herr...« Michel versuchte, der Frage auszuweichen. »Ich konzentriere mich nur darauf, dass wir nicht mit unserem Wagen in einem Graben oder im Bach landen. Man sieht ja kaum die Hand vor den Augen.«
»Den Weg, den wir zu fahren haben, finden Pferd und Esel blindlings«, erwiderte Quirin leicht gereizt. »Nun aber endlich heraus mit der Sprache, du verhältst dich in letzter Zeit sowieso recht eigenartig.«
»Es..., es ist...« Michel geriet ins Stottern. Noch besaß er nicht den

Schneid, seine Zunge zu lösen.
»...wegen Rosina, stimmt's?«
»Ja, Herr. Schon seit dem ersten Tag, an dem sie bei uns im Hause ist, habe ich Angst, aber nicht um mich, vielmehr um euch...«
»Um mich hast du Angst?« Quirin schmunzelte breit. »Weswegen denn?«
»Weil ihr euch dem Rotschopf halt gar so sehr annehmt, glaube ich, dass Rosina eine unheimliche Macht über euch ausübt. Indem sie euch verhext hat, Herr!«
»Hahaha!« Quirin lachte hell auf. »Deswegen also hegst du ständigen Argwohn bei jedem ihrer Schritte. Ich habe bereits am ersten Abend gemerkt, dass du deinen Löffel als letzter in die Suppe tauchst, oder wartest, bis wir uns eine Keule vom Braten abreißen und reinbeißen. Aus lauter Angst, von Rosina vergiftet zu werden. Ist es nicht so? Los, gib es schon zu...«
»Ja, Herr.«, kroch es Michel kleinlaut über die Lippen.
»Na, dann ist es jetzt wenigstens heraus, gut so.«
Der Nebel wurde von Augenblick zu Augenblick dicker. Die grauweißen Nebelschleier hüllten den Schinderkarren inzwischen vollends ein. Selbst die beiden Männer konnten sich gegenseitig fast nicht mehr erkennen. Nur ihre Stimmen verrieten einander ihre Anwesenheit.
»Michel, ich will dir nun ein Geheimnis preisgeben, das ich schon lange mit mir herumtrage.«
»Herr, ihr braucht mir nichts zu...«
»Doch, du sollst es wissen. Du musst es sogar. Erst dann weißt du auch, warum mich Rosinas Schicksal so sehr erbarmt.«
»Wie euch beliebt.«
»Schon seit Urzeiten bringt der Winter mit seinem frostigen Atem große Not unter die Menschen im Spessart«, begann Quirin zu erzählen, »auch damals, als sich das Ganze ereignete, brachten Eis und Schnee viel Kummer und Leid in die armseligen Köhlerhütten unseres kleinen Dorfes vor den Toren Lohrs. Unser alter Vater konnte die achtköpfige Familie nicht mehr länger ernähren. Wir waren einfach der hungrigen Mäuler zuviel. Das baldige Ende war abzusehen. Da beschloss Kaspar, der älteste von uns Kindern, dass wir drei Brüder das Elternhaus verlassen und uns fortan selbst versorgen sollten. Wir wollten unseren Eltern, der alten Muhme und den Schwestern damit die Möglichkeit zum Überleben geben. Wenn sie Glück hatten, konnten die spärlichen Vorräte sie vielleicht ins nächste Frühjahr hinüberretten. Ich weiß his heute nicht, was aus ihnen geworden ist.

Wir drei, der kleine Stoffel, Kaspar und ich, nahmen schweren Herzens Abschied. Unser Ziel, unsere Zukunft, sofern es eine solche für uns überhaupt noch gab, lag weit drüben im Rheinland. Ein Oheim hatte uns von der großen Stadt Köln erzählt. Dahin wollten wir. Wir zogen zunächst mainabwärts. Uns durch Schnee und Eis vorwärts kämpfend, verdienten wir uns hier und da bei Bauern durch ehrliche Arbeit etwas Brot. Bis wir schließlich ausgezehrt und entkräftet bei klirrender Kälte Aschaffenburg erreichten. Oh Allmächtiger, hätten wir die Stadt damals doch nie betreten...« Quirin stockte.
»Nur zu, fahrt bitte fort mit eurer Geschichte«, bat Michel.
»Wir drei gingen durchs Tor der Sandpforte. Nicht ein einziger von uns Burschen hatte auch nur einen lumpigen Pfennig im Säckel. Die gähnende Leere darin und die gähnende Leere in unseren hungrigen Mägen schmerzten furchtbar. Als habe er bereits mit unserer Ankunft gerechnet, nahm uns der Bettelvogt in Empfang. Weit scheuchte er uns durch die Gassen, bis er es schließlich aufgab, uns zerlumpten Gestalten nachzustellen. Hätte er uns doch nur aus der Stadt gejagt...
Die Flucht vor dem Bettelvogt verschlug uns in die Graue Gasse. Allein der höllisch quälende Hunger trieb uns dann zur Untat, stürzte uns alle drei ins Verderben. Wir warteten den Einbruch der Nacht ab. Dann schlugen wir zu, wollten uns nur was zum Beißen holen. Gerne hätten wir dafür bezahlt. Aber wir sollten noch bezahlen und zwar später. Die Höhe der Rechnung war immens.
Ohne es zu ahnen, suchten wir uns ausgerechnet den Hof der Probstei aus, um einzubrechen. Es gelang uns, unbemerkt über die hohe Steinmauer zu klettern. Auch das Eindringen in den Keller schafften wir mühelos. Mit dem Heißhunger eines Wolfsrudels fielen wir über die überreichen Vorräte an Lebensmitteln her. Trunken vor Glück, endlich was Gescheites zwischen die Zähne zu bekommen, wurden wir leichtsinnig. Der Nachtwächter, der auf seiner Runde, gerade hier am Probsteihof des öfteren vorbeikam, musste uns gehört haben. In sein Horn stossend, löste er sofort Alarm aus. Wir versuchten schleunigst zu fliehen. Als Diebe auf frischer Tat ertappt zu werden konnte bitter ausgehen. Unsere Ohren wollten wir schon noch eine Weile behalten. Das glühende Brandeisen auf die Stirn gedrückt, hätte uns ebensowenig gut zu Gesicht gestanden. Flugs sprangen wir über die Mauer. Doch anstatt dass uns der Nachtwächter fliehen ließ, musste er den Helden spielen. Mit blanker Klinge ging er mit seinem Dolch auf uns los. Er wollte uns wohl noch an Ort und Stelle für unseren Frevel bestrafen.
Kaspar warf sich ihm mutig entgegen. Es kam zum Handgemenge, die

beiden wälzten sich miteinander ringend im Schnee. Die Laterne des Nachtwächters erlosch. Plötzlich erscholl ein spitzer Schrei. Wir wussten nicht, wen von den Zweien es erwischt hatte. Eine Gestalt löste sich vom Boden. Gottlob, es war unser Bruder. Wir wollten uns aus dem Staub machen, dafür war es aber schon zu spät. Mehr als zwei Dutzend bewaffnete Männer hielten uns umringt. Wir saßen in der Falle. Im Lichtschein brennender Fackeln kamen Kaspars blutverschmierte Hände zum Vorschein. Der Nachtwächter erhob sich nicht mehr. Er war in seinen eigenen Dolch gefallen. Dass es nur ein bedauerlicher Unfall war, interessierte niemanden. Das Blutgericht verurteilte uns ohne Federlesens alle drei zum Tode...«

Michel horchte gespannt zu. Trotz der dichten Nebelsuppe lenkte er geschickt den Karren vom Salzmarkt den Hangrücken der Herstallgasse hoch.

»...doch die Aschaffenburger hatten gerade ein großes Problem. Die Ratsherren besaßen keinen Scharfrichter mehr. Dieser hatte sich selbst etwas zu Schulden kommen lassen und war mitsamt seiner Knechte aus der Stadt gejagt worden. Das Blutgericht wollte nicht warten, bis ein anderer Schrafrichter aus einer nahen Stadt angereist kam. Zudem war es Winter und in den anderen Städten mussten ebenfalls Urteile vollstreckt werden. Das Blutgericht drängte zur Sühne eines Verbrechens, das keines war. Die Richter heckten eine wahre Teufelei aus, wie sie wohl nur der Fürst der Dunkelheit auszudenken vermag...«

»Herr, haltet euch zurück!«, fiel ihm Michel mahnend ins Wort. »Wenn eure unbedachten Worte in falsche Ohren kommen, könnt ihr dafür...«

»...in des Teufels Küche kommen, meinst du wohl.« Quirin schnippte spöttisch mit den Fingern. »Mir ist nicht bang vor der Hölle. Ich saß bereits mittendrin, gemeinsam mit meinen beiden Brüdern. Keine Hölle kann jemals größer sein.«

Michel schlug schnell ein Kreuzzeichen. Außer ihnen war keine Menschenseele zu sehen oder zu hören. Die zwei Männer waren allein mit ihrem Karren und den Tieren.

»Was nun kam, ist mit Worten kaum zu beschreiben und vom menschlichen Geist kaum zu begreifen. Man setzte uns unter den Galgen, vor uns ein kleiner Tisch, auf dem ein Lederbecher stand. Darin lag ein Würfel. Jeder von uns dreien hatte einen Wurf. Wer die meisten Augen würfelte, gewann, war Sieger im grausigen Spiel um Leben und Tod unter drei Brüdern...«

»Heiliges Kanonenrohr, welch menschenverachtender Frevel«, erschrak Michel.

»Kaspar begann als erster, er würfelte eine Fünf. Als nächster war Stoffel an der Reihe - ein Knabe von zehn Jahren. Auch er würfelte. Die Oberseite des Schicksalswürfels zeigte eine Zwei. Nicht nur in Kaspars Augen spiegelte sich nacktes Entsetzen wider. Es konnte doch nicht sein, dass ausgerechnet Stoffel, der Jüngste... Der Gedanke war furchtbar. Als schließlich ich an der Reihe war, ins teuflische Spiel einzugreifen, hoffte ich inständig, nur ein Auge auf dem Schicksalswürfel zum Vorschein zu bringen.«
Der Schinderkarren bog kurz vor dem Herstalltor links in den Armesünderweg ein. Der ehemalige Sailergang bot alleinig den Zugang zur St.Agatha-Kirche und dem nahegelegenen Folterturm.
»Der Würfel tanzte und drehte sich lange, verdammt lange, es schien kein Ende zu nehmen. Als wolle er nicht die Schuld am Schicksal eines Unschuldigen tragen. Der Würfel blieb liegen. Sechs kleine dunkle Punkte entschieden über Leben und Tod. Ich fühlte mich nicht als Sieger. Mit war hundeelend zumute. Inbrünstig bot ich mein Leben für das meiner Brüder. Vergebens! Ich sollte als einziger verschont bleiben, während meine Brüder sterben sollten. Doch am Ende des teuflischen Spiels gab es nur Verlierer.«
»Wie meint ihr das, Herr?«
»Mir wurde zwar als einzigem die ›große Gnade‹ zuteil, als Lebender die Richtstätte verlassen zu dürfen, doch vorher hatte ich noch etwas zu tun.«
»Mit ahnt schlimmes.« Michel lauschte erschüttert Quirins Worten.
»Man drückte mir das Richtschwert in die Hand. Damit sollte ich meine beiden Brüder töten.«
»Oh mein Gott!« Michel wurde kreidebleich. Ein eisiger Schauer fuhr ihm über den Rücken.
»Hätte ich mich doch nur gleich ins Schwert gestürzt. Was war ich doch für ein hundserbärmlicher Feigling...« Quirin rang mit der Fassung. »Als ich letzlich diese unheilige Tat vollzog, zerbrach meine Seele, starb für alle Zeiten. Die toten Brüder vor den Füßen und das blutige Schwert in den Händen, bestimmte mich das Blutgericht noch an Ort und Stelle zum Scharfrichter der Stadt. Seitdem drang niemals wieder der Lichtstrahl von Freude oder Liebe in mein trauerumhülltes Herz. Nicht einmal wahren Schmerz empfand ich mehr... bis Rosina in mein Leben trat. Ich sehe in ihr den kleinen Stoffel, der nur wenig älter gewesen war als sie. Irgendwie versuche ich seinen Tod wieder gut zu machen, indem ich mich Rosina verbunden sehe. Kannst du mich vielleicht jetzt verstehen?« Seine Stimme sank zu einem leisen Flüstern herab.

»Ja, Herr, nur allzugut!« Von Michel fielen mehrere pfundschwere Lasten. Trotz all dieses furchtbaren Geschehens war er heilfroh, dass sich Rosina keinerlei Hexenkünste bedient hatte, um sich Quirins Herzens zu bemächtigen.
Währenddessen erreichte der Schinderwagen sein Ziel, den Folterturm. Nur schemenhaft schälte sich das hochaufragende Gemäuer aus dem dichten Nebel. Üblicherweise wurden hier nur die Hexen und Zauberer eingesperrt, damit sie in feuchtkalten Verliesen und auf der Folterbank endlich ihr Maleficium eingestanden. Doch weil das städtische Gefängnis bereits mit allerlei Diebesgesindel und sonstigem finsteren Gelichter besetzt war, musste die Person, die heute zur Hinrichtung anstand, mit diesem wenig einladenden Quartier Vorlieb nehmen. Viel besser waren die engen, dunklen Kerkerzellen am Turmmarkt aber auch nicht. Fauliges Stroh, Ungeziefer und Ratten, Kälte, Hunger und Durst waren hier wie da gleich.
Zwei mit Schwertern und Piken schwer bewaffnete Landsknechte traten aus dem Turm. Sie hatten bereits auf Quirin gewartet. Die Dreifaltigkeitsglocke von St. Agatha läutete soeben die neunte Tagesstunde ein. Es blieb auch nur eine Stunde Zeit bis zum endgültigen Vollzug des Urteils. Ein dritter Wächter schob eine an den Armen gefesselte Frau aus dem Türrahmen. An ihrer spindeldürren Gestalt schlotterte ein grauschmutziges Büßergewand. Einige Strohhalme und Rattendreck zeigten Reste ihres Nachtlagers. Maria Schnabel war erst 16, doch Not und Elend setzten ihr die schreckliche Maske von Häßlichkeit und Zerfall auf. Aus dem weit nach vorne geschobenen Unterkiefer ragten braune Zahnstümpfe. Sie hatte schon einige ihrer Zähne verloren, auch im Oberkiefer fehlten welche. Dies waren jedoch keineswegs Spuren grausamster Folter, sondern einzig und allein Zeichen von Armut. Auch wenn Maria Schnabel nur eine Hure sein mochte, so gehörte doch auch sie zu den Opfern jahrelanger Naturkatastrophen und Missernten. Ihre einstmals vor Liebreiz strahlenden ebenmäßigen Wangen waren von Blatternarben zerfressen.
Ohne Federlesens packten die Rohlinge Maria Schnabel und warfen sie brutal auf den Schinderkarren, dass es nur so krachte.
»Hier habt ihr sie, die Kindesmörderin, sie gehört euch, Meister Quirin.«
Hart schlug sie auf die Holzpritsche. Doch aus ihrem Mund drang nur ein schwächliches Stöhnen. Schweigsam in ihren Fesseln liegend, wartete sie geduldig ihr weiteres Schicksal ab. Sie hielt sich tapfer.
»Das Hurenweib soll froh sein, dass man sie nicht als Hexe verbrennt«,

meinte einer der Männer klugscheißerisch.
»Ihr Tod wird keineswegs gnädiger ausfallen, verlasst euch darauf«, entgegnete Michel finster dreinblickend.
Unter dem Erklingen der Armesünderglocke aus der St. Anna-Kapelle fuhr der Schinderkarren wieder den langen Weg des Sailergangs zurück. Sie verließen Aschaffenburg durch das nahegelegene Herstalltor. Immer noch hüllte dichter Nebel die Landschaft ein. Die Bäume des bis an die Stadt heranreichenden Waldes blieben verschluckt, wie die zahlreichen mit Weinreben bepflanzten Berghänge ringsum. Weit draußen vor dem Dingstalltor, unweit der Galgenmühle, wo sich das kleine Flüsschen der Aschaff ihr nasses Bett grub, stand das Gerüst des dreischläfrigen Galgens. Darunter, im Erdreich des Schindangers, tat sich ein langes dunkles Grubenloch auf, gerade mal Platz genug bietend für einen liegenden Menschen. Quirin und Michel hatten die Grube bereits gestern gegraben. Der Boden der Grube war über und über mit stachligem Dornengestrüpp ausgelegt, beileibe kein Ort, an dem es sich gemütlich ruhen ließ. Wieder einmal hatte sich viel Volk eingefunden, um sich am Schauspiel einer Hinrichtung zu ergötzen. Hoch zu Ross sitzend wartete das vierköpfige Blutgericht auf Meister Quirin. Allen voran im feierlichen Ornat der Vorsitzende, der Stadtschultheiß von Aschaffenburg, Leonhard Bertz.
Eine Abteilung von Stadtschützen war aufgezogen und bildete einen Kreis rings um den Richtplatz, damit die Hinrichtung keinerlei unliebsame Störungen erfahren würde. Aufgeregtes Rabengekrächze kündete von der Ankunft des Scharfrichters. Den fliegenden Boten des Todes war die Zusammenkunft von Menschenhaufen hier fernab der Stadtmauern nichts neues mehr. Auch die Vögel fühlten sich vom blutigen Schauspiel angezogen. Hatte Meister Quirin erst einmal gerichtet, kam ihre Stunde. Es gab genügend Leichname, die vom Galgen baumelten oder hilflos sterbend aufs Rad geflochten waren. Opfer, auf die man sich mit spitzem Schnabel stürzen konnte. . .
Plötzlich verstummte das Stimmengewirr der Massen. Hufgeklapper und Räderrollen drang an die Ohren der Wartenden. Erst ganz leise, dann zunehmend lauter. Grabesstille legte sich über das stark nebelverhangene Rund. Von atemloser Spannung ergriffen spähten unzählige Augenpaare in die Richtung, aus der der Schinderwagen schließlich kommen musste. Noch aber blieb dieser im Nebel verschluckt. Doch da, wie aus dem Nichts auftauchend, schob sich das einsame Gefährt langsam aus der grauen Wand hervor. Hoch aufgerichtet stand Meister Quirin auf dem Wagen, von dem roten Schaffellmantel umschlungen

und mit aufgesetzter Maske. Es gab nicht wenige in den Reihen der Versammelten, denen bei diesem wirklich gespenstisch erscheinenden Anblick vor Furcht die Zähne klapperten. Auch dem Schultheiß Leonhard Bertz fuhr ein gehöriger Schauer über den Rücken. Selbst sein Pferd begann kurz zu scheuen. Michel lenkte den Wagen bis dicht an die Herren des Blutgerichts heran. Leonhard Bertz hob seine rechte Hand. Seine Geste war unmissverständlich: Halt, bis hierher, aber keine Elle weiter. Der Abstand zwischen ehrsamen Bürgern und den Unehrlichen musste gewahrt bleiben.

Quirin machte keine Anstalten, vom Schinderkarren herunterzusteigen. Auge in Auge, auf gleicher Höhe mit dem Schultheiß stehend, begann er die gewohnte Zeremonie.

»Herr Richter, wollt ihr dieses Urteil?«

»Ja, Meister, es ist euch erlaubt und auferlegt, es zu vollbringen«, erwiderte Leonhard Bertz mit fester Stimme, ohne dass er sich seinen innerlich aufkochenden Unmut über Quirins respektloses Verhalten ihm gegenüber anmerken ließ. »Richte mit sicherer Hand und dem nötigen Maß. Damit das abscheuliche Verbrechen dieser Kindesmörderin gesühnt werde vor Gott dem Allmächtigen und den Menschen...«

Inzwischen zog Michel die nach wie vor gefesselte Delinquentin vom Wagen. Bereitwillig folgte sie ihm. Noch machte Maria Schnabel einen gefassten Eindruck. Doch als sie vor der Grube stand, riß sie entsetzt die Augen auf. Welch grausiges Ende sollte ihr da beschieden sein?

»...damit sie weder Sonne noch Mond bescheinen möge, auch diesselbst sehen möge, alsda sie lasse sterben und verderben, damit weder Kind noch gewachsene Leut von ihr kein Schaden empfangen.«

Erschüttert suchte sie Michels Blick, als wolle sie nicht glauben, was mit ihr jetzt geschehen würde. Michels Miene wirkte kühl und leer. Leidenschaftslos, abgestumpft vom vielen Foltern, Strafen und Töten. Selbst dass ein Mensch bei lebendigem Leib grauenvoll begraben werden sollte berührte ihn nicht. Doch wer Michel für einen gefühllosen Klotz hielt, irrte. Michel verkörperte das, wozu ihn die Menschen gemacht hatten, ein seelenloses Werkzeug des Tötens, gesegnet von geistlicher und weltlicher Obrigkeit.

»Pater noster, qui es in caelis, sanctificetur nomen tuum...« Ein Mönch mit lichtem Haarkranz trat betend zu Maria Schnabel. Begleitet vom fernen Läuten der Armesünderglocke spendete er der Todgeweihten den Segen. Schreckensbleich küsste sie das schlichte Holzkreuz, dass er ihr entgegenhielt. Der Mönch ging zur Seite. Wie zur Salzsäule erstarrt sah Maria Schnabel in die Grube, in ihr Grab hinab. Am Rand der Gru-

be lag ein langes, innen ausgehöhltes Schilfrohr, das man ihr als Luftröhre in den Mund schieben würde, sobald sie blutig in den Stacheln lag, um sie anschließend mit Erde zuzuschütten.
Gleich war es soweit. Blutlüstern schob sich das schaulustige Publikum weiter nach vorne, um besser sehen zu können. Der Hauptmann der Stadtschützen gebot um Einhalten des Abstands, was aber nur schwerlich gelang. Der Druck der Massen war enorm. Jeder wollte den besten Blick erhaschen. Quirin wandt dem Blutgericht den Rücken zu und sprang vom Wagen. Maria Schnabel sah ihn auf sich zukommen. Jedwedes Blut wich aus ihren Adern. Es schien, als wäre sie schon jetzt weit abseits von Gut und Böse.
Quirin vergaß niemals einen Blick, wenn er einem Armen Sünder in dessen letzten Momenten auf Erden tief in seine Augen sah. Quirin spürte, wenn sich der dunkle Schatten des nahen Todes über die Augenlider des Todgeweihten senkte und die arme Seele bald vor ihren höchsten Richter trat. Maria Schnabels Augen lebten, sie leuchteten, ja, sie schrien förmlich nach Leben. Das hielt ihn davon ab, die Frau in die Grube und somit aus dem Leben zu stoßen. Auf einmal sah er die Augen von Magdalena Hartmann vor sich. Wie diese plötzlich zu sprühen begannen, als sie ihre Tochter über den Richtplatz des Spiegelsberges eilen gesehen hatte. ›Rosina, mein Kind...‹ Noch einmal drängten sich ihre letzten Worte in sein Bewußtsein. Nein, Maria Schnabels letztes Stündlein hatte noch nicht geschlagen. Wahrlich, diese Frau sollte noch nicht sterben, sie durfte es nicht. Kein Mensch sollte jemals durch Menschenhand aus der Welt scheiden müssen, wenn sein Lebenssinn noch keine Erfüllung erfahren hatte. Und ein solcher Mensch war Maria Schnabel.
»Warum stößt er das Hurenweib nicht endlich ins Loch, wo sie hingehört, die verfluchte Mörderin?« In den nebelverschwommenen Reihen des Pöbels regte sich erster Unmut. Unruhe gärte auf. Der Mob lechzte regelrecht nach dem Tod der Verurteilten.
»Warum hast du dein Kind umgebracht?«, fragte Quirin die Frau. Außer ihr konnte nur Michel sein Flüstern verstehen.
»Ich habe meinen kleinen Sohn nicht getötet«, erklärte sie mit belegter Stimme. »Ich konnte einfach nicht mehr länger für ihn sorgen. In ein Linnen gewickelt legte ich ihn heimlich während der Nacht vor die Pforte des St. Elisabethen-Hospitals. Ich klopfte ans Tor und rannte weg. Wie konnte ich ahnen, dass der Nachtwächter wieder einmal seinen Rausch ausschlief und selbst die Schwestern nicht das Plärren des Kindes hörten...« Tränen rannen über ihre eingefallenen Wangen.

»Warum hast du dann die Tat gestanden?«
»Ich hatte bittere Angst vor eurer Folter. Und wer schenkt einer Hure schon Glauben?«
»Ich kann dir dein Leben retten, wenn es dir lieb ist«, bot er ihr an.
»Verschont mich, wenn es in eurer Macht steht.« Vom hehren Licht des Schicksals berührt, begannen ihre Augen zu strahlen. Maria Schnabel schöpfte Hoffnung, Hoffnung auf Leben.
»Doch du musst etwas dafür tun!«
»Alles, ja alles!« schnellte sie hervor, als habe sie Angst, er könne es sich nocheinmal anders überlegen.
»Kannst du dir ein Dasein an der Seite eines Scharfrichters vorstellen?«, drang es ernst aus der Mundöffnung seiner Maske hervor. »Noch kannst du wählen.«
»Ich wähle das Leben!« Quirin nickte stumm. Er drehte sich um und ging zu den Herrschaften des Blutgerichts.
»Meister Quirin, was ist? Wollt ihr denn nicht endlich den Vollzug des Urteils beginnen?«, empfing ihn der Stadtschultheiß ziemlich ungehalten.
»Herr Richter, ich bitte euch um das Leben dieser Frau!«, tönte es demütig aber bestimmt unter seiner Maske hervor. Er zeigte zu Maria Schnabel, die noch immer vor der Grube stand.
»Meister, seid ihr denn von allen guten Geistern verlassen, was wollt ihr denn mit einer Hure?« Leonhard Bertz fiel vor Schreck beinahe aus dem Sattel.
»Ich möchte Maria Schnabel zum Weibe nehmen.« Quirin hielt stur dagegen.
»Bedenkt doch, sie ist eine gedungene Mörderin!«
»Mörderin? Was heißt hier Mörderin? Was tue ich denn schon all die vielen Jahre über?« In Quirins totgeglaubter Seele, begann es zu rumoren. Sie brodelte spottdurchdrungen. »Und wie furchtbar ich morde und vollstrecke, Köpfe abschlage, hänge, rädere, verbrenne vierteile... Von wie vielen Unschuldigen mag das Blut bereits an meine Händen kleben? Meine armen Brüder nicht zu vergessen.« Diese Frau, die dort an der Grube stand, war unschuldig. Sie durfte nicht sterben.
»Sodenn es euer frommer Wunsch ist, Meister Quirin, will ich euch euer Recht nicht nehmen«, sprach Leonhard Bertz gönnerhaft, nach einem tiefen Schnaufer. Mit ärgerlich schwingendem Unterton schmetterte er seine Worte laut über den Platz. »Kraft meines heiligen Amtes nehme ich hiermit das Urteil des Blutgerichtes zurück.«
Von kalter Wut und Enttäuschung getragen, erhoben sich aus dem

Publikum die ersten Schreie.
»Meister Quirin, ich mahne euch zur Pflicht, Maria Schnabel zu ehelichen und für sie zu haften, egal was immer sie auch tun mag. Bis spätestens Sankt Ursula habt ihr eure Heirat zu vollziehen.«
Die grauverhangene Wand des Pöbels wogte. Jeden Augenblick drohte sie umzukippen. Die spaßgeilen Gaffer sahen sich um ihr Vergnügen gebracht. Heute würde es kein verzücktes, ohrenbetäubendes Gejohle geben, kein beifälliges Geschrei gen Himmel branden. Der Volkszorn ergoss sich in rohen Verwünschungen und Schmährufen. Fäuste streckten sich drohend in die Höhe. Die Lunte zum Pulverfass brannte.
Leonhard Bertz und seine Begleiter, die Angehörigen des Blutgerichts, gaben ihren Pferden kräftig die Sporen. Die Furcht, vom aufgebrachten Mob gelyncht zu werden, ließ die feinen Herren in feiger Hasenmanier die Flucht ergreifen. Im Handumdrehen waren sie im Nebel verschwunden.
»Schützen obacht, legt an!« Laut schreiend gab der Hauptmann ein Kommando. Er zog sein Schwert und hob es in die Luft. Die Männer nahmen ihre Waffen in Anschlag. Schon lösten sich die ersten Gestalten aus den Zuschauerreihen, um den Richtplatz zu stürmen.
»Gebt Feuer!« Der Hauptmann ließ sein Schwert niederfahren. In lautem Krachen entluden sich die Musketen. Feuerblitze fuhren dicht über die Köpfe der Aufsässigen hinweg. Diese ersten Schüsse waren nur eine Warnung, die ihre Wirkung nicht verfehlte. Erschrocken und wieder zur Besinnung gebracht, wichen die Massen zurück. In Windeseile erstarb jegliches Aufbegehren. Murrend und maulend zerstreute sich das Publikum, bis schließlich auch die letzten Gestalten im wabernden Oktobernebel zerflossen.
Am Galgengerüst blieben nur drei Menschen zurück. Die drei Unehrlichen waren unter sich. Quirin zog die Kapuze herunter und nahm die Maske ab. Angesichts seiner gepflegten Haar- und Bartpracht hellte sich Maria Schnabels angespannte Miene auf. Quirin ging auf sie zu und befreite sie von ihren Fesseln.
»Ich bin keineswegs durch und durch das Schreckensgespenst des Meister Knüpfauf, so wie die Leute von mir denken, wenn sie mich in meiner Kluft sehen.« Quirin rang sich ein leichtes Schmunzeln ab. Maria Schnabel rieb sich die wunden Stellen, die die festen Stricke tief in ihr Fleisch geschnitten hatten.
»Du hast eine schwere Aufgabe vor dir«, sprach er zu ihr und legte ihr dabei die alte Kuhhaut über die Schultern. Es nieselte noch immer.
»Alles, alles was ihr wollt. Ich werde euch stets als ein treues Eheweib

zur Seite stehen.« Maria Schnabel zitterte, aber nicht vor Furcht oder Kälte, sondern einzig und allein aus Freude. Purer Freude über das Leben.

»Da hab' ich keine Zweifel«, erwiderte Quirin sicher. Von den Menschen verstoßen und nun vollends in den Abgrund der Unehrlichkeit gestürzt, würde Maria Schnabel an seiner Seite den Rest ihrer Tage verbringen. Wenn man ein solches Dasein überhaupt noch als ein richtiges Leben bezeichnen konnte. Doch darüber machte sich Maria Schnabel in diesem Augenblick keine Gedanken. Sie war froh, nicht in der grässlichen Grube zu liegen.

»Daheim auf meinem Gehöft wartet ein kleines Mädchen, sein Name ist Rosina. Ihre Mutter ist tot. Du musst sie ihr nun ersetzen. Bemühe dich bitte darum.«

»Ja, das werde ich!«

Quirin wollte sich von ihr abwenden, um Michel beim Zuschaufeln der Grube behilflich zu sein, als er noch einmal bei ihr stehenblieb.

»Da wäre noch etwas. Du darfst Rosina niemals die wahren Umstände erzählen, wie wir überhaupt zusammentrafen.«

»Ich verspreche es«, beteuerte sie. Sie hätte alles versprochen.

»Und noch was, sage ihr nie, wer ich und mein Knecht in Wirklichkeit sind. Es würde sie sonst umbringen, als lauter Angst. Sie hält uns nämlich für ganz gemeine Abdecker und so soll es auch bleiben.«

Quirin lief zum Galgengrüst hinüber. Er griff nach der im aufgeworfenen Erdhaufen steckenden Schippe und ließ die schweren Erdklumpen in Maria Schnabels leeres Grab regnen.

»Herr, ihr habt heute nun zum zweiten Mal einem Menschen das Leben geschenkt. Was hat euch dazu bewogen?« Michel wischte sich den Schweiß aus dem ewig schmutzigen Gesicht.

»Rosina braucht eine Mutter, sie hat sie bitter nötig, wie du ja weißt.«

»Hattet ihr Mitleid mit ihr, so wie mit mir, als ihr mich wieder vom Rad heruntergeholt habt damals?«

»Du warst sehr zäh, du mit deinen zerschlagenen Knochen, als du zwei Tage und Nächte hoch oben auf der Stange, auf dem Rad ausgehalten hast, dabei ständig vom krächzenden Rabenvolk umkreist, das nur darauf wartete, endlich seine Schnäbel in dein Fleisch hacken zu können. Wer so lange aushält, dachte ich mir, hat das Leben verdient.«

Quirin sprach nicht die ganze Wahrheit. Er wollte seinen Knecht nicht unnötig mit Worten verletzen, die ihm normalerweise ohne jegliche Umschweife über die Lippen geschossen wären. Er hatte Michel vor Jahren als verurteilten Gesetzesverbrecher lang genug mit seinen Hän-

den traktiert. Der einzig wahre Grund, warum Michel überhaupt noch lebte, hatte er dem glücklichen Umstand zu verdanken, dass Quirin seinerzeit ein Peinknecht an seiner Seite fehlte und nichts anderem, keiner Nächstenliebe, keinem Mitleid.
Der nicht immer mildgnädige Hauch des Schicksals streifte nun endlich auch Rosina. Sie war überglücklich. Auch wenn Maria Schnabel nie ihre eigene Mutter ersetzen konnte, knüpften ihre beiden Herzen bald ein festes Band, wie es zwischen Mutter und Tochter da sein sollte. Quirin sah es gern, wie sehr sich die fremde Frau, die er vorm Tode bewahrt hatte, Rosinas annahm, als wäre sie ihr eigen Fleisch und Blut. Der Gedanke, wie dicht doch Leid und Glück beieinander lagen, erschreckte ihn sehr. Ein leichter, ganz leichter Schubs am Grubenloch hätte genügt, um Maria Schnabel ins Verderben zu stürzen. Ein wahrlich schockierender Gedanke.
Kurz vor Sankt Ursula fand schließlich die Hochzeit statt. Der ehrsame Bierbrauer und Wirt aus dem »Güldenen Karpfen«, Georg Rücker, richtete in seiner amtlichen Funktion als Bettelherr die Eheschließung aus. Das ausgedehnte Hochzeitsmahl beim Karpfenwirt und der öffentliche Tanz gehörten zum Zeremoniell der Hochzeit. Der feierliche Umzug durch Aschaffenburg bildete einen der Höhepunkte des Tages. Die Gassen waren von Massen der Bürger gesäumt.
Fast alle wohnten dem Hochzeitsmarsch der Geächteten bei, die von weltlicher Macht aus allen öffentlichen Ehrenämtern ausgeschlossen waren, denen seitens der Kirche Taufe, Heirat und christliches Begräbnis verwehrt blieb. Wegen der Verrichtung niederer und verwerflicher Dienste erfuhren die Verdammten nichts als soziale Distanzierung und Verachtung.
Den Hochzeitszug führte kein geringerer an als Quirin selbst. Ganz im leuchtenden Scharlachrot gekleidet, trug der »König der Unehrlichen« einen großen spitzen Hut, verziert mit goldener Hutschnur. Der Überrock mit halben Ärmeln war mit reichem Tressenbesatz und einer Vielzahl silberner Knöpfe verziert. Darunter stach ein Hemd mit aufwändig genähten Ärmeln und einem Spitzenjabot hervor. Die fröhlich herausgeputzte Pluderhose hing weit bis zu den hohen Lederstiefeln herab. Die Schärpe an seiner rechten Schulter deutete das Tragen eines Degens an. In seinen Arm eingehängt ging Maria, seine Ehefrau. Sie trug ein Kleid mit breitem Halsauschnitt und bortenbesetztem Kragen. Das reich verzierte Hemd würde Rosinas Stiefmutter nur zweimal tragen. Heute an ihrem Hochzeitstag und dann irgendwann später, als ihr Totenkleid. Auf ihrem Kopf saß eine rotgefärbte Spitzenhaube mit

Bandgarnitur. Ein hübsch besticktes Band zog sich um ihren Hals. Hinter den beiden Brautleuten ging Rosina. Wie immer trug sie Leibchen und Rock. Auch heute hatte sie wieder ihr scharlachrotes Kopftuch aufgesetzt. Ihr Spielkamerad, der kleine Wolf, musste Zuhause bleiben. Sein Winseln war schnell in ein langgezogenes Heulen übergegangen. Doch bald würde ihn Rosina wieder in ihre Arme schließen. Michel, der sich ebenfalls für den großen Tag seines Herrn ordentlich herausgeputzt hatte, führte die weiteren Nachzügler an. Es folgten der Bettelvogt, sowie die große Schar von Gerichtsdienern, Bütteln, Gassen- und Nachtwächtern sowie Holz- und Feldhütern. Müller, Leinenweber, Gerber, Töpfer, Ziegler, Türmer und Zöller schlossen sich dichtgedrängt an. Schornsteinfeger, Kloakenfeger, Gassenkehrer, Huren und »wenig fromme Leut« bildeten den Schluss des riesigen Zuges. Es wurde für sie alle ein großes Fest. Endlich hatte auch das Völklein der Ausgestoßenen und Elenden einmal Grund zur Freude und die Möglichkeit, seinem tristen Dasein zu entfliehen – und sei es nur für wenige Stunden.

Buch 2

Die Hugenotten

1

»Jedoch der schrecklichste der Schrecken, das ist der Mensch in seinem Wahn!«

Friedrich Schiller

Paris, Samstag den 23. August 1572. Nur schwerlich wich die drückende Schwüle des heißen Sommertages der hereinbrechenden Abenddämmerung. Die allmählich herabsinkenden langen Schatten der Nacht, die sich über die vielen Straßen, Gassen und Plätze warfen, brachten nicht nur erquickende Abkühlung. In den tiefen, schier undurchdringlichen Schleiern der Dunkelheit lagen unvorstellbarer Schrecken, Tod und Verderben verborgen. Doch weder eine himmlische Macht noch rohe Naturgewalten trugen die Absicht, eine Apokalypse ungeahnten Ausmaßes zur Erde zu senden. Es oblag einzig und allein der Entscheidung von Menschen, den grauenvollen Schiedsspruch zur Vernichtung tausender wertvoller Leben in die grausige Untat umzusetzen. Noch in den kommenden Nachtstunden würde sich das Schicksal vieler Menschen inmitten der großen Stadt an der Seine erfüllen und Paris für immer seine Unschuld verlieren. Doch von alldem hatten die meisten, gerade aber die Hugenotten nicht die leiseste Ahnung. Wie konnten sie auch, schließlich hatten die Hugenotten gemeinsam mit den katholischen Gläubigen, ihren Schwestern und Brüdern, vom Kelch der Hoffnung kosten dürfen. Vor wenigen Tagen erst, am 18. August, war im Louvre ein großes Fest gefeiert worden, vor allem ein Fest der Versöhnung und der Verbrüderung, wie es schien. Die Hochzeit von Marguerite de Valois, der Tochter Henris II. und Schwester von König Charles IX., mit dem Protestanten Henri de Navarra-Bourbon sollte einen endgültigen Schlussstrich unter den furchtbaren Glaubenskrieg ziehen, der zehn lange Jahre die französische Nation in zwei feindliche Lager gespalten hatte. Ein sinnloses Ringen, das Hugenotten wie Katholiken zu Mördern an ihrem eigen Fleisch und Blut machte.

Dass es überhaupt soweit gekommen war lag wohl an den Katholiken. In den Augen des hohen Adels und Klerus untergruben die Lutherischen mit ihrer neuen ketzerischen Ansicht von Religion und Politik jegliche Ordnung und Gesetz. Als Blasphèmeures, Gotteslästerer, auf das Übelste verrufen, sahen sich die Anhänger des Protestantismus alsbald durch die Machthungrigkeit des Staates und die Intoleranz der katholischen Kirche gnadenlos als Ketzer verfolgt. Zu den großen Feierlichkeiten, zu denen Kathérine de Medici, die Königinmutter, die große Friedensstifterin, im ganzen Land aufrief, kamen eigens tausende Hugenotten ins überwiegend katholische glaubenstreue Paris geströmt. Viele Edelleute mit Rang und Namen fanden Aufnahme bei Verwandten und Bekannten oder in den rasch überfüllten Herbergen der Stadt, unter ihnen die bedeutendsten wie Admiral Coligny, der politische und militärische Führer der Hugenotten. Auf ihn hatte Charles IX. einst ein hohes Kopfgeld ausgesetzt und nannte ihn heute, welch plötzliche Wendung, gar seinen »Vater«, auf den er Stein und Bein schwor, als hätte nie der Hauch von Feindschaft zwischen den beiden erbitterten Widersachern gestanden.

*

Viele der Calvinisten, wie man die Lutherischen oder Protestanten auch nannte, brauchten nicht erst beschwerliche Reisestrapazen auf sich zu nehmen. Im Stadtteil Faubourg St.Germain lebten viele der Hugenotten, anderthalbtausend Seelen an der Zahl, friedlich miteinander. Frieden, wenn auch trügerisch, lag auch über dem kleinen Palais in der Rue de Muguets. Ein junger Mann, Ende der Zwanziger, saß im ärmellosen Lederwams und Pluderhose tiefgebeugt über einem breitausladenden Schreibtisch. Seine schwarzdunkle Haartracht hielt er nach hinten zu einem langen Zopf zusammengebunden. Kratzend fuhr der Gänsekiel über den steifen Pergamentbogen. Die brennenden Kerzen des vierarmigen Leuchters spendeten dem Schreiber ausreichend Licht. Die geöffneten Türflügel am Balkon ließen eine leichte Brise frischen Windes mit den langen Vorhängen spielen. Pierre Laurent sah auf und sog die kühle Luft tief in seine Lungen. Diese Labsal tat ihm gut, nach all den Tagen der Hitze, die nicht mehr aus Paris' Gassen weichen wollte. Aber es war nicht nur das Wetter, das ihn so nach Frische haschend durchatmen ließ.

Ein tiefer Seufzer glitt über seine von einem schmalem Spitzbart umschlossenen Lippen. Breite Sorgenfalten durchzogen seine Stirn. Die für alle Welt so überraschende Nächstenliebe Charles IX. gegenüber Gaspard de Coligny schien wirklich nicht von langer Dauer gewesen zu sein. Wie sonst könnte sich das hinterlistige Attentat auf den Admiral zwei Tage zuvor erklären lassen. Allein die nötigen Beweise hierfür fehlten. Auch Pierre berührte das Schicksal des Hugenottenführers aufs Tiefste. Nicht wenige der Eidgenossen waren in Aufruhr und Sorge.

War denn der Frieden etwa schon wieder in Gefahr? Wer steckte hinter dem feigen Anschlag? Besonnene Stimmen versuchten beschwichtigend die erregten Gemüter zu beruhigen. Vermutlich war der Mordversuch auf einen Einzeltäter, einen verwirrten Fanatiker zurückzuführen, der damit seinen Unmut über den Frieden hatte ausdrücken wollen. Diese Annahme war jedoch wahrscheinlich vielmehr aus Hoffnung als aus Wissen geboren worden.

Auf Pierres Wangenseite zeichnete ein langer, noch blutverkrusteter Kratzer seine Spur. Ein hässliches Andenken vom glücklicherweise missratenen Anschlag auf den Admiral in der Rue Saint Germain l'Auxerrois, unweit des Hauses des Mönches Piles. Zusammen mit einer kleinen Schar weiterer Gefolgsleute hatte Pierre den Admiral auf seinem Kirchgang begleitet. Dem Krachen der Arkebuse aus dem Hinterhalt, oder genauer aus dem Hause des Domherren Viblemur war das verräterische Blinken des Gewehrlaufs im Sonnenlicht vorausgegangen. So war Pierre die Möglichkeit geblieben, den Admiral geistesgegenwärtig zur Seite zu reißen und ihm somit das Leben zu retten. Der Schuss, der Tod und Verderben hatte bringen sollen, hatte zuerst Pierres Gesicht gestreift und dann Coligny in den Arm getroffen. Während Pierre sich um den Verletzten gekümmert hatte, waren seine Begleiter dem hinterlistigen Mordbrenner gefolgt. Doch François de Louviers Maurevert war die Flucht durch die Pforte von St.Antoine gelungen.

Pierre schmerzte weniger die Wunde als vielmehr die Sorge um den Admiral und den Frieden an sich. Unter Colignys Oberbefehl sollte Frankreich beim unmittelbar bevorstehenden Feldzug in Flandern endgültig wieder als eine einzig große Nation zusammengeschweißt werden. Auch Pierre war bestrebt, hierzu sein Scherflein beizutragen. In dem Brief, an dem er gerade schrieb, bewarb er sich beim Admiral persönlich um ein Kommando. Auch wenn dies Kathérine, seine Frau, gar nicht gern hörte. Ob er wollte oder nicht, er konnte einfach nicht anders.

Pierre Laurent hatte unter den Fittichen von Jean, seinem Ziehvater und Oheim, nichts anderes gelernt als zu reiten, zu fechten und zu schießen. Schon als kleiner Junge hatte er früh seine Eltern verloren. Der Stadtrichter von Meaux, ein Menschenschinder, wie es einen größeren nicht gab, hatte es im Jahre 1546 als rechtens erachtet, Vater und Mutter wegen ihres Glaubens als Ketzer auf dem Scheiterhaufen verbrennen zu lassen. In der Schlacht von Dreux, am 19. Dezember 1562, hatte Pierre an Jeans Seite nicht nur für ein gemeinsames Ziel, das Fortleben der Reformation, gekämpft, sondern auch, um den grausamen

Tod seiner Eltern zu rächen. Nach der Schlacht, die keine Sieger kannte und letztlich nur Tote und Verwundete brachte, aber keinen Frieden, blieb Pierre nur die traurige Pflicht, seinen gefallenen Oheim auf dem Schlachtfeld zurück zu lassen und ihn dort zu beerdigen. Seine Überzeugung, weiterhin für die gerechte Sache von Glauben und Freiheit einzutreten, brauchte Pierre allerdings nicht zu Grabe zu tragen. Nur ein Jahr später hatte Pierre seine junge Frau Kathérine kennengelernt. Mit der Heirat blieb seine Weltanschauung von Bestand. Seine Eltern und Jean waren nicht umsonst gestorben.
»Prière, Maman, erzähl' uns noch eine Gutenachtgeschichte!« Durch die offene Zimmertüre drang aus dem angrenzenden Kinderzimmer das flehende Betteln von Simone, seiner dreijährigen Tochter, die im gleichen Jahr geboren worden war, in dem man den Friedensvertrag von Longjumeau unterzeichnet hatte. Bekanntlich war jener aber nicht von langer Dauer geblieben. Von den Guisen aufgestachelt, verbot Kathérine de Medici in ihrem ewig intriganten Spiel von Neuem die Ausübung des reformierten Glaubens. Wieder wurde im Zeichen des Kreuzes wegen der Verschiedenheit der Monstranz Blut vergossen.
»Au fein!«, schloß sich der begeisterte Zuruf eines Jungens an. »Am besten ist das Märchen mit dem bösen Wolf« Pierre sah auf und schmunzelte. In seiner rechten Hand hielt er den Federkiel. Ja, für Märchen war man eigentlich nie zu alt, so teilte er die Freude seines Sohnes. Auch wenn Albert mit seinen zehn Jahren schon fast dem Kindesalter entwachsen war.
»Non, non! Dann plagen euch wieder schlimme Alpträume und ihr könnt nicht schlafen.« Zärtlich aber bestimmt klang Kathérines Stimme.
»Ohhh, schade«, entfuhr es Albert enttäuscht.
»Seid nicht traurig, ihr bekommt eure Geschichte ja noch zu hören«, besänftigte Kathérine. »Aber sie wird nicht von bösen Kobolden und garstigen Ungeheuern handeln. Ich beginne jetzt. Es war einmal...«
Von der Idylle ungetrübten Glücks gefangen, tauchte Pierre den Federkiel ins Tintenfässchen. Mitten in diese Bewegung hinein läutete die Hausglocke. Pierre stockte. Wer konnte das zu solch fortgeschrittener Stunde noch sein? Katherine ließ sich beim Erzählen des Märchens nicht stören. Sie sprach weiter, als die Haustür geöffnet wurde und Stimmen sich austauschten. Jemand stieg mit ziemlich schnellen Schritten die hohe Treppe hinauf. Nur kurze Zeit später klopfte es an die Tür des Arbeitszimmers. Pierre hatte bereits voller Spannung gewartet.
»Entrez, ich lasse bitten!«
»Monsieur, entschuldigt die Störung, aber ihr werdet unten an der

Pforte erwartet.« Ein kleiner Mann mit dem unverkennbaren Akzent eines Gascogners erschien am Türstock. Sein rundes pausbäckiges Gesicht wurde von einer Knollennase beherrscht. Schweißtropfen an seiner Stirn kündeten vom Sturmlauf die Treppe hoch. Auch wenn er um die Hüften ein wenig dicklich wirkte, so machte der Diener in der dunklen Livrée einen durchaus drahtigen Eindruck.
»Sag, Antoine, wer ist es und warum kommt unser Besuch nicht zu mir herauf?«
»Es ist nur ein Kutscher, der euch zum Haus des Herrn Admiral bringen soll.«
»Heiliger Strohsack, das hat mit Sicherheit nichts Gutes zu bedeuten«, entfuhr es Pierre bestürzt und er erhob sich von seinem Stuhl. »Hat der Mann sonst noch etwas zu dir gesagt?«
»Non, Monsieur, der Fahrer scheint es aber sehr eilig zu haben.«
»Na, dann will ich den Guten auch nicht länger warten lassen«, sprach Pierre und ließ sich dabei von seinem Diener in den Rock helfen. Rasch noch das Samtbarett mit Federn aufgesetzt und den Degen umgeschnallt, stürzte Pierre schon aus dem Zimmer. Da begegnete ihm Kathérine. Durch die Stimmen aufgeschreckt hatte sie die Gutenachtgeschichte unterbrochen. Sie trug ein weit herabfallendes Kleid. Schlicht, ganz ohne Goldstickereien und sonstige verschwenderische Verzierungen und Schnörkel, schmückte es seine Trägerin in zarten Tönen. In ihre hochaufgesteckte hellblonde Haartracht war ein farbiges Band kunstvoll eingeflochten. Über Kathérines schöne ebenmäßige Wangen legte sich Blässe. Ihr fragender Blick genügte.
»Chérie, verzeih, aber ich muss dringend weg.«
»Jetzt noch, so spät?«
»Oui, ich soll sofort zum Admiral«, sagte er und nahm Katherine dabei sanft in seine Arme. »Es scheint sehr wichtig zu sein. Hoffentlich ist es nichts Schlimmes« Besorgnis schwang in seiner Stimme mit.
»Dann solltest du vielleicht besser nicht gehen«, bewog ihn Kathérine zu bleiben.
»Mach dir um mich keine Sorgen.« Mit einem gespielten Lächeln versuchte er, ihre Bedenken zu vertreiben. »Geh ruhig ins Bett. Warte nicht auf mich. Es kann sehr spät werden, bis ich wieder heimkomme.«
Kurz berührten sich ihre Lippen, doch der Augenblick war Zeit genug, die Seelen der beiden mit einem unbeschreiblichen Gefühl des Glücks zu durchströmen. Für Pierre war Kathérine ein leibhaftiger Engel aus Fleisch und Blut. Vor nunmehr zehn Jahren hatte sich der reiche Waisensohn unsterblich in die liebreizende Tochter einer einfachen Gesin-

debäuerin aus dem Val d'Oise verliebt. Der reinen Liebesheirat hatten weder Standesdünkel noch sonstige Hindernisse im Wege gestanden. Auch Kathérine war gewillt, den steinigen Weg der Reformatoren mitzugehen. Nichts konnte die beiden voneinander trennen. Niemandem gelang es, das gemeinsame, nach wie vor grenzenlos aufflammende Glück zu trüben. Aber noch wusste keiner, welch bitteres Los die Ungewissheit des Schicksals für die glückliche Familie bereithielt.
Schweren Herzens riss sich Pierre von Kathérine los. Behende sprang er die Treppenstufen hinab und eilte aus dem Haus. Schwer schlug hinter ihm die Tür ins Schloss.

*

Zusehends verfinsterte sich der Himmel der St.Bartholomäus-Nacht. Die ersten dicken Regentropfen trommelten ans Fenster der Kutsche, in der Pierre allein mit sich und seinen Gedanken war. Die Fahrt gewann zusehends an Geschwindigkeit. In Kürze stand Paris ein Gewittersturm bevor. Welches Ausmaß er haben sollte, wusste noch niemand...
Die Hufe der beiden Pferde schallten klappernd über das steinige Pflaster einer der zahlreichen Brücken, die Paris über die Ufer der Seine miteinander verbanden. Nach dem Palais des Tuileries, der Stadtresidenz der französischen Könige, passierte die Kutsche auch den Louvre. Die spitzen Glockentürme und die prächtigen Fassaden des gewaltigen Schlossbaues machten auf Pierre eher einen unheimlichen Eindruck, fast schon feindselig erschien es ihm. Was mochte in dem großen grauen Gemäuer mit den hohen, schmalen und finsteren Fensterhöhlen, in dem man noch vor wenigen Tagen das rauschende Fest der Königshochzeit gefeiert hatte, wohl vorgehen? Eine Abteilung Soldaten marschierte in geordneter Formation über die heruntergelassenen Zugbrücken. Doch niemand aus ihren Reihen kümmerte sich um das einsame Gefährt, das sie in schneller Fahrt passierte.
»Grundgütiger!«, entfuhr es Pierre entsetzt. Was um Himmels Willen hatte dies zu bedeuten? Zu solch später Stunde rückten doch keine Soldaten mehr aus, es sei denn, sie zogen in den Kampf. Aber wer und wo war der Feind? Pierre fühlte, wie Angst siedendheiß in ihm aufstieg. Sein Herz pochte. Trat nun doch alles ein, was die Hugenotten seit dem Anschlag auf den Admiral befürchteten? Nein, Pierre wollte das Schreckgespinst nicht weiterknüpfen. Es schien ihm, als ob die Kutsche weiter an Fahrt gewänne. Die Peitsche in der Hand des Fahrers knallte. Zahllose Schenken und Herbergen, voll mit Hugenotten, säumten die

Straßen. Anfangs waren es noch einzelne Schatten, die hier und da an den Häusern vorüberhuschten und hastig über die Plätze sprangen. Schnell wuchsen sie zu kleinen Trupps heran, mit Äxten, Hellebarden, Pistolen, Schwertern, Musketen und Schildern bewaffnet. Pierre glaubte, an den Hüten der schwer bewaffneten Männer weiße Kreuze zu erkennen. Was hatten diese geheimnisvollen Zeichen zu bedeuten? Quälende Ungewißheit nahm zunehmend Besitz vom Mann in der Kutsche. Wie ein Blitz galoppierte das Gespann über die Rue l'Arbse Sec. Unter den Hufen sprühten Funken über das Pflaster. Die Rue des Fossès St.Germain l'Auxerrois durchquerend, bogen sie in die Rue de Béhisy ein. Hier, am hinteren Ende der Straße, stand das Haus des Admirals. Mit zwei Seitenflügeln erstreckte sich der große Bau zur Straße hin. Ein großes Portal in der Mauer öffnete die Einfahrt in den Hof. Kaum dass die Kutsche zum Halten kam, wurde auch schon die Wagentüre aufgerissen.

»Monsieur, wenn ihr mir bitte folgen wollt!«

Im flackernden Lichtschein eines einarmigen Kerzenleuchters nahm ein Diener Pierre in Empfang. In hastigen Schritten eilten die beiden ins Haus. Nicht nur draußen auf dem Hofgelände, auch im Haus selbst herrschte emsiges Treiben. Leute kamen und gingen, sprangen von hier nach da. All das war überlagert von Hektik und Unruhe. Als hätte jemand einen Stein in ein Wespennest geworfen. Schnell sprangen Pierre und sein Begleiter die Stufen hoch ins obere Stockwerk. Vor einer der vielen Türen stand ein weiterer Diener. Er schien bereits auf Pierre zu warten. Auf seinem Gesicht haftete die Maske der Angst. Sich tief verbeugend, öffnete er die Türe.

»Monsieur, der Herr Admiral läßt bitten!«

Pierre trat ins Schlafzimmer des Admirals. Hier lag er schwer in den Kissen, der hohe Führer der Hugenotten: Gaspard de Coligny. Alter und Weisheit hatten ihm Bart und Schläfen gebleicht. Sein linker Arm steckte in einem dicken Verband, der an einigen Stellen bereits durchgeblutet war, ein Andenken an das fehlgeschlagene Attentat.

»Pierre, mein Bester, so kommt doch näher. Zögert nicht, ihr werdet doch vor einem alten Mann keine Angst haben.« Der Verwundete versuchte sich aufzurichten, was ihm sogleich den Schmerz in die Miene trieb. Erschöpft sank sein Kopf zurück in die Kissen. Der erlittene Blutverlust schwächte ihn schwer.

»Sire, müht euch nicht!« Pierre eilte ans Bett, um ihm zu helfen.

»Merci, lasst gut sein«, wehrte der Admiral ab. »Bald werde ich für immer Zeit haben, mich auszuruhen, bis zum jüngsten Tag.«

»Warum sprecht ihr so merkwürdige Sachen?« Pierre war bestürzt.
»Zerbrecht euch meinetwegen nicht den Kopf. Dafür ist jetzt wirklich keine Zeit.« Coligny packte Pierre am Arm und zog ihn zu sich ans Bett. Pierre sah sich von einem ernsten Blick durchdrungen.
»Die verfluchte Florentinerin hat ein niederträchtiges Komplott geschmiedet, dem alle Hugenotten zum Opfer fallen sollen.«
»Also doch!«, entfuhr es Pierre entsetzt. Für eine kurze Weile nahm ungeheure Stille von den beiden Männern Besitz. Nur das leise Trommeln des Regens, der in langen Bächen die Fensterscheiben herunterlief, und ein hartes Donnerkrachen kurz nach dem blendenden Licht eines in der Nähe niederfahrenden Blitzes störten das eisige Schweigen.
»Kathérine de Medici hat ihre Tochter Marguerite unseren lieben Henri nur zum Schein heiraten lassen, um uns in die Falle zu locken.«
»Welch teuflisches Spiel!«
»Sobald die Sturmglocken von St.Germain l'Auxerrois schlagen, wird man in Paris alle Hugenotten töten«, fuhr Coligny fort. Erneut einsetzendes Gewittergrollen unterstrich seine schicksalsträchtige Hiobsbotschaft. »Bringt euch deshalb rasch in Sicherheit.«
»Non, ich bin doch kein Feigling!«, wandte Pierre ein. »Ich überlasse euch hier nicht einfach so eurem Schicksal.« Pierre legte seine Hand an den Griff seines Degens, fest entschlossen, das Leben des Admirals zu verteidigen, und sei es bis zu seinem letzten Atemzug.
»Seid kein Dummkopf, Pierre, denkt an Kathérine und die Kinder. Ihr wollt doch nicht etwa, dass eure Lieben von den ausgeschickten Mordbrennern erschlagen werden.«
»Aber...«
»Kein aber!«, wehrte Coligny unwirsch ab. »Ihr habt mir vor wenigen Tagen mein Leben gerettet, so will ich es euch hiermit gleichtun. Ihr habt es mit eurem todesverachtenden Mut verdient.«
»Wollt ihr und die anderen denn nicht fliehen?«
»Nein!«, kam es hart über die Lippen des Hugenottenführers.
»Dann hatte doch alles keinen Sinn...« Pierre rang nach Worten. Matt lächelnd schüttelte Coligny sein greises Haupt.
»Vor meiner Abreise aus Châtillon fiel eine Bäuerin vor mir nieder und flehte mich inbrünstig an zu bleiben. Sie warnte mich, in Paris würde nur der Tod auf mich warten und auf alle die mit mir gingen. Nun denn, man kann den Lauf der Dinge nicht ändern. Ich betrachte es als den Willen Gottes. Ich bleibe hier bei meinen Glaubensgetreuen. Gemeinsam werden wir sterben oder weiterleben. Die Warnung eines engen Vertrauten, einem deutschen Hauptmann aus der Leibwache des

Königs, kam leider zu kurzfristig, um alle Hugenotten von der Verschwörung zu unterrichten. Die meisten von uns werden das Licht des morgigen Tages nicht mehr sehen, aber unsere Idee, die Reformation, wird weiterleben, bis zum Ende aller Tage. Dessen bin ich mir ganz sicher. Der Herzog von Guise und die Geldwechslerdirne aus Florenz, können nicht alle Hugenotten im Land töten. Mit unserem Untergang wird unsere Religion neue Blüte erfahren, größer als je zuvor. Lieber Pierre, eines Tages werden wir mit den Katholiken einträchtig in Frieden leben, so gewiss es einen Herrgott im Himmel gibt. Aber nun geht, bevor es auch für euch zu spät ist.«
Kraftlos fiel Colignys Hand aufs Bett. Sein Redefluss hatte ihn sehr angestrengt. »Eines noch Pierre, näht weiße Kreuze an eure Kleider, wenn die Zeit noch reicht. Es ist das verabredete Erkennungssignal der Katholiken, damit sie sich nachher im Blutrausch nicht aus Versehen selber abschlachten. Alle Tore der Stadt sind von den Wachen verschlossen. Paris dürfte inzwischen wohl eine einzige riesige Mausefalle sein, aber mit der Parole ›Guise‹ wird man euch passieren lassen. Geht Pierre, geht!«
Pierres Verstand vermochte kaum zu fassen, was er da zu hören bekam. Er wankte aus dem Zimmer. Hinter ihm erklang noch einmal Colignys schwächliche Stimme. »Robert, bring mir etwas Wein!«, rief er nach seinem Diener. »Ich will ein letztes Mal vom köstlichen Rebensaft aus dem Languedoc trinken, bevor meine Mörder zu mir kommen.«
Pierre geriet ins Taumeln, es schien ihm, als ob ihn ein ungeheurer Strudel mit sich fort zog, irgendwohin. Gesichtslose Gestalten drückten, schubsten und schoben ihn vorwärts. Erst als Pierre draußen im Regen stand, kam er wieder halbwegs zu Bewußtsein. Ein harter Arkebusenschuss, in der Nähe abgefeuert, brachte ihn plötzlich wieder zu klarem Verstand.
»Kathérine! Simone! Albert!«, zuckte es ihm durch den Kopf. Er suchte nach der Kutsche, sie stand noch im Hof zur Abfahrt bereit. Der Fahrer hatte inzwischen mit Hilfe zerrissener Leinentücher an der Rückseite der Kutsche ein weißes Kreuz befestigt. In den Farben des Feindes getarnt verließ die Kutsche den Hof. Die Dienerschaft des Admirals verriegelte gleich darauf den Eingang des Portals. Wie bei der Herfahrt legten sich die Pferde mächtig ins Zeug. Schaum stand vor ihren Mäulern, unentwegt schnalzte die Peitsche des Kutschers über ihren fliegenden Mähnen. In den Wasserlachen des Gewitterregens spiegelte sich der Schein brennender Fackeln. Überall strömten ganze Heerscharen schwer bewaffneter Männer durch die Stadt. Bürgerkompanien, Solda-

tentrupps, sogar eine Gruppe Schweizer aus diversen kleinen Kantonen stammend, hatten sich zusammengerottet, um den mörderischen Plan der Königinmutter in die blutige Tat umzusetzen. Allesamt trugen sie weiße Kreuze, Schleifen oder Rosen auf ihren Hüten oder einfach nur weiße Armbinden. Inzwischen war die Gewitterfront die Seine abwärts weitergezogen. Angenehm kühle Luft blieb zurück. Das Licht der untergehenden Abendsonne, die sich in einem schmalen Streifen am westlichen Horizont ein letztes Mal zeigte, tauchte die Wasser der Seine in ein rötlich schimmerndes Band. Bald, sehr bald, würde sich der Fluß erneut rot verfärben.

Trotz der wilden Fahrt kamen Pierre die nur mühsam ertragenen Minuten schon fast wie Stunden vor. Erfüllt von Ungeduld und Sorge wäre Pierre am liebsten aus der Kutsche gesprungen und nach Hause gerannt. Was ihm jedoch nicht viel genutzt hätte, er wäre wohl gar nicht erst bis Faubourg St.Germain gekommen. Je mehr bewaffnete Trupps er zu Gesicht bekam, desto stärker wuchs in ihm die panische Angst. Es bangte ihm dabei weniger um seine eigene Haut, als vielmehr um das Leben Kathérines und der Kinder.

Noch bevor die Kutsche endlich vor dem kleinen Palais der Familie Laurent angelangte, riss Pierre die Türe auf und sprang heraus. Als sei ihm der Leibhaftige auf den Fersen, rannte Pierre zur Pforte und läutete. Wild hämmerte er mit den Fäusten gegen die Tür. Wo blieben nur Babette und Antoine, seine kleine Dienerschaft? Immer wenn man sie brauchte, waren sie nicht da.

»Merde, warum zum Henker kommen sie nicht bei?« Pierre fluchte. Wie bei einem gehetzten Tier auf der Flucht vor dem Jäger schweifte sein Augenpaar irrlichternd über das angrenzende Straßenviertel. Noch war hier alles ruhig. Noch! Nur das Kläffen eines Hundes zerriss die trügerische Stille. Der Fahrer des Admirals hatte in der Zwischenzeit die Kutsche gewendet und fuhr wieder in die Rue de Béthisy zurück. Pierre hob grüßend seine Hand, er sah ihm kurz nach. Unbemerkt löste sich das weiße Kreuzzeichen von der Kutsche und fiel zu Boden. Hoffentlich kam dieser mutige Kerl mit heiler Haut davon, wünschte ihm Pierre. Verdient hätte er es. Pierre wandte sich wieder zur Türe. Doch jetzt ging es um das nackte Überleben seiner Familie. Endlich öffnete sich die Türe.

»Ach ihr seid es, Monsieur?!« Ein Ausdruck größter Verwunderung lag in Antoines pausbäckigem Gesicht. »Wir dachten schon, eine Horde wilder...«

»Lass alles stehen und liegen«, schnitt ihm Pierre das Wort ab. »Spanne

umgehend die beiden Pferde vor unsere Kutsche.«
»Monsieur wollen heute Abend noch einmal außer Haus?«, fragte der kleine Diener verdutzt.
»Wir schweben in höchster Lebensgefahr!«, schrie Pierre erregt. »Sieh zu, dass du an die Arbeit kommst.«
Antoine kippte die Kinnlade herunter, er brachte kein Wort mehr hervor.
»Babette soll dir zur Hand gehen. Los, macht schnell!«
»Pierre, was ist mit dir, was ist denn passiert?« Katherine erschien am oberen Ende der Treppe. Sie hatte sich noch nicht zu Bett begeben.
»Chérie, wecke die Kinder. Wir müssen fliehen!« Entsetzt schlug Kathérine die Hände vors Gesicht. »Du musst jetzt sehr tapfer sein. Der Admiral ließ mich soeben wissen, dass die Königinmutter den Tod aller Hugenotten beschlossen hat. Noch in dieser Nacht sollen wir alle sterben.« Kathérines engelhaftes Antlitz sah sich im Nu zu einer steinernen Miene entstellt. »Komm schon, Liebes, hol Simone und Albert.«
Pierres heftiges Drängen brachte sie wieder in die Wirklichkeit zurück. Kathérine eilte ins Schlafzimmer der Kinder. Die Kleinen hatten zum Glück noch keinen allzu tiefen Schlaf gefunden. Die Müdigkeit aus den Augen reibend, stiegen sie aus ihren Betten.
»Geht rasch nach unten und wartet auf uns«, sagte Kathérine zu ihnen. Albert nahm Simone bei der Hand. Beide gingen, noch in ihre Nachthemden gekleidet, die Stufen hinab. Derweil packte Kathérine schnell ein paar wenige Sachen zusammen und hüllte sie in eine Decke. Es war nicht viel, wessen sie in der Eile habhaft werden konnte. Pierre holte zwei Pistolen aus einem Schrank, lud sie und steckte sie in den breiten Hosengürtel. Kathérine erschrak.
»Keine Sorge, die Waffen sind nur für den Noffall gedacht. Wenn es wirklich nicht mehr anders geht«, beruhigte er sie.
»Wohin sollen wir denn überhaupt fliehen?« Kathérine war immer noch ganz bleich im Gesicht.
»Wir werden zuerst versuchen außer Landes zu kommen«, antwortete Pierre. »Ich glaube nicht, dass wir hier in Frankreich noch Unterschlupf und Schutz finden. Mir fällt gerade ein, ich habe ja noch einen entfernten Oheim. Dieser lebt drüben, jenseits des Rheins in den Deutschen Landen. Er wird uns bestimmt bei sich aufnehmen«
»Monsieur, die Kutsche steht zur Abfahrt bereit!« Völlig außer Atem und schweißgebadet stürzte Antoine herbei.
»Danke, dass du alles so schnell erledigt hast«, lobte ihn Pierre, der in dieser schweren Stunde froh war, einen so treuen Helfer wie Antoine

an der Seite zu wissen. »Wenn du möchtest, Antoine, kannst du hier in Paris bleiben. Du bist keiner der unsrigen, dir wird mit Sicherheit nichts geschehen.«
»Non, Monsieur«, entgegnete Antoine entschlossen. »Ich werde euch begleiten, wohin auch immer euer Weg führen mag. Und sei es bis zum Mond. Nach all den vielen Jahren, in denen ich schon in eurer verehrten Familie Dienst tue, lasse ich doch Madame und die Kinder nicht im Stich.«
»Hab Dank, teurer Freund!« Pierre klopfte ihm wegen seines Treueschwurs auf die Schulter. Antoines Pausbacken erröteten. Plötzlich begannen die Sturmglocken von St.Germain l'Auxerrois zu läuten, das verabredete Zeichen für den Beginn des Massakers ertönte. Es kam eine Stunde früher als geplant! Da erklang von unten aus der Küche ein spitzer Schrei. Laut scheppernd zerschlug Porzellan auf den Steinfliesen. Sofort eilten Pierre, Kathérine und Antoine die Treppe hinunter. Inmitten eines Haufens zerschlagenen Geschirrs lag die leblose Gestalt der Köchin auf dem Fußboden. Deutlich stand in Babettes weit aufgerissenen Augen der blanke Schrecken des Entsetzens zu lesen.
Ihr altes krankes Herz war zersprungen wie all das Porzellan. Neugierig trat Simone hinter dem Rockzipfel ihrer weinenden Mutter hervor.
»Papa, warum liegt unsere Babette auf dem Boden?«
»Sie ist tot, mein Kleines«, versuchte Pierre ihr zu erklären und zog sie von der Toten weg.
»Aber was ist ›tot‹?«
»Das ist so etwas ähnliches wie schlafen, aber man wacht nicht mehr auf.«
»Warum hat sie denn dann ihre Augen nicht zugemacht?« fragte Simone, die vom Sterben und dem Tod eines Menschen noch nichts verstand. Pierre kniete sich nieder und schloß Babette die Augen.
»So, nun hat sie ihre Augen zu und du darfst sie nicht mehr stören«, sprach Pierre und hob Simone auf seine Arme.
Urplötzlich begann es draußen auf der Straße laut zu werden. Schüsse krachten. Das wild aufflammende Geschrei gequälter und sterbender Menschen vermischte sich mit dem spottenden Hohngelächter und Gejohle ihrer Peiniger. Jetzt gab es wirklich kein Halten mehr. Die Todesgefahr wuchs von Augenblick zu Augenblick. Der Leichnam der armen Babette musste unverrichteter Dinge zurückgelassen werden. Keine Sekunde zu früh fuhr Antoine die Kutsche aus dem Hof.
»Tod den Hugenotten!« Mit garstigen Flüchen auf den Lippen und die Fäuste drohend zum Himmel gestreckt kam ein wilder Haufen auf das

Haus zugestürmt. Musketenfeuer blitzte auf. Eine Reihe von Kugeln schlug ins Mauerwerk der Fassade. Eine Arkebuse krachte, das abgefeuerte Geschoss durchschlug die Türen der Kutsche. Zum Glück saß noch niemand darin. Kaum, dass die Familie Laurent eingestiegen war, fuhr die Kutsche in einem harten Ruck an.

»Allez, ihr Braven, allez, saust wie der Wind!« Antoine feuerte die Tiere mit lautem Peitschenknall an. Als ob die beiden Pferde wüssten, worum es ging, galoppierten sie in weit ausgreifendem Galopp davon. Schnell bog die Kutsche vor dem anstürmenden Mob der Meuchelmörder in eine Seitengasse, wo sie sich den hasserfüllten Blicken ihrer Häscher entzog. Sie tauchte ein in die Schwärze der Dunkelheit und verschwand. Mit der Parole »Guise« auf den Lippen fuhren die Laurents, das Tor von St.Marcel passierend, aus Paris einem ungewissen Schicksal entgegen.

*

Kathérine de Medici entfachte mit der Fackel ihres Hasses einen auflodernden, nicht mehr zu löschenden Brand. Leicht anzustachelnder und gedungener Pöbel machte sich gemeinsam mit den Magistratsmilizen und den Soldaten zu bereitwilligen Werkzeugen der teuflischen Fürstin. Wahre Blutströme überschwemmten die Straßen. Edelfräuleins und Frauen wurden auf das brutalste geschändet, bevor man auch sie des Lebens beraubte. Tausende und Abertausende von Männern, Frauen, Kindern und Säuglingen fanden einen schrecklichen Tod. Während man die Hugenotten im Schlaf in ihren Betten oder Kinderwiegen erschlug, erstach oder erstickte und sie aus den Fenstern warf, plünderten die feigen Mörder die Häuser und Wohnungen zu Hauf. Im Louvre selbst häuften sich in den Gängen und Sälen die Toten. Kaum einer konnte entfliehen. Weder auf Alter noch auf Geschlecht, auf Verdienst oder Rang wurde Rücksicht genommen. Auch König Charles IX. schoss vom Balkon des Louvre aus auf die völlig überraschten, teilweise splitternackt auf die Gassen getriebenen Hugenotten. Dem Blut des Schlachtviehs beim Metzger gleich rann der kostbare Lebenssaft der Gemeuchelten in die schmutzigen Gassen von Paris. Gleich karrenweise kippte man die Leichen in die Seine. Schon bald färbten sich die Wasser rot.

Auch der alte Admiral sollte zu den Opfern der »Pariser Bluthochzeit« gehören. Gleich zu Beginn des Massakers ritt der Herzog von Guise mit seinen Leuten zum Haus von Gaspard de Coligny. Die Eindringlinge brachen rasch alle Tore und Türen auf. Die Handvoll Wachen und Diener, die sich schützend vor ihren Herrn stellte, wurde im Handumdrehen erbarmungslos niedergemetzelt. Furchtlos, wie es der Admiral zeitlebens war, erwartete er den Tod in seinen Kissen liegend. Der Hieb einer zweischneidigen Streitaxt beendete sein schaffenreiches Leben. Der rasende Mob warf seinen Leichnam aus dem Fenster, vor die Füße des triumphierenden Herzogs von Guise. Die entmenschlichten Barbaren schreckten nicht einmal davor zurück, vom Leichnam des Admirals Körperteile abzuschneiden und ihn anschließend durch Gassen und Straßen zu schleifen, um ihn letztlich auf dem Galgenhügel von Montfaucon an den Füßen aufzuhängen.

Erst am nächsten Tag, dem 24. August 1572, sollte das entsetzliche Morden der Hugenotten sein Ende finden. Noch am selben Abend begab sich König Charles IX. in die Straßen von Paris, um sich die vielen Toten anzusehen. Henri de Navarra und der Prinz von Conde, die fast als einzige im Louvre mit dem Leben davonkamen, besuchten als Gefangene der Königinmutter die Messe. Als ein Bote die Nachricht vom Abschlachten der Ketzer nach Rom brachte, ließ Papst Gregor XII. die Blutnacht jubelnd feiern. Aber noch war die Tod und Verderben bringende Woge nicht verebbt. Boten, die auf Geheiß des Königs mit Sonderbefehlen zum Abschlachten der Hugenotten in die Provinzen geschickt wurden, entfachten weitere Greueltaten. In Bordeaux, Bourges, Charite, Lyon, Meaux, Orléans, Romans, Samur, Toulouse und in vielen anderen Städten ging das schaurige Morden weiter. Blutrausch und Grauen ohne gleichen durchzogen das Land und befleckten die Geschichte Frankreichs.

Die »Bartholomäusnacht« bewirkte, dass mehr als fünftausend hilf- und wehrlose Menschen niedergemetzelt wurden. Abertausende bekehrten sich angstgeschüttelt zur alten Glaubensform der Katholiken. Letztlich war das Blutbad aber völlig sinnlos. Zum Glück gelang es den Katholiken nicht, aller Hugenotten habhaft zu werden und sie umzubringen. Man hatte zwar viele von ihnen getötet, jedoch nicht die Idee der Reformation. Diese sollte weiterleben.

2

»Es zieht mich grausend hin und zieht mich schaudernd mit dunkler kalter Schreckenshand zurück.«

Friedrich Schiller

Georg Weber, der Stadtschreiber von Aschaffenburg, machte einen neuen Eintrag ins Buch der Stadt. Er schrieb das Datum des Michalistages Anno 1572. Leichte Dunstschleier hingen wabernd über dem grüngrauen Band des breiten Flußbetts. Kleine Boote schaukelten sanft im Spiel der ruhigen Mainfluten. Silbrig schimmernd zappelte reiche Beute in den schweren Netzen der Fischer. Schon bald würden die gefangenen Fische die Bäuche hungriger Menschen füllen. Am Leiderer Ufer zogen Leinreiter mit ihren starken Rössern auf dem Leinpfad die schwerbeladenen Frachtschiffe flussaufwärts. Hoch auf dem uralten Gneisfelsen, auf der gegenüberliegenden Mainseite, hob sich die Silhouette der zerstörten Johannisburg gegen den frühen Morgenhimmel. Die einstmals stolzen Zinnen der kurfürstlichen Residenz zeigten klagend ihre traurigen Überreste. Aus dem Gewirr geborstener Mauern und rauchgeschwärzter Fensterhöhlen ragte der mächtige Turm des Burgfrieds wie ein einsamer mahnender Wächter.

Eine über und über staubbedeckte Kutsche näherte sich in langsamer Fahrt der großen Steinbrücke. An der kleinen Wendelinuskapelle vorbei hielt sie geradewegs auf das erste Brückentor zu. Tief lagen die völlig übermüdeten Augen des Wagenlenkers in ihren Höhlen. In den letzten Tagen und Wochen hatte der kleine pausbäckige Mann wohl des öfteren lediglich mit einer Mütze voll Schlaf vorlieb nehmen müssen. Sein ansonsten glattrasiertes Gesicht war nur so von Bartstoppeln übersät. Aber daran störte sich Antoine nur wenig. Allein die verlockende Aussicht auf einen köstlichen Braten, ein schönes heißes Bad und ein weiches Bett hielten ihn aufrecht. Bleiern schweifte sein Blick über die Landschaft. Sie schienen endlich am Ziel ihrer unfreiwilligen Odyssee angelangt zu sein. Kaum dass das Hufgeklapper der Pferde und das Rumpeln der Kutschenräder über das Brückenpflaster lärmte, als auch schon ein Mann aus dem hohen sechsgeschossigen Brückenturm trat. Antoine zügelte die Pferde.

»Ein Wagen, das macht zwei Albus«, schnarrte der Brückenzöllner und streckte die Hand aus. Entgegen seiner Herrschaft war Antoine der

deutschen Sprache nicht mächtig. Aber die Geste des Brückenzöllners war unmissverständlich. Er wollte Geld für die Überfahrt, so wie überall. Unzählige Brücken hatten sie bislang auf ihrer Flucht aus Frankreich überquert. Diese war gottlob die letzte. Antoine musste weit, sehr weit in seine Manteltasche greifen, um noch ein Geldstück, sein letztes, zu finden. Mit einem leichten Seufzer warf er das kleine Kupferstück dem Brückenzöllner zu. Mit geübtem Griff fing dieser die Münze auf. Misstrauisch warf er einen prüfenden Blick auf das fremde Geldstück und wog es kurz in seiner Hand. Erst nachdem es dem Biss seiner Zähne stand gehalten hatte, wanderte es in seinen dicken Geldbeutel, den er um den Bauch geschnallt trug. Zufrieden lächelnd gab der Zöllner den Weg frei. Auf der Brücke herrschte ein dichtes Gedränge und Geschiebe. Kleine Karren, einfache Fuhrwerke und riesige, mit Planen bezogene Frachtwagen der Kaufleute stauten sich vor dem stadtseitigen Brückenturm zu einer langen Schlange.
Es hatte ganz den Anschein, als ob sich an diesem Tag hinter den Wehrmauern und Wallgräben ein ganz besonderes Ereignis abspielen würde – und ob! Vom Dachfirst des Rathauses ragte eine lange Fahne. Ihre grün-rot-weißen Streifen zeigten die Farben der Stadt. Das Zeichen des Markttages bauschte sich sacht im lauen Spiel des Windes. Unter dem gestrengen Blick der Torwache der Stadt wurde jeder einzelne Wagen genauestens überprüft. Erst nachdem die einfahrenden Händler den zehnten Teil ihrer Warengüter abgegeben oder den fälligen Torzoll entrichtet hatten, durften sie den engen Durchgang zur Stadt hinein passieren. Nur zäh verstrich die Zeit, bis endlich Antoine mit der Kutsche an die Reihe kam. Respekteinflößend kreuzten sich zwei Hellebarden, über alle Kanten scharf geschliffen, vor dem gotischen Tordurchlass mit seiner Pechnase. Zwei behelmte Männer im Brustharnisch und in weiten bunten Hosen steckend versperrten die Zufahrt. Zwei weitere Stadtwächter gingen auf die Kutsche zu. »Brrr!« Antoine straffte die Zügel. Nur zwei, drei Schritte vor den Füßen der Wachleute kam die Kutsche zum Stehen.
»Mon ami, ich habe kein Geld mehr!« Antoine stülpte die leeren Manteltaschen um und zeigte seine blanken Hände. Die Wächter konnten die fremde Sprache nicht verstehen, aber die Geste des Fahrers war eindeutig, er konnte oder wollte den Wegezoll einfach nicht bezahlen. Das gab es ja wohl nicht, so ein unverschämtes Schlitzohr war den Männern der Stadtwache bisher nicht untergekommen, mit derlei Sachen verstanden sie keinen Spaß.
»Willst dich wohl ums Bezahlen drücken, du Schurke?«, zischte der

Wächter und drückte Antoine seine Waffe an den Kehlkopf. Antoine brach der kalte Angstschweiß aus. So kurz vor dem Ziel sollte er nun sterben? Waren all die langen Tage und Wochen der Flucht, die von Entbehrung und Todesfurcht geprägt waren, am Ende umsonst?
»Gib uns endlich das Geld für den Wegezoll, oder ich kitzele es aus dir heraus!« Die Drohung des Wächters war ernst, todernst. Antoine wurde kreidebleich.
»Was ist denn da draußen los?« Im Inneren der Kutsche regte sich Leben.
»Monsieur, zu Hilfe, kommt mir bitte zu Hilfe!«, drang es flehend vom Kutschbock. Plötzlich wurde die Wagentüre aufgerissen. Ein Herr in langem Mantel und Samtbarett mit Federschmuck sprang heraus. In vielen Waffengängen erprobt, zog Pierre Laurent rasch seinen Degen. Im Handumdrehen sah sich der Wächter überrumpelt. Nun war er es, der in den wenig erbaulichen Genuss kam, den spitzen Stahl an der Gurgel zu spüren. Sofort nahm er die Hellebarde herunter.
»Oui, so ist es gut!«, sprach Pierre. »Was zum Donnerwetter geht hier eigentlich vor?«
Mit missmutigem Brummton trat ein weiterer Uniformierter näher. Ein roter Federbusch zierte seinen breitkrempigen Hut. Unter dem weit herabfallenden Mantel blitzte ein blankpolierter Brustpanzer hervor. Sein Aussehen ließ auf seinen Offiziersrang schließen. Seine Rechte griff zum Schwert, bereit es zu ziehen.
»Werden Edelleute bei euch immer so behandelt?« schrie ihm Pierre barsch in Deutsch entgegen, wobei er allerdings den Akzent seiner Muttersprache nicht verleugnen konnte.
»Wir machen hier keine Unterschiede«, kam es dem Offizier grob über die Lippen. »Ein jeder, der in die Stadt hineinfährt, muss auch den fälligen Zoll entrichten. Da beißt die Maus keinen Faden ab.«
»Gilt das auch für einen Edelmann, der im Namen des ehrwürdigen Kurfürsten reist?«, erboste sich Pierre.
»Könnt ihr euch ausweisen?« Noch gab der Offizier nicht klein bei.
»Wozu? Ein Mann in meiner Position braucht keine Papiere. Bedenkt, sollte ich einem Feind in die Hände fallen, wäre es um den Geheimauftrag und auch um mich geschehen«, blaffte Pierre. »Doch wie ich sehe, habt ihr von all dem nicht die leiseste Ahnung. Wie ist euer Name?« Plötzlich war es mit der Großspurigkeit des Offiziers vorbei.
»Jan Dollhaimer, ich bin der Hauptmann der hiesigen Stadtwache.« Nervös strich er sich über seinen breiten, gezwirbelten Knebelbart. »Mir untersteht das ganze Kommando.«

»Ich hoffe für euch, dass es auch dabei bleibt. Es hängt ganz allein davon ab, ob ihr mich auf meiner wichtigen Mission behindern wollt, die ich auf höchstes Geheiß auszuführen habe.« Pierre schlug seinen Mantel zurück. Die beiden Pistolen, die im Gürtel steckten, kamen zum Vorschein.
»Nein, nein. Natürlich nicht, mein Herr!« Hastig gestikulierend wehrte der Hauptmann ab. »Los, weg da Männer, gebt der Kutsche den Weg frei!«, befahl er den Wachleuten.
Trotz der gefährlichen Situation, in der Antoine noch vor wenigen Augenblicken schwebte, kippten ihm plötzlich die schweren Augenlider herunter. Der Kopf sank ihm zur Brust hinab. Sofort in den Schlaf fallend, träumte er von einem schönen weichen Bett, in das er zusehends immer tiefer zu versinken schien.
»Noch ein letztes, Herr Hauptmann«, sprach Pierre, bevor er in die Kutsche stieg. »Wir möchten dem Herrn Grafen von Sembach einen Besuch abstatten. Weist mir den Weg zu ihm!«
»Wollt ihr wirklich dort hin?« Der Hauptmann schien entsetzt.
»Was kümmert's euch?« Pierre war gereizt.
»Natürlich nichts. Aber mit Verlaub, dann seid ihr also der geheimnisvolle Herr, von dem der Graf schon die ganze Zeit spricht...«
»Ich verstehe nicht, ihr sprecht in Rätseln.« Pierre kam in Nöte, seine gespielte Kühnheit nicht zu verlieren.
»Seht bitte über meine Unverfrorenheit hinweg, es steht mir nicht zu, mich in wichtige Belange einzumischen. Entschuldigt!«
Demütig schlug der Hauptmann seine Augen nieder und ging einige Schritte zurück. Er hatte Angst, der Zorn des Fremden würde ihn treffen. Doch Pierre beließ es dabei, wegen dieses merkwürdigen Geredes keine weiteren Worte mehr zu verlieren.
»Doch nun, was ist, wollt ihr mir den Weg zeigen oder nicht?«
»Selbstverständlich, mein Herr!« Der Hauptmann winkte einen seiner Wachleute herbei. »Du begleitest die werte Herrschaft zum Hause des Grafen von Sembach.«
Über die Miene des Mannes huschte ein merkwürdiges Lächeln. Pierre blieb dies nicht verborgen.
»Wehe dir ich höre Klagen. Und sieh ja zu, dass du bald wieder da bist. Sonst tanzt der Rohrstock auf deinem Rücken, dass er grün und blau wird.« Der Hauptmann ließ seine ganze aufgestaute Wut an seinem Untergebenen aus.
Der Gescholtene ging voraus, die Kutsche sollte folgen. Aber Antoine schlief. Pierre schmunzelte. Gerne hätte er seinen treuen Diener und

Weggefährten weiter schlafen lassen. Doch es ging nicht, sie mussten weiter. Plötzlich gab er den beiden Pferden einen kräftigen Klaps auf den Rücken. Erschreckt zogen die Zugtiere an. Schlagartig fand sich Antoine auf seinem harten Kutschbock wieder. Sein herrlicher Traum von weichen Federkissen war geplatzt wie eine Seifenblase. In salutierender Haltung grüßend ließ der Hauptmann der Stadtwache die Kutsche passieren.

»Hat das denn sein müssen mit dem Degen?« Mit vorwurfsvollem Blick empfing Kathérine ihren Gatten, als er wieder zu ihr in die Kutsche stieg. »Du weißt doch, dass ich dich mit einer Waffe in der Hand nicht gern sehe. Dann bekomme ich immer große Angst um dich.«

Im Schutz ihrer Arme lagen Simone und Albert. Die beiden Kinder hatten von all dem, was soeben auf der Brücke vor sich gegangen war, nichts mitbekommen. Von den zurückliegenden Strapazen gezeichnet schliefen sie tief und fest. Auch Kathérine machte einen erschöpften Eindruck. Ihre sonst so liebreizenden Wangen waren eingefallen.

»Ach, mir geschieht schon nichts.« Pierre schenkte ihr ein sanftes Lächeln. »Wenn ich nicht dazwischen gegangen wäre, stünden wir jetzt ohne unseren lieben Antoine da...« Pierre erzählte ihr vom dreisten Komödiantenstück, das er dem Hauptmann vorgespielt hatte. »Ich musste bei der ganzen Sache todernst bleiben, es fehlte nicht viel und ich wäre bei diesem Katzenbuckler von Hauptmann in schallendes Gelächter ausgebrochen.«

»Weshalb kam es denn dazu?« fragte Kathérine.

»Weil weder Antoine noch wir beide den Wegezoll in die Stadt hinein zahlen konnten. Außer dem, was wir am Leibe tragen, besitzen wir nichts mehr, nicht einmal mehr eine kleine Kupfermünze. Wir sind sozusagen arm wie Kirchenmäuse.«

Kathérine schlug den Kragen ihres Mantels hoch. Es schien, als ob sie friere.

»Ja, Chérie, dabei kann es einen ganz gehörig frösteln«, meinte Pierre. »Aber das wird jetzt alles anders, wir kommen ja bald zu meinem Oheim.«

Nur mühsam kam das zweispännige Kutschengespann durch die überfüllten Straßen und Gassen vorwärts. Ruheloses und geschäftiges Treiben huschte an den Fenstern der Kutsche vorbei. Der Stadtwächter brauchte sich deshalb auch nicht sonderlich zu beeilen. Gemächlichen Schrittes ging er den Franzosen voran. Von überall her strömten Fuhrwerke, Handwagen, Reiter und Bauern nach Aschaffenburg zum hiesigen Markttag. Mit dem gewaltigen Tross der Handelsleute wurden

nicht nur Waren, sondern auch die neuesten Nachrichten aus allen Ländern in die Stadt getragen. Reisende berichteten noch immer vom grauenvollen Sog der Pariser »Bluthochzeit«, die überall Tagesgespräch war. Die Augen der Zuhörer klebten förmlich an den Lippen der Erzähler. Konnte so etwas Schlimmes auch im Freigericht, im Spessart oder gar in Aschaffenburg passieren? Bis dicht an die Landesgrenzen sollte die schreckliche Apokalypse des religiösen Wahnsinns gewütet haben? Unvorstellbar! Es hatte lange gedauert, ehe der Blutdurst der Kathérine de Medici endlich gestillt war.
Einem endlosen Lindwurm gleich schlängelte sich zu Füßen des riesigen Badbergs der mächtige Strom von Menschenleibern und Wagen am Spitalhaus und der Spitalscheuern vorbei den steilen Weg des Windfangs hoch zum Herzen der Stadt. Am Turmmarkt wurden die Zehnt und die Gültfrüchte, vor allem Hafer und Korn, verkauft. Bauern versuchten ihr kärgliches Dasein ein wenig aufzubessern. An kurzen Stricken baumelten die leblosen Körper von Hühnern und Gänsen. Von ihren Besitzern bereits beim ersten Hahnenschrei im Schein der frühen Morgensonne des Lebens beraubt, warteten sie nun auf knurrende Mägen, in die zu wandern sie bestimmt waren. Vor dem Metzgertorturm sah Pierre die Stadtwaage und die Sägegrube. An den Turm angelehnt stand das nach außen hin vergitterte Gewölbe des Narrenhauses mit dem Pranger. Meister Quirin hatte dieses finstere Gemäuer zehnmal im Jahr zu reinigen. Das Gebäude diente zur Ausübung der niederen Gerichtsbarkeit zur Bestrafung kleinerer Vergehen wie Fluchen, Schelten und der Obstdieberei. Aber auch viele Geisteskranke vegetierten hier, für immer in dunkle Zellen gesperrt, im Stumpfsinn gefangen. An einigen der vergitterten Fensterhöhlen gaben sich abgehärmte Gesichter zu erkennen. In manchen flackerte das Gespenst des Wahnsinns. Verworrene Rufe ausschreiend, streckten die Eingekerkerten ihre Arme flehend zwischen den Gitterstäben nach draußen, in die Freiheit, in die sie gerne zurückkehren würden. Doch es gab niemanden, der sich dieser von Familie und Gesellschaft weggesperrten armen Seelen erbarmte.
Die Große Metzgergasse mit den Fleischschirnen der hier ansässigen Metzgersleute schloss sich der langen Hauptverkehrsstraße an, gesäumt von zwei- bis dreigeschossigen Fachwerkhäusern.
Auf dem Markt, der das ganze Gelände des Stiftsplatzes umfasste, tummelte sich das Volk in bunter Schar. Hier, wo früher die Angehörigen des Stifts auf einem Friedhof ihre letzte Ruhestätten gefunden hatten, unterhielten Spielleute die Bürger. Musiker, Zauberkünstler, Seiltänzer, Akrobaten, Feuerschlucker, Schausteller und viele andere zeigten ge-

gen baren Lohn ihre Kunst. Umringt von einer begeistert aufjohlenden Menschenmenge, darunter auch vielen Kindern, zog auf den Brettern eines eigens aufgebauten Holzpodestes ein in schwere Ketten gelegter Braunbär die ganze Aufmerksamkeit auf sich. Zu den melodischen Klängen einer Flöte vollführte Meister Petz, dem Druck des Nasenrings gehorchend, auf den Hinterbeinen stehend dem staunenden Publikum einen Tanz. Von seinem Herrn abgerichtet, führte der pelzige Clown entgegen seiner wilden Natur die ungewöhnlichsten Kunststücke auf. Seiner geliebten Freiheit beraubt, gierte er nun nach den leckeren Fleischhäppchen, die ihm sein »gnädiger Gott« auf einem langen Holzspieß reichte.
Während Kathérine und die Kinder diesem für das arme Raubtier unwürdigen Schauspiel Beachtung schenkten, konnte Pierre ihm nicht das Geringste abgewinnen. Angewidert davon sah er lieber zu den Verkäufern von Ellenwaren hinüber. Kostbare Stoffe, wie der englische Stanet und samtene Wolltücher aus Lüttich, Rouen, Brügge, Gent oder Aachen, fanden Käufer aus der höfischen Gesellschaft. Und das vom Geld, das den Bauern und Armen durch Steuern abgepresst wurde. Zwischen den beiden Freitreppen der Stiftskirche verkaufte der Stiftspistor seine Brotwaren. Seit seiner Bäckertaufe war er stets um Ehrlichkeit bemüht. An der Westseite des großen Capitoliums boten die Mainfischer ihren frischen Fang an, nachdem sie die Fische vorher auf der Fischwaage bei der Artauke, einem gemauerten Kanal, der vom Pilgerbrunnen ausgehend den Pastorei- und Rathausbrunnen mit Wasser versorgte, hatten wiegen lassen. Im bunten Treiben des großen Markttages boten auch Barbiere, Schneider, Schuhmacher, Schmiede, Strumpfweber, Leinweber, Besenbinder, Krempler, Häfner, Bender und Korbmacher ihre Dienste und Waren an, sogar außerhalb der Stadtmauern. Das Treiben stand unter den Fittichen des Marktmeisters, der peinlichst auf das richtige Maß und genaue Gewicht achtete. All diesen weltlichen Trubel zu Füßen, ragte auf ottonischem Fundament stehend der spätgotische Turm der Stiftskirche St. Peter und Alexander ins wolkenlose Firmament. In den heiligen Hallen schmückte Matthias Grünewalds Meisterwerk »Die Beweinung Christi« das Altarbild. Einen wahren Schatz hatte der große Sohn Aschaffenburgs hier geschaffen.
Albert war vom munteren Treiben der vielen Spielleute fasziniert. Das Leid und die Strapazen der vergangenen Wochen schienen vergessen. Plötzlich zog ein Mädchen Alberts ganze Aufmerksamkeit auf sich. Sie kam gerade aus dem großen Fachwerkhaus des »Güldenen Löwen«. Sie trug eine rote Mütze. Darunter blickten einige Strähnen roten Haares

hervor. Sie trug einen leeren Reisigkorb. Rosina hatte wieder einmal Nierenfett in die Apotheke gebracht, wie sie es seit nunmehr zwei Jahren tat, seitdem sie bei Meister Quirin lebte. Auch heute kaute Rosina genüsslich an einem kleinen Lebkuchen, den sie vom Apothekermeister Praetor geschenkt bekommen hatte. Albert täuschte sich nicht, als er einen ausgewachsenen Wolf an ihrer Seite sah. Dieser schien zahm zu sein. Albert fiel auf, dass das Tier nur ein Ohr besaß.
Rosina hatte dem Grauen nie einen richtigen Namen gegeben. Sie rief ihn immer »Wolf«. Was machte es schon, er gehorchte, und das allein war wichtig. Das einstmals kleine tollpatschige Wollknäuel war zu einem prächtigen Exemplar seiner Gattung herangewachsen. Den Verlust des einen Ohres hatte er den Jagdhunden des Kurfürsten längst schon zurückgezahlt. Auf Meister Quirins Hof galt er zumindest was die Tiere betraf als der uneingeschränkte König. Niemals mehr wagte sich einer der Jagdhunde in seine Nähe. Wolf wich Rosina nie von der Seite. Überallhin begleitete er sie, zum Kräutersammeln oder zu Besorgungen in die Stadt. Und auch bei den Gassenkötern hatte sich Wolf Respekt verschafft. Die meisten von ihnen zogen es vor, ihm schwanzeinziehend aus dem Weg zu gehen. In so manchem Hundefell zeigten sich die narbigen Spuren, die Wolfs furchteinflößende Zähne geschlagen hatten.
Fröhlich schlenderte Rosina dicht an der Kutsche vorbei. Albert fühlte sich auf einmal irgendwie zu diesem Mädchen hingezogen. Ein seltsames Gefühl kroch unter seine Haut. Seine Nase dicht an die Scheibe des Fensters gedrückt verfolgte er jeden ihrer Schritte, er hätte nach ihr greifen können. Plötzlich kam sie ganz nahe an die Kutsche heran. Sie blieb stehen und sah auf, als spürte sie seinen Blick. Wenigstens mal ein Junge, der keine Steine nach ihr warf oder abschätzige Grimassen schnitt, dachte sie. Schade, er kommt bestimmt aus bestem Haus. So einer würde sich niemals herablassen, mit mir zu spielen... Für einige kurze Momente trafen sich ihre Blicke. Das genügte, um den beiden ein Lächeln ins Gesicht zu zaubern. Albert hob seine Hand und winkte Rosina zu. Sie grüßte zurück. Die Kutsche zog an, und das Band zwischen den beiden Kindern zerriss.
Rosina sah der abfahrenden Kutsche nach, bis sie ihren Blicken entschwand und schließlich tauchte auch sie im Gewirr der Massen unter. Das enge Gassenstück »Zwischen den Toren« mit den kleinen Kramläden lag hinter der Reisegesellschaft. Aus dem vormaligen Holzsteg der Salzbrücke, die den tiefen bewässerten Stadtgraben überspannte, war inzwischen eine richtige kleine Holzbrücke geworden. Nur der

Ohmbach hatte seinen fürchterlichen Gestank nicht verloren. Am Scharfen Eck führten weitere Straßen und Gassen nach allen Richtungen. Pierre stellte fest, dass es in dieser fremden Stadt auch nicht viel anders zuging als bei ihnen zu Hause in Paris. Doch wo war jetzt ihr Zuhause? Durch die Grausamkeit hasserfüllter Menschen waren sie nun zu Heimatlosen geworden. Alles, was die Mitglieder der Familie Laurent noch besaß, waren sie selbst, die längst durchgeschwitzten und verdreckten Kleider an ihren ausgemergelten Körpern und die Kutsche mit den Pferden, in der sie saßen. Noch überwog der hoffnungsbirgende Gedanke, dem entsetzlichen Blutbad entronnen und am Leben zu sein. All ihre Zuversicht galt nun Pierres Oheim, dem Grafen von Sembach. Wohin mochte sie nur der Strom des Schicksals treiben? Kathérine fing Pierres nachdenklichen Blick auf und schenkte ihm ein aufmunterndes Lächeln, das mehr sagte, als Worte jemals auzudrücken vermochten.
Der Stadtwächter hielt geradewegs auf die Schmiedgasse zu. Antoine folgte ihm mit der Kutsche. Wie schon der Name verriet, lebten hier hauptsächlich die Angehörigen der Schmiedezunft. Ihr schlossen sich die Büchsenmacher, Nagelschmiede, Sporer, Schlosser und Turmuhrenmacher an. Hier stand auch der Rohrbachhof, der zum Eigentum des Stiftes St. Peter und Alexander gehörte, dahinter lag das Färbhaus. Aus den Gaststuben des »Weißen Schwans« und des »Goldenen Engels« verströmten sich die verlockensten und köstlichsten Bratendüfte mit dem herben Geruch verschütteten Bieres.
»Mon dieu, welch furchtbare Qual!« Dem armen Antoine lief das Wasser im Mund zusammen. Es fehlte nicht viel und er wäre Hals über Kopf ins nächste Gasthaus gestürzt, um sich wie ein ausgehungerter Wolf über die herrlichen Speisen herzumachen. Doch alles was ihm blieb war ein knurrender Magen. Auch Pierre und seiner Familie ging es nicht anders, auch ihnen bereitete der Hunger inzwischen wahre Höllenqualen.
Mit einem tiefen Seufzer auf den Lippen, folgten Antoines müde Augen dem Stadtwächter durch das Getümmel der Menschenmassen. Der Rabenoldsbrunnen teilte die Straße nach beiden Seiten. Das Gewässser des Ohmbachs erneut überquerend, ging der Stadtwächter durch die Schmiedepforte und hielt auf die Sandgasse zu. »Wir sind bald am Ziel, gleich habt ihr es geschafft!«, rief er Antoine zu und deutete nach vorne. Antoine nickte, er verstand ihn auch so. Über sein mitleidvolles Antlitz flog ein leichtes Strahlen. Bald würde er von der Dienerschaft des fremden Grafen ein oppulentes Mahl vorgesetzt bekommen, das seinem

Gaumen mundete... Allein diese vielversprechende Aussicht sorgte dafür, dass er nicht vor lauter Müdigkeit vom Kutschbock fiel.
Von der Sandgasse gingen schmale Gässchen ab, die Feuergässchen. Ihr Sinn lag darin, dass bei einem Großbrand nicht gleich die ganze Stadt in Schutt und Asche sank. Als die Kutsche auf den Geippelhof, das Anwesen einer angesehenen Adelsfamilie aus Schöllkrippen, zurollte, glaubten die Franzosen sich am glücklichen Ende ihrer langen, langen Reise. Doch der Stadtwächter ging weiter. Schnurgerade auf die große Kapelle »Unserer lieben Frau« zuhaltend. Ein Friedhof umsäumte den Kirchenbau, den vor Jahren Erzbischof Albrecht von Brandenburg hatte errichten lassen. Plötzlich blieb der Stadtwächter am Ende der Gasse stehen. Er deutete auf die bröckelnde Fassade eines völlig herunter gekommenen Fachwerkhauses. Lange brauchte es wohl nicht mehr und das eingeschossige, auf schlichtem Bruchsteinmauerwerk errichtete längst baufällige Gemäuer würde vollends in sich zusammenbrechen und seine Bewohner darunter begraben. Wenn überhaupt Menschen darin lebten, was kaum vorstellbar schien.
»Brrr, meine Braven, brrr!« Genau vor dem halbzerfallenen Torbogen der Hofeinfahrt zügelte Antoine die Pferde.
»Non, Pierre, das ist doch nicht die Möglichkeit?« Kathérine zeigte sich bestürzt. »Bitte, sprich mit dem Wächter, wahrscheinlich liegt hier nur ein Missverständnis vor. Er hat sich bestimmt in der Adresse geirrt.«
Pierre stieg aus der Kutsche, doch ihr Führer war wie vom Erdboden verschluckt. Allem Anschein nach schämte er sich, die Franzosen an einen solch wenig einladenden Ort gebracht zu haben und hatte sich deshalb schleunigst aus dem Staub gemacht.
»Heiliger Strohsack!« Pierre traf fast der Schlag. Auch er wollte nicht begreifen, dass ausgerechnet hier sein angeblich so reicher Oheim leben sollte. Nichts, aber auch gar nichts, ließ bei dieser Hohn spottenden Bruchbude auf den stolzen Herrensitz eines Grafen schließen. Von einem wahren Paradies auf Erden hatte ihm sein Verwandter in all seinen Briefen jahrelang vorgeschwärmt. Sollte Pierres Familie eines Tages zu ihm auf Besuch kommen, würde es ihn riesig erfreuen, sie dann einmal so richtig verwöhnen zu können... Pierre glaubte, hinter den staubblinden Butzenscheiben einen flüchtigen Schatten zu erkennen. Wut stieg in ihm auf. Seine Hand zur Faust geballt, schlug er gegen das Tor. Nach geraumer Zeit wurden Schritte laut, die eher wie ein mühsames Schlurfen anmuteten. Ein Schlüssel klackte. Schwer in seinen rostigen Angeln ächzend öffnete sich das Tor. Erschrocken fuhr Pierre einen Schritt zurück. An der Pforte erschien ein altes, buckliges Männchen.

Pierre schien es, als sei sein Gegenüber soeben aus einer Gruft des nahen Gottesackers entstiegen. Tief lagen die wassertrüben Augen des blassgesichtigen Mannes in ihren Höhlen. Die runzlige Haut, war von Altersflecken bedeckt. Das schüttere, eisgraue Haar reichte ihm weit auf die gebeugten Schultern herab. Die Erscheinung dieses hochbetagten Greises, der wohl die längste Zeit am Main die Sonne auf- und untergehen gesehen hatte, jagte allen einen gehörigen Schrecken ein. Auch Antoine, der noch immer oben auf seinem Kutschbock kauerte, spürte, wie ihm ein kalter Schauer über den Rücken kroch. Die uniformähnliche Kleidung eines Dienstboten, in der der Alte steckte, war wahrlich kein Schmuckstück. Sie passte sozusagen ganz zum Haus. Mit zahlreichen Flicken übersät und vor fehlenden Knöpfen strotzend, schlotterte die verschmutzte Livrée dem Buckligen um den abgemagerten Leib. Es wird bestimmt nur der Diener sein, der auf seine alten Tage hin von seinem gnädigen Herrn sein wohlverdientes Gnadenbrot bezog, tröstete sich Pierre. Nicht überall pflegte man so großzügig den Umgang mit seinem Dienstpersonal, wenn es einmal alt und verbraucht war. Meistens landeten die Menschen dann auf der Straße oder im Armenhaus. Der Graf von Sembach muste wenigstens ein gutmütiger Patron sein.
»Womit kann ich dienen, fremder Herr?« Nur schwächlich drangen die Worte des Alten aus seinem beinahe zahnlosen Mund.
»Mein Name ist Pierre Laurent«, stellte er sich vor. »Ich komme in Begleitung meiner Familie. Wir haben einen weiten Weg hinter uns. Der Hauptmann der Stadtwache hat uns wissen lassen, dass mein Oheim, der Graf von Sembach hier an diesem Ort wohnen soll...« Pierre setzte eine leichenbittere Miene auf. »Der Gute hat sich nicht geirrt?«
Vergeblich hatte Pierre auf eine andere Antwort gehofft. Groß stand ihm die Enttäuschung ins Gesicht geschrieben.
»Ja, was waren das früher noch für herrliche Zeiten...« Mehr zu sich selbst sprechend, begann der Diener in längst vergangenen glorreichen Tagen zu schwelgen. Tage, wie sie wohl nie wieder sein würden.
»Wie meint ihr bitte?«, fragte Pierre verwundert.
»Oh, verzeiht, fremder Herr, es war nur ein flüchtiger Gedanke, der von mir Besitz ergriff. Aber sagt, wie lautet euer verehrter Name noch?«
»Laurent, Pierre Laurent!« Der Diener überlegte, ihm ging etwas durch den Kopf.
»Ahhh, jetzt verstehe ich erst, verzeiht einem alten Mann.« Plötzlich schien ihm doch noch ein Licht aufzugehen. »Endlich seid ihr also doch

noch gekommen. Mein Herr hat schon viel von euch erzählt. Er hat nie die Hoffnung aufgegeben. Ihr glaubt gar nicht, wie sehr der Herr Graf euren Besuch herbeisehnt...« Pierre und Katherine warfen sich einen fragenden Blick zu. »Kommt nur herein, seid willkommen. Welch Wunder, nun wird alles wieder gut, so wie es früher einmal war«, seufzte der Diener erleichtert.
Pierre konnte die mehr als rätselhaften Worte des Alten nicht ergründen. Ihm schien, dass es um dessen Verstand nicht zum Besten bestellt war. Verschreckt klammerte sich Simone an den Rock ihrer Mutter, als ihr der Diener in freundlichem Lächeln seinen fast zahnlosen Mund zeigte. Auch Albert flösste er ein wenig Furcht ein. Rasch stahl er sich an ihm vorbei in den Hof. Einzig und allein Kathérine empfand Mitleid mit dem Alten. Entzückt, die junge Dame begrüßen zu dürfen, beugte der Diener sein ohnehin recht buckliges Rückgrat zum Zeichen seiner Ergebenheit.
»Gnädigste, tretet bitte ein!« Nur schwerlich kam er wieder aus seiner Verbeugung hoch. Mit schmerzverzerrter Miene, fasste er sich mit den Händen an den Rücken.
»Guter Mann, dessen bedurfte es doch gar nicht.« Beherzt nahm sich Kathérine seiner an. »Wir jüngeren Menschen müssten aus Ehrfurcht vor dem Alter unser Haupt beugen. Ihr habt es doch wirklich nicht mehr nötig!« Ihr mitklingender, französischer Akzent verlieh Kathérines zärtlicher Stimme zusätzlich einen besonderen Reiz. Der Diener spürte, wie durch ihre sanften Hände ein Schwall erwärmender Herzlichkeit seinen altersschwachen Körper durchströmte. Er, ein ganz gemeiner Dienstbote, hatte so etwas bislang noch nicht erfahren.
»Gestattet, meine Liebe, dass ich mich vorstelle: Heinrich. So nennt mich mein Herr, einfach nur Heinrich!«
Ungläubig, regelrecht entsetzt, sah Pierre in dem völlig leeren Hof umher. Alles wirkte wie ausgestorben. Nirgendwo war weiteres Dienstpersonal zu sehen. Am Brunnen lag eine handvoll nasse Kleider zum Trocknen ausgelegt. In all der gähnenden Leere, gab es nicht ein einziges Haustier, nicht einmal einen Hund, der die Gäste bellend begrüßt hätte. Durch die halbverfallenen Stallungen pfiff der Wind. Pierre musste selbst mit Hand anlegen, um die beiden schweren Torflügel der Hofeinfahrt zu öffnen, was ihm nur mit Not und Mühe gelang. Hier war mit Sicherheit schon lange kein Besuch mehr abgestiegen, stellte Pierre mit einem Anflug von Bitterkeit fest. Antoine fuhr die Kutsche in den Hof.
»Heinrich, führe uns jetzt bitte zu deinem Herrn!«, bat Pierre.

»Verzeiht, aber der Herr Graf geruht zu dieser Zeit stets zu schlafen.«
»Was, am hellichten Tag?« Pierre schüttelte verwundert den Kopf.
»Versteht, es ist gestern Abend wieder einmal sehr spät geworden. Mein Herr benötigt dringend Ruhe.« Heinrich rang förmlich um Verständnis für seinen Gebieter. Pierre wollte es nicht glauben, es kam ihm alles sehr merkwürdig vor.
»Dann lass es halt sein«, winkte er müde ab. »Bring uns eben später zu ihm.« Pierre war wie gerädert, am liebsten hätte er auf der Stelle wieder kehrt gemacht. Doch wo sollten er und seine Familie als mittellose Fremde denn hin? Zurück nach Frankreich konnten sie nicht, dort wartete nur der Tod auf sie. Und hier, was würde sie hier erwarten? Es blieb ihnen keine andere Wahl, als sich ihrem unausweichlichen Schicksal zu fügen.
»Ihr habt ja gar kein Gepäck dabei?« Heinrich runzelte die Stirn.
»Die Umstände zwangen uns dazu. Wie es dazu kam, wirst auch du noch erfahren.«
»Wie euch beliebt, mein Herr. Erlaubt, dass ich vorangehe. Ich zeige euch eine Kammer, in der ihr erst einmal ruhen könnt. Ihr seid bestimmt sehr müde von eurer langen Reise.«
»Monsieur Laurent!«, rief es plötzlich vom Hof her, als die Franzosen Heinrich ins Haus folgen wollten. Pierre blieb auf den stark abgetretenen Stufen der Sandsteintreppe stehen.
»Was gibt es denn, treuer Antoine?«
»Merde, in den Trögen ist kein Futter für die Pferde. Nirgends ist auch nur ein Sack Hafer zu finden.« Antoine gestikulierte heftig mit den Armen.
»Dann gib ihnen halt wenigstens etwas vom Brunnenwasser, das muss reichen.« Pierre ging zum Haus hinüber. Heinrich hatte auf ihn gewartet. Mehr zufällig sah Pierre über dem Türstock die Jahreszahl 1420 in einen Balken eingeritzt. Lange Zeit bevor der Genuese Christoph Kolumbus nach Amerika gereist war hatte man dieses alte Gebäude errichtet. Kein Wunder, wenn es bald zusammenbrach.
»Im Stall fehlt es am nötigen Futter für unsere Pferde.« Heinrich seufzte beschämt. »Wir haben schon lange keinen Besuch mehr gehabt.«
»Besitzt denn mein Oheim selbst keine eigene Kutsche, geschweige denn ein Pferd?«
»Nein, schon lange nicht mehr«, kam es Heinrich traurig über die Lippen. »Deswegen dem Himmel sei Dank, dass er euch zu uns geschickt hat. Ihr seid unser Retter!«
»Heinrich, du sprichst in Rätseln, weswegen sollten wir euch denn

Hilfe bringen? Und überhaupt, wo ist der Rest der Dienerschaft abgeblieben? Außer dir sehe ich niemanden.«
»Ich bin der einzige und letzte, der dem Herrn Grafen noch den Dienst erweist.« In seinen Augen sammelten sich Tränen. »All die anderen Dienstboten, Mägde und Köche haben uns schon seit geraumer Zeit verlassen und sich woanders eine neue Stellung gesucht. Aber, junger Herr, jetzt seid ihr ja da, um uns aus der Not zu helfen, damit alles so wird wie früher. Sagt doch, dass es so ist!« Heinrich zitterte vor Aufregung.
«Ja doch, guter Heinrich!« fuhr Kathérine lächelnd dazwischen, ehe der verwirrte Pierre zu einer Antwort fähig war. Sie ergriff die kalte, zittrige Hand des Dieners.
»Habt tausend Dank, gute Frau. Ich habe gewusst, dass meine Gebete eines Tages erhört werden.«
Pierre kam das ganze eigenartige Verhalten von Heinrich nicht mehr geheuer vor. Er wandte sich ab und ging zu Antoine zurück.
»Bekommen wir nun Futter für die Pferde, Monsieur?«
»Nein, vorerst nicht«, antwortete Pierre mit finsterer Miene. »Hier geht es nicht mit rechten Dingen zu. Der gütige Herr Graf geruht zu schlafen und sein klappriger Diener wagt es nicht, ihn zu stören. Welche Zustände, welch sonderbare Gastfreundschaft.«
»Die wackeren Vierbeiner sind sehr erschöpft und hungrig. Ihnen haben wir unser Leben zu verdanken. Sie brauchen Futter«, drängte Antoine.
»Ich weiß, aber ich kann ihnen keines geben. Mir blutet das Herz, dass wir es den Tieren derart danken müssen. Komm, wir führen sie in den Stall. Lass uns ihnen noch das Fell abreiben. Mehr können wir nicht für sie tun.«

*

»Chérie, was tust du da?«
»Pierre, das siehst du doch, ich koche!« Kathérine stand am Herd. Sie hatte sich eine Schürze umgebunden. Im prasselnden Kaminfeuer knackten die ersten Holzscheite. Über den gierig leckenden Flammenzungen hing ein großer zerbeulter Kupferkessel. Aus ihm stieg der Duft einer Kohlsuppe. Kathérine tauchte eine große Schöpfkelle in die dampfende Brühe und schmeckte ab.
»Hmm, scheint zu schmecken, wenn man bedenkt, mit welch bescheidenen Mitteln ich auskommen musste. Möchtest du auch probieren?«

»Warum mühst du dich denn so ab, du bist doch sicher sehr müde.« Pierre sah ihr mit fassungslosem Blick bei der Arbeit zu.
»Das würde ich sehr gerne, aber wer sorgt für unser leibliches Wohl, wenn ich es nicht tue?«
»Ist denn gar keine Haushaltshilfe anwesend?«
»Nein«, erwiderte Kathérine bedrückt. »Du hast doch von Heinrich gehört, er ist der einzige, der vom Dienstpersonal in diesem zugigen Gemäuer übriggeblieben ist.« Sie hielt ihre Hände über das wärmende Feuer.
»Ich möchte nur wissen, durch welche sonderbare Fügung mein Oheim hierher geraten ist. Was hat er mir nicht alles in den blühendsten Farben von seinem Palast, wie er sich auszudrücken pflegte, vorgeschwärmt. Doch das hier spottet der Würde eines Grafen.« Pierre schimpfte wie ein Rohrspatz.
»Trotzdem dürfen wir nicht undankbar sein, wir haben wenigstens einen Unterschlupf gefunden.« Kathérine versuchte ihn zu trösten, obwohl es ihr selbst schwer ums Herz war.
Plötzlich lenkte Antoine seinen Schritt in die Küche. Dem Geruch nach etwas Essbarem konnte der kleine Kerl nicht widerstehen.
»Madame, ihr!« Schlagartig versagte ihm die Stimme.
»Ja, hier gibt es leider keine Babette, wie früher in Paris.« Kathérine schoss eine Träne über die Wange. Es gab kein »wie früher« mehr für sie, genausowenig wie ihre alte tüchtige Köchin. Vermutlich hatten die Möderhorden ihren Leichnam irgendwo auf die schmutzigen Gassen geschleift oder ins Wasser der Seine geworfen. Verstohlen wischte sich Kathérine ihre Träne fort. Das nur spärlich vorhandene Essgeschirr reichte gerade einmal aus, damit die drei inmitten einer von grauen Wänden, Spinnweben, Staub und allerlei Unrat übersäten Küche ihr karges Mal einnehmen konnten. Aus dem saftigen Ochsenbraten, wie ihn sich Antoine sehnlichst gewünscht hatte, wurde nichts. Die Kohlsuppe, die ihm seine Herrin gekocht hatte, füllte jedoch wenigstens seinen knurrenden Magen.
Da kam Heinrich in die Küche, auch ihn schien der Geruch der Suppe angelockt zu haben.
»Ich habe noch etwas Latwerk gefunden«, sprach er und legte es auf den Tisch. Es war eingedickter Fruchtsaft, der mit Honig und Gemüse vermischt luftgetrocknet worden war und in dünne Scheiben geschnitten gegessen wurde.
»Nimm Platz bei uns.« Kathérine lud ihn zum Essen ein. »Auch für dich reicht es noch zu einem Teller. Simone und Albert werden erst später

essen, wenn sie ausgeschlafen haben.«
Im Halbdunkel einer Ecke lagen die beiden Kinder zusammen auf der schmalen Liege eines Lotterbettes und schliefen. Nicht einmal der Hunger konnte sie wecken, so müde waren sie.
»Ihr seid ein wahrer Engel!« Heinrichs Gesichtsfurchen glätteten sich.
»Wer kocht denn sonst für deinen Herrn?«, fragte Pierre.
»Eigentlich niemand«, antwortete Heinrich und führte eifrig den Holzlöffel zum Mund. Es schmeckte ihm. »Der Herr Graf speist meistens auswärts, wann immer er am Abend das Haus verläßt. Für mich alten Mann allein das Essen zu richten lohnt sich nicht. Das wenige, das ich mir zwischen die Lippen schiebe, bekomme ich als Almosen oder bei der Armenspeisung im Elisabethen-Hospital...«
»Steht es denn so schlimm um meinen Oheim?« Nicht nur Pierre glaubte seinen Ohren nicht zu trauen. Heinrichs eisgraues Haupt senkte sich zu einem kurzen bejahenden Nicken.
»Aber jetzt seid ihr ja da...« Heinrichs Miene hellte sich auf.
In Kathérines und Pierres Gesichtern spiegelte sich dagegen eine kaum zu beschreibende Fassungslosigkeit wider. Antoine, der als einziger am Tisch der deutschen Sprache nicht mächtig war, spürte an der entgeisterten Mimik seiner Herrschaft, dass hier etwas nicht mit rechten Dingen zuging.
Während Antoine, anstatt in schönen weichen Kissen zu ruhen, mit der harten Pritsche der Ofenbank Vorlieb nehmen musste, fielen Kathérine und Pierre in der schäbigen Kammer des längst entschwundenen Dienstpersonals in einen tiefen, ohnmachtsähnlichen Schlaf. Hätte die dem Hölleninferno der Pariser Bluthochzeit entronnene Hugenottenfamilie all den versäumten Schlaf nachholen wollen, sie hätte die anschließenden Tage und Nächte kein Auge mehr auftun dürfen. Von der bleiernen Müdigkeit übermannt störte sie selbst das mottenzerfressene Bettlager nicht.
Von Fern erklang die helle Stimme einer Glocke durch die inzwischen hereingebrochene Dämmerung. Das Ende des Markttages wurde eingeläutet. Am Rathaus holten flinke Hände die grün-rot-weiße Fahne ein. Hinter den westlichen Ausläufern des buntgefärbten Spessartwaldes versank die gelbrote Scheibe der Abendsonne, die sich zum Abschied des Tages ein letztes Mal in den kalten Fluten des Mains widerspiegelte. Es war an der Zeit für die Spielleute, Schausteller und Handwerker, ihre Zelte abzubrechen. Auch die Kaufleute und Händler rüsteten sich mit ihren schweren Fuhrwerken und Karren zum Aufbruch, sofern sie nicht in einer der zahlreichen Herbergen und Gasthöfe der Stadt ein

Quartier für die Nacht suchten. Mit ihnen zogen auch die Bauersleute aus den umliegenden Dörfern und Ortschaften von dannen. Nachdem auch der letzte Wagen und das letzte Bäuerlein pünktlich zu Toresschluss die Gassen Aschaffenburgs passiert hatte, schlugen hinter ihnen die schweren Stadttore zu. Bald würden nur noch die Nachtwächter, vom Gebell der Hofhunde begleitet, durch die menschenleeren und dunklen Gassen schreiten. Vom Main her hoben sich langsam nahend neblige Schleier in die Stadt, dabei einen gehörigen Schwall kühler Nachtluft mit sich bringend.

*

»Heinrich, Heinrich, wo zum Teufel steckst du? Nie bist du da, wenn man dich braucht.« Plötzlich lärmte eine barsche Stimme durch die Gänge und Räume des Hauses. Als hätte der bucklige Diener bereits auf das Auftreten des Rufers gewartet, erschien er auch schon mit einem Kerzenständer in der Hand auf der Bildfläche. Der schwache Schein der brennenden Kerzen warf nur ein schummriges Licht an die grauen schmucklosen Wände des Hausgangs. Da warf eine dünne hohe Gestalt ihren unheimlichen Schatten.
»Herr Graf, ich gestatte mir freudigst euch vermelden zu dürfen, dass wir heute Besuch bekommen haben.« Heinrich eilte seinem Herrn entgegen.
»Was? Von wem denn?« Ängstlich irrlichterte das dunkle Augenpaar des Hausherrn umher, so als erwarte er womöglich einen Feind. »Sprich schon, wer ist es?«
»Unser Retter, mein Gebieter!«
»Kannst du dich gefälligst etwas deutlicher ausdrücken, du alter Tattergreis, oder muss ich erst nachhelfen?«, schoß es grob aus seinem Mund.
»Freut euch, es ist der langersehnte Gast aus Frankreich!« Heinrichs Stimme jubilierte. Auf der hohen Stirn des Grafen glätteten sich die Sorgenfalten. Heinrich meinte das Herz seines Herrn vor Freude hüpfen zu hören. Doch er irrte.
»Was? Du wagst es, mir diese wichtige Kunde erst jetzt zu überbringen!«
»Herr Graf, ihr selbst habt mir die gestrenge Anweisung erteilt, euch niemals in eurem Schlaf zu stören. Erbarmen!«
»Du Dummkopf!« Der schwarze Schatten an der Wand holte zum Schlag aus.
»Heinrich, was bedeutet der Lärm?« Schlaftrunken trat Pierre aus der

Kammer. Dem Diener zum Glück geschah dies keine Sekunde zu früh. Zähneknirschend zog der Graf seine zum Schlag erhobene Hand zurück. Im Licht des Kerzenscheins schritt Pierre dem Mann entgegegen, den ihm das unberechenbare Schicksal des Lebens zu seinem Verwandten auserkoren hatte. In krassem Gegensatz zu der beinahe lumpenartigen Kleidung seines Dieners präsentierte sich der Edelmann in feinstem Tuche. Ein golddurchwirkter Faden wandt sich zierend durch seine mit funkelnden Perlen bestickte lang herabreichende weinrote Samtjacke. Auch die Hosen und schenkelhohen Stulpenstiefel verliehen dem Träger einen nicht zu verkennenden Hauch von Eleganz.
»Ihr seid also mein Oheim, der Graf von Sembach?« Pierre reichte seine Hand zum Gruß und musterte gleichzeitig das bartlose, rötlich schimmernde Gesicht seines Gegenübers. Seine leicht ergrauten Schläfen waren von den ersten Schatten des Alters gezeichnet. Welchem Mann stand er hier nur gegenüber, ging es Pierre durch den Kopf, der vor kurzem noch im Begriff gestanden hatte, einen alten hilflosen Greis zu schlagen. Ein eigenartiges Grinsen glitt über das Gesicht des Grafen.
»Komm her an meine Brust, lieber Pierre. Sei mir auf das allerherzlichste willkommen!« Mit dieser überaus freundlichen Begrüßung schloss der Oheim seinen Neffen in die Arme, ihn dabei herzend, wie einen lange vermissten, liebenswerten Menschen.
»Als ich dich das letze Mal sah, Pierre, warst du noch ein kleiner Lausbub, der gerade das Laufen lernte, und viel zu jung, als dass du dich heute noch an mich erinnern könntest.«
Wortlos, ihm ein nettes Lächeln zuwerfend, lauschten Kathérine und Pierre den Worten des Grafen. In den kurzen Gesprächspausen, war das Knacken brennender Holzscheite zu hören. Zu dritt saßen sie in einem völlig schmucklosen Kaminzimmer beisammen. Das Feuer brauchte lange, um den ausgekühlten Raum zu erwärmen. Die Kälte der Herbstnacht hatte es auch leicht, sich durch die vielen löchrigen Winkel des alten Gemäuers Zutritt zu verschaffen.
»Ich kann euch gar nicht oft genug sagen, wie sehr es mein Herz erfreut, dass ihr all die Strapazen auf euch genommen habt, um mich, den vom Sturm des Lebens hierher verschlagenen Verwandten zu besuchen.« Der Graf verbeugte sich und ergriff Kathérines feingliedrige Hand. Urplötzlich, ohne dass sie es sich richtig erklären konnte, empfand Kathérine eine gewisse Abneigung gegen den Grafen. Angewidert ließ sie seine Ehrerbietung über sich ergehen. Das schummrige Licht des Kerzenscheins und das unruhige Flackern des Kaminfeuers im Windzug setzten dem Gesicht des Grafen eine unheimliche Maske auf.

Wer oder was verbarg sich wirklich dahinter?
»Mein herzallerliebster Neffe, du bist sicherlich zu einem wohlhabenden Mann geworden, nachdem du damals zusätzlich das Erbe des leider allzufrüh von uns gegangenen Frederic, Gott hab ihn selig, angetreten hast...« Der Graf schien in Gedanken in wahren Reichtümern zu schwelgen.
«Damit ist es leider ein für allemal vorbei!« Pierre unterbrach den Redeschwall seines Oheims. In seiner Stimme schwang unüberhörbar Resignation mit.
»Ich verstehe nicht ganz, wie meinst du das?« Entgeistert sah der Graf auf.
»Ist denn die Kunde des furchtbaren Massakers an uns Hugenotten, das sich vor ein paar Wochen in der Nacht des heiligen Bartholomäus ereignet hat, noch nicht bis zu euch an den Main gedrungen?«
»Oh doch, freilich.« Nur schwerlich fand der Graf zu Wort. Nicht nur Pierre bekam den Eindruck, dass sich sein Oheim vielmehr um das Vermögen sorgte als um ihr Dasein.
»Euch sind doch sicherlich die jahrelangen Auseinandersetzungen um die Glaubensfreiheit bei uns in Frankreich nicht verborgen geblieben, oder?« Kathérine konnte einen gewissen Vorwurf nicht verhehlen.
»Mitnichten, Liebste«, beteuerte der Graf rasch, der aber in Wirklichkeit mit seinen Gedanken völlig abwesend wirkte. »Natürlich war ich stets um euer Wohl besorgt. Eine schlimme Sache, was da in Paris geschah.«
»Nur um Haaresbreite konnten wir dem Tod entrinnen«, fuhr Pierre fort. »Aber auch nur, weil wir rechtzeitig gewarnt wurden. Durch die finstere Machenschaft der Medici kehrte im Namen des Himmels die Hölle auf Erden ein. Auf unserer wochenlangen Flucht, während der wir uns bei quälendem Hunger oft tagelang irgendwo im dunklen Tann versteckt hielten, mussten unsere armen Kinder miterleben, wozu Menschen fähig sind. Überall die vielen verstümmelten Leichen auf den Straßen und Feldern...«
»Bitte Pierre, sprich nicht mehr davon«, bat Kathérine, die auf einmal ganz bleich wurde.
»Das ist ja furchtbar!« Entsetzt stand der Graf von seinem Stuhl auf. »Hier seid ihr Gott sei Dank in Sicherheit. In unserem Land kann eine solch schlimme Tragödie nie geschehen.« Doch der Graf sollte sich irren. Der grausame Todesreigen, der im fernen Frankreich Furcht und Schrecken gebracht hatte, sollte, wenn auch sehr viel später, auch in den deutschen Landen seinen blutigen, menschenverschlingenden Einzug halten und drei lange Jahrzehnte wüten.

»Ich habe mich auch schon gewundert, weil ihr gar kein Gepäck mit euch führt, wie mir mein Diener bereits berichtete.«
»Uns blieb keine Zeit um zu packen«, sprach Pierre. »Unter den Gewehrsalven unserer Verfolger flohen wir aus Paris...«
In Kathérines Auge spiegelte sich die schier endlose Sehnsucht nach ihrem wohl für immer verlorenen trauten Heim. Wehmütig wanderten die Erinnerungen zu längst vergangenen schönen Stunden im Kreis der Familie zurück.
»Blast keine Trübsal, Madame, ihr seid bei mir in besten Händen«, tröstete der Graf. »Leider kann ich euch im Augenblick kein besseres Dach über eurem Kopf bieten, denn auch mir hat das Schicksal aufs Übelste mitgespielt. Viele angesehene Kaufleute unserer Stadt, wie auch meine Wenigkeit, haben vor längerer Zeit all ihr gutes Geld in ein wertvolles Handelsgut investiert und sich davon gewinnbringende Geschäfte erhofft. Aber leider wurde der Wagenzug mit der kostbaren Ware von einer dreisten Räuberbande überfallen und ausgeplündert. Nicht ein einziger Frachtwagen erreichte die Stadttore.«
Während die Laurents aufmerksam den Ausführungen des Grafen zuhörten, legte klammheimlich ein Horcher sein Ohr gegen die verschlossene Türe. Bei den letzten Worten seines Herrn wandt sich Heinrich mit leichenblassem Gesicht kopfschüttelnd ab.
»Auch ein zweiter Wagenzug, diesmal mit geliehenen Geldmitteln, fiel dem Diebesgesindel des ›Nürnbergers‹ auf den unsicheren Landstraßen zum Opfer. Es wird langsam Zeit, dass sich unser Henker Meister Quirin dieses Packs annimmt. Ich bin ruiniert, meinen schönen Herrensitz, das Schäblerhaus, eines der prachtvollsten Gemäuer von ganz Aschaffenburg, habe ich wegen meiner hohen Schulden verloren. Und dies wohl für immer. Ich sah mich gezwungen, mein Dienstpersonal zu entlassen, bis auf den alten Heinrich, der mir ohne jeglichen Lohn treu zur Seite steht.«
»Oheim, ihr habt wirklich Pech gehabt, euer ganzes Vermögen auf zwei Schläge hin zu verlieren. Beinahe unglaublich.«
»Pierre, wem sagst du das.« Traurig sah der Graf zu Boden. »Unvernünftigerweise hatte ich eben alles auf eine Karte gesetzt.« Für eine Weile herrschte betroffenes Schweigen, nur das gleichmäßige Prasseln des Kaminfeuers war zu hören.
»Meine letzte Rettung sah ich in dir, mein lieber Neffe...« Pierre glaubte seinen Ohren nicht zu trauen. Stumm, als habe es ihm die Sprache verschlagen, sah er zu Kathérine hinüber. Doch auch in ihrer ernsten Miene konnte er keine Antwort auf seine Frage finden. Vergebens such-

te er den Blick seines Oheims, der noch immer seinen Blick auf die vom Holzwurm zerfressenen Dielen gesenkt hielt.
»Wie lange sehne ich mich schon nach eurer Ankunft.« Nur zögernd wagte es der Graf, seinem Gast wieder in die Augen zu schauen.
»Warum hast du uns nie eine Nachricht von deinem Unglück zukommen lassen?«, fragte Pierre.
»Hätte ich euch geschrieben, wie schlimm es um mich steht, wäret ihr doch niemals zu mir gekommen.«
»Ich hätte dir helfen können«, entgegnete Pierre. »Aber jetzt bedürfen wir selbst der Hilfe. Angesichts deiner schwierigen Lage müssen wir uns wohl woanders nach einer Bleibe umsehen...«
»Nichts da, ihr bleibt!«, fuhr der Graf aufgeregt dazwischen.
»Heiliger Strohsack, wie können wir dir nur behilflich sein?« Pierre rang nach einem Ausweg.
»Mein lieber Neffe, mir helfen nur noch Mittel finanzieller Art.« Erneut wagte es der Graf nicht, seinen Gästen in die Augen zu sehen. »Man trachtet danach, mich in den Schuldenturm zu werfen. Die Schuldenlast ist schier erdrückend, aber mit einer kleinen Geldsumme wären meine unbarmherzigen Gläubiger fürs erste besänftigt.«
»Alles, was wir besitzen, sind unsere Pferde, die Kutsche und das hier...« Pierre zog eine Handvoll Goldstücke aus seinem Wams. »Ich habe das Geld erst vorhin in meiner Manteltasche gefunden. Hätte ich darum gewusst, hätte man den Pferden heute nachmittag wenigstens noch einmal Futter kaufen können...«
Kathérine meinte, in den Augen des Grafen plötzlich ein seltsames Flackern zu erkennen. Schnell schlug sie ihren Mantelkragen hoch. Es schien, als fröstele sie. Der Graf legte rasch ein paar Holzscheite nach.
»Wann benötigt ihr das Geld?«
»Möglichst noch heute Abend!«, kam es verlangend über die Lippen des Grafen. »Um Mitternacht läuft die Frist ab.«
Kurz nachdem Pierre seinem Oheim die Goldstücke ausgehändigt hatte, machte sich dieser freudestrahlend auf den Weg, hinaus in die kühle Nacht, wo er schnell von den grauen Nebelschwaden aufgesogen wurde. Währenddessen legten sich Kathérine und Pierre wieder zur Ruhe. Zu sehr steckte ihnen die lange Flucht in den Knochen. Alsbald bedeckte das mottenzerfressene Linnen ihre müden Körper. Die breite Sichel des abnehmenden Mondes warf einen milchtrüben Schein durch das Fenster ihrer zugigen Schlafstätte.
»Mon amour, sei mir nicht böse, aber dein Oheim spielt nicht mit offenen Karten. Sei auf der Hut vor ihm.«

»Kathérine, ich verstehe deine Zweifel. Auch ich war anfangs deiner Meinung und hegte Misstrauen. Nun glaube ich aber, ihm vertrauen zu können. Schließlich versprach er mir ja, bei den Kaufleuten, mit denen er noch heute Abend zusammentrifft, ein gutes Wort für mich einzulegen. Vielleicht finde ich dann auch eine geeignete Anstellung. Ich muss ja für euch sorgen. Habe Geduld, Chérie!«
»Dein Wort in Gottes Ohr«, erwiderte Kathérine skeptisch und schmiegte sich frierend an seinen warmen Körper. »Hoffentlich wird deine Gutgläubigkeit nicht bestraft.«
Kurze Zeit später ging Pierres Atem in ein gleichmäßiges Schnarchen über. Kathérine war jedoch so aufgewühlt, dass sie trotz ihrer Müdigkeit keinen rechten Schlaf fand. Sie sah zum anderen Alkoven hinüber, wo Simone und Albert einem neuen Tag entgegenschlummerten. Irgendwann, mitten in der Nacht, wurde im Haus plötzlich eine erregte Stimme laut. Sie gehörte keinem anderen als dem Grafen selbst. Bald darauf drang ein eigenartiges Gepolter von der Treppenstiege in die Kammer. Kathérine schreckte auf, doch sie war zu müde um noch einmal aufzustehen. Die Geräusche verebbten und sie sank in einen tiefen Schlaf.

*

Anderntags, es war noch ziemlich früh am Morgen und das graue Tuch des aufsteigenden Nebels verbarg den Blick zur blauen Unendlichkeit des Firmaments, brandete draußen im Hof Lärm auf. Schlaftrunken stieg Pierre aus dem Bett. Seinen Blick durch die verschmutzten Fensterscheiben werfend, erkannte er den Hauptmann der Stadtwache wieder. In Begleitung einer Schar Bewaffneter hielt er Heinrich umringt.
»Bestell dem Herrn Grafen, dass mir diese Kutsche vorerst einmal genügt«, tönte die sonore Stimme des knebelbärtigen Offiziers. »Richte ihm aber auch aus, dass ich mir die beiden Pferde hole, falls er übermorgen Abend nicht den Rest der Summe zahlt.«
Ungläubig starrte Pierre auf die Gasse hinab und sah reglos zu, wie die Männer seine Reisekutsche aus dem Hof rollten und sie dann anschließend durch die Sandgasse fortschoben. ›Was hat das zu bedeuten?‹, durchzuckte es Pierre siedendheiß. Rasch zog er sich etwas über, er musste sich nicht erst lange ankleiden, die kalte Schlafkammer hatte es nicht zugelassen, dass er sich in der Nacht seiner Klamotten hätte entledigen können. Ehe Pierre die Stadtwächter am Abtransport seines Eigentums hindern konnte, waren diese bereits von der Bildfläche verschwunden.

»Mensch, Heinrich, was hat das alles zu bedeuten?«
Als sei er über den Vorfall beschämt, senkte der Diener sein Haupt.
»Ich weiß es nicht genau, der Hauptmann gab mir lediglich zu verstehen, dass die Wegnahme der Kutsche mit meinem Herrn abgesprochen sei.«
»Ich glaube ich höre nicht recht. Warum denn das?«, empörte sich Pierre. »Die Kutsche gehört doch mir.«
Heinrich zuckte nur mit seinen krummgebeugten Schultern.
»Hat man dich geschlagen?« Pierre sah an seinem Kopf eine große Beule, daran klebte ein Rest getrockneten Blutes. Pierres Interesse an seinem entschwundenen Hab und Gut rückte in den Hintergrund.
»Nein, gnädiger Herr!«
»Aber Heinrich, wie kommst du zu dieser Verletzung? Welcher gemeine Schuft wagt es, einen alten Mann zu schlagen?«
»Macht euch meinetwegen keine Sorgen, ich bin nur gestürzt. Meine Beine versagen allmählich ihren Dienst. Als ich heute morgen eure Pferde füttern wollte, geriet ich ins Stolpern...«
»Verzeih, Heinrich, aber ich weiß, dass du lügst.«
Erschrocken fuhr der Greis herum und wandt sich der streng klingenden Frauenstimme zu. Kathérine war im Hof erschienen und ging geraden Weges Heinrich entgegen. In seiner Miene loderte auf einmal das Feuer der Angst.
»Dein Sturz, oder wie du es auch immer nennen magst, hat sich bereits in der letzten Nacht ereignet«, redete Kathérine auf ihn ein, »denn ich hörte einen merkwürdigen Krach. Aber ich muss wohl darüber gleich eingeschlafen sein, so dass ich nicht nach dem Rechten sehen konnte.«
Heinrich war nicht in der Lage, das geringste Sterbenswörtchen von sich zu geben. Wortlos stierte er in die fragenden Gesichter der Franzosen.
»Sag uns bitte die Wahrheit, nur so können wir dich vor weiterem Schaden bewahren.« Vergeblich bemühte sich Pierre, das Schweigen des Dieners zu brechen.
»Komm erst einmal mit ins Haus. Wir wollen uns um deine Wunde kümmern, sie schaut ja entsetzlich aus.« Kathérine nahm ihn am Arm und führte ihn fort. »Hat dich der Graf geschlagen?«
»J-aa...« Nur zögerlich kam ihm die Antwort über die Zunge. Mit scheinbar flehenden Augen suchte er die Blicke der beiden. »Wir dürfen ihm deswegen nicht böse sein.«
»Warum?«, fragte Kathérine verblüfft.
»Mein Gebieter weiß nicht mehr was er tut. Er ist nämlich dem... Spielteufel verfallen!« Heinrich seufzte. Es war ihm schwer ums Herz, als

trage er selbst die Schuld an den Verfehlungen seines Herrn. Das war es also, was Kathérine am gestrigen Abend in der maskenhaften Miene des Grafen nicht so recht zu deuten gewusst hatte. Von einer schier zügellosen Sucht besessen, gierte Pierres Oheim nach allen Mitteln, mit denen er den zwanghaften Trieb seiner Spielleidenschaft befriedigen konnte.
»Wir möchten dir ja alles glauben, aber dazu musst du uns die ganze Wahrheit sagen und nichts verschweigen«, sagte Kathérine, während sie ihm den Kopf mit einem sauberen zerrissenen Linnenstück umwikkelte.
»Vor etwa 40 Jahren kam euer Oheim völlig mittellos in unsere Stadt«, begann Heinrich zu erzählen, »aber als ein wahrer Glücksritter gelang ihm recht schnell, sich Zutritt zu den besseren Häusern der Gesellschaft zu verschaffen. Als mein Herr schließlich gar in den Adelsstand erhoben wurde, erhielt ich bei ihm meine Anstellung als Diener.«
»Hat mein Oheim denn wirklich jemals einen richtigen Herrensitz sein Eigen nennen können, wie er mich stets wissen ließ?«
»Ja, das hat er sehr wohl!« Für einen Moment hellte sich Heinrichs betrübte Miene auf. Die Erinnerung an eine schöne Zeit rauschender Ballnächte erwachte in ihm zu neuem Leben. Ein flüchtiges Lächeln huschte über seine von Altersfurchen durchzogenen Gesichtszüge.
»Aber so, wie mein Herr das Haus in einer einzigen Nacht am Spieltisch der Karten und Würfelbecher gewann, so verlor es der Unglückliche eines Tages auch wieder. Da hat ihm selbst der abgehackte Diebesdaumen nichts geholfen, den er dem Henker als Glücksbringer abgekauft hatte.«
»Wie gewonnen, so zerronnen«, fügte Pierre ironisch hinzu.
»Nach all den fetten Jahren des Reichtums und des Wohlstands brach das Unheil über den Grafen herein. Er sah sich plötzlich vom Glück verlassen. Mir stand es nicht zu, über das Tun meines Herrn zu urteilen. Er gab mir Arbeit und Brot, ich bot ihm dafür meinen untertänigsten Gehorsam und Fleiß.« Gespannt lauschten Kathérine und Pierre den Worten des Greises. Allmählich gelangte endlich Licht in das undurchsichtige Rätsel des ganzen Geschehens. »Die letzten Jahre durchlebte der Graf, als sei er dem Wahnsinn verfallen. Alles, was er sich vorher aufgebaut hatte, rann ihm, dem vom Spielteufel Gepackten, durch die Pechfinger. Je mehr euer Oheim von seinem Eigentum verlor, desto größere Summen setzte er aufs Spiel. Aber nur, um am bitteren Ende, von all seinen früheren Freunden verachtet, wieder als bettelarmer Mann dazustehen. Sein einziger Umgang blieben fortan skrupelose

Wucherer und ehrlose Halsabschneider. Mit ihrer falschen Treue machten sie sich seine krankhafte Spielsucht zum Vorteil. Der Hauptmann der Stadtwache gehört auch zu diesem verdammten Pack. Wir können nicht einmal mehr die ›Bede‹, die Steuern der Stadt, an den Baumeister zahlen. Geschweige denn das Wachtgeld. Jetzt muss mein Herr wohl doch noch in den Schuldenturm.«

»Heinrich, hab Dank für deine Ehrlichkeit!« Heinrich spürte Kathérines zärtlichen Worte, als streichelte sie ihm damit über die Haut.

»Dann war wohl sein Versprechen, bei einflussreichen Kaufleuten ein gutes Wort für mich einzulegen, auch nur eine Lüge?«

Mit einem kurzen Kopfnicken gab Heinrich ihm zu verstehen, dass er sich in seiner Annahme nicht geirrt hatte. »Ihr seid in großer Gefahr«, ergriff Heinrich noch einmal das Wort. »Ihr hättet niemals hierher kommen dürfen. Mein Herr reißt euch in seiner Besessenheit allesamt mit in den Abgrund. Seht euch vor!«

Sanft glitt Kathérines geschmeidige Hand über Pierres narbenzerfurchte Wange, als könne sie damit die hässliche Erinnerung an das Attentat auf den Admiral ein für allemal wegwischen.

»Pierre, die Vorsehung hat uns in Paris das Leben geschenkt. Wir werden bestimmt auch diesmal einen rettenden Ausweg finden.«

Mit einem herzlichen Kuss auf ihre sinnlichen Lippen bedankte er sich für ihre aufmunternden Worte.

»Chérie, würdest du mir die Freude machen, mich auf einem Ausritt mit den Pferden zu begleiten? Mein Kopf muss frei sein, wenn ich über eine Möglichkeit nachdenke, die uns aus unserer schlimmen Situation führen kann. Wenn wir überhaupt noch eine Chance haben. In den vier Wänden dieses furchtbaren Hauses ist es mir nicht vergönnt, Klarheit zu erlangen.«

»Sei mir bitte nicht böse, aber ich möchte unsere Kinder hier nicht alleine zurücklassen«, bat Kathérine. »Nimm doch Antoine mit, er wird sich bestimmt darüber freuen. Mit einem zärtlichen, langen Kuss verabschiedeten sich die beiden voneinander. Anschließend ging Pierre zu seinem Diener in den Hof hinaus.

3

»Auch kennt der Mensch seine Zeit nicht, sondern wie die Fische gefangen worden mit dem verderblichen Netz und wie die Vögel mit dem Garn gefangen werden, so werden auch die Menschen verstrickt zur bösen Zeit, wenn sie plötzlich über sie fällt.«

Prediger Salomo 9, 12

Kein sterblicher Maler ist in der Lage, so herrlich und prachtvoll zu zaubern wie der Herbst selbst mit seiner vielfältigen Palette bunter Farben. Seit Tagen schon hatte die dritte Jahreszeit begonnen, mit ihren farbigen Pinseln den weiten Wäldern des Spessarts einen leuchtenden Anstrich zu verpassen. Zwei einsame Reiter näherten sich auf einer schmalen Landstraße, die sich wie ein Lindwurm durch die Landschaft wandt. Sie hatten schon seit geraumer Zeit Aschaffenburg verlassen. Kaum dass ihre Pferde sie durch das Herstalltor getragen hatten, waren sie schon vom fast bis vor die Stadtmauern reichenden Wald aufgenommen worden. Anfangs noch über sanfte Hügelketten hinweggaloppierend, ritten die Männer einen zunehmend steil ansteigenden Bergrücken hoch. Hin und wieder gaben kleinere, von Menschenhand gerodete Waldlichtungen den Blick in die weite Mainebene frei. Das breite, im Herbstlicht silbrig schimmernde Band des Flusses warf seinen Gruß bis zu den Höhen des Johannesberges hoch.

Zusehends begannen sich die weiten, hohen Hallen des Mischwaldes zu lichten. Der Baumbewuchs wurde immer spärlicher, bis schließlich die zwei Reiter das vielfarbige Zeltdach verlassen konnten. Am Waldrand angelangt zügelten sie ihre Pferde. Sie gaben sich dem herrlichen Anblick der Natur hin. Schweigend blickten sie in die klare Morgensonne. Vor dem gläsernen Blau des mainfränkischen Himmels zeichneten sich die Konturen eines majestätischen Bergrückens ab. Eingebettet in den dunkelschwarzen Tann ragte auf seiner höchsten Erhebung der Turm einer Kirche zum Firmament empor. Sich still zwischen die Bäume, Äcker und Wiesen duckend, waren eine handvoll Häuser und Höfe zu erkennen. Aus den Schornsteinen stieg kräuselnd weißer Rauch auf. Um zu diesem kleinen Dorf zu kommen, mussten die beiden Reiter ein schmales Tal durchqueren. Die Talsenke wurde von einem kleinen Bachlauf durchschnitten. Von artenreichem

Pflanzentum gesäumt, das wertvolle Farbstoffe für die Färbereien in der Stadt lieferte, endete das ruhig dahinplätschernde Gewässer in einem sich weit ausbreitenden Sumpfstreifen. Am Ufer der kleinen Moorlandschaft, die wohl vor grauer Urzeit den stillen See einer Oase gebildet hatte, bogen sich die Halme des Schilfrohrs. Leise, beinahe zärtlich strich der Atem des noch milden Herbstwindes über das hügelige Berggelände hinweg.

»Sire, seht, ein Greifvogel!« Der kleine pausbäckige, in den Frack eines Dieners gekleidete Mann zeigte auf einen einsamen Punkt, der im wolkenleeren Himmel schwebte. Der Narbengesichtige an seiner Seite hob die Hand an die Stirn, um sich gegen die tiefstehende Sonne zu schützen. Nun sah auch er den Raubvogel, einen Roten Milan, der völlig unbeirrt in luftiger Höhe seine Kreise zog.

»Heiliger Strohsack, das nenn' ich Freiheit!« Unüberhörbar schwang in Pierres faszinierter Bewunderung ein gewisser Anflug von Neid mit.

»Antoine, auch du könntest längst frei sein, wenn du nur wolltest.«

»Oh Monsieur, was bedeutet Freiheit eigentlich?!«, entgegnete ihm der brave Diener sinnend. Verdutzt sah ihn Pierre an. »Wisst ihr, auch der König der Lüfte ist, wie wir Menschen auch, nur ein Gefangener seiner Zeit. Hineingeboren in ein von Stürmen und Winden umtobtes Dasein, tut er nur, was unzähligen Generationen vor ihm taten. Der stolze Greif ist unermüdlich damit beschäftigt, auf Beutezug zu gehen, damit er seine Brut aufziehen kann. Die ewig hungrigen Schnäbel seiner Jungen verlangen unaufhörlich nach Futter. Auch er ist somit in die starren Zwänge des Lebens eingebunden. Ganz frei ist eigentlich kein einziges Lebewesen auf dieser Welt...«

»Antoine, du erstaunst mich immer wieder. An dir ist ja ein wahrer Poet verloren gegangen«, zollte Pierre ihm Bewunderung. Antoine errötete. »Du hast nicht ganz Unrecht mit deinen Worten. Aber im Gegensatz zu uns muss der Raubvogel sich keine Gedanken machen über die Freiheit oder den Glauben.« Über Pierres zernarbte Wange glitt ein merkliches Zucken. »Das Tier braucht deswegen nicht um sein Leben zu fürchten, so wie wir.«

Während die beiden in Gedanken versanken schien der Rote Milan plötzlich etwas ausgemacht zu haben. In der Nähe des ersten Hofes, auf dem sich die Astkronen einer großen Eiche weit ausladend in die Höhe streckten, flog ein ganzer Schwarm Raben. Im Sturzflug hielt der rotbraun gefiederte Greif auf sein anvisiertes Ziel zu. Bevor das ahnungslose Rabenvolk seinen Todfeind erspähen konnte, war es für einen aus ihrer Mitte zu spät, um noch einmal zu entkommen. In großem Gezeter

stoben die Schwarzgefiederten in wilder Panik nach allen Seiten davon. Unbarmherzig griffen die scharfen Krallen des Milans in das glänzende Federkleid seiner Beute und klammerten sich darin fest. Mit einem letzten verzweifelten Flügelschlag versuchte sich der gefangene Rabe zu befreien. Plötzlich stieb eine Wolke dunklen Gefieders hoch. Ein kurzer, in den Nacken geführter Schnabelhieb, und die Beute war geschlagen. Mit schnellem Flügelschlag gewann der Raubvogel rasch wieder an Höhe. Zielstrebig flog er seinem Horst zu.
Gespannten Blickes hatten die Franzosen das atemberaubende Schauspiel der Natur verfolgt.
»Wir Menschen können uns von den Tieren so einiges abschauen«, ergriff Pierre das Wort. »Es mag uns besonders grausam erscheinen, wenn sich diese Kreaturen gegenseitig töten. Aber sie tun es nur, um zu überleben. Wohingegen sich die Menschheit, besessen und getrieben von unstillbarer Habgier, Macht und religiösem Wahn, durch ihre Geschichte mordet.«
»Monsieur, es heißt ja schließlich nicht umsonst, dass Gewalt die älteste Sprache der Welt ist...«, pflichtete ihm Antoine zynisch bei.
»Dann wäre es doch besser gewesen, wenn wir Menschen auf ewig stumm geblieben wären.«
Pierre gab seinem Pferd die Sporen und lenkte es wieder ein Stück ins Tal hinab in Richtung der Siedlung. Antoine folgte ihm. Am Bachlauf angekommen hielten sie noch einmal und stiegen ab. Reiter und Pferd löschten im kalten und klaren Wasser ihren Durst, ehe sie wieder aufbrachen.
Die meisten der Häuser, Scheunen und Stallungen der kleinen Höfe waren Holz- oder Lehmgebäude in schlichter Bauweise, mit Schilf und Stroh gedeckt. Nur ein paar wenige der besseren Fachwerkhäuser besaßen kleine Fenster mit Butzenscheiben. Ein wenig auseinandergezogen schlossen sich auf dem Johannesberg die Höfe einfacher Landbauern zu einem kleinen Dorf zusammen. Das Amt Affolderbach, einst zum Besitz des stolzen und großen Adelsgeschlechts der Grafen zu Rieneck gehörend, umschloss gleich mehrere dieser Siedlungen. Es waren dies: Ober Affolderbach, Nieder Affolderbach, Breunsberg, Daxberg, Glattbach, Reichenbach, Rückersbach, Schimborn und Steinbach. Eine staubige Dorfstraße führte die beiden Reiter durch Ober Affolderbach, einen Ort voll bescheidener Beschaulichkeit ländlicher Idylle, weit ab vom Trubel der Stadt. Antoine sah sich plötzlich auf den elterlichen Hof in der rauhen, windumtosten Bretagne zurückversetzt. Wie in Frankreich rieben sich auch hier die Bauern lange vor dem ersten Hahnen-

schrei den Schlaf aus den Augen, packten Frauen, Männer und Kinder, gebückt und geschunden von harter Arbeit gleichsam Hand in Hand mit an. Um die kostbare Frucht aus dem steinigen Ackerboden zu ernten, zogen Viehgespanne pflügend über die Felder und Sensen fällten fruchtreifes Korn. Hunger, Armut und Frondienste gehörten hier zum Alltag bis zum Lebensende.

Dicht vor den Reitern trieb ein junger Gänsehirt mit einem abgebrochenen Aststück eine laut schnatternde Gänseherde über den Weg. Eine Schweinerotte lag zufrieden grunzend in ihrer Suhle. Federvieh scharrte vergnügt auf den stinkenden Misthaufen. Hier und da sahen Bauersleute, in ihrer einfachen, für sie typischen Tracht gekleidet, vom Schaffen auf. Mit Neugier und Argwohn musterten Sie die zwei Fremden. Doch weder Pierre noch Antoine ließen sich davon stören. Unbeirrt ritten sie weiter.

»Antoine, was ist das, hörst du es auch?« Plötzlich zügelte Pierre sein Pferd. Ein ganz schwaches, wie nach Hilfe flehendes Wimmern erfüllte die Luft.

»Ja, Monsieur, es klingt beinahe wie das Wehklagen eines Tieres, das in Not geraten ist. Aber vielleicht irre ich mich auch.«

»Das glaube ich kaum«, entgegnete Pierre. »Da vorne in der alten Ruine ist was. Komm, lass uns geschwind mal nachsehen.« Pierre zeigte auf die traurigen Überreste eines Bauernhauses. So würde in Bälde auch das Haus seines Oheims aussehen, dachte Pierre grimmig. Zügig näherten sie sich dem von herumliegenden Trümmerstücken, von Hecken und Dornengestrüpp und hochschießendem Unkraut übersäten Hof. Hier hatte wohl lange kein Mensch mehr seinen Fuß hergesetzt. Die seltsamen Laute wurde zunehmend deutlicher. Pierre schwang sich aus dem Sattel und folgte der durch Mark und Bein gehenden Stimme. Antoine stieg ebenfalls ab, leinte die zwei Pferde an einem auf halbe Höhe herabgestürzten Balkenstück an und folgte seinem Herrn.

Pierre stieg durch die rauchgeschwärzten Überreste. Es war nicht viel, was noch an ein Haus erinnerte, unter dessen schützendem Dach Menschen einst ihre Obhut gefunden hatten. Das Wenige, was die gierigen Feuerzungen des Brandes übriggelassen hatten, lag kreuz und quer durcheinandergeworfen, als ob ein Riese mit seiner mächtigen Faust dreingeschlagen hätte. So angestrengt die beiden Männer auch suchten, ihre Augen sahen nichts, was einem lebendigen Wesen ähnelte. Nur Trümmer, nichts als angesengte und verkohlte Trümmer breiteten sich vor ihnen aus. Die unheimlichen Hilferufe gewannen an Heftigkeit. Antoine fuhr ein eisiger Schauer über den Rücken. Waren sie beide am

Ende einem Spuk aufgesessen? Dem armen Diener standen bereits die Schweißperlen auf der Stirn.
›Oh, wären wir doch niemals hierhergekommen!‹, dachte sich Antoine verzweifelt. Zunehmend beschlich ihn das beklemmende Gefühl nackter Angst. Pierre konnte sich ein heimliches Schmunzeln nicht verkneifen, als er das fahle Gesicht seines treuen Gefährten sah. Da das ganze Suchen zu keinem Ergebnis führte, beschloss Pierre noch einmal um die Ruine herumzugehen. Plötzlich entdeckte er eine halb unter dem Trümmerschutt begrabene Treppe. In Stein getrieben führten ihre Stufen vermutlich in einen Keller hinab und wohl auch zu den geheimnisvollen Lauten. Die Ärmel hochgekrempelt versuchten die beiden Franzosen den Weg freizuräumen. Doch ein dicker, querliegender, angekohlter Balken versperrte den Zugang zum Gewölbe.
»Oh Monsieur, das schaffen wir doch niemals!«, Antoine stöhnte, noch ehe er überhaupt am Balkenstück rührte. Ihm war dabei ganz mulmig zumute. Was mochte sich nur dahinter verbergen?
»Heilige Jungfrau von Orléans, steh' uns bitte bei!« Rasch sandte er ein Stoßgebet zum Himmel.
Mit vereinten Kräften gelang es ihnen doch noch, das letzte Hindernis aus dem Weg zu räumen. Dumpf polterte der Balken zur Seite. Prompt verstummten die klagenden Schreie. Pierre bemerkte am Kellereingang einen huschenden Schatten. Anstatt dass die geheimnisvolle Kreatur die Gelegenheit beim Schopfe packte und schnell aus seinem Gefängnis floh, suchte sie scheinbar verwirrt Zuflucht weiter innen im dunklen Gewölbe. Hier hatte in langer und mühevoller Arbeit ein Meißeleisen seinen Weg durch das nackte feste Felsengestein gefunden und somit einen Kellerraum geschaffen. Der Brand, der das Haus zerstört hatte, hatte hier keinerlei Schaden anrichten können. Völlig unberührt standen einige Holzfässer und Kisten umher, soviel konnte Pierre vom Eingang her erkennen, aber auch, dass aus einer der Felswände Wasser heraussickerte. Zweifellos floss hier eine unterirdische Quelle. Um jedoch weiter ins Innere vorstoßen zu können, hätten die beiden Fackeln benötigt. Aber solche hatten sie nicht zur Hand.
»Monsieur, habt ihr schon etwas gesehen?«, fragte Antoine mit stockender Stimme.
»Nein, ich bekam däs völlig verschreckte Wesen nur flüchtig zu Gesicht.« Pierre gab seinem Diener den Wink, ihm zu folgen. »Wenn wir verschwinden, kommt es schon von ganz allein wieder heraus.«
Antoine war sichtlich erleichtert, dass er nicht ins finstere Kellergewölbe steigen musste. Während die beiden Männer darauf warteten, dass

sich die geheimnisvolle Kreatur endlich ins Freie getraute, genossen sie von der rückseitigen Hofseite aus die herrliche Aussicht auf das Tal hinab und auf den sich bis zum Horizont hin ausdehnenden Spessartwald. Gefangen von der zauberhaften Schönheit der Natur irrlichterte in ihren Augen der Glanz grenzenloser Bewunderung.
Mittlerweile hatte sich hinter ihrem Rücken unbemerkt eine Schar Menschen dem Hof genähert, traute sich aber nicht bis zur Hausruine vor. Unzählige Augenpaare musterten das Treiben der beiden Fremden. Plötzlich nahm Pierre ihre Anwesenheit wahr. Er ging auf die in wartender Haltung verharrenden Leute zu. Ausnahmslos waren sie Bauern. Pierre konnte neben den bartgesichtigen Männern auch einige Frauen erkennen. Ihre Kopftücher und Röcke hatten sie wie all die Kleidungsstücke ihrer Männer mit eigener Hand aus reinem Flachs gesponnen und gewebt.
Beim Nähertreten der zwei Fremden wichen die Leute zurück. Angst und Misstrauen spiegelte sich in ihren Mienen.
»Nur Ruhe, ihr habt nichts zu befürchten!« Seine Arme zu einer besänftigenden Geste erhoben, begann Pierre zu ihnen zu sprechen. »Mein treuer Diener Antoine und ich hörten vorhin ein merkwürdiges Wehgeschrei. Wir wollten nur einmal nachsehen, um vielleicht helfen zu können.«
Unter den Bauern setzte ein lautes und heftiges Stimmengewirr ein. Langsam schälte sich eine Gestalt aus ihrer Mitte. Mit stoischer Ruhe ging er auf die Fremden zu. Trotz seines sichtbar fortgeschrittenen Alters war eine gewisse Ausstrahlung seiner Person nicht zu verkennen. Seine weißen Haare hingen dem Alten in dichten Strähnen weit in die flache Stirn. Sein äußerliches Erscheinungsbild hob sich etwas von den anderen Männern des Dorfes ab. Eine aus mehreren Hasenfellen zusammengenähte Jacke kleidete seinen hageren Körper. So manches Langohr hatte dafür sein Leben lassen müssen.
Der Bergwald war voll von Hirschen, Rehen, Wildschweinen und auch Hasen. Das in großen Mengen existierende Wild suchte des öfteren das angrenzende Ackerland heim und verwüstete es. Aber was das wilde Getier des Waldes nicht zu vernichten vermochte, zerstörten die Edelleute auf ihren Jagdausflügen. Mit ihren Rössern sprengten sie rücksichtslos durch Saat und junge Feldanpflanzungen ihrer Untertanen hinweg und raubten ihnen so letztendlich die Hoffnung auf eine fruchtbare Ernte. Doch wovon die armen gebeutelten Leibeigenen ihren Zehnt und sonstige Steuern entrichteten, interessierte in jenen Momenten anscheinend niemanden. Den Bauern blieb jedoch hingegen

das Jagen des Wildes zum Schutz seines Hab und Gutes bei schwerer Strafe strengstens untersagt. Vor gar nicht allzulanger Zeit, die Alten mochten sich noch daran erinnern, hatte ein fürchterlicher Krieg, der Bauernaufstand von 1525, das Land heimgesucht. Die vereinten Heere der Fürstbischöfe, Markgrafen und Fürsten schlugen das Aufbegehren des niedrigsten aller Stände blutig nieder. Trotz des großen Blutzolls von nahezu 100.000 Menschenleben, die größten Verluste gab es natürlich auf Seiten der Bauern, hatte sich nicht viel geändert. Im Gegenteil, seitdem bekamen die Untersten der menschlichen Gesellschaft im Lande das Joch von Armut, Ausbeutung und Erniedrigung noch stärker zu spüren.
Conz Schreiber gehörte zu den wenigen Unerschrockenen, die nicht Willens waren, sich diesem seelenlosen Diktat brutaler Obrigkeit zu unterwerfen. Hin und wieder schlich er sich klammheimlich auf die Pirsch, um dem Wild nachzustellen. Stets war ihm dabei, wie sich zeigte, in vielfacher Hinsicht das Glück hold gewesen.
»Meine wohledlen Herren, seid vorsichtig, denn dieser Ort ist verflucht!« Conz Schreiber wies auf die kümmerlichen Überreste des verfallenen Gemäuers. »Vor etlichen Jahren hat sich hier eine schlimme Tragödie ereignet. Seitdem hört man da die Stimmen von Geistern rufen, weil die Toten keine Ruhe finden. Dies alles ist ein Werk der verfluchten Teufelshexen.« Conz Schreiber sprach mit leiser Stimme, als fürchtete er, dass sie ihn hören könnten.
»Gebt mir einen Strick und ich werde euch den Geist zeigen, vor dem ihr euch alle so ängstigt«, trat ihm Pierre entgegen. Von purem Entsetzen gepackt, wichen die Leute aufgeschreckt zurück. Ein Ausdruck wächsener Blässe legte sich auf ihre Gesichter, es schien als gefriere ihnen das Blut in den Adern. War denn der Fremde etwa vom Wahnsinn besessen? Unruhe wogte durch ihre Reihen. Schon wandten sich die ersten von Furcht ergriffen ab, um in ihren Häusern Zuflucht zu finden.
»Hiergeblieben, Leute, keiner geht jetzt heim!« Seine Hand gebieterisch erhebend, hielt Conz Schreiber die Bauern zurück. Alle gehorchten dem gewaltigen Wort ihres Landschöffen, der in seiner Funktion einem Schultheißen gleichkam. »Rasch, bringt einen Strick herbei!«
Die Aufforderung des Alten klang wie ein Befehl. Plötzlich wurde es wieder mucksmäuschenstill. Nur das nahe Wimmern und Wehklagen aus dem Kellergewölbe war zu vernehmen. Nicht Wenigen fuhr ein kalter Schauer über den Rücken. Zitternd wie Espenlaub im Sturmwind verharrten sie auf dem zerfallenen Hofgelände. Umgehend machte sich einer der jungen Burschen auf die Socken, um dem Geheiß des Land-

schöffen nachzukommen.
»Ich kann es wirklich beweisen, dass ihr euch alle mit eurer Angst irrt«, sprach Pierre ruhig zum aufgewühlten Volk. »Es ist nur der verdammte Aberglaube, der in euren Köpfen umherspukt und so letztlich euren eigenen Geist verwirrt.«
Erneut setzte in den Reihen der Bauern Stimmengewirr ein. So hatte bislang noch nie jemand zu ihnen gesprochen. Aber konnten sie diesen Fremden auch trauen? In Windeseile ging die Kunde von den beiden fremden Männern wie ein Lauffeuer über den Johannesberg dahin. Von Neugier gepackt, eilte Alt und Jung von Feld und Hof herbei, um dem merkwürdigen Schauspiel beizuwohnen. Es dauerte nicht lange und fast alle Einwohner von Ober Affolderbach hatten sich eingefunden. In ihren Mienen lagen allerhand Zweifel und Skepsis. Misstrauisch verfolgten unzählige Augenpaare jeden Schritt der Franzosen.
Der junge Bursche ließ nicht lange auf sich warten, er brachte Conz Schreiber ein aus Hanf gewirktes Seil. Dieser drückte es wiederum Pierre in die Hand.
»Wir sind bald zurück!« Ohne weitere Zeit zu verlieren begab er sich gemeinsam mit Antoine auf den Weg ins Kellergewölbe. Von Furcht gelähmt brachte es nicht eine einzige Menschenseele aus der versammelten Menge über's Herz, den beiden zu folgen.
»Schaut her, ihr braven Leute, hier ist der Geist, vor dem euch so bange war!« Pierre tauchte nach einiger Zeit aus dem Trümmergewirr der Ruine auf. Am Strick angebunden führte er das entlarvte Schreckgespenst hinter sich her. Etwas wacklig auf den Beinen folgte ihm der junge Bulle bereitwillig. In den Reihen der Leute setzte augenblicklich ein gewaltiges Raunen ein. Große Erleichterung machte sich breit. Jäh wich auch der letzte Rest von Furcht aus ihren schlotternden Gliedern. Helle Freude spiegelte sich auf ihren Gesichtern. Im Nu war aller Spuk verflogen. Nicht Wenige fingen an, über sich selbst zu lachen. Der eigene dumme Aberglaube hatte sie zum Narren gehalten. Antoine meinte, schwere Steine von den Herzen der Bauern fallen zu hören. Kinder, die sich vorher noch verängstigt hinter den Rockzipfeln ihrer Mütter versteckt gehalten hatten, rannten auf den Bullen zu und begannen ihn zu streicheln. Prüfend musterte Pierre den abgemagerten Leib des Tieres.
»Gebt ihm ja anständig Futter, damit er später ein stämmiger Zuchtbulle wird!«
Die Leute betrachteten staunend den jungen Bullen. Wahrscheinlich war er irgendeinem Bauern von der Weide entsprungen, um sich später hierher zu verirren. Ob der Bulle dabei vielleicht Zuflucht vor einem

Unwetter gesucht hatte, blieb wohl einzig und allein sein Geheimnis.
»Von heute an, seid versichert, werdet ihr keine Geister oder sonstige Gespenster mehr rufen hören!« Pierres Stimme schallte laut über den Hof. Es klang wie eine Befreiung.
»Wohledle Herren, seid unseres aufrichtigen Dankes gewiss!« Conz Schreiber reichte Pierre seine Hand. Unterdessen machte sich Antoine daran, am Wegesrand wachsenden Löwenzahn zu rupfen, um damit das Vieh zu füttern. Seinem Beispiel folgend schwärmten die Kinder aus. Gierig verschlang das ausgehungerte Tier das Grünzeug.
»Bedenkt fremder Herr, seitdem dieses unter einem wahren Unglücksstern stehende Haus niederbrannte, vermeinten wir bis zum heutigen Tage hin die Geister der Toten sprechen zu hören«, begann Conz Schreiber zu erzählen. »Es war, als ob sie uns damit ihr furchtbares Schicksal klagen wollten. Genau wie diese armen umherirrenden Seelen fanden auch wir keine Ruhe mehr. Es war einfach entsetzlich! Wären wir Bauern nicht alle Leibeigene des Kurfürsten, so würde längst der Wind durch all unsere verlassenen Häuser und Hütten heulen...«
»Ihr guten und braven Leute«, rief Pierre ihnen zu, »diese Stimmen der Toten, wie ihr zu hören glaubtet, waren nichts anderes, als die Geräusche des Windes, der durch das zerfallene Gemäuer pfiff. Oder ein Tier, wie der junge Bulle hier, dass sich hierher verirrte. Kommt und überzeugt euch selbst davon. Im Kellergewölbe liegen Kadaver verendeter Tiere. Auch der Bulle hätte nicht mehr lange überlebt, wenn es uns nicht gelungen wäre, ihn zu befreien. Er ist außerdem nur deshalb noch am Leben, weil aus dem Gestein des Felsenkellers das Wasser einer unterirdischen Quelle fließt.«
Nun schmolz auch der letzte Rest eiskalter Angst dahin. Hatte noch vor kurzem unter den Menschen betrübliche Grabesstimmung geherrscht, so begann nun auch die letzte furchtsame Seele befreit aufzuatmen. Munteres Stimmengewirr setzte ein. Pierre amüsierte sich, es fehlte nicht viel und es hätte ein kleines Volksfest stattgefunden, so sehr wogte die ausgelassene Freude unter den Bauern, weil sie sich endlich von einem wahren Alptraum befreit sahen. Bereitwillig kamen die Ersten näher, um sich von Pierres Worten zu überzeugen. In der Tat, er hatte sie nicht beschwindelt. Mit ihren eigenen Augen sahen sie, dass so manche bis aufs Skelett verweste Tierleiche im Keller des »Geisterhauses« lag. Wären sie nur nicht alle von jenem erbärmlichen Aberglauben erfasst gewesen, hätte man ohne weiteres diese armen Kreaturen aus ihrer Falle befreien können.
Nachdem sich auch der letzte der Dorfbewohner ein Bild über die Ge-

schehnisse gemacht hatte begann sich die Menschenmenge zu zerstreuen. Nacheinander strömten sie wieder an ihr Tagewerk. Man hatte keine Zeit zu verlieren. Im Gegensatz zu den Menschen unten in der Mainebene bescherte ihnen der früh einsetzende Herbst bereits die ersten kalten Nächte. Notgedrungen kamen sie nicht umhin, für ihre bescheidenen Heimstätten rechtzeitig einen großen Vorrat an Brennholz zu schlagen. Zusätzlich galt es, die letzte auf den Feldern und Äckern noch verbliebene Frucht dieses Jahres einzubringen.
Außer dem Landschöffen blieb nur einer der Bauern bei den beiden Franzosen zurück. Hastig flüsterte ihm dieser ein paar Worte zu.
»Edler Herr!« Erneut wandte sich Conz Schreiber an Pierre. »Caspar Krauß erklärte mir gerade, dass er euch den Bullen schenken möchte, er gehört nämlich ihm.«
Pierre glaubte seinen Ohren nicht zu trauen, sein ungläubiger Blick sprach Bände.
»Aber warum nur? Ich kann ein solch kostbares Geschenk doch gar nicht annehmen«, wehrte Pierre entschieden ab.
»Aus Dankbarkeit eben, weil ihr uns alle von diesem entsetzlichen Spuk befreit habt«, versuchte Conz Schreiber zu erklären. »Außerdem hatte Caspar gar nicht mehr damit gerechnet, dass sein verlorengegangenes Tier überhaupt noch lebt.«
Pierre hielt nach wie vor das Ende des Strickes in seiner Hand. »Ich weiß eure großzügige Geste zu schätzen, aber bedenkt doch, dass ihr selbst nicht viel besitzt. Außerdem lebe ich mit meiner Familie und meinem treuen Diener Antoine in der Stadt, was soll ich dort mit einem Bullen?!«
»Dann schlachtet ihn eben und erfreut euren Gaumen an einem köstlichen Braten«, erwiderte Caspar Krauß.
Antoines Augen nahmen auf einmal einen merkwürdigen Glanz an. Auch wenn er kein einziges Wort verstand, das die beiden untereinander wechselten, so erkannte er an der unmissverständlichen Gestik des Bauern, was die Stunde geschlagen hatte. Er würde also doch endlich noch in den Genuss eines herrlich mundenden Bratens kommen.
»Der kleine Bulle ist erstens noch recht mager und zweitens wäre es viel zu schade, ihn zum Schlachter zu führen. Ich möchte, dass er am Leben bleibt«, beharrte Pierre.
»Wie euch beliebt, mein Herr«, entgegnete Caspar, »schließlich gehört er jetzt euch!«
Pierre war sich inzwischen im Klaren, dass er sein Gegenüber nicht dazu bewegen konnte, das Geschenk zurückzunehmen. »Also gut, habt

tausend Dank, guter Mann!« Pierre willigte ein und reichte dem Bauern die Hand. »Seid bitte so gut und bringt das Tier vorerst wieder in euren Stall. Wo ich wohne ist kein Platz für ihn. Das Futter werde ich euch selbstverständlich ersetzen. Ich lasse von mir hören, vielleicht schon sehr bald.«
Verwundert griff Caspar nach dem Strick. Er wusste die rätselhaften Worte des Fremden nicht zu deuten.
Inzwischen hatte die Herbstsonne ihren Zenit überschritten. Viel Zeit würde dem roten Glutball nicht mehr bleiben, bis er wieder einmal das Tagesende verkündend am westlichen Horizont versinken würde. Nachdem sich Pierre und Antoine von den beiden Bauern verabschiedet hatten schwangen sie sich wieder auf den Rücken ihrer Pferde. Im gestreckten Galopp jagten sie die staubige Dorfstraße hinunter und ritten einem prächtigen Sonnenuntergang entgegen. Conz Schreiber und Caspar Krauß sahen ihnen lange nach, solange bis sich die beiden Reiter aus ihren Augen verloren.

*

Während Pierre und Antoine zu frühmorgendlicher Stunde zum Johannesberg hochgeritten waren, hatte auch Albert den Drang nach Freiheit verspürt. Das fröhliche Jauchzen und Kreischen unzähliger Kinderkehlen draußen auf der Gasse hatte seine Neugier erregt. Da er einfach nicht wiederstehen konnte, stahl er sich, ohne seiner Mutter Bescheid zu sagen, heimlich aus dem Haus. Gleich eine ganze Horde dreckverschmierter Kinder sprang lärmend hinter einem Ball her. Die mit Luft gefüllte Schweineblase hatte viel auszuhalten, wollte sie nicht gleich platzen. Heftige Tritte und wuchtige Stockschläge trieben die Kugel vorwärts, unablässig gefolgt von den Kindern. Albert musste sich ranhalten, wenn er die spielende Meute nicht aus den Augen verlieren wollte. Mit fliegendem dunklen Haar, das er wie sein Vater zu einem langen Zopf nach hinten gebunden trug, eilte er den Kindern nach.
Inzwischen rollte der Ball den Roßmarkt entlang. Auch heute war wieder Pferdemarkt. Diesmal wurden nicht nur, wie meistens üblich, Streitrösser, sondern auch Rinder, Ochsen, Kälber, Schafe und Ziegen zum Verkauf angeboten. Vornehmlich waren es die Bürger der Stadt, die sich Tiere kauften, um sie dann zu schlachten, sobald es Winter wurde. Albert hatte die Kinder eingeholt, schon befand er sich mitten unter ihnen. Mädchen wie Jungen waren viel zu sehr in ihr Spiel vertieft, als dass sie von dem in feinstes Tuch und Seide gekleideten Kna-

ben überhaupt Notiz genommen hätten. Ihr ganzer Eifer galt einzig und allein der runden Kugel, die sie unaufhörlich durch die Gassen trieben. Nur wenige Schritte, dann war Albert an der Reihe, um nach dem Ball zu treten. Das Objekt der Begierde lag genau in der Mitte einer großen schmutzigen Pfütze.
Albert glaubte sich schon am Ziel, als sich plötzlich von der Seite ein pockengesichtiger Junge dicht an ihn heranschob. Beide befanden sie sich an der Spitze der Horde. Alberts Gegner war um gut zwei Köpfe kleiner als er. Furchtlos wie ein Bullenbeißer nahm dieser das Laufduell mit ihm auf. Beide rannten um die Wette, als ginge es um ihr Leben. Jeder wollte der Erste sein, um das Streitobjekt ganz weit nach vorne zu kicken. Albert trennte nur noch ein kleiner winziger Schritt vom Ball... Da verlor er wie aus heiterem Himmel den Halt. Der andere Junge hatte ihm einen kräftigen Schubs verpasst. Albert stürzte der Länge nach in die stinkende Brühe der Gosse. Dreckwasser spritzte hoch und schlug über ihm zusammen. Unter lautem Jubelgeschrei drosch der unfaire Sieger den Ball weit in die Luft. Doch er musste ihn in all der Aufregung nicht richtig getroffen haben, denn die Schweineblase bekam auf einmal eine völlig andere Richtung. Anstatt, wie vom unsicheren Schützen beabsichtigt, weiter in Richtung Katzenmarkt zu fliegen, schleuderte sie der Drall unversehens seitlich über die hohe Stadtmauer.
»So ein verfluchter Mist aber auch«, schimpfte der Pockengesichtige. »Den schönen Ball sehen wir nie wieder, da drinnen im Tiergarten ist er für immer verloren. Die Mauer ist viel zu hoch, da kommen wir niemals drüber. Da nützt selbst eine Spitzbubenleiter nichts.« Der kurmainzische Tiergarten, der sich unmittelbar an die Stadtmauer anlehnte, wurde auch »Lustwäldchen« oder »Hain zur Beherbergung zahmer Hirsche, Rehe und Wasservögel« genannt. Um 1445 hatte ihn der Kurfürst Theoderich von Erbach anlegen lassen.
Albert hatte inzwischen ganz andere Sorgen. Wie ein begossener Pudel erhob er sich aus der ekligen Pfütze. Sein schönes neuen Wams und die Seidenhosen strotzten nur so vor Schmutz. Nun gab es zwischen ihm und den Gassenkindern in punkto Aussehen keinen Unterschied mehr, auch vom Gestank her nicht. Jetzt war er einer von ihnen. Das jedoch würde seine Eltern wohl kaum interessieren. Eine saftige Schelte war ihm auf jeden Fall sicher.
»Der da ist Schuld, dass wir jetzt kein Spielzeug mehr haben«, schrie der Pockengesichtige außer sich vor Wut. »Los auf ihn, dafür hat er Prügel verdient!«
Albert sah sich plötzlich von allen Seiten umringt. In den Gesichtern

zeigte sich Entschlossenheit auf ihn einzuschlagen. Zwischenzeitlich hatte die Kinderhorde an Zuwachs gewonnen. Mit zweien oder auch dreien von ihnen wäre er vielleicht noch fertig geworden. Aber es gleich mit einem dreifachen Dutzend aufnehmen zu müssen, da bestand für Albert wirklich keine Möglichkeit, mit heiler Haut davonzukommen.
»Das gilt nicht. Einer gegen so viele, das ist nicht ritterlich. Komm her, wenn du kein Feigling bist, aber alleine!« Albert deutete auf den Pockengesichtigen. Die Ärmel seines Hemdes zurückschlagend, zeigte er seine Bereitschaft zum Kampf Mann gegen Mann.
»Pah, dir reichem Muttersöhnchen werde ich es schon zeigen«, zischte der Pockengesichtige verächtlich. »Dich mach ich allein mit einer Hand fertig.«
»Ja, Kilian, gib ihm Saures!«, feuerten ihn seine Freunde an.
Ein teuflisches Lächeln umspielte seine grimmig aufgeschürzten Lippen. Wie ein wildgewordener Stier stürmte Kilian nach vorne. Mit weit ausgestreckten Armen wollte er nach seinem Herausforderer greifen, doch all sein aufgestauter Zorn machte den Angreifer blind. Geschickt drehte sich Albert zur Seite. Kilian rannte geradewegs ins Leere, geriet ins Taumeln und stürzte. Seinen Lippen entglitt ein garstiger Fluch. Er rappelte sich wieder auf.
»Seht, der feine Herr hat Angst vor mir, weil er mir ausweicht.« Kilians Wut steigerte sich, er kochte. Wahrscheinlich war es auch der Schmerz, der durch die aufgeschlagenen Knie pochte. Unter wilden Anfeuerungsrufen der Gassenkinder stürzte er sich erneut auf Albert. Doch auch diesmal entzog sich jener der Attacke des Angreifers, aber nicht ohne ihm dabei ein Bein zu stellen. Kilian war nicht darauf vorbereitet, schwer schlug er zu Boden. Im Handumdrehen warf sich Albert auf ihn drückte ihm mit seinen Knien die Schultern herunter. Kilian konnte sich winden wie ein Mainaal, er saß in der Falle. Welch eine Schande! Wie ein blutiger Anfänger war er durch eigenes Verschulden einem der einfachsten Tricks erlegen.
»Das ist feige, das gilt nicht!«, brauste Kilian auf. Vergeblich versuchte er sich aus seiner Umklammerung zu lösen.
»Hast du immer noch nicht genug? So kommst du niemals frei. Gib endlich auf!« Drohend kreiste Alberts Faust genau über ihm in der Luft.
»Nein, bitte schlag mich nicht. Du hast gewonnen«, kam es Kilian ziemlich kleinlaut über die Lippen. Albert stand auf und gab ihn frei.
»Buh, lass dich doch nicht so einfach von diesem feinen Bürschchen besiegen!« Eine Stimme aus den Reihen der Kinder versuchte Kilian

zum Weiterkämpfen anzustacheln.
»Probier's doch selber, du Großmaul«, schleuderte Kilian zornig dem Aufwiegler entgegen. Er für seinen Teil hatte die Schnauze voll. Aber nicht wegen der blutigen Knie. Seine Niederlage wog vielmals schwerer, hatte er doch die ganze Zeit über unter den Gassenkindern der Stadt als der Mutigste und Stärkste gegolten. Nun schien er diesen makellosen Nimbus an den fremden Jungen verloren zu haben.
Albert fühlte die Niedergeschlagenheit seines Gegners. Er tat ihm fast schon ein wenig leid. Aber Kilian hatte diese Abreibung einfach verdient. Nur sich selbst und seiner überheblichen Großspurigkeit hatte er die erlittene Schmach vor allen Kinderaugen zu verdanken. Letztlich war er es ja, der Schuld an dieser Rauferei trug.
»Hier, seht doch mal, was ich gefunden habe«, frohlockte ein Mädchen, trat in den Kreis und zeigte ein kleines Holzstück, das einem Bootchen ähnelte. Im Nu waren Hass und Zwistigkeit verflogen, so als hätte es nie Streit gegeben. Die Kinder hatten ein neues Spielzeug, welch ein Glück! »Kommt, wir lassen es im Bach schwimmen!«
Von neuem Spieltrieb beseelt sprang die Horde Gassenkinder in die Ohmbachsgasse, so benannt, weil hier die verschiedensten Holzgefäße »geohmt«, also geeicht wurden. Auch Albert war von eifriger Freude gepackt unter der Meute. Jetzt war er für die anderen kein Fremder mehr. Von Stöckchen angetrieben, schwamm das Bootchen auf dem übelriechenden Gewässer vorwärts. Der Ohmbach führte nicht nur Küchen- und sonstige Abwässer mit sich. Auch die Abtritte aus den nahestehenden Häusern nahmen hier ihren Weg, was der Spielfreude der Kinder aber keinen Abbruch tat. Bald ließen sie die Zehntscheuer hinter sich und kreuzten den Heumarkt, um später, nachdem der Ohmbach mit dem Welzbach zusammenfloss, den Löhergraben hinunterzuspringen. Die Kinder wurden nicht müde, derart faszinierte sie ihr Spiel mit dem einfachen Stück Holz.
Weit abgelegen von jedweder menschlicher Behausung war, umringt von einem breiten Zaun, ein einsamer Hof zu erkennen. Der leicht säuselnde Wind trug einen Hauch üblen Gestanks herbei. Albert rümpfte die Nase.
»Wer haust denn an solch einem schrecklichen Ort?«, fragte er Kilian, der an seiner Seite lief.
»Halt dich bloß fern von dort«, warnte er mit erhobenem Zeigefinger, »sonst ist es um dich geschehen. Das ist nämlich das Haus des Schinders.«
»Was macht der denn?« Albert konnte seinen Blick nicht abwenden.

»Vergiss es lieber, lass uns weiterspielen!« Kilian winkte ab.
Gemeinsam eilten sie den anderen Kindern nach. Je steiler der Bach den Graben hinunterlief und je mehr dadurch das Holzstückchen an Fahrt gewann, desto mehr steigerte sich ihre Spielfreude. Sie erreichten gerade das erhabene Gemäuer des Elisabethen-Hospitals, als plötzlich vermischt mit dem Heulen eines Wolfes aus dem nahen Fischerviertel furchtbare Schreie ertönten.
»Hilfe, Hilfe!« Mit einem Schlag verloren die Kinder jeglichen Spaß an ihrem Spiel. Dafür rückte jetzt etwas anderes in den Mittelpunkt ihres Interesses.
»Da ist bestimmt etwas passiert. Das wollen wir uns ansehen, los, kommt alle mit!« Kilian hatte die Horde wieder im Griff. Seine Niederlage gegen Albert war von den meisten ohnehin längst wieder vergessen. Was Kilian befahl, wurde getan. Das Bootchen musste das letzte Stück des Welzbachs allein hinunter und in den Main hinein schwimmen. Scharrend und trampelnd stürmte die große Kinderhorde in die Fischergasse. Zum Glück kam man nicht zu spät, noch gab es etwas zu sehen. Im Weiher des Stiftsprobtes kämpfte ein Mensch verzweifelt um sein Leben.
Ein Wolf, dem ein Ohr fehlte, stand am Gewässerrand und heulte. Auch viele Erwachsene kamen schleunigst herbeigelaufen. Bald war der tiefe Fischteich nur so von Menschenleibern umringt. Albert bekam einen Blick frei auf das grausige Geschehen.
»Hilfe, Hilfe!« Es war ein Mädchen, das hier in allergrößter Lebensgefahr schwebte. Zwischen all dem Wassergespritze kam händerudernd kurz sein angstverkrampftes Gesicht zum Vorschein, nur um gleich wieder unterzutauchen. Lange konnte sich die Ärmste nicht mehr über Wasser halten. Doch warum half der Ertrinkenden niemand? Albert konnte es einfach nicht fassen. Wollten denn diese zu Salzsäulen erstarrten Gaffer etwa warten, bis das Mädchen ertrank? Das konnte nicht sein.
Da! Sie kam wieder hoch. Sie spuckte heftig Wasser, doch die Stimme versagte ihr. Die Ruderbewegungen ihrer Arme wurden schwächer. Jetzt erst sah Albert das rote Tuch, das halb verrutscht auf dem Kopf des Mädchens saß. Entgeistert riss er seine Augen auf. Es war doch haargenau das Mädchen, dem er vor kurzem auf dem Markttag begegnet war. Nein, sie durfte nicht sterben. Er gab dem vor ihm stehenden Kilian einen kräftigen Schubs.
»He, was soll das? Du kannst dir doch das Ganze von da hinten anschauen«, maulte Kilian, der zur Seite stürzte. Albert beachtete ihn

längst nicht mehr, es war Zeit zum Handeln. Jetzt zählte jeder Augenblick. Beherzt sprang er kopfüber ins Wasser. Ein aufgeregtes Raunen durchfuhr die Menge.
»Tu das nicht, du machste dich nur unglücklich!«, gellte eine warnende Stimme. Zu spät. Da schlug auch schon das kalte Wasser über ihm zusammen. Ein paar schnelle Schwimmbewegungen und er bekam die Ertrinkende zu fassen. Gerade noch rechtzeitig. Rosina besaß keine Kraft mehr. Leblos fiel ihr Kopf zur Seite. Albert nahm sie unter den Arm und schwamm mit ihr ans Ufer. Es war aber viel zu steil und zu glitschig, um ohne fremde Hilfe aus dem nassen Gefängnis zu entrinnen. Albert versuchte es immer wieder. Vergeblich! Er rutschte jedes Mal dabei ab. Nun schwebte er selbst in Lebensgefahr.
»Wollt ihr mir denn nicht helfen?«, schrie Albert dem schaulustigen Mob zu, der nach wie vor jegliche Hilfe verweigerte. Nicht eine einzige Hand reichte sich ihm. »Was ist nur mit euch los?«, rief er verzweifelt.
»Wir haben dich ja gewarnt, du wolltest nicht auf uns hören«, mahnte ein alter Fischer. »Jetzt musst du schon alleine zusehen, wie du da wieder herauskommst.«
Albert verstand die Welt nicht mehr. Zwei Kinder drohten vor den Augen Erwachsener zu ertrinken, und niemand machte auch nur den kleinsten Finger krumm, um ihnen zu helfen. Ohne dass jemand darauf achtete, lief der Wolf davon. Eilig entschwandt er in Richtung Löhergraben. Es schien, als ekele ihn das seltsame, lebensverachtende Verhalten der Menschen an. So sehr sich Albert auch bemühte, er fand einfach keinen richtigen Halt, um der buchstäblichen Falle des Weihers zu entkommen. Allmählich erlahmten auch seine Kräfte, seine Hände wurden zusehends klamm. Die Kälte schlich unaufhaltsam auch in die letzten Fasern seines Körpers. Aber noch immer hielt er das Mädchen fest umklammert. Sie regte sich nicht mehr. Lebte sie überhaupt noch, hielt er etwa eine Tote in seinen Armen? Albert schob alle Zweifel beiseite. Nein, das durfte einfach nicht sein, dass sein Rettungsversuch vergebens war. Er hatte es längst aufgegeben, die Leute um Hilfe anzuflehen. Warum sie nicht bereit waren, ihm und dem Mädchen aus dem Wasser zu helfen, darum machte sich Albert keine Gedanken mehr. Trug das launige Schicksal die Absicht, dass er nach all den aufreibenden Wochen der Flucht ausgerechnet hier in einem Weiher sein Leben verlieren sollte?
Plötzlich kam Bewegung in die Reihen des Publikums. Murrend wie bockiges Vieh schoben sich die Leute gegenseitig beiseite. Obwohl der Höhepunkt der grausigen Tragödie der beiden Kinder noch bevorstand, machten sich viele auf den Heimweg. Dem Mann, der da unver-

sehens zusammen mit dem Wolf auf der Bildfläche erschien, machten die Gaffer gern Platz. Sein rotes Habit wirkte wie ein Signal. Jedermann scheute die geringste Berührung. Die Wenigen, die sich weiterhin am Leid der Kinder ergötzten, wichen zurück und gaben den Weg frei.
»Komm her, mein Junge, ich zieh dich heraus!«
Albert fand wohl im letzten Moment noch einmal die Kraft, nach der dargebotenen Rechten zu fassen, die ihm der Mann reichte. Ihm schien es, als sei es die Hand Gottes, die sich ihm aus dem Himmel helfend entgegenstreckte. Doch es war Meister Quirins feste Hand, die Albert aus dem drohenden Untergang ins Leben zurückzog. Auch wenn Albert sein ganzer Körper inzwischen völlig gefühllos schien, so hielt er doch Rosinas baumelnde Glieder wie im Krampf eisern umklammert. Aber lebte das Mädchen überhaupt noch?
Quirin ließ die beiden zu Boden gleiten. Rosina fühlte sich ganz kalt an, sie gab keinen Mucks von sich. Leblos fiel ihr Kopf nach hinten.
»Kleines, du darfst nicht sterben, komm zu dir!« Quirin schlug ihr auf die wachsbleichen Wangen. Keine Regung! Schließlich nahm er Rosinas schlaffen Leib hoch und beugte ihn weit nach vorne. Dabei presste er fest gegen ihren Oberkörper.
»Kämpfe, kämpfe um dein Leben«, schrie Quirin aus Leibeskräften, als könnten allein seine Worte Rosina wieder zurückholen. Nach wie vor harrten einige Leute aus, um Augenzeuge zu sein, wie Quirin sich verzweifelt bemühte, Rosina zu retten.
»Was glotzt ihr denn so, ihr erbärmlichen Hundsfotte!«, zürnte Quirin aufgebracht. »Schert euch gefälligst zum Teufel. Wenn das Kind stirbt, werdet ihr meine Rache zu spüren bekommen!«
Diese Drohung genügte, damit auch der letzte der Schaulustigen jeglichen Spaß am Zusehen verlor. Im Nu leerte sich das Rund um den Fischweiher. Nur Quirin, die beiden Kinder und der Wolf blieben am Ort des Geschehens zurück. Quirin gab nicht auf. Immer wieder drückte er Rosinas leblosen Körper nach vorne und presste mit starker Hand gegen ihren Oberleib. Albert zitterte und schlotterte nur so vor Kälte in seinen triefenden Klamotten. Er selbst konnte nichts mehr für Rosina tun. Ihr Leben lag nun einzig und allein in der Macht Gottes und »seiner rechten Hand«.
Der Wolf lief zu Albert und beschnupperte ihn. Obwohl er es außer bei Rosina bei keinem anderen Menschen zuvor jemals getan hatte, leckte ihm der Wolf mit der Zunge übers Gesicht. Es schien, als wollte er ihm gegenüber seine Dankbarkeit ausdrücken. Beide verfolgten voller Spannung das ungleiche Ringen des Mannes mit dem Tod...

Plötzlich spürte Quirin, wie es in Rosina zu zucken begann. Sie war zurück! Ihren Körper weit aufrichtend, spuckte sie aufeinmal einen Schwall Wasser aus ihrem Mund. Nicht nur über Quirins todernste Miene huschte ein entspanntes Lächeln. Albert strahlte vor Glück. Auch der Wolf zeigte schwanzwedelnd seine Freude. Gottlob, Rosina lebte!
»Kommt, ihr beiden, bevor ihr euch hier noch den Tod holt«, sprach Quirin und hob Rosina auf seine Arme, die noch recht benommen wirkte. Kein Wunder, schließlich war sie ja soeben erst dem Totengräber von der Schippe gesprungen.
»Bist du stark genug, um wieder gehen zu können, Junge?«
»Ja, Herr!«
»Dann ist es gut, folge mir.«

*

Seite an Seite saßen zwei Kinder mit feuchten Haaren unter einer breiten Wolldecke am Kaminfeuer. Sie erwärmten sich zusätzlich mit einer heißen Brühe. Ihren ausgekühlten Körpern tat dies sehr gut. Auf der Lehne der Holzbank hingen ihre tropfnassen Sachen.
»Sie gefällt mir!«, sagte Albert.
»Wen oder was meinst du?«
»Na, die rote Mütze dort, die bei den anderen Klamotten zum Trocknen aufgehängt ist.«
»Findest du?«
»Ja, damit habe ich dich doch auf dem Marktplatz gesehen, als du mit deinem Wolf spazierengegangen bist. Ich habe dir zugewinkt, weißt Du noch?«
»Dann warst du das also?«
»Ja.«
»Du bist nicht von hier, denn ich habe dich bis jetzt noch nie zu Gesicht bekommen.«
»Nein, ich komme von weit weg. Aus Paris, einer großen Stadt in Frankreich.«
»Paris? Kenne ich nicht.« Rosina zuckte mit ihren zierlichen Schultern. »Ist auch nicht wichtig, da komme ich wohl niemals hin.«
»Meine Heimat werde ich bestimmt nie wieder sehen«, meinte Albert mit einem Anflug von Traurigkeit.
»Warum?«
»Oh, das ist eine lange Geschichte. Sie zu hören, würde dich sicherlich

nur langweilen.«
»Nein, nicht im geringsten, wir haben jetzt eh Zeit genug, bis wir wieder in unsere Kleider schlüpfen können«, erkläre Rosina. »Los, komm schon, erzähl!« Neckisch knuffte sie ihm in die Seite.
»He, du scheinst schon wieder richtig munter zu sein, wo du doch vorhin fast ertrunken wärst.« Albert staunte über Rosina, die auf einmal nur so vor Lebendigkeit sprühte.
»Michel, unser Knecht, meint, ich habe die sieben Leben einer Katze.« Rosina lachte vergnügt. Einem Schmetterling gleich, der seiner Larvenhülle entschlüpfte, blühte sie regelrecht auf. Ihre ganze Traurigkeit und ihr Zurückhaltung verflogen. »Aber weil wir gerade beim Leben sind, habe ich mich überhaupt schon bei dir bedankt, dass du mich gerettet hast?« Bevor sich Albert versah, küsste ihn Rosina auf die linke Backe. Potzblitz, das ging wirklich durch und durch. Er errötete, er glühte förmlich. Es war das erste Mal, dass ihm ein Mädchen einen Kuss gab. Auf einen Schlag hin war alle Kälte und Nässe vergessen.
»Ich, ich...« Albert wusste nicht, was er sagen sollte.
»Stottere nicht so wie ein Hampelmann, fang lieber an und erzähl deine Geschichte!«, drängte Rosina neugierig.
Albert begann die Flucht seiner Familie zu schildern und was sie dabei Schreckliches erlebt hatten. Gespannt lauschte Rosina seinen Worten. Ihre Augen klebten förmlich an seinen Lippen. Plötzlich fasste ihre Hand nach der seinen und hielt sie fest umschlossen. Es schien, als ob sie ihn damit durch seine Reise in die jüngste Vergangenheit begleiten wollte.
Auch Quirin war von Alberts packendem Erlebnisbericht tief beeindruckt. Ohne dass es die beiden Kinder bemerkt hatten, war er in die Stube getreten und hatte sich still in einer Ecke auf einen Stuhl gesetzt. Erst als Albert mit seiner Geschichte zu Ende war, gab sich Quirin zu erkennen.
»Wahrlich, du hast es nicht gerade leicht gehabt, du kleiner, tapferer Held.« Quirin kam näher und reichte ihm die Hand. »Auch ich muss mich bei dir bedanken, für deinen Mut, Rosina zu helfen!« Albert meinte, seine Rechte müsse unter dem festen Händedruck des Mannes zerbrechen. Er war froh, als dieser wieder losließ.
»Warum kam denn keiner der Erwachsenen, die alle nur wie die Ölgötzen zusahen, Rosina zur Hilfe?«, fragte Albert.
»Das kannst weder du, noch sonst wer verstehen. Auch ich begreife es bis heute nicht, jenes ungeschriebene Gesetz der Ächtung, dem wir alle auf diesem Hof ausgeliefert sind.«
Albert sah Quirin fragend an.

»Das ist fast so wie bei euch Hugenotten«, erklärte Quirin, während Maria und Michel in die Stube kamen. »Den Deinigen trachtet man wegen ihres Glaubens nach dem Leben, mich und meine Angehörigen verstößt man aufgrund meiner Tätigkeit als Schinder als ›Unehrliche‹. Wenn man so will, gehören unser beider Familien irgendwie zusammen. Alles, was den Menschen fremd ist, hassen und verfolgen sie. Ja, wir Unehrlichen sind krasse Außenseiter einer menschenverachtenden Gesellschaft.«
»Bin ich nun auch ein Unehrlicher?« In Alberts Augen leuchtete die Angst. Für einen Augenblick hielt eisiges Schweigen Einkehr in der Stube. Nur das Knacken der brennenden Holzscheite war zu hören. Die aufzuckenden Feuerzungen warfen einen gespenstischen Lichtschein auf ihre Gesichter.
»Hab keine Sorge, noch kennen dich hier in der Stadt nur wenige Leute.« Quirin sprach beruhigend auf den Jungen ein. »Am besten, du sprichst mit niemandem darüber, was du heute getan hast. Auch nicht mit deinen Eltern.«
»Warum?«
»Frag nicht lange, mein Junge, tu einfach, was ich dir sage und glaube mir, so ist es besser für dich!«
»Ja, Herr, das will ich befolgen.«
Die Berührungsscheu mit dem Scharfrichter galt zu seinen Lebzeiten wie auch nach dem Tode. Wenn ihm jemand, auch unwissend, bei irgendeiner Arbeit half, war dieser bereits unehrlich geworden. Wer es wagte, das Kind eines Scharfrichters aus der Taufe zu heben, wurde »zur Abscheu« mit fünf Tagen Haft bei Wasser und Brot im Turm bestraft. Ebenso schwer war es, eine Hebamme für seine Frau zu finden. Kam durch ein Unglück jemand aus der Familie des Scharfrichters zu Schaden oder in Gefahr, so gab es niemanden, der helfend zur Seite stand. Außer eben einem Angehörigen selbst, doch ein solcher war nicht immer vor Ort, wenn sich eine Tragödie ereignete. Rosina hatte noch einmal Riesenglück, mit Albert, Quirin und dem Wolf gleich drei rettende Engel rechtzeitig zur Stelle gehabt zu haben.

*

»Was hast du überhaupt am Fischweiher verloren gehabt?«
»Ich wollte Fische fangen.«
»Ist das denn nicht verboten?«
»Manchmal hat die Unehrlichkeit auch Vorteile«, grinste Rosina keck.

»Keiner wagt sich, Hand an uns zu legen. Und außerdem gilt, wer lange fragt, geht lange fehl!« Rosina saß allerhand Schalk im Nacken.
»Dir scheint es aber wieder richtig gut zu gehen«, meinte Albert, während sie miteinander den Löhergraben hochgingen. Wolf begleitete sie, er lief links an Rosinas Seite, so wie er es gewohnt war. Ihre Kleidung war inzwischen wieder getrocknet.
»Ja, ich fühle mich putzmunter wie ein Fischlein im Wasser, warum soll ich auch lange Trübsal blasen?«
»Du hast recht. Stunden zum Traurigsein gibt es ohnehin viel zu viel«, gab Albert sich geschlagen. Hunger quälte ihn.
»Dein Magen knurrt«, stellte Rosina fest.
»Momentan ist bei uns Schmalhans Küchenmeister.«
»Warum hast du vorhin bei uns denn nichts gesagt? Maria hätte dir bestimmt etwas zum Beißen gegeben.«
»Ich..., ich wollte...«
»Ja, ich weiß schon, du wolltest nichts essen, weil es bei uns überall so stinkt, stimmt's?«
Albert nickte verlegen. »Entschuldige, ich wollte dich nicht kränken.«
»Nein, das kannst du nicht. Los aber, du kleiner Dummkopf, bevor dir der Hunger noch ein Loch in dein Wams frisst.«
»Wohin willst du?«
»Warte ab, das wirst du gleich sehen!«
Nicht weit von den Badestuben entfernt führte ein schmales Treppchen steil den Stiftsberg hoch. Da hinauf zog Rosina Albert mit sich. Wolf folgte ihnen. Hellbronzen schimmerten die vollreifen Weintrauben eines großen angelegten Weinbergs in der milden Septembersonne.
»Jetzt kannst du dir endlich deinen Bauch vollschlagen!«
»Dürfen wir das denn?« Albert zögerte und sah über den Weinberg.
»Siehst du jemanden, den wir um Erlaubnis fragen könnten?«, entgegnete Rosina frech. »Worauf wartest du? Nun iss schon endlich!« Rosina griff als erste zu, Albert folgte. Gleich bündelweise verschlangen die beiden die köstlich mundenden Trauben.
»Habe ich euch erwischt, ihr vermaledeiten Obstdiebe!« Vom oberen Treppenende ertönte plötzlich lautes Gezeter. Ein Mann im Talar warf ihnen eine unmissverständliche Drohgebärde zu. Über seiner kreisrunden Tonsur schwang er einen großen, furchteinflößenden Knüppel.
»Bleibt stehen, ihr entgeht eurer Strafe nicht. Dafür kommt ihr ins Narrenhaus! Eingesperrt bei Wasser und Brot sollt ihr euren Frevel büßen. Vorher werde ich euch züchtigen, windelweich schlage ich euch.«
Obwohl man es ihm bei seiner recht ordentlichen Leibesfülle niemals

zugetraut hätte, kam der Geistliche ziemlich hurtig die Treppenstufen herab. Der Knüppel schwebte noch immer über dem Haupt des »Racheengels«.
»Wer ist das?« Albert wurde fahl im Gesicht. Die Trauben wollten ihm auf einmal gar nicht mehr schmecken.
»Och, das ist nur der Kustos aus dem Stift. Den Pfaffen gehören hier die ganzen Weinberge. Sie bauen hier ihren Wein an, um sich dann richtig besaufen zu können«, antwortete Rosina in aller Seelenruhe und biss genüsslich eine weitere Traube aus dem Bettel.
»Du hast vielleicht die Ruhe weg«, staunte Albert. Nur wenige Schritte trennte sie von dem anstürmenden Geistlichen. Sein schweres Keuchen kam immer näher. Albert ließ seine Trauben zu Boden fallen und wollte wegrennen.
»Bleib da, du Angsthase!«, warf ihm Rosina zu.
»Aber...« Seine restlichen Worte gingen im Blaffen des Kustos unter.
»Jetzt lese ich euch die Leviten!« Furchtlos, ohne die geringste Miene zu verziehen, trat Rosina hinter dem bunten Laub der Rebstöcke hervor. Die Nackenhaare gesträubt, stellte sich Wolf neben seine Herrin. Seinem Rachen entströmte ein bedrohliches Knurren. Da verharrte der Angreifer mitten in der Bewegung. Wie zu einer Salzsäule erstarrt blieb der Kustos stehen.
»Das hätte ich mir doch denken können, dass du dabei bist, verfluchtes Schinderbalg!«, zischte er verächtlich. Rosina streckte ihm dafür die Zunge heraus, was seine Wut zusätzlich steigerte. Aber er kam trotzdem nicht näher, auch wenn es nur wenige Ellen waren, die zwischen ihnen lagen. Sein Kopf glühte vor Zornesröte. Er drohte jeden Glockenschlag zu zerspringen. Albert verschluckte sich, die letzte Traube war ihm im Hals steckengeblieben. Das Mädchen an seiner Seite hatte es wirklich faustdick hinter den Ohren. Sie erschien ihm wie ein wahrer Teufelskerl.
»Das werde ich alles unserem ehrwürdigen Probstherrn berichten«, schimpfte der Kustos. Wild mit dem Knüppel in der Luft herumfuchtelnd, stieg er die Steintreppe hoch und verschwandt auf Nimmerwiedersehen.
»Ich muss jetzt gehen...« Albert drängte zum Aufbruch.
»Du hast dir doch nicht etwa in die Hosen gemacht vor lauter Angst?«, spottete Rosina scherzvoll.
»Nein, natürlich nicht!«, platzte es erbost aus Albert heraus, obwohl dazu wirklich nicht viel gefehlt hätte. Aber das brauchte Rosina nicht zu wissen. An seiner Ehre gepackt, stürzte er sich auf sie und riss sie zu Boden. Wolf wollte nach Albert schnappen, doch Rosina gab ihm schnell

einen Klaps auf die Nase. Knurrend zog sich Wolf zurück, gespannt abwartend, wie sich das Ganze noch entwickeln mochte. Das Zwicken, das ihr Albert verpasste, zahlte sie ihm mit einem Knuff zurück. Schnell ging Rosina in ein neckisches Lachen über, das schließlich auch Albert ansteckte. Überschwenglich rollten die beiden zwischen den Rebstöcken umher. Schwänzelnd sprang Wolf herbei und leckte ihnen über die Gesichter. Ein letztes, weit entfernt erschallendes Brüllen des Kustos ließ sie zur Ruhe kommen.

»Du, ich muss jetzt wirklich gehen, man macht sich bestimmt schon allerhand Sorgen um mich.« Albert sah zum Himmel. Die Sonne ging bald unter.

»Darf ich dich ein Stück begleiten?«

»Da brauchst du nicht zu fragen, komm!« Albert nahm Rosina bei der Hand. Bevor sie den Stiftsberg hinabstiegen, rupften sie sich noch ein paar pralle Traubenbündel ab.

*

Sie lenkten ihre Schritte zum Haus des Grafen, als im selben Augenblick Pierre und Antoine von ihrem Ausritt zum Johannesberg zurückkamen.

»Mon dieu, wie der Vater, so der Sohn«, schmunzelte Antoine, der die beiden Kinder Hand in Hand stehen sah.

»Lass Mutter mit dem Abendbrot nicht warten«, warf Pierre Albert zu und lenkte sein Pferd in den offenen Hof.

»Puh, es war ganz schön aufregend, der Tag mit dir.« Albert wandte sich Rosina zu, um sich von ihr zu verabschieden. »Aber ich finde es trotzdem allemal schöner, als mit den Gassenkindern durch die schmutzigen Straßen zu springen und einem Ball hinterherzujagen.«

Rosina strahlte über beide Wangen. Sie hatte sich schwer in Albert getäuscht. Gestern glaubte sie noch, dass dieser feine Pinkel sich niemals mit ihr abgeben würde, geschweige denn ihr Leben retten...

»Hier also wohnst du?« Rosina zeigte sich ein wenig erschüttert über den trostlosen Anblick des verfallenen Gemäuers.

»Ich weiß, es ist nicht gerade ein Schloss« Albert schämte sich. »Aber vergiss nicht, was ich dir heute erzählt habe.«

»Schon gut, du kannst ja schließlich nichts dafür«, tröstete ihn Rosina und gab ihm Hoffnung. »Vielleicht musst du ja nicht für immer hier wohnen bleiben.«

»Wir hoffen es alle.«

»Gute Nacht, mein Lebensretter!«
»Gute Nacht!«
Die Schelte, über die sich Albert den Kopf zerbrochen hatte, blieb aus. Es kam erst gar nicht dazu. Von überschwenglichen Gefühlen berauscht nach allem, was er heute zusammen mit seinem Diener erlebt hatte, bestürmte Pierre seine Frau. Kathérine ließ sich davon gefangennehmen.
»Nur eines, lieber Pierre«, sprach sie zum Schluss, »wenn du das nächste Mal ausreitest, vergiss bitte nicht, mir vorher Bescheid zu geben, wenn du Albert mitnimmst. Ich hatte mir schon große Sorgen gemacht.«
Verblüfft sah Pierre zu Albert hinüber, der über Eck mit ihm am Tisch saß. Der Junge zitterte innerlich. Jetzt gab es also doch noch die große Schelte... Heimlich zog er seinen Vater am Wams. Pierre verstand sofort. Rasch warf er Albert ein kurzes Zwinkern zu. Die Sache, die erst gar keine wurde, war vergessen.
»Pierre, auch ich habe dir etwas zu sagen, worüber du dich bestimmt sehr freuen wirst...«
»Chérie, spann mich bitte nicht so lange auf die Folter!«, stieß Pierre erwartungsfroh aus.
Kathérine nahm den hohen Kragen ihres Kleides zurück und gab den Blick frei hin zu ihrem Hals.
»Heiliger Strohsack!«

*

Noch immer tauchte der frühmorgendliche Nebel die Landschaft am Main in ein Reich voll verblassender Farben. Nur schemenhaft ragten die Turmbauten weltlicher und geistlicher Erbauer aus dem weißlichgrauen Nebelmeer. Lange würde es aber nicht mehr dauern und die neue, im ewigen Lauf der Zeit wiedergeborene Septembersonne würde ihr Licht zur Erde hinabwerfen, um mit ihren kraftvoll leuchtenden Strahlen die Welt mit einem herbstlich bunten Glanz zu verzaubern. Wie gewöhnlich hatte der Graf von Sembach wahrscheinlich erst kurz vor Morgengrauen, seine Bettstätte aufgesucht und war in den Schlaf gesunken. Während sich der Unglückliche, auch letzte Nacht vom Pech verfolgt, traumlos in seinen Kissen umherwälzte, verließ Pierre gemeinsam mit seiner Familie und Antoine das Haus. Das Geheimnis, das ihm Kathérine am Abend zuvor offenbart hatte, bewog ihn zu raschem Handeln. Sie würden aufbrechen – einer neuen Heimat entgegen.
Ein zufällig des Weges kommender Gassenwächter wies ihnen die Richtung zur mainzischen Oberkellerei, nach der ihn Pierre gefragt

hatte. Die Schmiedgasse entlang bis zum Scharfen Eck, von da aus ein Stück des Salzmarktes hoch und den langen Weg der Treibgasse weiter, so lautete die Wegbeschreibung des freundlichen Gassenwächters.
Die Treibgasse war gesäumt von vielen Scheunen, darunter auch die große Vizedomsamtsscheuern, Ställen, Gärten und Wiesen sowie zahlreichen brachliegenden Grundstücken. Auf dieser Gasse trieb man das Vieh zum Fressen in die nahen städtischen und stiftischen Wälder. Am Ende der Treibgasse, rechts vor dem Strickertorturm und der Stadtmauer, stand das Amtshaus des Vizedoms. Dahinter lagen, von einem Friedhof eingebettet, die St.Agatha-Kirche mit Pfarrhof und die St.Anna-Kapelle. Der schlichte Renaissancebau wandte sich mit zwei parallelen Langflügeln mit den Giebelseiten der Gasse zu. Dazwischen lag ein schmaler Hofstreifen, zu dem man sich durch ein steinumrahmtes Eingangsportal Zutritt verschaffte. Über dem runden Torbogen prangte, künstlerisch in den roten Sandstein gemeißelt, das Wappen des Kurfürsten Daniel von Homburg. Es zeigte neben zwei weißen Rädern auf rotem Grund zwei rote Zackenmuster auf gelbem Unterton. An den Seiten des mit Diamantquadern gefassten Torgewandes ließen sich auch die wesentlich kleineren Wappen des Vizedoms und des Zentgrafen erkennen.
Pierre hatte seine Familie zur richtigen Stelle geführt. Der Vizedom war der höchste Militär-, Justiz- und Verwaltungsbeamte und zugleich höchster Vertreter der kurmainzer Landesherrschaft. Ihm oblag es, die Befehle und Erlasse aus der Kanzlei des Kurfürsten zum Vollzug an den Schultheiß Leonhard Bertz und den Rat der Stadt zu übermitteln und für ihre Durchführung zu sorgen. Meist entstammte ein Vizedom den Reihen des hohen Adels der näheren oder weiteren Umgebung der Stadt. Dieses hohe Würdenamt bekleidete auch Melchior von Graenradt. Seit nunmehr zwanzig Jahren trug er die Verantwortung als oberster Vertreter seiner erzbischöflichen Majestät in dessen Funktion als weltlicher Landesherr.
Wie aus weiter Ferne drang das laute Pochen in die Stille des großen Saals hinein. Trotz der zahlreichen torbogenartigen Fenster strahlte der von wuchtigen Säulen getragene Raum eine eher düstere Atmosphäre aus, was keineswegs an der derzeitigen Witterung lag, denn die Sonne schälte sich zusehends aus den tiefliegenden Dunst- und Nebelschwaden. Die Galerie von Porträts der von hervorragenden Meistern in Öl auf Leinwand für die Ewigkeit festgehaltenen Fürsten und sonstigen hohen Würdenträgern aus Stadt und Land verschmolz mit dem scheinbar endlosen Heer der Jagdtrophäen und dem furchteinflößenden

Arsenal der Waffen an den Wänden ringsum zu einem dunklen Schleier. Auch der lange aus der Mitte des Saales emporsteigende Tisch, der den Raum fast ganz alleine ausfüllte und an dem sich viele Stühle nahtlos aneinanderreihten, lag schemenhaft darin verborgen.
Melchior von Graenradt sah sich plötzlich aus dem Schlaf gerissen. Nur langsam glitt sein dämmriges Bewusstsein vom Traum in die Wirklichkeit hinüber. Was konnte es denn gar so Wichtiges geben, dass man es wagte, den wichtigsten Mann weit und breit derart früh am Morgen zu stören? Noch bevor er sich in die wichtigen Staatsgeschäfte des neuen Tages stürzen wollte, hatte sich der Wohlbeleibte ein opulentes Mahl gegönnt und gleich ein kleines Nickerchen hinterhergeschoben. Gähnend wie ein Löwe hob der Sechzigjährige sein ergrautes Haupt, das von einem diamantverzierten Samthut bedeckt wurde.
»Herein!« Auf sein unwirsches Rufen hin öffnete sich die große, reichlich mit Intarsien geschmückte Türe.
Die fett aufgepolsterten Gesichtszüge des Vizedoms konnten seine Überraschung über das Erscheinen der kleinen Personenschar nicht verbergen.
»Tretet zu mir vor!«
Nur zögernd schritt der kleine Trupp von fünf Personen über den schachbrettartig ausgelegten Steinfußboden.
»Kommt schon endlich näher, ich habe nicht den lieben langen Tag Zeit, um mich mit eurem Bittgesuch zu beschäftigen.« Griesgrämig drang von Graenradts Stimme durch den Saal. »Was ist eigentlich der Grund eures Besuches? Ist er denn gar so wichtig, dass ihr mich zu solch früher Stunde stören müsst?«
Mit kritisch musterndem Blick schweifte sein Augenpaar über die Ankömmlinge. Allesamt standen sie der Reihe nach zu Füßen seines auf einem Podest hoch aufragenden Stuhles. Melchior von Graenradt machte keinerlei Anstalten, die Bittsteller mit einem Handdruck zu begrüßen oder auch nur seinen schweren Leib aus dem thronähnlichen Stuhl zu erheben. Hinter ihm, an der rückwärtigen Wand, erstrahlte das kurfürstliche Wappen mit dem Mainzer Rad in vollem Stolz. Es hatte ganz den Anschein, als würde dieser Mann allein schon von der Schwere seines blankpolierten Brustharnischs niedergedrückt. Ein großes Kreuz füllte zierend das Panzerkleid fast vollständig aus.
Pierre tat behutsam einen Schritt nach vorne und hob dem hohen Würdenträger seine Rechte zum Gruß dar. Dabei senkte er zum Zeichen seiner untertänigsten Ergebenheit den Kopf. Weil es ihm seine Stellung verbot, oder vielleicht aus purer Arroganz heraus, übersah der Vizedom die

grüßende Geste. Wortlos zog Pierre seine Hand zurück. Damit hatte er insgeheim gerechnet. Solch launenhafte Halbgötter waren stets mit Vorsicht zu genießen. Ein gewöhnlicher Sterblicher war ihnen auf Gedeih und Verderb hilflos ausgeliefert. Pierre spürte den strengen Blick seines Gegenübers, der wie ein eitler Pfau auf seinem ausgelegten Thron hockte.
»Ich hoffe, ihr habt für euer Erscheinen einen triftigen Grund!«
»Erlaubt, euer Ehren, ja, das haben wir.«
»Nun denn, so tragt mir euer Anliegen vor!« Melchior von Graenradt ließ seine durchdringenden Augen zwischen den dicken Backen hervorblitzen. Pierre begann zu sprechen und erzählte ihm die traurige Geschichte seiner Familie. Kathérine spürte, wie die anfänglich üble Laune des fettleibigen Mannes zusehends in eine gewisse Anteilnahme umschlug In seiner Miene begann sich ein Hauch von Regung zu zeigen. Gespannt wartete der Vizedom ab, bis Pierre mit seinem Vortrag zu Ende war. Er schien vom tragischen Los der Franzosen beindruckt zu sein.
»Ihr habt wahrhaft einiges durchgemacht«, ergriff von Graenradt das Wort, wobei er mit einem tief versunkenen Blick das übergroße Kruzifix an der Wand streifte. »Aber ihr seid Hugenotten, was die Sache nicht gerade leicht macht. Im Gegenteil, auch diesseits des Rheins kennt unser ehrwürdiger Erzbischof und Kurfürst, seine Majestät Daniel von Homburg, kein Pardon, was Glaubensfragen betrifft.«
Pierre gefror das Blut in den Adern. Kathérine suchte seine Hand. Er drückte sie. Sie fühlte sich auf einmal so kalt an. Die unheilvollen Schatten jener Bartholomäusnacht hatten sie eingeholt.
»Doch solange ihr hier bei uns keine lutherische oder calvinistische Diaspora schaffen wollt, habt ihr nichts zu befürchten«, sprach der Vizedom besänftigend, als er die blassen Gesichter der Franzosen bemerkte. »Dennoch müsst ihr eurem ketzerischen Glauben abschwören. Nur wenn ihr mir hier an dieser Stelle und zu dieser Stunde hoch und heilig versprecht, zur katholischen Religion überzutreten und die heilige Kommunion empfangen wollt, kann ich euch als Neubürger im Kurstaat Mainz aufnehmen.«
Pierre wurde speiübel zumute. Waren denn das schwere Leid und der Tod seiner Eltern und der seiner Glaubensbrüder völlig umsonst gewesen? Nein, niemals! Er durfte die Idee der Reformation nicht verleugnen. Lieber wollte er ...
»Na was ist? Ich warte auf eure Antwort!« Die Stimme des Vizedoms schien plötzlich an Freundlichkeit zu verlieren. Pierre empfand sie fast schon wie eine Bedrohung. Er wandt sich zum Gehen.

»Wohin willst du?« Kathérine hielt ihn zurück.
»Irgendwohin, wo man uns endlich nach unserem Glauben und Gewissen in Frieden leben lässt.« Pierre focht in seinem Inneren einen schweren Kampf aus.
»Dieses Irgendwo, das du suchst, wirst du so schnell nicht finden, wenn überhaupt. Denk an unsere Kinder, auch sie müssen einmal zur Ruhe kommen.« Kathérine bewog ihn zu bleiben. »Vergiss nicht, es gibt nur einen Gott, zu dem man beten kann. Und wie wir wirklich tief in unseren Herzen glauben und fühlen weiß schließlich niemand.«
Pierre brauchte eine Weile, ehe er sich entschied. Es fiel ihm nicht leicht, sich zu einem endgültigen Entschluss durchzuringen.
»Was ist, warum zögert ihr?«, drängte der Vizedom ungeduldig.
»Wir wollen euch das Versprechen geben, so wie ihr es von uns verlangt, Herr.« Nie zuvor kamen Pierre Worte so schwer über die Lippen wie in jenem Moment.
»Dann freut mich eure Entscheidung.« Die Tonlage des Vizedoms nahm wieder einen freundlichen Klang an. »Habt ihr Geburtsbriefe oder sonstige Dokumente bei euch?«
»Nein, wir haben bei unserer Flucht nicht daran gedacht, wie sollten wir auch...«
»Das ist nicht weiter schlimm, eure Aufnahme wird dennoch vonstatten gehen. Ihr müsst nun den Bürgereid leisten, dass ihr alle landesherrlichen Gebote und Verbote beachten wollt, dass ihr keinerlei heimliche Versammlungen unterstützt und euch von Aufständen gegen den Landesfürsten fernhaltet.«
»Ja, das wollen wir«, kam es einvernehmlich über Kathérines und Pierres Lippen. Auch wenn es ihm mehr als schwer fiel, riss Pierre sich dabei doch zusammen.
»Wenn ihr erlaubt, Herr, wir möchten vor den Toren eurer Stadt Grund und Boden erwerben«
»Verfügt ihr denn auch über die nötigen Mittel, um von unserem kurfürstlichen Besitz ein Stück Land zu kaufen?«, entgegnete der Vizedom.
»Ehrwürdiger Herr, das ist augenblicklich alles, war wir noch unser Eigen nennen können!« Kathérine kam der Antwort ihres Mannes zuvor. Mit einem Anflug von Trotz und Resignation, trat sie ein Stück nach vorne und schlug ihren Mantelkragen zurück.
»Beim heiligen Sankt Martin, dem Schutzpatron unserer Stadt, welch ein Prachtstück!« Urplötzlich fuhr es wie ein lebensspendender Blitz in den Körper des dickleibigen Mannes. Mit unerwarteter Behendigkeit fuhr der Vertreter des Kurfürsten von seinem Thron. Er fasste Kathé-

rine bei der Hand und zog sie zu einem der buntglasigen, butzenscheibigen Fenster. Kathérine nahm ihr Halsband ab und gab es ihm. Voller Bewunderung betrachtete er das funkelnde mit Edelsteinen besetzte kleine Schmuckstück, da stachen die ersten Sonnenstrahlen des Tages durch das neblige Himmelsgewölk. So als würde der Vizedom vom Anblick des im Sonnenlicht glitzernden Kleinodes verzaubert, verschlug es ihm darüber fast die Sprache.

»Diese edle Kostbarkeit wollt ihr aus euren Händen geben?« Erst nach einer Weile fand der faszinierte Betrachter in die Wirklichkeit zurück. Bewunderung einerseits und Erstaunen andererseits, verschmolzen in seiner Frage.

»Ja, Herr, bevor auch dieses letzte uns noch verbliebene Schmuckstück, wie so manches andere zuvor, in die Hände meines spielsüchtigen Oheims fällt«, erwiderte Pierre.

So als prallten seine Worte ungehört vom Ohr des Vizedoms ab, hielt dieser, wie unter einem unheimlichen Bann stehend, seine Augen auf das Collier gerichtet.

»Dafür bekommt eure Familie aber einen schönen Flecken Erde!« Von Graenradt begegnete den gespannten Blicken der Franzosen. »Habt ihr euch schon einmal überlegt, wo ihr euch niederlassen wollt?«

»Jawohl, in Ober Affolderbach!« Pierre brauchte nicht lange zu überlegen. »So benannte man mir das Dorf, das jenseits von hier hoch oben auf dem Johannesberg liegt.«

»Sieh an, sieh an, meine braven Leute. Ich sehe, ihr habt euch also bereits in unserem schönen Land umgeschaut«, gab von Graenradt staunend von sich. Er wurde zusehends leutselig. »Aber bitte, sprecht nur weiter.« Vorsichtig, als könne das Halsband unter seinen wulstigen Fingern Schaden nehmen, trug er es zu seinem Thron hin und setzte sich.

»Ich denke da an einen ganz besonderen Platz, der unsere neue Heimstätte werden soll.« Pierre begann zu erzählen, er schilderte die Vorkommnisse mit dem jungen Bullen. Schmunzelnd verzog von Graenradt seine Mundwinkel zu einem breiten Grinsen. Er schien sich sehr über dieses Ereignis zu amüsieren.

»Ja, der dumme Aberglaube dieser einfältigen Leute. Übt Nachsicht, es ist diesen Menschen nun einmal nicht zu verdenken, sie schuften tagein tagaus, von früh bis spät, bis an ihr seliges Ende«, erklärte von Graenradt. »Wo soll da auch die nötige Zeit für eine ausreichende Bildung hergenommen werden. Lesen und Schreiben können nur die Allerwenigsten unter ihnen. Unser allseits mildtätiger Erzbischof schickte einen Priester auf den Johannesberg, damit dieser in der romanischen

Kirche St.Johannes Baptista dem Bauernvolk das Wort Gottes verkündet. Trotzdem kommt es immer wieder zu solch albernen Auswüchsen, wie ihr selbst miterlebt habt. Das alles mag ja noch angehen, solange sie nicht dem Teufel verfallen und Schadenszauber unter Mensch und Vieh bringen. Der Allmächtige bewahre uns vor den Hexensekten!« Schnell schlug von Graenradt ein Kreuzzeichen. Er hatte nun endlich seine anfängliche kalte Herablassung den Franzosen gegenüber abgelegt.

Albert, der seine kleine Schwester Simone an der Hand hielt, schenkte dem Ganzen kaum Beachtung. Seine Gedanken waren einzig und allein von einer Person beseelt: Rosina! Wo mochte das Mädchen mit der roten Mütze wohl stecken? Ob sie noch an ihn dachte? Am liebsten wäre Albert auf und davon, um nach ihr zu suchen.

»Aber habt ihr euch euren Entschluss, künftig das entbehrungsreiche Leben als Bauern zu führen, auch reiflich überlegt?« Der Vizedom hob mahnend den Zeigefinger.

»Noch hast du die Gelegenheit, es dir zu überlegen«, warf Pierre seinem Diener zu.

»Nein, Monsieur, ich gehöre zu euch«, antwortete der kleine pausbäckige Mann mit entschlossener Miene. »Wer soll sich denn um Madame und die Kinder kümmern, wenn ihr einmal krank darniederliegt? Wer steht euch mit Rat und Tat hilfreich zur Seite? Niemand kennt sich besser mit Tieren in Haus und Hof aus als ich. Vor einer solchen Aufgabe, und sei sie auch noch so schwer, ist mir nicht bange. Denn ihr seid meine Familie und nur bei euch ist mein Platz!«

»Antoine, du bist ein wahrer Schatz!« Kathérine ließ es sich nicht nehmen, dem Getreuen einen Kuss auf die Wange zu geben.

»Oh mon dieu!«, kam es dem sonst unerschrockenen Weggefährten der Hugenottenfamilie erstaunt über die Lippen. Nicht ohne dass er dabei vor lauter Scham errötete.

»Unser Vorhaben mag sehr gewagt erscheinen und die harte Arbeit auf den Feldern wird uns bestimmt alles abverlangen. Dennoch sind wir alle der besten Zuversicht, dass wir die gewaltige Aufgabe, die vor uns liegt, meistern werden«, sprach Pierre. »Wir haben unser altes Zuhause für immer verloren, dafür soll uns fortan der Johannesberg zur neuen Heimat werden.«

Plötzlich setzte von Graenradt eine ernste Miene auf. Grübelnd fuhr er sich mit seiner Hand durch den dichtgewachsenen Kinnbart.

»Es freut mich für euren Mut, aber ich möchte noch einmal auf den verlassenen Hof zu sprechen kommen, auf dem ihr die armen Kleingeister vom Spuk befreit habt.« Nun begann der Vizedom seinerseits eine Ge-

schichte zu erzählen.
»Es war ein gut bewirtschafteter Hof, den die beiden braven Eheleute Chrysostomus und Johanna Sauer durch ihrer Hände harter Arbeit unterhielten. Sie führten ein recht zufriedenes Leben, auch wenn ihnen der Schöpfer trotz größter Bemühungen kein Kind schenkte. Obwohl sogar ein berühmter Medicus vom erlauchten Hofstaat zu Mainz zu Rate gezogen wurde und gar der Priester seinen Segen spendete, fiel auch das zweite Kind dieser wahrlich tapferen Bäuerin einer Totgeburt zum Opfer.« Nach kurzem Räuspern fuhr von Graenradt fort.
»Aber der gnädigen Allmacht unseres Herrn Jesus Christus sei Dank, kam schließlich doch noch der Tag, an dem die nie verzagende Frau endlich ein gesundes Kind zur Welt brachte. Die beiden glücklichen Eltern nannten das Mädchen Walburga. Doch nur zwei Jahre später holte unser Herr und Heiland das Kind zu sich in sein himmlisches Reich. Damit nahm die eigentliche Tragödie ihren Lauf. Die bedauernswerte Frau verfiel daraufhin zunehmend dem Wahnsinn, was ihren Mann zusehends vom Pfad der Tugend abkommen ließ. Mit der Zeit verkam der einstige Musterhof der unglücklichen Bauersleute. Neben dem fälligen Zins blieben sie auch sämtliche Steuern schuldig.
Eines Tages schaute Chrysostomus Sauer gar zu tief in den Bierkrug. In einem Gasthaus, wo meist nur Reisende und Pilger Einkehr hielten, geriet die gequälte Seele mit einem dreisten Trunkenbold in einen schlimmen Streit, wobei der letztere bedauerlicherweise durch unglückliche Umstände ums Leben kam. Infolge seiner Trunkenheit und der besonderen Umstände, die zu dieser verwerflichen Tat geführt hatten, ließ die Blutgerichtsbarkeit unseres barmherzigen Kurfürsten Daniel von Homburg Gnade walten. Anstatt den Unglücklichen mit seinen blutbefleckten Händen dem Schwert des Scharfrichters auszuliefern, begnadigte man Chrysostomus Sauer zu einer langjährigen Strafe auf den Galeeren. Ob der Mann heute noch lebt, entzieht sich meiner Kenntnis.
Es wäre aber wohl besser für ihn gewesen, wenn er gleich durch das Schwert gestorben wäre als fortan ein solch menschenunwürdiges Dasein fristen zu müssen. Nachdem die vom Schicksal gar so arg gebeutelte Frau sich nun auch noch ihres geliebten Gatten beraubt sah, verlor sie endgültig den Verstand. In einem Anflug geistiger Umnachtung zündete sie das Wohnhaus und die Stallungen an. Bei diesem verheerenden Brand kamen nicht nur die Tiere um, auch die geistig verwirrte Johanna Sauer fiel der furchtbaren Feuersbrunst zum Opfer. Seitdem betrat keine einzige menschliche Seele mehr den Hof.« Für einen Augenblick machte sich im großen Saal betretene Stille breit.

»Da ihr mir als rechtschaffene und ehrliche Leute erscheint und in einer ehrlichen Absicht zu uns kamt, willige ich Kraft meines vom ehrwürdigen Kurfürsten verliehenen Amtes in euren Erwerb des ehemaligen Sauerhofes ein.« Beinahe feierlich klang die Stimme des Vizedoms laut durch den großen, mittlerweile lichtdurchfluteten Saal.
»Ihr seid keine gewöhnlichen Leibeigenen, sondern Freileute«, sprach von Graenradt weiter, während er mit einem gutmütigen Lächeln an der Freude dieser von den Stürmen das Schicksals hierher verschlagenen Franzosen teilnahm, die nun endlich eine neue Heimat gefunden hatten. Ihm schien, als ob er mehrere schwere Steine von ihren Herzen fallen hörte.
»Ihr könnt den Besitz jederzeit ohne Genehmigung des Landesherrn verlassen oder auch wieder veräußern, wie es euch beliebt. Zudem seid ihr von jeglichen Frondiensten befreit. Dennoch seid ihr, wie bei jedem Hausgeschoss verlangt, der Bede pflichtig. Ihr habt jährlich zwölf Pfennige sowie ein Sommerhuhn, ein Fastnachtshuhn und ein Besthaupt zu entrichten. Alles weitere werde ich später von meinem Schreiber aus der kurfürstlichen Kanzlei urkundlich festhalten lassen und es mit dem Siegel des Kurfürsten beeiden.« Melchior von Graenradt unterbrach sich und ließ seinen Blick aus dem Fenster schweifen. Auf den Dächern des Südflügels der Oberkellerei lag das weiße Kleid des Rauhreifs. »Ihr müsst euch ranhalten, wenn ihr bis zum Winter halbwegs mit dem Hausbau fertig sein wollt«, mahnte er. »Mein Gefühl hat mich bisher noch nicht getäuscht. Immer, wenn ich dieses merkwürdige, schmerzhafte Reißen in meinen Gliedern verspüre, ändert sich auch bald das Wetter.«
Plötzlich erklang von der Gasse her lautes Hufgeklapper. Antoine, ein Pferdeliebhaber und -kenner, wie es weit und breit keinen zweiten mehr gab, kam nicht umhin, nachzusehen.
»Merde! Monsieur, Monsieur!«, rief er aufgeregt, als ginge es um Leben und Tod. »Unsere Pferde!«
Pierre stürzte ans Fenster. Tatsächlich, Antoine hatte recht! Direkt vor ihren erstaunten Augen fuhr seine Kutsche mitsamt den beiden Pferden über die noch menschenleere Treibgasse zur Strickerpforte hinaus. »Als hätte ich es geahnt!« Pierre ballte wutergriffen seine Fäuste. Deutlich konnte er das frech grinsende Gesicht das knebelbärtigen Hauptmanns der Stadtwache erkennen. Dieser hatte also sein Versprechen in die Tat umgesetzt und die Spielschulden seines Oheims eingetrieben.
»So etwas sieht man wirklich nicht alle Tage.« Verwundert sah nun auch von Graenradt zur Gasse hinab. »Unglaublich, der kleine Hauptmann lässt sich am hellichten Tag wie ein Pascha in der Stadt spazieren-

fahren. Ist auch er ein Gläubiger des Grafen?«
Ein Blick in Pierres leichenbittere Miene genügte dem Vizedom und ersparte ihm jede weitere Frage.
»Soll der Hauptmann mit dem Gespann ruhig glücklich werden.« Tröstend hob Kathérine das auf die Brust gesenkte Kinn ihres Mannes und fuhr ihm zärtlich streichelnd durch den langen schwarzen Haarschopf. »Als Zugtiere vor einen Pflug gespannt sind uns diese Rösser ohnehin nicht von Nutzen.«
Pierre fasste neuen Mut. Doch zeigte sich auf seiner Stirn eine neuerliche Sorgenfalte.
»Was soll aus meinem Oheim und dem alten Diener werden?«
»Auch wenn es euch noch so unchristlich erscheinen mag, das darf jetzt auch nicht mehr kümmern«, meinte der Vizedom todernst. »Nach alldem, was euch in der kurzen Zeit bei ihm widerfahren ist, dürft ihr fortan nur noch an euer eigenes Leben denken. Graf von Sembach landet früher oder später im Schuldenturm. Es wirft sich nur die Frage auf, ob ihr ihn ins kalte, dunkle Verlies begleiten wollt. Ich glaube aber kaum, dass ihr bereit seid, auf verfaulendem Stroh, in schweren Ketten liegend, bei nur spärlicher Kost der Fressgier hungriger, flohverseuchter Ratten ausgeliefert zu sein.«
Diese mehr als eindringliche Warnung genügte, damit Pierre jeglichen Gedanken an seinen Oheim aufgab.
»Ich gebe euch deshalb den von Herzen kommenden väterlichen Rat, noch heute Nacht die Stadt zu verlassen. Bei Einbruch der Dunkelheit werden die Wachen die Tore für die Nacht verschließen.« Der Vizedom überlegte. »Am besten, ihr findet euch droben am Herstalltor ein. Ihr wartet ab, bis der Nachtwächter die achte Abendstunde verkündet. Ich werde veranlassen, dass euch die Wache die Tore öffnet und euch ungehindert passieren lässt. Seid bitte pünktlich, denn es wird jemand warten, der euch des Weges begleitet. Vertraut mir, ich will sogleich einen reitenden Boten auf den Johannesberg senden, damit der Landschöffe rechtzeitig Kunde von eurem Kommen erhält. Versteckt Euch, bis es soweit ist!«

*

Abwartend ging Heinrich vor dem Hause seines Herrn auf und ab. Es schien, als ob dieses alte, finstere Gemäuer auf einmal zusehends rascher dem Verfall zum Opfer fiele, so wie die stets ruhelose Seele seines Besitzers immer fester vom Spielteufel gepackt in dessen brodelnde

Suchthölle hinabgezogen wurde. Mit vielerlei wohlgemeinten Ratschlägen und Hinweisen, vom Vizedom auf den Weg geschickt, kehrten die Franzosen als Neubürger des Kurstaates zurück.
»Sag, Heinrich, was ziehst du denn für ein verdrießliches Gesicht?«, fragte Kathérine den beschämt und zugleich traurig dreinschauenden Diener.
»Teuerste, die Pferde... sie sind... weg!«
»Lass gut sein, Heinrich«, wehrte sie matt lächelnd ab. »Wir wissen darüber Bescheid. Mach dir deswegen keine Sorgen.«
Plötzlich drang eine laute, verzweifelte Stimme durchs Haus.
»Heinrich! Heinrich!«
Erschrocken sahen sie zum oberen Stockwerk hoch.
»Üblicherweise schläft mein Oheim doch noch zu dieser Stunde?«, stellte Pierre verblüfft fest.
»Heute will er keine rechte Ruhe finden. Andauernd verlangt er nach euch, gnädige Frau.«
»Was will der Graf von mir?«
»Euer Halsband! Damit möchte er seiner entsetzlichen Pechsträhne ein für allemal ein Ende bereiten. Er versprach außerdem, ihr bekämt hinterher zehnmal soviele Schmuckstücke von ihm als Dankeschön zurück, eines größer und schöner als das andere.«
»Wieso weiß er, dass ich ein Collier besitze?«
»Verzeiht, Gnädigste, aber der Herr Graf muss es irgendwie bemerkt haben. Einem Menschen in seiner Lage bleibt kein Geheimnis verborgen.«
»Wir besitzen das Halsband nicht mehr.«
Betrübt schlug Heinrich die Augenlider nieder. In der Kürze eines bloßen Wimpernschlages zerstob nun auch die allerletzte Hoffnung für seinen spielbesessenen Gebieter. Langsam hob Heinrich sein eisgraues Haupt. »Vielleicht ist es auch besser so.«
»Wenn du möchtest, kannst du gerne mit uns kommen.« Kathérine sah ihm aufmunternd ins Gesicht.
»Wohin führt euch euer Weg?«
Kathérine und Pierre warfen sich einen vielsagenden Blick zu. Nach anfänglichem Zögern rückte Pierre mit der Wahrheit heraus.
»Nicht weit von eurer Stadt entfernt liegt auf einem Berg ein kleines Dorf. Man nennt es Ober Affolderbach. Dort soll unser neues Zuhause sein.«
»Fürwahr, es ist ein herrliches Fleckchen Erde, das der Herrgott dort für die Menschen geschaffen hat. Eines, wie man es selten findet«, kam es

Heinrich schwärmerisch von der Zunge. »Einst vor langer, langer Zeit trugen mich als kleinen Jungen meine damals noch flinken Beine auf den Johannesberg.« Der alte Heinrich wandelte im Wachtraum auf den windumtosten Bergeshöhen. In seinen wassertrüben Augen schien sich das Massiv das Bergrückens widerzuspiegeln. »Seid gewiss, mein Herr erfährt nichts von eurem Vorhaben. Ich werde schweigen wie ein Grab.«
»Heinrich!«, lärmte es plötzlich von Neuem aus dem Inneren des Hauses. »Wo zum Teufel steckt die Gattin meines Neffen? Ich muss dringend mit Kathérine reden!«
»Rasch, geht! Bevor euch euer Oheim hier findet!«, raunte ihnen Heinrich hastig zu.
»Um Himmels Willen, wohin sollen wir uns auf die Schnelle nur wenden?«
»Sucht Unterschlupf hinter diesen Mauern!« Zitternd wies Heinrich in Richtung der großen Unsere-liebe-Frau-Kapelle. »Dort ist.ein Friedhof. Keine Menschenseele wird je daran denken, dass ihr euch da versteckt haltet. Sucht Schutz in dem hinteren Teil des Gottesackers, da wo alles wild verwuchert ist. Da werden die Grabstätten nicht mehr genutzt.«
»Nein, Pierre, nichts kann mich und die Kinder jemals abends an solch einen unheimlichen Ort führen«, begehrte Kathérine erschüttert auf.
»Auch nicht das finstere Verlies des Schuldenturms?«, warf Pierre ihr warnend entgegen. Diese Mahnung ließ in Kathérine jeglichen Widerstand zerbrechen.
»Heinrich, verdammt und zugenäht, mit wem sprichst du denn da unten?« Graf von Sembach rief mit schriller Stimme nach seinem Diener.
»Es sind nur ein paar arme Bettler, die nach dem Kanten eines alten Brotes verlangen«, antwortete Heinrich geistesgegenwärtig.
»Schick das verfluchte Lumpengesindel zur Hölle. Ist denn das Hugenottenpack immer noch nicht zurück?«
»Dieser Barbar!« Entsetzt über die üble Beschimpfung seines Oheims nahm Pierre Simone in die Arme.
»Schnell, flieht, ehe es zu spät ist!«, flehte Heinrich. »Ich versuche derweil, meinen Herrn aufzuhalten.«
»Hab Dank, Heinrich!« Ein letztes Mal wandte sich Kathérine dem Alten zu und drückte ihm die zittrige Hand. Zu einem längeren Abschied reichte die übereilte Flucht nicht mehr. Nicht nur Kathérine schossen beim Auseinandergehen Tränen in die Augen. Ein Schaudern überkam sie, als sie nach der eiskalten Hand des Greises fasste. Kathérine meinte, einem lebenden Toten die Rechte zu drücken.
»Ich brauche das Halsband!«, brüllte es schallend durch das Haus. Die

mittlerweile vollends dem Wahnsinn verfallene Stimme wurde vom Herbstwind an die Ohren der Flüchtenden getragen, was sie zu noch größerer Eile antrieb.

Zwischen den von Sturmwind und Wetter gekrümmten Grabsteinen streckten sich neben wildwucherndem Gestrüpp und Gräsern blühende Herbstblumen nach dem Sonnenlicht. Spätestens beim nächsten Frost würden auch diese den letzten Weg allen irdischen Daseins gehen. Ein kleiner Vogel stieß vom Himmel herab und ließ sich auf einem hölzernen Grabkreuz nieder. Fröhlich vor sich hinträllernd unterhielt er die Schar von Menschen, die sich eng an die graue efeuumrankte Friedhofsmauer kauerte. Plötzlich fuhr der stärker werdende Herbstwind durch ein klaffendes Loch im hinteren Mauerwerk. Ein seltsam schauriger Laut ertönte. Ängstlich schmiegte sich Simone an die Rockschürze ihrer Mutter. Vom munteren Spiel des kühlen Windhauchs erfasst regneten bunte Blätter von den Bäumen, ein letzter Schmuck für die Gräber der Toten. Nur langsam verrannen die Stunden des Tages, die sich für die zermürbten Menschen beinahe zu einer Ewigkeit ausnahmen. Quälendem Durst und nagendem Hunger ausgesetzt hatten sich die fünf Franzosen in ihr Schicksal ergeben. Es blieb immer noch ein verdammt langer Zeitraum, den die Sonne auf ihrer ewig alten Bahn, hin zum westlichen Horizont zurücklegen musste.

Kathérines Kehle war vom peinigenden Durst völlig ausgedörrt. Aber ihrem bitteren Los zum Trotz hielt sie weiterhin tapfer durch. Tröstend ließ sie ihre Hände über die Köpfe ihrer Kinder fahren. Simone hatte inzwischen ihr müdes Haupt in den Schoß ihrer Mutter sinken lassen und schlief, während Albert noch immer an Rosina und die Trauben dachte, die sie beide gleich bündelweise verzehrt hatten. Doch es war weniger der Hunger, weswegen seine Gedanken ständig um das rothaarige Mädchen kreisten. Das eigenartige Gefühl, das ihn seit der Begegnung mit ihr durchströmte, wollte nicht mehr weichen. Einerseits erfreute es ihn ungemein, andererseits bereitete es ihm wahre Höllenqualen. Er wollte, sie wäre jetzt hier bei ihm.

Hin und wieder riskierte Pierre einen vorsichtigen Blick über die Friedhofsmauer hinweg zum Haus seines Oheims. Zum Glück regte sich dort nichts Verdächtiges. Erst aus der Entfernung heraus empfand Pierre die kaum zu beschreibende Kälte, die von diesem alten baufälligen Gemäuer ausging, in seinem Mittelpunkt das feindselige und spielsüchtige Wesen des Grafen.

Nur einen Menschen schienen die lange Warterei und der Hunger nicht zu stören: Antoine. Dieser lag, ein monotones Schnarchen von sich

gebend, mit weit ausgebreiteten Armen im Gras und schlief. Der kleine Kerl träumte, er säße weit weg von hier an einem großen, festlich gedeckten Tisch mit brennenden Kerzen, so wie es im erlauchten Kreis der besseren Herrschaften üblich war. Auf silbernen Tellern und Schüsseln reichten ihm die Diener und Köche die leckersten Speisen. Er musste nur noch zugreifen. Aber je mehr ihm nach dem köstlich duftenden Essen gierte, desto weiter entrückten ihm die knusprigen Hasenkeulen und dicken Bratenscheiben geschlachteter Ochsen.
Plötzlich fuhr ein starker Windstoß raschelnd ins Geäst der Bäume und blies dem von dem schrecklichen Traum heimgesuchten Antoine einen Schwall herabfallender Blätter ins Gesicht. Erschrocken fuhr er auf, die Kerzenlichter des Traummahls waren mit einem Schlag erloschen. Mit einem seltsamen, beinahe erstaunten Ausdruck in den Augen kehrte Antoine in die Wirklichkeit zurück. Trotz der Ernsthaftigkeit ihrer Lage wäre Pierre beinahe ein laut schallendes Gelächter über die ausgetrockneten Lippen gekommen.
»Na, mein treuer Antoine, mir scheint, die gebratenen Tauben, von denen du soeben wahrscheinlich träumtest, haben wohl Flügel bekommen und sind auf und davon geflogen.«
»Mon dieu, Monsieur, ihr macht euch einen Spaß mit mir. Dieser verdammte Hunger bringt mich noch um. Dann könnt ihr mich gleich hier an Ort und Stelle beerdigen«, schimpfte er.
»Hab noch etwas Geduld, mein Freund«, entgegnete Pierre. Wir müssen bis Einbruch der Dämmerung aushalten, bis wir endlich gehen können.«
»Merde, so lange noch!«
»Willst du denn in deiner Livree in die Stadt gehen und an einer Ecke um Almosen betteln, auf dass dich der Bettelvogt aufgreift und einsperrt? Du würdest es bitter bereuen und an einem viel größeren Hungertuch nagen!« Dieses grauenvolle Szenario, das ihm Pierre da in Aussicht stellte, brachte Antoine rasch zur Vernunft.
»Da vorne ist wer, ein kleines Mädchen, sie geht auf das Haus zu. Sie hat einen Wolf bei sich.« Pierre sah zum wiederholten Mal aus seinem Versteck hervor. »Ich glaube, sie schon einmal gesehen zu haben.«
»Rosina! Ja, sie ist es!« Alberts Augen leuchteten.
»Woher kennst du das Mädchen?«, fragte Kathérine verblüfft.
»Mama, jetzt ist nicht die richtige Zeit, dir das zu erklären.« Wie von einer wilden Hornisse gestochen, fuhr Albert auf. Es gab für ihn kein Halten mehr. Bevor sein Vater nach ihm greifen konnte, war er schon durch das verrostete Eisentor des Friedhofes entschlüpft. Doch Albert rannte nicht blindlings los. Tief in die Hocke gehend, hielt er sich an der

Schattenseite der Sandgasse. Rosina war soeben im Begriff an die Türpforte zu klopfen, als nur einen Schritt von ihr entfernt ein kleiner Stein auf dem Boden aufschlug. Albert hatte ihn geworfen, um sie auf sich aufmerksam zu machen. Wolf merkte es als erster. Knurrend sah er in Alberts Richtung.

»Was hast du?«, fragte Rosina verwirrt. Wolf schwänzelte, inzwischen hatte er Albert wiedererkannt. Nun erblickte sie ihn ebenfalls. Seltsam, warum kauerte der Junge in geduckter Haltung im Schatten der ummauerten Hofseite des angrenzenden Anwesens? Albert legte seinen Zeigefinger mahnend an die Lippen und winkte sie wortlos zu sich her. Wolf begrüßte Albert und stieß ihn leicht mit seiner Schnauze. Er leckte ihm über die Hand.

»Ist dir etwa ein neues Spiel eingefallen, oder warum benimmst du dich so seltsam?«

Albert zog Rosina zu sich in den schützenden Winkel.

»Meine Familie und ich befinden uns in großer Gefahr«, flüsterte er ihr leise ins Ohr, »wir halten uns versteckt.«

»Wo?«

»Dort drüben!«

»Was? Im Friedhof?«

»Ja. Kannst du uns helfen?«

»Sag wie, ich stehe in deiner Schuld.«

»Bring uns was zum Essen, wir leiden großen Hunger!«

»Mal sehen, was ich für euch tun kann. Geh zurück, bis gleich.«

Einige Zeit später riss das reibende Ächzen der Friedhofstür die Franzosen aus ihren trüben Gedanken. Doch Rosinas vertrauter Anblick gab keinen Anlass zum Erschaudern. Erneut in Begleitung ihres Wolfes trug sie den großen Reisigkorb mit sich, mit dem sie ansonsten das Nierenfett zur Löwen-Apotheke brachte.

»Hier, ich habe euch etwas zum Essen und Trinken mitgebracht. Ich hoffe, es wird für alle reichen«, sagte sie und sah zu den dicht an der Friedhofsmauer am Boden kauernden Leuten. Sie stellte den schweren Korb auf einem umgefallenen Grabstein ab.

»Merci, kleine Samariterin!« Pierre erhob sich und ging auf sie zu. »Weshalb tust du das für uns?«

Rosina wich seiner Frage aus und sah zu Albert. Beide schwiegen.

»Gute Frau, ihr weint ja?!« Rosina staunte.

»Es sind nur Tränen das Glücks«, erwiderte Kathérine herzlich berührt. Von der Grausamkeit der Menschen hierher ins Reich der Schattenwelt getrieben, hatte sie ausgerechnet durch das Wunder dieses Mädchens

ihre längst verloren geglaubte Hoffnung an das Gute im Menschen zurückbekommen.
»Fremdes Mädchen, du bist ein wahrer Engel, den uns der Himmel schickt. Komm, lass dich dafür einmal von mir drücken.«
»Nein, tut das bitte nicht!« Rosina fuhr zurück.
»Was ist denn mit dir? Du bist ja plötzlich völlig verstört.«
»Nichts, ich muss jetzt nur wieder gehen. Michel, unser Knecht, ist krank. Ich muss ihm gegen sein ständiges Nasenbluten einen kalten Umschlag aus Dill und Schafgarbe anlegen. Das braucht Zeit.«
Nur Albert wusste um Rosinas merkwürdiges Verhalten. Er behielt die Wahrheit für sich. Es genügte, wenn einer aus dem Kreis seiner Familie mit dem Fluch der Unehrlichkeit behaftet war. Rosinas Berührung seiner Familie hätte wohl für alle den endgültigen Sturz in den Abgrund bedeutet, hätte dies jemand heimlich belauscht. Allein dem Grafen von Sembach käme eine solche Feststellung sicher nicht ungelegen.
»Albert, ich habe da noch etwas für dich...« Bevor sie aufbrach, ging Rosina zu ihm hin.
»Was ist es?«, fragte er gespannt. Langsam zog sie es unter ihrer Rockschürze hervor.
»Ich habe sie beim Flickschuster machen lassen. Hoffentlich passt sie dir auch.«
»Eine rote Mütze!« Albert strahlte. Er setzte sie sich gleich auf den Kopf. Tatsächlich, sie passte ihm genau aufs Haupt. »Schade, dass ich keinen Spiegel zur Hand habe, gern hätte ich mich jetzt darin betrachtet. Sobald ich aber an einem See oder einem Fluss vorbeikomme, werde ich das nachholen.«
»Du weißt doch, wir gehören von nun an zusammen«, sprach sie. »Wir sind doch Freunde, oder?«
»Ja natürlich, da brauchst du nicht lange zu fragen. Uns verbindet mehr als nur Freundschaft«, meinte Albert gedankenversunken und nahm sie an der Hand. »Wir gehören einander für immer.«
»So ist es, untrennbar für alle Zeit!« Mit diesen Worten ging Rosina.

4

»Aber die Kraft des Dämons ist stärker als die körperliche Kraft (...) Es gibt keine Macht auf Erden, die mit ihm verglichen werden kann. Er ist geschaffen, dass er niemand fürchte.«

aus dem Hexenhammer

Die dunklen Schatten der Abenddämmerung waren hereingebrochen. Mit der Kühle der Nacht brachten sie auch den lange herbeigesehnten Augenblick des Aufbruchs. Nun konnten die Franzosen endlich ihr Versteck verlassen. Bei Tageslicht auf einem Gottesacker auszuharren ließ man ja noch über sich ergehen, dies jedoch des Nachts tun zu müssen, erweckte wohl in keinem Herzen besondere Freude. Merklich kroch die Kälte aus dem Boden des Friedhofs in ihre Körper. Leichte Nebelschwaden stiegen zwischen den ungeordneten Grabreihen empor. Bald würde der Friedhof eine unheimliche Szenerie sein.

»Huhuh hu, Huhuh hu!« Plötzlich erklang die dumpfe, weiche Stimme einer Waldohreule über dem nebelverwobenen Rund. Lautlos segelte der gefiederte Jäger der Nacht auf seinen breiten Schwingen herbei und ließ sich in der Nähe der Familie auf einem verwitterten Grabstein nieder. Die langen Federohren steil nach oben gestellt, die orangegelb leuchtenden Augen neugierig umherlichternd, galt das Interesse der Eule den Menschen. Das Tier wunderte sich offenbar, weil es hier in seinem Jagdrevier statt Feldmäusen große Zweibeiner antraf.

»Mama, was ist das für ein schrecklicher Vogel?« Simone fürchtete sich.

»Hab keine Angst, mein Kind!«, beruhigte sie Kathérine. »Die Eule tut uns nichts. Sie ist nur auf Beutezug, um Nahrung für ihre Küken zu suchen.«

Als sei der Ruf dieser Waldohreule ein Signal für ihren Aufbruch gewesen, erhob sich Pierre als erster aus dem feuchten Gras. »Lasst uns jetzt gehen, die Nachtwächter werden sicher bald ihre ersten Runden drehen. Wir müssen horchen, wie spät es ist.« Pierre ging voran, seine Familie folgte ihm auf dem Fuße.

Als sie am Haus das Grafen vorbeischlichen, fielen plötzlich heftige laute Wortfetzen zur Straße herunter.

»... sag mir endlich, wo mein vermaledeiter Neffe abgeblieben ist!«

»Oh mein Gebieter, verzeiht, ich weiß es leider nicht.«

»Du lügst, heraus mit der Sprache, oder soll ich nachhelfen?«
»Lasst sie doch in Frieden ziehen...«
»Das werde ich, aber zuvor muss ich das Halsband besitzen. Dann kann mir dieser Monsieur Laurent mitsamt seiner Sippe gestohlen bleiben. Sollen sie doch zum Teufel fahren!«
»Spätestens jetzt hätten wir unsere Schuldigkeit getan«, fügte Pierre von Bitterkeit ergriffen den bösen Worten des Grafen hinzu.
»Dein Oheim ist ein wahres Scheusal«, raunte Kathérine ihm zu.
»Du hattest Recht, dass es überflüssig ist, mir Gedanken über sein Schicksal zu machen. Chérie, wenn du nur wüsstest, wie sehr ich den Tag verwünsche, an dem wir dieses Haus betraten. Verschwinden wir lieber, bevor es dem Grafen noch einfällt, hier draußen nach uns zu suchen. Er ist zu allem fähig.«
Keinen Augenblick zu früh wagten die Franzosen den rettenden Sprung um die nächstgelegene Ecke. Von fieberhafter Eile angetrieben eilten sie durch die finstere Ohmbachsgasse hin zum nordöstlichen Ende der Stadt. Antoine warf ab und zu einen prüfenden Blick über die Schulter. Plötzlich erkannte er eine hochaufgeschossene Gestalt, die ihnen mit schnellen Schritten zu folgen schien.
»Monsieur, Monsieur!«, rief Antoine aufgeregt. »Seht nur, ich glaube, euer Oheim ist uns auf den Fersen!«
Wie vom Donner gerührt blieb Pierre stehen. Über seine narbenzerfurchte Gesichtshälfte glitt ein merkliches Zucken, das von seiner Unruhe und Furcht zeugte. Er sah zurück. Antoine hatte sich nicht geirrt. Die Gestalt, die sich kaum von der Dunkelheit abhob, hielt direkt auf sie zu.
»Kathérine, Antoine, nehmt die Kinder und seht zu, dass ihr schleunigst zum Stadttor gelangt. Ich versuche inzwischen, den Grafen aufzuhalten!«
»Wir können dich unmöglich hier zurücklassen«, entgegnete Kathérine besorgt.
»Keine Widerrede, tut, was ich euch sage!«, befahl Pierre kurzerhand, »Nur so haben wir vielleicht eine Chance zur Flucht!«
Die hallenden Schritte des Verfolgers gewannen an Lautstärke. Jeden Moment würde er um die Ecke biegen...
»Bitte geht jetzt!«
Während seine Familie ihre Flucht fortsetzte, drängte Pierre seinen Körper in eine finstere Mauernische, um dem Verfolger aufzulauern. Zu allem entschlossen zog Pierre seinen Degen. Atemlos erkannte er, dass die schnell näherkommende Gestalt eine Art Speer mit sich führ-

te. Nur wenige Schritte von Pierres Versteck entfernt flammte plötzlich ein Licht auf. Pierre glaubte, sein Herz müsse zerspringen, so sehr war er von Spannung gepackt. Aber ebenso schnell fiel sie nun wieder von ihm ab, denn der schwache Feuerschein beleuchtete das Gesicht eines Fremden. Der Mann, den er anfänglich für seinen Oheim gehalten hatte, entpuppte sich im Handumdrehen als ein ganz gewöhnlicher Nachtwächter, der es anscheinend ziemlich eilig hatte, seinen Dienst anzutreten.

Der Nachtwächter trug einen langen, weit herabfallenden Mantel, der ihm ausreichenden Schutz gegen die Kühle der Nacht bescherte. Ein breitkrempiger Hut bedeckte sein Haupt. In seiner Hand hielt er eine brennende Laterne, die er soeben erst entzündet hatte. Auf seiner linken Schulter ruhte eine lange Holzstange, deren oberes Ende von einem mit Eisenspitzen gespickten Morgenstern geziert wurde. Eine lange Kette schlang sich um seinen Hals, auf der blankpolierten Plakette prangte das Mainzer Rad.

»Wollt wissen ihr die Zeit,
Herrn, Mädchen und auch Knaben?
Es ist wohl nun so weit,
an Nachtruh sich zu laben.
Vertraut auf Gott in Zuversicht,
löscht's Feuer aus und auch das Licht.
Die Uhr hat acht geschlagen...«

»Heiliger Strohsack, es ist soweit. Gleich werden die Wachen das Herstalltor für uns öffnen.«

Nervös sah Pierre aus seinem Schlupfwinkel auf. Der Nachtwächter zog weiter. Bis zum Morgengrauen würde er nun seine einsamen Runden durch die leeren Gassen Aschaffenburgs drehen. Auch Pierre hielt sich ran, damit er vorwärts kam. Er schaffte es noch rechtzeitig. Hinter ihm als letzten schlugen die schweren, aus Eichenholz gezimmerten Torflügel scheppernd zu. Für die Dauer der Nacht würden die Stadttore nun allesamt verschlossen bleiben. Keine Maus, geschweige denn ein Mensch kam da noch hinein oder heraus.

Einsam und verlassen stand Pierre mit seiner Familie außerhalb der hohen Stadtmauern. Den gierigen Klauen des Grafen von Sembach glücklich entronnen, hofften die Franzosen jetzt auf ein besseres Los. Mit allerhand Angst, aber dennoch mit einem Hauch Zuversicht, starrten sie in die Abenddämmerung. Die Umrisse der Landschaft zeichneten sich nur noch als Schemen ab. Geisterhaft hoben die Bäume ihre Äste in die Dunkelheit. Bald würde alles in der Schwärze der Nacht versinken. Hielt der väterlich umsorgende Vizedom auch Wort oder fielen sie auf eine heimtückische Finte herein, die sie zu armen Bettlern machen oder gar alle das Leben kosten würde? Pierre und seine Familie waren auf Gedeih und Verderb auf die versprochene Hilfe ihrer Mitmenschen angewiesen.

Schleppend verstrich die Zeit, bis plötzlich ein scharfer Pfiff die Stille zerriss. Von Anspannung erfasst, verharrten sie auf der Stelle. Ihre Herzen schlugen wild, als sich aus der Dunkelheit zwei Gestalten lösten, die direkt auf sie zuhielten. War dies der Empfang, den ihnen von Graenradt angekündigt hatte? Pierre hielt seinen Degen griffbereit. Währenddessen hatte sich Antoine eine von Pierres Pistolen in den Gürtel gesteckt. Wenigstens waren sie nicht wehrlos.

»Guten Abend, ihr lieben Leute. Wir kommen, um euch des Weges zu geleiten.«

»Aaah, ihr seid es, Conz!« Jetzt erst erkannte Pierre sein Gegenüber, das von einem jüngeren Mann begleitet wurde, und atmete erleichtert auf. »Gott sei Dank, wir dachten schon, unser letztes Stündlein hätte geschlagen.«

»Mitnichten, Herr, hier so dicht vor den Mauern der Stadt lässt sich das feige Diebesgesindel nicht blicken«, schüttelte der alte Landschöffe seinen Kopf. »Den Räubern und Mordbrennern bangt viel zu sehr vor dem scharfen Schwert des Henkers. Meister Quirin kennt da keine Gnade. Der letzte Gesetzlose, den sie geschnappt haben, baumelt nicht weit von hier als halbes Skelett an einer alten Eiche. Das dürfte Warnung genug sein, uns in Ruhe zu lassen.«

Nachdem die beiden Bauern dem Rest der Franzosen ihre Hände zum Gruß gereicht hatten, drängte Conz Schreiber zum Aufbruch.

»Nun kommt aber, die Wegstrecke ist lang und die Nacht inzwischen recht kühl. Dort hinter den Büschen steht ein Fuhrwerk für euch bereit. Darauf findet ihr neben Werkzeug auch reichlich Lebensmittel.«

»Was, dies soll alles uns gehören?« Pierre staunte, als er vor dem von zwei Kühen gezogenen und recht gut beladenen Wagen stand.

»Jawohl, euch fünf!«, sagte Conz. »Auf Geheiß das Vizedoms soll dies alles fortan euer Eigentum sein, auch die beiden Zugtiere. Ihr werdet die Dinge noch nötig brauchen. Gebt besonders auf die Lebensmittel gut acht, wir stehen auf dem Johannesberg auch heuer vor einem langen, harten Winter!«

Sie brachen auf. Conz' junger Begleiter trieb das Gespann mit einer Gerte an. Rumpelnd setzte sich das schwere Gefährt in Bewegung. Einzig Simone blieb der lange und beschwerliche Fußmarsch durch die Nacht erspart. Schlafend lag sie zwischen Säcken und Kisten auf dem Wagen. Schweigend in ihre erwartungsfrohen und hoffnungsbergenden Gedanken versunken folgten die Franzosen dem voranrollenden Fuhrwerk. Nur Albert warf noch einen letzten Blick zurück. Dorthin, wo Rosina wahrscheinlich in ihrem Alkoven einem neuen Tag entgegenschlummerte. Ob er das Mädchen mit der roten Mütze jemals widersehen würde?

Während sich das Grüppchen den Johannesberg hocharbeitete, ereignete sich im Haus das Grafen von Sembach die schreckliche Tragödie, die früher oder später auf jeden Fall gekommen wäre.

»Heinrich, gib endlich zu, dass du mit diesen Hugenotten unter einer Decke steckst«, schrie der Graf außer sich vor Zorn seinem alten Diener ins Gesicht. »Sag mir augenblicklich, wo Pierre mit seiner Familie abgeblieben ist!«

»Gebieter, schlagt mich getrost, wenn ihr wollt. Aber von mir erfahrt ihr kein Sterbenswörtchen darüber.« Seelenruhig sah er seinem tobenden Herrn in die Augen. Nicht die geringste Spur von Angst stand mehr in Heinrichs Miene geschrieben.

»Zum allerletzten Mal!«, drohte der Graf mit schriller Stimme. »Löse endlich deine verstockte Zunge, du alter Sturkopf, oder mein Zorn wird dich treffen!«

»Herr, haltet ein, bedenkt doch, ihr macht alles nur noch schlimmer«, flehte Heinrich, dem es weniger um sein altes, als vielmehr um das Leben das Grafen ging. »Kommt endlich zu Sinnen!«

»Jetzt bringe ich dich zur Vernunft«, schrie Pierres Oheim wutentbrannt. »Da, nimm dies...!« Der Graf von Sembach griff kurzerhand nach einem Kerzenleuchter und schlug diesen, von zügellosem Jähzorn gepackt, dem alten Mann über den Kopf. Ausgerechnet ihm, der bis zuletzt Treue gehalten und, anstatt mit den liebgewonnenen Franzosen auf den Johannesberg zu ziehen, an der Seite seines Herrn geblieben war.

Der wackere Heinrich, der auf seine alten Tage hin durch Kathérines sanftmütige Ausstrahlung noch einmal neues Leben erfahren hatte, starb schnell. Stumm, ohne jegliches Wehklagen, sank seine sterbliche Hülle vor die Füße seines feigen Mörders. Über das schlohweiße Haupt des Toten zog sich die blutigrote Spur des austretenden Lebenssafts. Heinrich hatte Kathérine und Pierre gegenüber sein Versprechen gehalten und sie nicht verraten. Er schwieg wie das Grab, in das man ihn nun bald legen würde.

Dumpf polternd schlug das blutbeschmierte Mordwerkzeug auf die

abgewetzten Dielen des Holzfußbodens. Plötzlich, aber viel zu spät kam der Totschläger wieder zur Besinnung. Mit weit aufgerissenen Augen starrte der Graf entsetzt auf das vor ihm liegende Opfer. Erst in diesem Moment wurde dem Unglücklichen bewusst, welch grauenvolle Tat seine Hände soeben begangen hatten.
»Was ist nur los mit mir? Was habe ich getan?«, stammelte er verzweifelt. »Ich dreimal verdammter Narr!«
Schluchzend wie ein kleines Kind sank er neben dem Leichnam auf die Knie. Sanft hob der weinende Graf das blutende Haupt das Toten hoch. Zärtlich strich seine Rechte, die Heinrich erschlagen hatte, über die linke Schädelhälfte, wo sich eine klaffende Wunde auftat.
»Vergib mir, Heinrich!« Seine Worte klangen wie ein Wimmern, das leise durchs Zimmer drang. Heinrichs Gesicht hatte einen friedvollen Ausdruck. Der tote Diener hatte seinem Herrn schon zu Lebzeiten diese vielleicht bereits erahnte Tat verziehen.
Im getrübten Bewusstsein des Grafen wurde es zunehmend lichter, so als schreite er in eine andere Welt. Nie zuvor war sein Verstand, der seit vielen Jahren der Spielleidenschaft verfallen war, derart klar, wie in jenem furchtbaren Moment.
»Du verfluchter Spielteufel! Von mir wirst du fortan nichts mehr bekommen!«, kam es ihm entschlossen über die Lippen. Vorsichtig, als habe er Angst, den Gemordeten aus seinem Todesschlaf zu reißen, legte der Graf dessen Haupt sanft zu Boden.
Der reuige Mörder ging zu einer vom Holzwurm zerfressenen Kommode, eines der wenigen Möbelstücke im Haus, und holte einen kleinen Kasten hervor. Unter dem Deckel kam darin eine Pistole zum Vorschein.
»Mein letzter Trumpf«, sprach Graf von Sembach, fast wie im Traum. Mit ruhiger Hand nahm er die Waffe und lud sie. Anschließend hielt er sich die Mündung an die rechte Schläfe.
»Das letzte Spiel gewinne ich!«
Ein lauter Pistolenknall peitschte durchs Haus. Erst viele Tage später sollte Pierres Familie vom schrecklichen Ende der beiden Männer erfahren.

*

»Wir müssen endlich mal wieder ordentlich Beute machen!«
»Ja, es wird allmählich Zeit«, pflichtete eine zweite Stimme ihm bei.
»Seid nicht so ungeduldig, ihr Hohlköpfe. Es kann nicht mehr lange

dauern, bis sie den Berg herauf kommen.«
Der dritte im Bunde, ein Mann von kleiner Statur und mit krummer Nase, sprang nicht gerade zimperlich mit seinen beiden Gefährten um. »Plärrt gefälligst nicht so laut in der Gegend herum, oder wollt ihr, dass gleich der ganze Wald mitbekommt, wo wir stecken? Pah, ihr wollt Räuber sein?« Er schüttelte den Kopf. »Wäre ich doch nur in Nürnberg geblieben...«
Der Lichtschein, den die aufzuckenden Flammen des kleinen Lagerfeuers in die Dunkelheit warfen, beleuchtete die Gestalten, bei deren Anblick ein Betrachter allein vom Hinsehen erschaudert wäre. Während manchen der insgesamt sieben Männern beide Ohren fehlten, trugen andere grässlich verstümmelte Nasen. Brandmale auf Stirn und Wangen entstellten die Gesichter der Gezeichneten zu wahren Fratzen. Schaurige Zeichen, mit denen die irdische Gerichtsbarkeit diese Verbrecher für ihre üblen Vergehen zu einem Dasein in der Verdammnis gebrandmarkt hatte. Ihre eigene Schuld stieß sie, einem Unehrlichen gleich, auf ewig aus der menschlichen Gesellschaft aus, was die Gesetzlosen nur zusätzlich verbitterte. Wehe dem unglücklichen Pilger oder Reisenden, der jenen gefährlichen Spessarträubern in die Hände fiel. Er konnte sein Testament machen, wenn ihm die Zeit dazu blieb.
»Was war das?« Der Nürnberger fuhr erschrocken hoch. Der Stahl seines spitzen Dolches blitzte auf.
»Wo?«
»Na, da oben im Gehölz!«
»Wir haben nichts gehört«, kam es aus dem Kreis seiner Spießgesellen.
»Seid ihr denn alle von Taubheit geschlagen, ihr Trantüten?!«, zischte der Krummnasige. »Da war etwas drüben im Gehölz. Ich habe euch immer eingebleut, dass wir Wachen aufstellen sollen. Ich will nicht so enden wie der einäugige Korbinian, der jetzt draußen vor der Stadt am Galgen baumelt.«
»Nürnberger, du siehst ja schon Gespenster. Hahaha.« Der andere Mordbube lachte ihn aus. »Du bist ja schon wie ein kleines Mädchen, das sich vor dem bösen Wolf fürchtet...«
»Pssst, sei doch mal still!« Der Nürnberger horchte erneut auf. Doch außer dem Prasseln des Lagerfeuers, dem kühlen Windhauch, der in die Baumwipfel blies und seinem eigenen erregten Atem war nichts zu hören. Dass genau in diesem Augenblick ausgerechnet ein Mädchen gemeinsam mit einem Wolf an seiner Seite die Räuberbande belauschte, konnte keiner von ihnen ahnen. Vorsichtig zwischen den weit herunterhängenden Ästen hindurchspähend sah Rosina gespannt in die

tiefe Bodensenke, das Versteck der Spessarträuber, hinab. Wolf gab keinen Mucks von sich. Obwohl sich das Tier vor nichts auf der Welt fürchtete, schien es die drohende Gefahr, die von den Gesetzlosen unweigerlich ausging, zu spüren.

Plötzlich knackten trockene Zweige. Gefallenes Laub raschelte unter schnellen Schritten. Das schwere Keuchen gehetzter Lungen kam näher. Gestalten hasteten durch die Dunkelheit. Erst im Schein des Lagerfeuers waren zwei weitere Männer zu erkennen, die zum Haupttrupp stießen.

»Sie kommen! Endlich sind sie da, die Franzosen!«, stieß der eine aufgeregt hervor. »Die Karuse ist schon am unteren Hohlweg angelangt.«

»Dann wollen wir sie nicht warten lassen«, sagte der Nürnberger, der noch immer seinen Dolch fest umklammert hielt. »Gut, dass du uns den Tipp von den Franzosen gegeben hast. Dafür darfst du dir auch als erster etwas von der Beute nehmen.«

Der Bursche, den der Nürnberger lobte, grinste zufrieden über sein schiefes Gesicht. »Niemand wird je erfahren, dass gerade ich, der beim Aufladen der Kisten und Säcke auf den Wagen behilflich war, ein heimlicher Räuber bin. Statt dass die Franzosen in ihre neue Heimat kommen, schicken wir sie gleich alle in die Hölle.«

»Ja, lasst uns ihre Hälse abschneiden«, ereiferte sich ein Zweiter und zog sein Schwert, nicht ohne ein dämonisches Grinsen hinterherzuschicken.

»Jetzt aber los!« Der Nürnberger drängte zum Aufbruch.

Rosina erschrak, sie hatte jedes einzelne Wort aus den rohen Räuberkehlen verstanden. Sie hatten es auf Albert und seine Familie abgesehen. Wie schrecklich, man wollte sie alle umbringen! Rosina öffnete ihren Mund zum Schrei.

*

Nur mühsam kam im flackernden Lichtschein brennender Fackeln das einsame Gefährt in der Finsternis vorwärts. Die beiden Kühe mussten sich schon mächtig ins Zeug legen, um ihre schwere Last den steilen und schmalen Hohlweg hochzuziehen. Die Männer um Pierre packten mit an, schoben und griffen in die Speichen der Wagenräder. Auch Albert half tüchtig mit. Ihm perlte der Schweiß von der Stirn. Kathérine hatte Simone vom Wagen genommen und barg sie in ihren Armen.

»Räuber, Räuber! Bringt euch in Sicherheit!«

Plötzlich ertönten aus dem Wald schrille Rufe, begleitet vom unheim-

lichen Heulen eines Wolfes. Wie vom Donner gerührt hielten die Franzosen und ihre Begleiter inne.
»Flieht, bevor es zu spät ist!« Noch einmal gellte es durch die Nacht.
»Da will uns jemand warnen«, sagte Conz Schreiber, der als erster die Fassung gewann. Er lief zum Wagen und holte ein Schwert, das er unter einer Decke versteckt hatte. Auch Pierre und Antoine griffen zu ihren Waffen. Das Licht der Fackeln erlosch.
»Wer ist das, der uns warnt?«, fragte Pierre erstaunt. »Es hört sich nach der Stimme eines Mädchens an.«
»Vater, weißt du nicht, wer das ist? Es ist Rosina!«, kam es Albert frohlockend über die Lippen. Er hatte sie erkannt. Wolf stand ihr wieder einmal zur Seite, wie man hörte.
»Los, sofort unter den Wagen«, befahl Pierre seiner Familie.
Albert wollte etwas entgegnen, aber die Gesten seinen Vaters ließen keinen Widerspruch zu. Er fügte sich und kroch mit seiner Mutter in Deckung. Vorher hob er aber noch die Peitsche auf, die der Kuhknecht hatte fallen lassen.
»Drück erst ab, wenn du einen Angreifer ganz dicht vor dir siehst.« Pierre gab dem Knecht die letzte seiner beiden Pistolen. Pierre merkte dem jungen Bauernburschen seine ganze Unsicherheit an. Bislang hatte er wohl nur Hacke, Schippe oder ein Beil in Händen gehalten, aber noch nie eine solche Waffe.
»Ruhig Blut! Lasst sie nur kommen. Wir werden unsere Haut so teuer wie möglich verkaufen. Soll sich das Pack eine blutige Nase holen!«
Pierre und die Seinen waren bereit zum Kampf. Der Plan der Raubgesellen, die Franzosen aus dem Hinterhalt zu überfallen, war durch Rosinas Warnung jäh zunichte gemacht worden.
»Wir greifen an«, befahl der Nürnberger, der zweifellos der Kopf der Bande war. »Mögen die Hosenscheißer ruhig fliehen, das Gespann mit den Kühen und all den Sachen darauf wird uns gehören. Los, schnappt euch die Beute, ich kümmere mich derweil um den Schreihals da oben im Gehölz. Warte nur, du wirst dein blaues Wunder erleben!«
Während die Räuberhorde zum Angriff überging, hetzte der Nürnberger mit gezücktem Dolch den kleinen Berghang hoch. Rosina hatte zu lange gewartet, sie hatte sich in ihrem Versteck zu sicher geglaubt. Erst jetzt ergriff sie die Flucht. An ihrer Seite sprang Wolf. Weit herabhängendes Fichtengeäst schlug ihr ins Gesicht, stacheliges Gestrüpp fuhr ihr kratzend über die Wangen.
»Bleib stehen, du Balg, das Fortlaufen nützt dir gar nichts!«
Der keuchende Atem des Verfolgers kam näher. Rosina sah sich um.

Ein eisiger Schauer das Entsetzens packte sie. Im fahlen Lichtschein des Mondes sah sie die Konturen ihres Häschers keine zwei Schritte mehr hinter ihr. Ihr Herz pochte wie wild. Da geschah es. Rosina geriet ins Stolpern, eine große Wurzel hatte sich quer über ihren Fluchtweg geschlungen. In einem erstickten Wehlaut, schlug sie der Länge nach auf den laubbedeckten Waldboden. Ein ungeheurer Schmerz raste durch ihren Körper. Sie hatte sich Arme und Beine aufgeschlagen. Bevor sie sich wieder aufrappeln konnte, war der Nürnberger über ihr. Wo war Wolf? Er war nicht mehr zu sehen, er hatte Rosinas Sturz nicht bemerkt und war weitergesprungen. Der Nürnberger grabschte nach Rosina. Seine linke Hand hielt sie wie ein Schraubstock umklammert. In der Rechten blitzte der Dolch.

Schwerter und nägelgespickte Keulen schwingend brach die Räuberhorde brüllend aus dem Wald hervor: »Macht euch zum Sterben bereit, euer letztes Stündlein hat geschlagen!«

Doch es kam anders, als die mordlüsternen Gesellen gedacht hatten. In den furchteinflößenden Fratzen der Gezeichneten stand schnell größte Enttäuschung geschrieben. Der Wagen samt Kuhgespann stand einsam und verlassen mitten im Hohlweg. Nichts war es mehr mit Bauchaufschlitzen, Halsdurchschneiden oder Kopfeinschlagen.

»Diese elenden Feiglinge sind geflohen«, knirschte einer der Räuber verächtlich. »Zu gerne hätte ich sie in die Hölle geschickt...«

»...und genau dahin werden wir euch jetzt alle schicken, ihr Strauchdiebe!« Pierre sprang aus seiner Deckung hervor. Gemeinsam mit ihm erhoben sich seine Gefährten aus der wildwuchernden Distelhecke, hinter der sie sich versteckt gehalten hatten. Im Handumdrehen hatte sich das Blatt gewendet. Plötzlich sahen sich die Räuber selbst überrumpelt. Zwei Schüsse krachten. Antoine und der Bauernbursche hatten genau gezielt. Mitten in die Stirn getroffen fielen die ersten beiden Angreifer tot zu Boden. Pierres Degen und Conz' Schwert fanden ebenso schnell und sicher ihr Ziel. Zwei weitere Verbrecher sanken mit durchstochenem Herzen nieder. Ehe sich der Rest der Bande so richtig versah, war auch ihr Schicksal für immer besiegelt. Nur einem von ihnen gelang es, sich bis zum Wagen durchzuschlagen. Ausgerechnet in diesem Augenblick begann Simone zu weinen. Kathérine hatte sie wahrscheinlich zu fest an sich gedrückt, aus Angst, der Schurke könne ihr die Tochter antreißen.

»Na, was haben wir denn da? Du hübsches Täubchen?!« Der Räuber ging in die Hocke, um nach Kathérine zu greifen. Doch plötzlich fuhr ihm ein höllischer Schmerz über sein Hinterteil. Albert hatte ihn mit der

Peitsche gut getroffen. Der Räuber ließ von Kathérine ab, um sich dafür wutentbrannt auf den Jungen zu stürzen, aber zu spät: Als Pierre den Degen aus seinem Leib zog, war der Räuber schon tot.
»So, das war der letzte!« Pierres Worte hatten keinen Klang nach Triumph, es machte sich lediglich Erleichterung breit, den Angriff der Räuberbande abgeschlagen zu haben. Gemeinsam halfen Albert und Pierre Kathérine unter dem Wagen hervor. Als sie den Toten mit den im Todeskampf erhoben erstarrten Armen liegen sah, blickte sie entsetzt zur Seite.
»Oh mein Gott, das ist ja furchtbar!«
»Wäre es dir denn lieber, wenn statt seiner wir und die Kinder hier im Staub liegen würden, und das mit durchschnittener Kehle?«, entgegnete Pierre. »Wir haben diese gemeinen Mordbuben nicht dazu eingeladen, uns zu überfallen oder gar zu töten.«
»Du hast ja recht, Chérie«, flüsterte Kathérine. Mit besänftigendem Streicheln versuchte sie, ihre weinende Tochter zu beruhigen.
»Bevor wir es vergessen, wo ist das Mädchen, diese Rosina, der wir unser Leben verdanken?«
Conz' Frage war im Nu beantwortet.
»Argh!« Ein schriller, furchtbarer Schrei, ausgestoßen von einem Menschen in höchster Not, jagte allen einen gehörigen Schauer über den Rücken. War sie das?
Bestürzt schlug Kathérine ein Kreuzzeichen. »Das arme Ding!«
Plötzlich kehrte im weiten Rund wieder Ruhe ein. So als hätte sich hier auf dem Weg zum Johannesberg hinauf zu dieser nächtlichen Stunde niemals das Drama eines Überfalls ereignet. Nur die leblosen Hüllen der toten Räuber würden nachher als stumme Zeugen am Wegrand liegend am Ort des blutigen Geschehens zurückbleiben.
»Wahrhaft, dieses Schreien hatte schon nichts Menschliches mehr an sich!« Auch Pierre zeigte sich entsetzt. »Los, lasst uns nachsehen!«
Zusammen mit Conz ging Pierre in den Wald.
»Ihr anderen bleibt hier. Es besteht die Gefahr, dass sich noch weitere Räuber versteckt halten!«
Die beiden Männer hatten nicht weit zu gehen, bis sie im Licht ihrer brennenden Fackeln eine kleine Gestalt am Boden liegen sahen. Es war zweifellos ein Mädchen. Ein Dolch lag zu ihren Füßen. Neben ihr saß ein Wolf. Er beugte seinen Kopf und fuhr mit seiner Zunge über das Gesicht der Leblosen.
»Heiliger Strohsack, Rosina!« Pierre war erschüttert. »Sie hat ihr Leben gegeben für das unsrige.«

»Was macht der Wolf da an ihrer Seite?«, fragte Conz.
»Der gehört zu ihr. Ich habe ihn schon einmal bei ihr gesehen. Er scheint zu trauern.«
Wolfs Knurren riet den beiden zur Vorsicht. Conz zückte sein Schwert.
»Lasst gut sein, wir können vermutlich nichts mehr für sie tun. Sie ist bestimmt tot.« Pierre hielt seinen Begleiter zurück.
»Wir können sie doch nicht einfach hier liegen lassen wie ein verendetes Stück Vieh«, erwiderte Conz. »Ich werde den Wolf töten und sie holen.«
»Nein, das will ich nicht. Es ist schon genug Blut geflossen in dieser Nacht.«
Plötzlich knackten entfernt Zweige. Die beiden sahen erschrocken auf.
»Das ist bestimmt der feige Mörder!« Pierre packte der schiere Zorn.
»Ihn jetzt zu verfolgen wäre aussichtslos.« Conz schüttelte den Kopf.
»Verlasst euch darauf, so wahr es einen Herrn im Himmel gibt, auch dieser schäbige Halunke wird seinem Schicksal nicht entgehen...«
Conz' Prophezeiung sollte sich erfüllen. Doch der Tag, an dem der Nürnberger sich für seine bösen Taten vor dem Allmächtigen rechtfertigen würde, lag noch in weiter Ferne.
Pierre glaubte plötzlich, ein leises Stöhnen zu hören. Er hatte sich bereits zum Gehen abgewandt, als er kurz innehielt. Tatsächlich, er hatte sich nicht geirrt. In Rosinas leblosen Körper kam auf einmal Bewegung. Ziemlich benommen erhob sie sich langsam vom Boden und fasste sich an den Kopf. Sie schien zu bluten.
»Rosina, du lebst!« Pierre schrie seine Freude laut aus sich heraus. So laut, dass es bis in den Hohlweg hinüber zu hören war. Jetzt gab es natürlich für Albert kein Halten mehr! Schnurstracks rannte er in die Richtung, aus der die frohe Kunde seines Vaters erklungen war.
»Können wir dir helfen?«, fragte Pierre besorgt und ging auf sie zu.
Rosina packte Wolf an der Schnauze und raunte ihm etwas ins Ohr. Sein drohendes Knurren erstarb.
»Gottlob, mein Kind, dass dir nichts Schlimmeres zugestoßen ist«, seufzte Pierre erleichtert.
Rosina hatte sich, von den Abschürfungen an Armen und Beinen abgesehen, nur eine leichte Platzwunde am Kopf zugezogen.
»Nein, ich brauche keine Hilfe«, erklärte sie. »Das bisschen vergeht auch so wieder. Michel, unser Knecht, sagt, ich habe die sieben Leben einer Katze. Ha!« Rosina konnte wieder lachen.
»Aber wer hat denn vorhin so geschrien?«, wollte Pierre wissen.
»Oh, das war einer der Räuber, der mich verfolgt hatte. Wolf hat ihm

fast die Hand abgebissen, als er seinen Dolch gegen mich erhob.«
Rosina bückte sich nieder und nahm die Waffe in die Hand.
»Warum bist du überhaupt noch so spät unterwegs und was hattest du mutterseelenallein hier zu suchen? Fürchtest du dich denn nicht?!«
»Fürchten? So etwas kenne ich nicht... fast nicht. Zumindest nicht hier!«, antwortete sie. »Ich bin euch heimlich nachgelaufen, weil ich unbedingt wissen wollte, wo Alberts neue Heimat ist. Gut, dass ich mich dabei verlaufen habe. So stieß ich auf das Versteck der Räuber. Ich hätte Albert doch sonst niemals wiedergesehen...«
»Da bin ich!« Albert trat hinzu. Ein freudiges Lächeln strahlte in seinem Gesicht. Auch Rosina zeigte sich glücklich.
»Ich habe dir schon das letzte Mal gesagt, dass wir unzertrennlich sind!«, sprach sie. »Hier, nimm, ich schenke ihn dir!«
»Ein Dolch?!« Albert staunte. »Was soll ich damit?«
»Damit du dich verteidigen kannst, wenn du eines Tages wieder einmal in Gefahr gerätst.«
»Behalte du ihn lieber.«
»Nein, den benötige ich nicht. Alles was ich zu meinem Schutz brauche, habe ich ja hier an meiner Seite.«
Rosina fuhr Wolf streichelnd mit den Händen durch sein Fell und kraulte ihn sanft hinter seinem Ohr, was ihm sehr gefiel. Wohlige Laute drangen aus seiner Kehle.
»Können wir noch etwas für dich tun, teure Lebensretterin?«, fragte Pierre. »Wie kommst du jetzt überhaupt noch in die Stadt zurück, die Tore sind doch längst geschlossen.«
»Macht euch keine Sorgen um mich, für mich findet sich eine kleine Schlupfpforte.« Rosina wandt sich noch einmal Albert zu. »Ich weiß jetzt, wo ich dich zu finden habe.«
Beide reichten sich die Hände. Wieder einmal trennten sich die Wege der zwei Kinder.

*

Holzrute um Holzrute, Weidengerte um Weidengerte schlangen sich um die von starker Zimmermannshand gefertigten hölzernen Trägerbalken. Um die noch löchrige Wand dieses Gewindes zu verschließen, schmierten fleißige Hände einen zähen, aus Lehm und Stroh gemischten Brei zwischen die Fugen. Rissige und schwielige Bauernhände packten mit an und legten dicke, fest gebündelte Strohgarben auf das neu errichtete Bauernhaus. Bald würde aus dem gemauerten Kamin

der erste Rauch kräuselnd zum Himmel steigen.
Der kalte Oktoberwind blies eisige Luft gegen den mächtigen Bergrücken. Besorgt richteten die Leute ihren Blick zum ewigen Firmament, wo bereits ein dunkles Wolkenband von Westen heranzog. Die Menschen fröstelten in ihrem schlichten Bauernwams. Inzwischen hatte sich Alberts Familie ihrer Pariser Stadtkleidung entledigt und war wie all die anderen Bergbewohner in die übliche Tracht des einfachen Bauernvolks geschlüpft. Solange ihr eigenes neues Zuhause noch nicht fertig war, hatte ihnen Conz, der Landschöffe, vorübergehend in seinem bescheidenen Heim Unterkunft gewährt.
Garstig zerrte der kalte Wind am neu gedeckten Dach. Seine einzige Ausbeute blieben jedoch ein paar lose Strohhalme, die er in seinem Spiel mit fortriss. Bis auf die Kranken und Altersschwachen waren alle gekommen, die zur einzigen großen Bauernfamilie von Ober Affolderbach zählten. Von unermüdlichem Eifer und Fleiß angetrieben, halfen alle mit, ihren neuen Nachbarn eine gemütliche Heimstatt zu bauen. Keiner von ihnen hatte Pierres gute Tat vergessen, als er das Dorf von jenem unheimlichen »Geist« befreit hatte.
Pierre Laurent hatte diesen Ort bewusst zum neuen Wurzelschlag seiner Familie auserkoren, so wie es bereits vor ihm der unglückliche Chrysostomus Sauer getan hatte. Denn zwischen dem nackten Felsgestein, auf dem das neue Haus stand, sickerte unterirdisches Quellwasser hervor. Es bedurfte zwar noch einiger Mühe und Schweiß, wollte er im kommenden Frühjahr einen Brunnenschacht graben, aber später genügend Wasser für sich und das Vieh schöpfen zu können war diese Arbeit allemal wert. Das kostbare kühle Nass würde auch für die Nachbarn reichen.
Plötzlich tanzten die ersten Schneeflocken vom grauen Oktoberhimmel. Die Vorboten eines langen und harten Winters stimmten die wettergegerbten Gesichter für einen Moment nachdenklich. Nur zu gut wussten die Bewohner des Johannesberges um die Unbilden der vierten Jahreszeit. Da sie aber nicht davor weglaufen konnten, blieb ihnen nichts anderes übrig, als sich dem Unvermeidlichen zu fügen, wie schon die Generationen ihrer Vorfahren. Auch dieser Winter würde mit seinem strengen Regiment aus Eis und Schnee über ihre von Hunger und Not heimgesuchten Heimstätten hinwegschreiten.
Der letzte Handstreich am Bau des neuen Hauses war vollbracht. In der kommenden Nacht konnte die Familie Laurent erstmals in ihren eigenen vier Wänden schlafen. Dies war für den stolzen Hausherrn Grund genug, den fleißigen Helfern für ihre geleistete Arbeit zu danken. In

ihrem ohnehin recht bescheidenen Dasein blieb den Bauern selten genug Zeit, sich an einem kleinen Fest zu erfreuen. Im Nu hellten sich ihre ernsten Mienen auf.
Zuallererst erschien Caspar Krauß und führte an einem langen Strick den kleinen Bullen hinter sich her. Dieses ehemalige Gespenst des Johannesberges war in der Zwischenzeit dank entsprechender Pflege und Futter wieder zu Kräften gekommen. Die hässlichen Rippenbogen unter seinem braunweißen Fell waren längst wieder verschwunden.
»Hier ist der kleine Bulle, den ich euch geschenkt habe, mein Herr!«
»Ich danke dir von Herzen, Caspar!« Pierre führte das Tier in seinen neuen Stall.
Als er zurückkehrte, sprach er mit lauter Stimme zur versammelten Menge, so dass sie es alle hören konnten. »Nennt mich bitte alle fortan nicht mehr Herr. Die wahren Herren wohnen weit abseits unserer Häuser und Hütten, hinter den dicken Mauern ihrer Städte, Burgen und Schlösser. Hier gelte und fühle ich mich als einer der Euren und möchte auch dementsprechend behandelt werden. Nicht besser und schlechter, als ihr anderen. Gebt meiner Familie und mir nur ausreichend Zeit und Gelegenheit, all eure Sitten und Gebräuche kennenzulernen, so dass wir diese respektieren und beachten können.«
Mit dieser Rede verschaffte sich Pierre rasch seinen Platz in den Herzen der Menschen, den er eigentlich ohnehin bereits innehatte. Plötzlich erscholl der melodische Klang von Schalmeien und Sackpfeifen. Schlagartig setzte dazu ein rhythmisches Klatschen ein. Einige der Bauern, die es verstanden hatten, sich die Musik der Spielleute zu eigen zu machen, eröffneten mit ihrem Reigen das Fest. Die Kinder um Albert und Simone hüpften und sprangen vor Vergnügen. Jäh war die ganze harte Arbeit der vergangenen Wochen vergessen. Die Kälte und der in leichten Flockenwirbeln niederfallende Schnee fanden keine Beachtung mehr. Vor lauter Lebenslust begannen die Affolderbacher zu der stimmungsvollen Weise der fröhlichen Musik ausgelassen zu tanzen. Auch Kathérine und Pierre drehten bald darauf vom Rausch der Freude gepackt ihre Körper. Allmählich wanderte der verlockende Geruch nach frisch gebackenem Brot aus einem nahen Backhäuschen, gemeinsam mit dem eines köstlichen saftigen Schweinebratens, der aus dem Haus ins Freie drang.
Während Alt und Jung sich weiterhin an den munteren Lauten der Musik und am Tanz erfreute, blieb nur eine menschliche Seele diesem bunten Reigen fern. Allein in der großen Stube sitzend starrte Antoine auf das gebratene Schwein, dessen knusprig brauner Leib sich von seiner

Hand bewegt auf einem Spieß über dem zuckenden Herdfeuer drehte. Zischend tropfte das Fett in die feurige Glut. Dem kleinen pausbäckigen Kerl wurde der Mund zunehmend immer wässriger. Am liebsten hätte er den leckeren Braten gleich an Ort und Stelle ganz alleine verspeist. Sein Gaumen lechzte förmlich nach dem schmackhaften Fleisch. Kurz sah Antoine zum gemauerten Mantel des Rauchabzugs. Dort präsentierte sich das Familienporträt seiner früheren Herrschaft, die nun seine Familie war. Eine der wenigen Habseligkeiten, die Kathérine damals bei ihrer Flucht aus Paris mitgenommen hatte.
»Verzeiht mir, aber mein Hunger ist so arg, dass ich nicht mehr länger der Versuchung wiederstehen kann«, beschwor Antoine das Bild und drehte es kurzerhand um. Da er sich nun von keiner Menschenseele beobachtet fühlte, bereitete es ihm keine Skrupel mehr, schnell ein schönes großes Stück aus dem knusprigen Hinterteil des Schweines herauszuschneiden. Endlich, endlich kam er zu seinem heiß ersehnten und wohl auch längst verdienten Bratenschmaus.
»Hmh, mon dieu!« Antoine schnaufte entzückt auf, als er den ersten saftigen Bissen zwischen seine Zähne schob und kostete. Es sollte aber nicht bei dieser einen Versuchung bleiben. Nach und nach verschwanden weitere Teile des Schweins im Bauch des kleinen Franzosen. So als ahne er bereits, dass es in Zukunft nur noch wenige dieser herrlichen Festtagsschmäuße geben würde, konnte er das verlockende Angebot nicht ausschlagen und verspeiste somit das halbe Schwein. Schwer atmend und nach Luft ringend, sank Antoine letztendlich auf einer kleinen Holzbank nieder, die gleich neben dem Herdfeuer stand.
Plötzlich gab das Holz unter der schweren Last nach und brach splitternd entzwei. Mit einem lauten Schmerzensschrei landete Antoine auf dem gestampften Lehmfußboden. Pierre stürzte ins Haus, wo er seinen einstigen Diener in dieser misslichen Lage vorfand. Er brauchte nicht lange zu fragen, was vorgefallen war. Der Blick vom halb verschwundenen Schwein hinüber zu Antoine genügte, die ganze Situation zu erklären.
»Bitte zürnt mir nicht, Monsieur!«, drang es leise flehend aus dem Mund des grüngesichtigen Völlers. Antoines Arme reichten kaum noch aus, den großen, prall gefüllten Leib zu umfassen.
»Warum sollte ich?«, entgegnete Pierre mit gelassener Stimme. Seine anfängliche Zornesfalte auf der Stirn glättete sich. »Du treue Seele, du hast dir deine Portion allemal verdient, wenn sie auch ziemlich üppig ausgefallen ist. Leider hast du es zu deinem eigenen Nachteil übertrieben. Armer Kerl!«

Inzwischen schoben sich die nach ihrem Festtanz hungrig gewordenen Bauersleute in die Stube. Verwundert warfen sie ihre erstaunten Blicke auf den unmäßigen Esser, der nun plötzlich gegen aufkommende Übelkeit ankämpfen musste.
»Oh Monsieur, redet bitte nicht mehr vom Essen«, stöhnte Antoine von Leibesqualen gepeinigt auf. »Schon beim geringsten Gedanken an etwas Essbares wird mir übel. In meinem ganzen Leben werde ich nichts mehr zu mir nehmen.«
»Hahaha!« Pierre lachte schadenfroh auf. »Daran will ich dich morgen mittag gern erinnern, wenn du wieder hungrig bist!«
»Monsieur, warum quält ihr mich denn nur so... oooh!«
Zwei beherzte Bauern nahmen Antoine in ihre Mitte und schleiften ihn aus der Stube hinaus ins Freie, wo es ihm in der kalten frischen Luft bald besser ging. Auch wenn der zu einem kleinen Spanferkel geschrumpfte Braten nicht mehr für alle reichte, tat dies der Fröhlichkeit der Leute doch keinen Abbruch. Unter der Mithilfe von einigen Frauen kochte Kathérine einen Mehlbrei und eine Hirsesuppe, wovon nun wirklich alle satt wurden. Ihren Durst mussten sich die Menschen mit Milch, Molke oder mit einem Schluck einfachen Quellwassers stillen. Ein prassendes Fress- und Saufgelage, wie es in den besseren Häusern der Fürsten und reichen Kaufleute üblich war, gab es für die Bewohner Affolderbachs nun einmal nicht. Trotzdem erfreuten sie sich am starken Zusammengehörigkeitsgefühl ihrer bäuerlichen Gemeinschaft.

*

Schon seit geraumer Zeit hatte der Winter der Landschaft des Johannesberges ein neues Kleid gegeben. Unter den kalten Fittichen aus Eis und Schnee duckten sich die Häuser und Hütten. Ein scharfer Sturm heulte von Osten her, es schien als wolle die rohe Naturgewalt die Behausungen samt Mensch und Tier für immer vom Berg blasen. Betend und hoffend waren die Menschen in ihre warmen Stuben und Kammern geflüchtet. Auch Pierre und seine Familie saßen bereits seit Tagen dicht gedrängt um die Herdstelle. Das Knistern und Knacken des Feuers wurde beinahe vom tobenden Wintersturm verschluckt. Selbst in der darauffolgenden Nacht dachte der brausende Sturm nicht daran, sein furchtbares Treiben zu beenden und die bangenden Seelen von ihrer Angst zu erlösen.
Während Kathérine das Abendbrot zubereitete, flochten die drei Männer fleißig Reisigkörbe, eine der wenigen Beschäftigungen, der die Bau-

ern in den langen Wintermonaten nachgehen konnten. Mitten in ihre Arbeit hinein pochte es plötzlich heftig gegen die Haustüre.
»Es scheint jemand draußen an der Türe zu sein.« Kathérine sah auf.
»Das ist bestimmt nur der Wind, Chérie«, wehrte Pierre ab. »Kümmere dich nicht darum.«
Sie arbeiteten weiter, als sei nichts geschehen. Doch nach wenigen Augenblicken klopfte es erneut.
»Da ist doch wer«, beharrte Kathérine.
»Bei diesem tosenden Schneesturm?« Pierre schüttelte ungläubig den Kopf. »Da traut sich ja nicht einmal ein Hund hinter dem Ofen hervor«
»Vielleicht braucht einer unserer Nachbarn Hilfe, Monsieur«, warf Antoine ein.
»Möglich wäre es ja.« Pierre hielt es nicht mehr länger auf dem Stuhl und er ging zur Türe. Noch im selben Augenblick, in dem er den Riegel zurückschob, schleuderte ihn die Kraft des Windes fast gegen die Wand. Nur mühsam konnte sich Pierre auf den Beinen halten. Ein Schwall eisiger Schneekristalle peitschte ihm ins Gesicht. Plötzlich sah er eine bereits halb zugeschneite Gestalt, die zusammengesunken vor dem Türstock lag. Pierre kämpfte gegen die unheimliche Macht des Unwetters an und zog den leblosen Körper aus der Schneewehe in die schützende Obhut des Hauses.
Wer mochte der Fremde nur sein? Welche Gründe hatten ihn bewegt, ausgerechnet an einem solch furchtbaren Tag wie heute sein Leben zu riskieren? Kathérine blickte mitleidvoll in das von schlimmen Frostbeulen entstellte Antlitz des Bewusstlosen. Das nasse Haar hing ihm wirr weit in die Stirn. In sein von Bartstoppeln übersätes Gesicht gruben sich tiefe Furchen, untrügliche Zeichen von Not und Entbehrung.
»Wie lange mag der Ärmste wohl da draußen umhergeirrt sein?« Pierre griff prüfend an die Stirn des Fremden. »Er hat hohes Fieber!«, stellte er mit finsterer Miene fest.
»Ob wir jemals Antwort auf unsere Fragen bekommen?«
»Wohl kaum, es müsste schon an ein Wunder grenzen, wenn er die Nacht überleben sollte!«
»Mon dieu, aber was können wir tun?« Antoine stellte sich hilfsbereit zur Seite.
»Viel ist es nicht«, seufzte Pierre. »Lasst uns ihm erst einmal die nassen Klamotten vom Leib ziehen. Wir müssen sein Fieber etwas senken. Seht nur, er wird bereits von heftigem Schüttelfrost gepackt.«
Rasch wurde der Fremde seines durchnässten, lumpenhaften Gewandes entledigt. Pures Entsetzen spiegelte sich in ihren Gesichtern wider,

als sie auf den entblößten Körper starrten. Über und über war der Leib des Fremden von vernarbten Peitschenhieben und eitrigen Geschwüren bedeckt. Kathérine begann es zu würgen, aber sie hielt tapfer durch. Stumm begegnete sie dem bestürzten Blick ihres Mannes. Ihnen allen war sofort bewusst, dass hier jegliche Hilfe zu spät kam.

»Selbst der weiseste Medicus weiß hier keinen Rat mehr«, gab Pierre resignierend von sich. Trotzdem wurde der Sterbenskranke mit neuer Kleidung versehen in ein dickes Schafsfell gesteckt und in der Nähe des Feuers zur Nachtruhe gebettet. Simone und Albert verfolgten das Ganze voller Spannung. Mit kalten Umschlägen an Waden und Unterarmen versuchte Kathérine sein hohes Fieber zu senken, um ihm so etwas Linderung zu verschaffen.

»Was haben diese seltsamen Zahlen zu bedeuten?«, fragte Kathérine. Pierre betrachtete den rechten Unterarm des nach wie vor völlig Bewusstlosen.

»4-5-1-7« Er las laut die vierstellige Zahl vor, die jemand dem Fremden eintätowiert hatte.

»So etwas habe ich schon mal gesehen, Monsieur«, erkläre Antoine.

»Wo war das?«

»Wenn ich mich recht erinnere, müsste es an der Küste der Bretagne, genauer gesagt im Hafen von Brest gewesen sein«, erzählte Antoine weiter. »Damals führte eine Abteilung Soldaten eine ganze Kolonne von Sträflingen in Ketten in die Stadt. Bevor man diese armen Kerle an Bord der Schiffe brachte, wurde jedem einzelnen von ihnen wie einem Stück Vieh eine solche Nummer in seinen rechten Unterarm eingebrannt. Nie werde ich den scheußlichen Gestank des verbrannten Fleisches vergessen.«

»Welche Art von Schiffen war das?«

»Galeeren!«

Für einen Moment senkte Pierre seinen Blick. Zu schwer wog die schicksalhafte Bedeutung jenes Wortes. Galeeren waren bei der Marine besonders beliebt. Diese von Hand geruderten Kriegsschiffe hatten den Vorteil, dass sie vom Wind unabhängiger und sehr viel wendiger zu manövrieren waren als Segelschiffe. Eine elendlange Eisenkette schmiedete alle Galeerensträflinge zusammen, je zwei und zwei zusammengepfercht wie Ochsen. Vom Knaben bis hin zum alten Mann hatten die verurteilten Schwerverbrecher im unermüdlichen Takt die rund fünfzig Fuß langen Ruder durchs Wasser zu ziehen. Für die Ruderknechte gab es oftmals nur in Wein getunkten Zwieback und nur selten gelang einem die Flucht. Die meisten erlöste der Tod.

»Heiliger Strohsack, wenn dieser Unbekannte wirklich einer von ihnen gewesen sein soll, wie war es ihm nur möglich, dass er sich von soweit nach hierher durchschlagen konnte?«
Pierre war voll des Rätselns über das geheimnisvolle Schicksal dieses Galeerensträflings.
»Er muss ein recht zäher Bursche sein«, meinte Antoine, der sich eines Anflugs von Bewunderung nicht erwehren konnte. »Wenn überhaupt, überleben nur ganz wenige jener Männer diese schrecklichen Torturen an Bord der Schiffe. Die meisten gehen ohnehin irgendwann an die Holzplanken gekettet samt ihrer Galeere in den kalten Fluten der stürmischen Meere unter. Wenn sie nicht bereits vorher an Entkräftung sterben...«
Über Nacht zeigte die rauhe Natur ein Einsehen. Das brausende Wüten und Toben des Wintersturms legte sich. Die Menschen konnten wieder aufatmen. Zum Glück fielen die meisten Schäden an Häusern, Scheunen und Stallungen nur gering aus. Wo Not am Mann war, halfen sich die Bauern gegenseitig bei den Ausbesserungsarbeiten. Abwechselnd hatten Kathérine, Pierre und Antoine die ganze Nacht über am Bettlager des Fremden Wache gehalten, ohne dass jener auch nur einmal das Bewusstsein wiedererlangt hatte.
»Wo..., wo bin ich?« Stammelnd lösten sich einige Worte von den Lippen des Unbekannten.
»Guter Mann, sorgt euch nicht«, sprach Kathérine auf ihn ein. »Ihr seid hier bei uns in guten Händen.«
Von den Stimmen aufgeweckt schälten sich Pierre und Antoine müde aus ihren Decken.
»Sagt mir, wie heisst das... Dorf hier?« Ein schwerer Hustenanfall unterbrach den unter Qualen sprechenden Mann.
»Ihr seid in Ober Affolderbach«, antwortete ihm Kathérine.
Plötzlich huschte ein erleichtertes Lächeln über seine schmerzverzerrte Miene. »Ich... habe es... geschafft! Jetzt ist alles gut!«
»Wenigstens ist sein Fieber etwas gesunken«, sagte Pierre, als er ihm mit seiner Hand an die Stirn fasste. Gleichzeitig erkannte er aber, dass man für den Sterbenskranken nichts mehr tun konnte. In seinen matten Gesichtszügen lagen längst die grauen Schatten des nahen Todes.
»Woher kommt ihr?«, fragte Pierre.
»Oh, von weit... weit weg«, gab der Fremde zur Antwort, bevor er gleich wieder von einem heftigen Hustenanfall gepackt wurde. »Ich bin jahrelang... zur See gefahren... habe selbst ein Haus... auf dem Johannesberg... gebaut...«

Schwer keuchend hielt der Sterbende inne. Kathérine hob sein müdes Haupt und gab ihm einige Schluck Wasser zu trinken.
»Gönnt euch jetzt Ruhe, ihr seid viel zu schwach zum Reden.«
»Lasst gut sein... wo ich bald hingehe... werde ich genug Zeit zum Schlafen haben«, erwiderte er. »Doch sagt mir, lebt meine... Frau Johanna noch?«
Betroffen versuchte Kathérine seinem wohl letzten Lebensfunken versprühenden Blick auszuweichen. Jetzt wusste nicht nur sie, wer dieser geheimnisvolle Fremde war.
»Chrysostomus, eure Gattin...« Kathérine stockte. »...sie ist schon lange gestorben.«
»Oh, die Ärmste!« stöhnte der Heimkehrer schwer. »Aber bald werde ich bei ihr sein. Sagt mir bitte noch eins... wo ist mein Haus?«
»Es ist abgebrannt. Eure Johanna kam dabei ums Leben. Jetzt haben wir jedoch ein neues Haus errichtet, auf den Grundfesten eurer einstigen Heimstätte.«
Ein scheuer Ausdruck von Freude huschte über Chrysostomus Sauers Gesicht, das zunehmend bleicher wurde.
»Fürwahr... es ist ein schöner Ort«, erhob der Sterbende seine schwächelnde Stimme. »Es erfüllt mein Herz... mit Freude, dass ihr meinen ehemaligen Hof... als euer Zuhause... ausgesucht habt. Helft mir auf! Ich spüre, wie meine... Kräfte schwinden. Lasst mich noch einmal den Johannesberg bei Tageslicht sehen!«
Zusammen mit Antoines Hilfe gelang es Pierre, Chrysostomus vom Lager zu heben und ihn zur Haustüre zu tragen. Als sie den Riegel zurückschoben, stach ihnen das gleißende Sonnenlicht schmerzblendend in die Augen. Die Wintersonne tauchte die tiefverschneite Landschaft des Johannesbergs in ein Reich voll glitzernder Kristalle aus Eis und Schnee. Die unheimliche Eiseskälte für einen Moment vergessend ließen sich die Franzosen mit Chrysostomus in ihrer Mitte von der Schönheit der Natur gefangennehmen. Ein letztes Mal hob Chrysostomus seinen Kopf. Ein Ausdruck größten Glücks trat auf seine Züge.
»Geliebte Heimat... jetzt hast du mich... wieder!«
Plötzlich durchfuhr seinen geschundenen Körper ein heftiges Zittern. Leblos kippte ihm das Haupt auf die Brust.
»Er muss seine Heimat wohl sehr geliebt haben, dieser verlorene Sohn«, meinte Pierre, die Leistung des Toten anerkennend. »Unsere neue Heimat hält mit ihrem unbeschreiblichen Zauber die Herzen aller Menschen für immer gefangen!« Auch Kathérine zeigte sich vom Liebreiz der Landschaft wie betäubt.

Vorerst war an eine Beerdigung von Chrysostomus' Leichnam nicht zu denken. Man musste abwarten, bis das gefrorene Erdreich wieder auftaute. Solange blieb der Tote nur unter einem Haufen Schnee begraben.

*

Pierres Familie gelang es, die entbehrungsreichen Wintermonate gut zu überstehen, auch dank der großzügigen Vorräte aus der Zehntscheuer des Vizedoms. Doch bereits im darauffolgenden Frühjahr schlug für die jungen Bauersleute die Stunde ihrer ersten großen Bewährungsprobe: Die harte und arbeitsreiche Zeit der Frühjahrsaussaat stand bevor.
Fortan tränkten sie ihre neue Heimaterde von früh morgens bis spät abends mit ihrem Blut, Schweiß und Tränen, damit sie später wiederum mit harter Hände Arbeit aus Feld und Acker ihre Früchte ernten konnten. Wenn auch viele dunkle Stunden erfüllt von Mühe, Plage und Hunger ihr Dasein trübten, so fiel dennoch so mancher helle Lichtschein ins Leben der Franzosen. Markttage und Feste im Dorf waren glückliche Höhepunkte. Auch Antoine fand schließlich eine Frau fürs Leben, die ihm einen ganzen Stall voll Kinder gebar. Der ehemalige Diener war seiner Herrschaft auch weiterhin treu und blieb auf dem Laurenthof.
Der Johannesberg schenkte all seinen Bewohnern Leben, Heimstätte und ausreichend fruchtbaren Boden. Im Gegenzug aber forderte er von ihnen unausweichlich seinen Tribut. Mit dem vergossenen Blut von Töchtern und Söhnen verwurzelten die Menschen Schmerz und Leid zum Trotz immer enger auf dem Johannesberg.
Auch Kathérine musste diese bittere Erfahrung eines Tages machen. Sie schenkte einem zweiten Jungen das Leben, doch nur ein Jahr später starb der kleine Jean an einer schweren Lungenentzündung. Besonders tragisch war der Tod von Simone einige Jahre darauf.
Es war an einem glühendheißen Augusttag im Jahr 1580, als Pierre zusammen mit Albert, Antoine und Simone unterwegs war, um die Heuernte rechtzeitig vor einem nahenden Gewitterregen in die schützende Scheune zu bringen. Sie befanden sich bereits auf dem Heimweg, als sie der furchtbare Sturm überraschte. Talwärts schießende Wassermassen machten die Wege im Nu unpassierbar, Steine lösten sich aus dem ausgewaschenen Erdreich und rollten die Berghänge hinunter. Plötzlich geriet das von den beiden Kühen gezogene Fuhrwerk in einen gewaltigen Bergrutsch. Eine ungeheure Lawine aus Schlamm, Geröll und splitterndem Gehölz riss den ganzen heubeladenen Wagen samt der Men-

schen und Tiere mit sich. Doch nur den Männern war es vom Schicksal vergönnt, sich durch einen Sprung vom kippenden Wagen retten zu können. Lange mussten sie mit ihren bloßen Händen graben, um Simones Leiche aus den Gesteinsmassen zu bergen. Pierre, dem über Nacht aus Gram darüber das Haar ergraut war, fand Simone weit unten in einer tiefen Talsenke, so weit hatte sie die todbringende Lawine mitgerissen.

Auch Kathérine kam über den schmerzlichen Verlust ihrer Tochter nie richtig hinweg. Sie glaubte schon, auch ihre eigene Familie sei von einem finsteren Fluch befallen, der auf dem Sauerhof läge. Nur Pierres aufopferungsvoller Liebe und zärtlicher Zuneigung war es letztlich zu verdanken, dass die arme gepeinigte Frau am Ende nicht ganz und gar darüber verzweifelte.

Kathérine ertrug weiterhin tapfer und geduldig an der Seite ihres Mannes all die unseligen Mühen und Plagen, die ihr das Leben auf dem Johannesberg bis ins hohe Alter bescheren würde. Den beiden Eheleuten blieb fortan nur noch Albert. Dieser aber wurde zu ihrem ganzen Stolz. Er wuchs mit der Zeit zu einem kräftigen jungen Mann heran und ähnelte seinem Vater wie aus dem Gesicht geschnitten. Dieselbe schlanke Statur, der lange, dunkle, nach hinten gebundene Haarschopf und der sorgsam gepflegte Oberlippenbart in seinem jungenhaften Gesicht ließen so manches Frauenherz höher schlagen. Aber als sei er allein dafür geboren, fand Albert nur Zeit, an der Seite Antoines und seiner Eltern Hof und Feld zu bewirtschaften. Beim Dunkelwerden fiel Albert von der harten Arbeit gebeugt müde auf seine Schlafstatt nieder, um nach wenigen Stunden Ruhe am nächsten Morgen noch vor dem ersten Hahnenschrei vor neuer Kraft strotzend den täglichen Kampf mit der rauhen Bergnatur aufzunehmen.

Doch es gab da einen Menschen, den er all die Jahre über nicht vergessen hatte: Rosina. Wenn Albert des Nachts einsam in seiner Kammer lag und keinen rechten Schlaf finden konnte, holte er oftmals eine kleine Truhe unter dem Bett hervor und öffnete sie. Der roten Mütze, die ihm das Mädchen damals zum Zeichen ihrer Freundschaft und Verbundenheit geschenkt hatte, war er längst entwachsen. Obwohl er sie nicht mehr tragen konnte, hob Albert die Mütze auf und behütete sie wie einen Schatz. In heimlichen Momenten strich er zärtlich mit seinen Fingern über die Mütze, so, als wolle er eigentlich das Mädchen berühren. Wie mochte Rosina jetzt, viele Jahre später, wohl aussehen? Immer und immer wieder versuchte er, sie sich in den blühendsten Farben vorzustellen. Außer dem Dolch, den er stets an seinem Gürtel trug, und

der Mütze besaß er von ihr nur seine Erinnerung. Wenn in Aschaffenburg große Markttage stattfanden, fuhren auch Alberts Eltern gemeinsam mit ihm und Antoines Familie in die Stadt, um ihre Feldfrüchte zu verkaufen. Jedesmal hoffte Albert dabei, Rosina wiederzusehen. Doch jedesmal vergeblich.
Auch Rosina hatte es nicht gerade leicht. Von früh bis spät sah sie sich auf dem Hof ihres Ziehvaters Quirin in die tägliche Arbeit mit eingespannt. Ihr einziger Spiel- und Weggefährte war und blieb ihr treuer Wolf. Eines Tages war ihre Stiefmutter schwer krank geworden. Maria Schnabels Siechtum dauerte Jahre. So kam es, dass Rosina kaum noch vom Hof wegkonnte. Die Pflege der Sterbenskranken bedurfte viel Zeit. Trotz ihres großen Wissens um die Heilkunde konnten weder Quirin noch Rosina sie wieder gesund machen.
Als in Aschaffenburg wieder einmal ein Markttag ausgerufen wurde, kam auch Albert mit seinen Eltern. Während Kathérine zusammen mit Antoine an ihrem Stand Waren verkaufte, ging Albert mit seinem Vater den Löhergraben hinab. Dem furchtbaren Gestank zum Trotz waren sie im Begriff, Meister Quirins Hof zu betreten. Doch im letzten Augenblick hielt sie das aufgeregte Geschrei einiger Lohgerber zurück.
»Seid ihr denn lebensmüde, ihr beiden Dummköpfe, warum wollt ihr euch ins Unglück stürzen?«, fragte man sie.
Verblüfft verharrten Pierre und Albert auf der Stelle.
»Ja wisst ihr denn nicht, wer dort wohnt?«
Pierre besaß nicht die leiseste Ahnung, was die Lohgerber damit meinten. Nur Albert wusste um die Unehrlichkeit von Rosinas Familie. Stets hatte er dieses schlimme Wissen für sich behalten und niemandem davon erzählt. Auch seinen Eltern nicht. Albert schwieg, auch jetzt.
»Auf dem Hof wohnt der Henker!«, plärrte es ihnen warnend entgegen.
»Heiliger Strohsack!« Die beiden wichen entsetzt zurück. Damit hatten sie wirklich nicht gerechnet. Auch Albert nicht. Bislang glaubte er, Rosinas Ziehvater sei ein Schinder und Abdecker, dass er aber ein Scharfrichter war, nein, davon hatte er keine Ahnung gehabt.
»Wenn ihr dennoch euren Fuß über die Hausschwelle wagt, braucht ihr niemals wieder unter die Menschen zu gehen.«
Die Drohung der Lohgerber saß. »Komm mein Junge, lass uns gehen, ehe man uns am Ende selbst ein rotes Wams überzieht.«
Pierre kannte nur allzu gut den Stand Unehrlicher Leute. In Frankreich, seiner alten Heimat, war es nicht anders mit der sozialen Verachtung jener Unglücklichen.
»Ich will doch nur zu Rosina!«, bettelte Albert.

»Nein, schlag dir das aus dem Kopf. Es geht nicht.«
Für einen Moment glaubte Albert, Rosinas rote Mütze hinter einem der Fenster des Wohnhauses zu erkennen. Gleich würde sie zu ihm hinausgehen... Doch Rosina kam nicht. Albert hatte es sich nur eingebildet.
»Vater, sie hat uns doch das Leben gerettet.« Albert kämpfte mit seiner Stimme. Sie drohte umzukippen.
»Ich habe es bis heute nicht vergessen.« Pierre rang selbst um Fassung. »Ich weiß, dass du das Mädchen sehr gerne hast, aber sei vernünftig. Auch wenn es noch so weh tut, du kannst nicht zu ihr.«
Pierre fiel es wirklich nicht leicht, seinen Sohn dazu zu bringen, von Rosina abzulassen. Ihm war innerlich selbst hundeelend zumute. Es ging ihm gegen die Natur, Menschen verleugnen zu müssen, die ihm Gutes getan hatten. Hatte er nicht auch seinen Glauben verraten, nur weil es Recht und Gesetz des Stärkeren befohlen hatten? Pierre mochte nur noch ausspucken vor der ganzen verlogenen Welt mit ihrer geheuchelten christlichen Nächstenliebe. Pierre blieb nichts anderes übrig, als die kalte Wut zu unterdrücken, die plötzlich in ihm hochkam. Willenlos, jeden Widerstand aufgebend, ließ sich Albert von seinem Vater wegziehen. Sein Herz war gebrochen, niemals würde er wieder einen Menschen lieben können.

Buch 3

Der Kurfürst

PAX PARTA TVENDA
VOLFGANGVS DEI MVNERE SANCTAE
SEDIS MOGVNTINÆ ARCHIEPISCOP.
S.R.IMP.ELECTOR.ET PER GERMANIAM
MAGNVS CANCELLARIVS.

1

»Wag es nicht, mit allen Ketzerflammen
den Mann, den man verdammet, zu verdammen.«
Seume

Drei Tage vor Sankt Gerold, am 20. April 1582, wählte das Mainzer Domkapitel den Domprobst Wolfgang von Dalberg zum Nachfolger des im März in Aschaffenburg verstorbenen Kurfürsten Daniel von Homburg. Für die Menschen im Spessart und sonstwo im Land des mainzischen Kurfürstentums war dies ein Tag wie jeder andere. Ihnen war es völlig gleich, wer den verwaisten Erzstuhl zu Mainz beerbte. Für sie änderte sich sowieso nichts. Die Mühe und Plage besonders der Bauersleute wurde nicht weniger, desgleichen galt für die Steuern und Abgaben und die abzuleistenden Frondienste. Die meisten Menschen würden ihren obersten Landesherrn zeitlebens gar nicht erst persönlich sehen. Und wenn schon, reicher wurde dadurch auch niemand.

Auf Meister Quirins einsamem Gehöft unten im Löhergraben nahm das Leben seinen Lauf, wie es Rosina seit nunmehr zehn Jahren gewohnt war. Nach langer Leidenszeit war ihre Ziehmutter Maria Schnabel im vergangenen Herbst gestorben. Alle Fürsorglichkeit und Pflege Rosinas hatten ihr nicht helfen können. Außerhalb des geweihten Gottesackers, draußen an der Friedhofsmauer von St.Agatha, mussten Quirin und Michel die Verstorbene zur letzten Ruhe betten. Auch Rosina empfand große Bitterkeit darüber, dass sie ihre tote Ziehmutter verscharren musste wie ein verendetes Stück Vieh. Selbst der priesterliche Segen war ihr verwehrt geblieben, vorgeschrieben vom grausamen Gesetz über die Unehrlichen. Selbst im Tode durften die Menschen nicht gleich sein.

Aller Trauer zum Trotz machte das Grüppchen sich bewusst, dass die Totkranke nun erlöst war. Das galt auch für Rosina. Lange Zeit umgeben vom grässlichen Siechtum ihrer Ziehmutter hatte auch Rosina schwer zu leiden gehabt. Trotzdem war sie allmählich zu einer hübschen jungen Frau herangewachsen. Das über die zierlichen Schultern fallende leuchtend rote Haar wurde noch immer von einer roten Mütze bedeckt, nur dass diese inzwischen ein Stück größer geworden war.

Rosinas weibliche Reize ließen sich nicht mehr verbergen. Sie war im heiratsfähigen Alter und nicht wenige der Burschen und Männer warfen ihr heimlich verstohlene Blicke hinterher. Begehrlichkeiten wurden geweckt, die sich jedoch bereits im Keime erstickt sahen. Gäbe es da nur nicht dieses vermaledeite Hindernis, über das sich die weibstollen Mannsbilder nicht hinwegtrauten: Rosinas Unehrlichkeit! Doch Rosina machte sich nichts daraus. Das verlangende Glotzen, Starren und Pfeifen der Kerle scherte sie einen feuchten Kehricht. Nein, für Rosina zählten nur die Arbeit mit ihren Kräutern, Salben und Mixturen und ihr Kamerad Wolf. Obwohl inzwischen alt und grau, verschaffte sich der Wolf noch immer bei jedem Hund in der Stadt Respekt. Obendrein war Rosina ja nicht allein auf der Welt. Es gab auch noch ihren Ziehvater Quirin und Michel, den Knecht.

Es war Frühling geworden. Ein Tag wie tausend andere zuvor brach an, um seinen gewohnten Gang zu nehmen. Doch dieser Tag sollte für alle Bewohner des Hofes ganz anders verlaufen als üblich. Es sollte zu einem Drama kommen, das alle Beteiligten mit sich reißen würde. Über zehn lange Jahre hinweg hatten es Quirin und Michel mit viel Glück und Geschick verstanden, Rosina gegenüber nicht ihre wahre Identität zu verraten. Doch ein Geheimnis, ob gut oder schlecht, blieb nur solange ein Geheimnis, bis ein vom Schicksal gewollter Zufall es verriet...

Wie immer stand im frühen Morgenlicht der Schinderkarren draußen im Hof zur Abfahrt bereit. Michel wartete auf seinen Herrn. Ausgerechnet heute schlief Rosina nicht so lange wie sonst. Einer der Jagdhunde im Zwinger war krank und hatte die ganze Nacht hindurch furchtbar geheult. Rosina tat das arme Tier leid und sie wollte nach ihm sehen. Sie ging wie immer barfuß und lautlos die steile Klötzchenstiege hinunter. Quirin befand sich gerade unten im Hausgang und kniete vor der großen Truhe. Ihr Deckel war geöffnet. Von Linnen verhüllt, zeichnete sich ein länglicher Gegenstand ab. Auch der zweite Packen verbarg seinen Inhalt. Der letzte Stufentritt knarrte. Erschrocken schlug Quirin die Truhe zu.

»Was habt ihr?« Rosina wunderte sich über die plötzliche Blässe in Quirins Angesicht.

»Ooooh, nichts, ich habe mich nur erschrocken, weil ich nicht mit dir rechnete.«

Quirin stand auf. Ihm war siedendheiß zumute. Hastig wandt er sich zum Gehen, da geschah es, mitten in der Bewegung. Das Linnen, in das der längliche Gegenstand eingewickelt war, rutschte durch Quirins Arme. Schwer polterte es auf den Boden, die Hülle platzte auf.

»Oh mein Gott, das Schwert!«

Rosina schlug entsetzt ihre Hände vor's Gesicht. Ein eisiges Zittern fuhr ihr über den Rücken. Schreckgeplagt ließ Quirin nun auch noch das

zweite Bündel aus der Hand fallen. Der rotgefärbte Schaffellmantel, der nun ebenfalls zum Vorschein kam, brachte Rosina vollends um den Verstand. Die Augen weit aufgerissen, stierte sie fassungslos zu Boden. Tagaus, tagein war sie an dieser Truhe vorbeigegangen, ohne zu ahnen, welch schreckliches Geheimnis sie hütete.
»Nein!« Ein einzig lauter Schrei löste sich von ihren Lippen.
»Sei ruhig, Liebes. Du bist ja völlig außer dir!«
»Nein, geht weg!«, wehrte Rosina ab und wich zurück. Sie konnte seine Berührung nicht ertragen. Sie warf ihren Kopf in den Nacken. »Ihr seid also diese furchtbare Gestalt, vor der ich mich bis heute so fürchte...« Ihre Stimme klang wie eine geborstene Glocke. Das Frösteln ließ Rosina nicht mehr los.
»...dann seid ihr auch... der Mörder meiner Mutter!«
»Lass dir erklären...« Quirin rang nach Worten. Als er weiter nach ihr greifen wollte, verfiel Rosina in einen lauten Schreikrampf.
»Nein, Hände weg, Mörder!«
Durch Rosinas Geschrei angelockt eilte Michel ins Haus. Er befürchtete Schlimmes. Als er schließlich Schwert und Schaffellmantel im Hausflur liegen sah, wußte er bescheid. Die Tragödie hatte also begonnen.
»Verschwindet, verschwindet alle beide«, platzte es atemlos aus Rosina hervor. »Ich will euch nicht mehr sehen. Ich wollte, ihr wäret tot!« Rosina drehte sich um und rannte zu ihrer Kammer hoch.
»Rosina, es reicht!«, fuhr Quirin sie an. Er wollte ihr nach. Doch Michel stellte sich in den Weg. Zum ersten Mal wagte er es, sich seinem Herrn und Meister in den Weg zu stellen.
»Was soll das? Mach Platz!«
»Nein!«, entgegnete Michel mit harter Stimme. »Seid vernünftig, Meister, lasst Rosina in Ruhe. Sie muss das Ganze erst einmal verdauen. So schnell steckt sie es nicht weg. Uns bleibt nur eines, wir müssen abwarten.«
Quirin sah ein, dass Michel Recht hatte. Mit Gewalt war hier nichts zu erreichen. Im Gegenteil, man konnte es nur noch schlimmer machen und Rosina für immer verlieren.
»Michel, du glaubst gar nicht, wie sehr ich mich vor diesem Tag gefürchtet hab, an dem Rosina die ganze bittere Wahrheit erfährt«.
Quirin schien um Jahre gealtert. Er hob die Sachen vom Boden auf.
»Herr, ich habe euch noch etwas zu sagen«, sprach Michel beim Hinausgehen. Wortlos warf ihm Quirin einen Blick zu. »In der letzten Nacht hat euer Schwert gesungen. Ich habe es bis in meine Stube hinüber gehört.« Quirin wurde kreidebleich.

Zitternd an Arm und Bein lag Rosina in ihrem Alkoven. Ein tiefer Riss ging durch ihre verletzte Seele. Sie glaubte sterben zu müssen. Alles in ihr war zerbrochen, war ein heilloser Scherbenhaufen. Eine Flut von Tränen schoss über ihre sommersprossenübersäten Wangen hinweg. In ihrem aufgewühlten Innern tobte ein gewaltiger Kampf, er wogte hin und her. Ihr Verstand schien einfach nicht wahrhaben zu wollen, was geschehen war. All die vielen Jahre war sie von Quirin belogen worden. Rosina fühlte sich betrogen. Betrogen um die Wahrheit. An seinen Händen klebte Blut. Das Blut von Menschen, die er folterte und tötete. Es waren die gleichen Hände, die sie streichelten und trösteten, wenn sie krank oder traurig war. Aber auch die gleichen Hände, die ihrer Mutter das Leben genommen hatten. Trotz all seiner Liebe und Fürsorge, war und blieb ihr Ziehvater der Mörder ihrer Mutter. Daran gab es nichts zu deuteln und zu rütteln.
Es dauerte lange, bis Rosina sich endgültig der schrecklichen Wahrheit stellte. Niemals wieder könnte sie Quirin in die Augen sehen. Nein, hier bei diesem monströsen Schreckgespenst wollte sie nicht länger bleiben. Rosina musste fort – aber wohin?! Sie war schließlich eine Unehrliche, die niemand wollte. Rosinas Verzweiflung wuchs von Stunde zu Stunde. Was sollte sie nur machen? Mitten in ihr gedankenversunkenes Grübeln hinein begann auf einmal wieder der Jagdhund zu heulen.
Rosina verließ ihre Kammer, um nach dem kranken Tier zu sehen. Zu seinem Glück hatte sich der Hund bei der letzten Treibjagd nur einen Stachel in eine Pfote getreten, Rosina konnte ihn von diesem schmerzhaften Übel befreien. Der Stachel jedoch, der in ihrer verletzten Seele steckte, saß vielmals tiefer. Dem Jagdhund zu helfen sollte ihre letzte Tätigkeit auf diesem Hof gewesen sein, nur wusste sie das noch nicht, denn insgeheim rang sie immer noch mit ihrer Entscheidung, das Gehöft zu verlassen. Wollte sie wirklich gehen...? Diese Frage sollte sich bald erübrigen.
»Rosina, Rosina!« Plötzlich plärrte draußen vom Zaun her eine erregte Stimme. Rosina verschloss den Zwinger. Sie kannte den Schreier. Es war Hans Faust, der Müller der Viztumsmühle, wie meistens von Kopf bis Fuß mit hellem Mehlstaub bedeckt, anders kannte sie ihn auch gar nicht.
»Es ist was Schreckliches passiert!«, rief er ihr zu.
»Was denn?« Rosina kam langsam näher an den Zaun. »Ihr braucht wohl wieder neue Arznei für eure Frau? Aber deswegen müsst ihr doch nicht so schreien. Fürchtet ihr denn nicht, in Verruf zu geraten,wenn ihr ausgerechnet am hellichten Tag zu uns kommt?«

»Oh Gott, Kindchen, wie furchtbar das Ganze...«
»Was habt ihr?« Rosina beschlich eine böse Vorahnung. »Meister Quirin und... Michel...« Dem Müller versagte die Stimme. »Sie sind beide tot. Man hat sie erschlagen!«
Rosina fühlte sich wie vom Blitz getroffen. Sie musste sich an den Zaunstecken festhalten, um nicht umzufallen. Mit einem Schlag waren all der aufgestaute Hass, Ekel und Abscheu vergessen, den Rosina für ihren Ziehvater bis vor kurzem noch empfunden hatte. Statt Freude über den gerade noch gewünschten Tod des Henkers zu fühlen, blieben ihr nur blankes Entsetzen und Trauer. Es war doch nicht so einfach, die letzten zehn Jahre wegzuwerfen wie einen sauren Apfel.
»Wie... kam es dazu?« Nur zögernd löste sich ihre Zunge in dem vor lauter Schrecken völlig ausgetrockneten Mund.
»Meister Quirin, er hat gebutzt!«
»Was wollt ihr damit sagen?«
»Ihm ist heute zum ersten Mal eine Hinrichtung misslungen«, erklärte der Müller. »Meister Quirin hat gleich vier Schwerthiebe gebraucht, ehe der Kopf des zum Tode verurteilten Wilddiebes endlich fiel. Mir schien, als ob euer Vater, Gott hab ihn selig, mit seinen Gedanken ganz woanders gewesen wäre.«
»Dann ist es alles meine Schuld gewesen«, warf Rosina ein. Ihr war, als greife eine kalte Hand nach ihrem Herzen.
»Wie meinst du das? Du warst doch gar nicht dabei.«
Genau in die Worte des Müllers hinein erhob sich ein entsetzliches Geschrei.
»Oh weh, die ganze Stadt ist in höllischem Aufruhr. Rosina, sie kommen näher, in ganzen Horden.« Er zeigte zur Löherpforte hoch.
Tatsächlich, jetzt konnte Rosina die rasch heranwogende Welle des aufgebrachten Pöbels sehen. Viele trugen brennende Fackeln mit sich. Allerhand Spieße, Speere, Beile, Sensen oder auch einfache Spaten kreisten in rohen Drohgebärden über ihren Häuptern.
»Rosina, flieh, wenn dir dein Leben lieb ist! Hier gibt es nichts mehr zu tun für dich.«
Ihr Blick schweifte über das Gehöft. Zum zweiten Mal also sollte sie von brutaler Menschen Hand gezwungen ihr Heim verlieren. Dabei hatte sie es aus freien .Stücken verlassen wollen... War es nicht so? Rosina konnte sich dies nicht mit Sicherheit beantworten.
»Brennt alles nieder, macht die Meisterei des Henkers dem Erdboden gleich!« Die tobende und rasende Menge schob sich wie eine Steinlawine heran. Niemand konnte sie mehr aufhalten.

»Lauf doch endlich weg!«, drängte der Müller. »Oder willst du, dass man dich am Ende auch noch totschlägt, wie...«
»...wie einen herrenlosen Straßenköter oder wie Quirin und Michel«, fügte Rosina hinzu, mehr zu sich selbst sprechend.
Sie stieß einen schweren Seufzer aus. Erst Wolfs Heulen an ihrer Seite brachte sie wieder zur Besinnung. Hans Faust hielt es nicht mehr länger am Ort, er rannte weg.
»Worauf wartest du denn noch?«, schrie er ihr im Fortlaufen zu.
»Wo soll ich denn hin?«
»Du kannst dich bei mir in der Scheune verstecken.«
Rosinas Verkrampfung wich. Den buchstäblich letzten Strohhalm pakkend, sprang sie zusammen mit Wolf über den Zaun. So schnell wie sie ihre Füße sie tragen konnten rannte sie dem Müller hinterher. Rosina lief um ihr Leben, immer der hageren mehlverstaubten Gestalt hinterher. Hans Faust bot ein recht komisches Bild, wie er, vom Heben und Tragen schwerer Korn- und Mehlsäcke so krumm und bucklig, den Windfang hocheilte. Doch war es in dieser Situation nicht angebracht, sich darüber zu amüsieren.
Rosina hörte in ihrem Nacken das angestrengte Keuchen eines Verfolgers. Sie warf einen schnellen Blick über ihre Schulter. Es war ein richtiger Hüne, ein Bursche in ihrem Alter, der sich an ihre Fersen geheftet hatte. Er trug einen langen schweren Hammer bei sich, mit dem er jetzt bestimmt kein Eisen schmieden wollte. Im Gesicht des Pockennarbigen loderte pure Mordlust. Kilian, der sich von Kindesbeinen an als Rabauke und Raufer unter den Gassenkindern hervorgetan hatte, hatte bis zum heutigen Tag nichts von seiner Streitlust verloren. Einzig und allein war es seinerzeit Albert Laurent gelungen, den König der Gassenkinder in seine Schranken zu verweisen, doch dies lag schon lange zurück.
Plötzlich rutschte Rosina auf dem glitschigen Straßenpflaster aus, sie verlor den Halt und stürzte zu Boden. Schon stand Kilian groß und breit über ihr. Sein breites Grinsen versetzte ihm die Maske einer teuflischen Fratze. Kilian genoss den Triumph, den er auf einmal fühlte. Er hatte die Unehrliche, die verführerische Schönheit, wie ein Stück Wild gehetzt. Nun lag sie vor ihm. Hilflos war sie ihm jetzt ausgeliefert, sie, die ihm wie so vielen anderen Männern der Stadt schlaflose Nächte bereitete. Nein, sie durfte nicht mehr leben, dieses verruchte Hexenweib. Nur wer mit dem Teufel fest im Bunde stand, dem war soviel Anmut und Liebreiz gegeben. Doch damit war nun ein für allemal Schluss. Seine unstillbare Begierde nach ihr würde ihn fortan nicht mehr quälen.

Der Schmiedehammer schwang bereits über ihrem Kopf. Ein einziger wuchtiger Hieb würde genügen, um sie zu töten.
Rosina hob ihre Hände zur Abwehr. Gelähmt vor Angst brachte sie keinen Laut hervor. Wolf war herbeigesprungen, als er plötzlich bemerkt hatte, dass Rosina zurückblieb. Instinktiv hatte er die Gefahr, in der seine Herrin schwebte, erkannt. Weit ausholend hob Kilian den schweren Schmiedehammer zum tödlichen Schlag. Da schoss Wolf dazwischen, schnell wie ein geölter Blitz. Sein weit aufgerissenes Maul fuhr Kilian genau zwischen die Beine und seine Zähne schlugen zu. Ein schauriger Schrei ertönte. Markerschütternd pflanzte sich Kilians Wehgeschrei in die entfernten Gassenwinkel fort. Rosina schloss ihre Augen. Schwer fiel der Schmiedehammer aufs Straßenpflaster, dass die Steine zersprangen. Kilian sank auf die Knie. Schmerzgekrümmt wälzte er sich auf dem Boden. Da erst ließ Wolf vom Schwerverletzten ab. Ohne zu Kilian hinüberzusehen stand Rosina auf. Humpelnd eilte sie weiter. Kilian blieb plärrend wie am Spieß in seinem Blut liegen. Es gab niemanden, der sich seiner annahm.
Am Metzgertorturm wartete Hans Faust auf Rosina. Wegen Kilians furchtbarem Geschrei hatte ihn das Grauen gepackt. Nun war es Rosina, die ihn mit fortziehen musste. Beide hetzten weiter, die Große Webergasse entlang. Der frühgotische Bau der Muttergottespfarrkirche, der ältesten Pfarrei der Stadt, blieb wie ein grauer Schatten zurück. So wie die kurfürstliche Schneiderei und all die übrigen Gebäude, in denen die Bediensteten des kurfürstlichen Hofes wohnten und arbeiteten. Das aus mehreren verschiedenen Häusern bestehende Areal diente seit der Zerstörung der Burg als provisorischer Verwaltungssitz des Mainzer Oberstifts.
Rosina und Hans Faust rannten geradewegs in die nahe Burgruine. Erschöpft sank Rosina hinter dem Trümmerschutt eines halb zerfallenen Turms zu Boden.
»Ich kann nicht mehr!« Ihre Knie bluteten.
»Du kannst doch jetzt nicht einfach aufgeben«, sagte der Müller. »Schon gar nicht nach dem, was gerade geschehen ist.«
Er sah zu Wolf hinüber, der sich neben seine Herrin setzte. Von seinem Gebiss tropfte Blut. Es war das von Kilian. Rosina begegnete dem vorwurfsvollen Blick des Müllers.
»Wolf kann nichts dazu, er hat mir nur geholfen.« Dankbar streichelte sie ihm durchs graue Fell, dafür leckte er ihr mit seiner Zunge übers verschwitzte Gesicht. »Wenn ich diesen braven Kameraden nicht hätte, läge ich jetzt bestimmt mit zerschmettertem Kopf im Dreck der Gosse.«

»Genau deswegen soll jetzt nicht alles umsonst gewesen sein!«
Der Müller drängte zum Aufbruch. Wolf hob seine Schnauze schnuppernd in den Wind.
»Er hat etwas gewittert«, erkannte Rosina. »Kommen neue Verfolger?« Angst irrlichterte in ihren Augen.
»Nein, das nicht. Aber dafür sehe ich was anderes.«
»Was denn?«
»Steh auf und sieh selbst.« Der Müller zeigte in die Stadt zurück. Angefacht vom stark wehenden Südwind, der zusehends mildere Frühlingsluft ins Land blies, stieg in der Ferne eine große Rauchwolke zum Himmel.
»Euer Gehöft, es brennt!« Dieser Feststellung des Müllers hätte es nicht bedurft. Auch so ahnte Rosina, über wessen Grund und Boden sich das Fanal der Zerstörung erhob.
Das entfernte Schreien des Schwerverletzten war längst in ein weinerliches Wimmern übergegangen. Erregtes Stimmengewirr brandete auf.
»Rosina, das gilt uns!«
Diese wohl letzte Warnung aus dem Mund des Müllers genügte. Ihre Flucht ging weiter. Die ausgebrannte Burgruine hinter sich lassend stiegen sie den angrenzenden Viehberg hinab. Der Ohmbach durchfloss den langen natürlichen Graben. Neben dem Viehhof, auf dem Ochsen, Kälber, Schweine und Hühner für den kurfürstlichen Hof gehalten wurden, standen hier eine Zehntscheuer, ein Holzhof und eine Gras- und Heuscheune mit einer Waage. Außerdem schloss sich das Gebäude des kurfürstlichen Schlachthauses an, in dem man auch Bier braute. Unweit des Theoderichstores, wo sich das Zollhaus des Wasserzöllners anlehnte, stand das langgestreckte Gebäude der Viztumsmühle, die gleich von drei unterschlächtigen Wasserrädern angetrieben wurde.
»Schnell hinein, bevor dich jemand sieht!« Hans Faust hielt Rosina die Türe der Kornscheune auf.
Auf dem Wehrgang über dem Theoderichstor hielten soeben drei schwer bewaffnete Musketiere Wache. Zum Glück waren diese von den dicken Rauchschwaden und dem Gebrüll der Verfolger abgelenkt. Bevor eine der Stadtwachen sie bemerken konnte, waren Rosina und Wolf mit dem Müller in der Scheune verschwunden.
»Hier kannst du dich verstecken, bis die Luft rein ist«, sagte der Müller. »Eine bessere Obhut kann ich dir leider nicht bieten.«
»Ist schon in Ordnung«, wehrte Rosina mit einem matten, aber dankbaren Lächeln ab. Nicht nur ihre zerschlagenen Knie waren Spuren des Schreckens, den sie heute hatte erleben müssen.

»Warum tut ihr das alles für mich, Meister Hans? Ihr bringt euch doch damit nur selbst in Gefahr.«
»Wenn Quirin und du nicht mit euren heilbringenden Kräutern und Säften zur Stelle gewesen wärt, wäre ich bestimmt schon lange Witwer. So aber erfreut sich meine Frau ihres Lebens. Und ich freue mich mit ihr. Wenn Gott will, bekommen wir heuer gar ein viertes Kind.« Der Müller strahlte trotz des vielen Mehlstaubs über beide Wangen. »Sobald es Nacht wird, bringe ich dir und Wolf etwas zu Essen. Aber jetzt versteckt euch gut«, mahnte der Müller. »Wird dein Wolf auch leise sein? Nicht, dass er uns am Ende verrät.«
»Sorgt euch deswegen nicht«, beruhigte ihn Rosina. »Und falls uns jemand wirklich auf die Schliche kommen sollte, sage ich einfach, ich sei zufällig und ohne eure Hilfe hierher gekommen.«

*

Schon im ersten Morgenlicht brach Rosina mit Wolf auf. Der Müller hatte am vergangenen Abend Wort gehalten und Essen und Wasser gebracht. Es war keine ruhige Nacht, die Rosina verbracht hatte. Schlaflos hatte sie sich auf ihrem Nachtlager, einigen leeren Säcken, umhergewälzt. Ihre Gedanken waren um Quirin und Michel gekreist. Sie hatte es nicht fassen können, dass die beiden Männer ein solch schlimmes Ende gefunden haben sollten. Vielleicht hatte sie der Müller auch nur angelogen? Doch zum Teufel, warum hätte er dies tun sollen? Rosina hatte diesen hoffnungsbergenden, aber letztlich doch völlig abwegigen Gedanken verworfen.
In den noch leeren Gassen der Stadt war längst wieder Ruhe und Frieden eingekehrt. Die Aufregung, die gestern noch ganz Aschaffenburg in Atem gehalten hatte, war abgeflaut. Die beiden toten Schinder schienen schon wieder vergessen zu sein, doch es würde bald wieder neues Menschenblut vergossen werden. Die Bluttat am Scharfrichter und seinem Gesellen forderte Sühne und Vergeltung, dafür würden die Ratsherren der Stadt und der Vizedom Conrad von Graenradt schon sorgen.
Noch am selben Tag ließ der Vizedom eine Abteilung Soldaten ausrücken, die einzig und allein ihm unterstanden. Das Gehöft nebst Stallungen und Scheune waren verloren, alles war ein Raub der Flammen geworden. Nur die Zwinger mit den kostbaren Jagdhunden des Kurfürsten waren vom Feuer verschont geblieben. Das von Wut und Zorn aufgepeitschte Volk war schnell zur Räson gebracht. Willenlos streckte der Pöbel die Waffen. Schließlich hatte man ja das erreicht,

was man wollte. Blutdurst und Vernichtungsdrang waren befriedigt. Doch es sollte weitere Opfer geben. Die Soldaten griffen einige Personen aus den Reihen des Mobs, jene, die sich als besonders stimmgewaltig und angriffslustig erwiesen hatten. Ihnen würde der Prozess gemacht werden, das stand fest wie das Amen in der Kirche. Bis es jedoch soweit war, schmachteten die Aufrührer im dunklen Verließ des Stadtgefängnisses am Töngesturm. Denn zur Vollstreckung des Urteils, das nur auf Tod durch das Schwert lauten konnte, fehlte jetzt ein neuer Scharfrichter. Bereits am nächsten Morgen schickte der Stadtschultheiß einen reitenden Boten nach Frankfurt zum dortigen Magistrat der Stadt mit der Bitte um baldige Amtshilfe.

Rosina verließ fast gleichzeitig mit dem Reiter die Stadt. Während der Bote mit seinem Schimmel durch das Dingstalltor auf die Gleitstraße in Richtung Frankfurt davongaloppierte, hielt Rosina auf die Richtstätte zu. Seit der Ermordung ihrer Mutter in Hörstein war es an diesem Tag überhaupt das erste Mal, dass sie einen solch furchtbaren Ort aufsuchte. Doch sie tat es nicht, wie die meisten ihrer Zeitgenossen, um sich am Leid der Armen Sünder zu ergötzen. Nein, Rosina tat dies aus einem ganz anderen Grund.

Schon von weitem erhob sich vor der Galgenmühle das dreischläfrige Galgengerüst. Der Schinderkarren samt Gespann stand noch immer auf seinem Platz, als sei er eben erst dort angekommen. Pferd und Esel taten sich an saftigen Grasbüscheln gütlich, so als ob gestern überhaupt nichts geschehen sei. Das unzertrennliche Gespann war mit einer solchen Situation bereits hinlänglich vertraut, es konnte sie nicht mehr berühren. Schon damals, vor etlichen Jahren, hatten sie ebenfalls an der Seite ihres von Räubern erschlagenen Herrn, einem jüdischen Kaufmann, treu und brav ausgehalten, bis man sie schließlich zum Roßmarkt geführt hatte.

Quirin und Michel lagen auf dem von zahllosen Füßen gestampften und blutgetränkten Erdboden. Der Leichnam des geköpften Wilderers war verschwunden, Angehörige hatten ihn wohl weggeschafft. Nur wenige Schritte trennten Meister und Knecht. Rosina erschien es, als ob sie schlafen würden. Langsam lenkte sie ihre Schritte näher. Es war ihr schrecklich zumute, die beiden Männer so vor sich in Staub und Dreck liegen zu sehen. Ein ganzes Jahrzehnt hatte sie in ihrer Mitte gelebt, geweint und gelacht, mit ihnen zu Tisch gesessen, ihre schmutzige Kleidung gewaschen. Rosina empfand keinerlei Genugtuung, dass die Peiniger und Mörder ihrer Mutter tot waren. Im Gegenteil, ihr Herz war durch und durch mit Traurigkeit erfüllt.

»Und dafür trage ich nun ganz allein die Schuld«, seufzte Rosina. »Wäre ich gestern morgen nur nicht so früh aufgestanden, dann...«
»Gräm... dich... nicht...«, drang es plötzlich leise an ihr Ohr.
Ein gewaltiger Schauer fuhr ihr in die Glieder. Narrte sie ein Trugbild oder spielte ihr da jemand einen Schabernack? Wolf schwänzelte, er lief zu Michel hinüber. Mühsam hob der Knecht seine Hand, die ihm gleich wieder kraftlos herunterfiel.
»Du... du lebst ja...« Rosina sprang zu ihm hin und kniete sich an seine Seite. Sie schluckte schwer. Michels Wams war über und über mit Blut getränkt, seinem eigenen. Es grenzte an ein Wunder, dass er überhaupt noch am Leben war. Er, der stets zu Rosina sagte, sie habe die sieben Leben einer Katze, hatte lange durchgehalten. Vorsichtig hob sie Michels Kopf etwas hoch und bettete ihn in ihren Schoß.
»Ro...sina..., ich habe auf dich ge...wartet. Ich wusste, dass du noch kommst...«, flüsterte Michel, so dass sie es gerade noch hören konnte.
»Rede jetzt nicht, es strengt dich nur unnötig an.«
»Bald wer...de ich genug Zeit ha...ben... mich auszuruhen«, entgegnete Michel. Ein schwaches Lächeln huschte über sein Gesicht. Die wächserne Bleiche des nahen Todes war nicht zu übersehen.
»Du... musst noch eines wissen... Meister Quirin... hat dich... immer geliebt.« Ein Husten schüttelte den Sterbenden. »Du warst... für ihn wie ei...ne eigene Tochter...«
Rosina nahm Michels Hand, sie fühlte sich schon ganz kalt an.
»Ver...zeih uns bitte...«
»Wenn hier jemand um Verzeihung zu bitten hat, dann bin ich es!«, erwiderte Rosina und streichelte ihm über die Wange. Michel lächelte. Plötzlich schoss ein dünner Blutstrom aus seinem Mund. Ein kurzes Zittern durchlief Michels Körper, dann wurde seine Hand schlaff. Er war tot. Michel war seinem Herrn ins Jenseits gefolgt. Dorthin, wo es weder Anfeindung noch Ächtung zu erleiden gab. Der ewige Schmerz seiner geschundenen Knochen hatte nun ein Ende.
Rosina ließ den Kopf des Toten sacht zu Boden gleiten. Quirins Kopf lag in einer großen Lache getrockneten Blutes. Der tödliche Schlag am Hinterkopf hatte ihn anscheinend völlig überraschend getroffen. Ein merkwürdiges Erstaunen lag in seinen längst gebrochenen Augen. Es schien, als sei er im Augenblick seines Todes weit weg gewesen, nicht hier, an diesem Ort. Rosina kniete sich auch zu ihm nieder und schloss ihm die Augen. Sie war froh, wenigstens einen der Beiden noch lebend angetroffen zu haben, auch wenn es nur wenige Momente waren.
Nun aber musste Rosina ihre traurige Pflicht erfüllen, die zwei Toten zu

bestatten. Allein deswegen hatte sie den Weg an die Richtstätte gemacht. Trotz allem, was die beiden in ihrem schrecklichen Leben auch gemacht hatten, schien Rosina ihnen dies schuldig zu sein. An ein geweihtes Grab auf einem Friedhof war wie damals bei ihrer Ziehmutter Maria Schnabel nicht zu denken. Auf dem Schinderwagen fand Rosina schließlich Schippe und Spitzhacke, um ein großes Loch auszuheben. Die beiden sollten Seite an Seite ihre letzte Ruhestätte finden. Rosina brauchte fast den ganzen Tag, um diese anstrengende Arbeit zu vollbringen.
Rosina scheute sich nicht, das Schwert aus dem Staub aufzuheben. Als Mädchen hatte sie geglaubt, dass daran die Seelen der Toten klebten. Nun aber stieg sie mit der Waffe ins Grab hinab und legte es in Quirins steife Finger. Schwert wie Richter sollten künftig Ruhe finden, ihr blutiges Handwerk auf der Erde war nun für immer vollbracht.
Nachdem Rosina das Grab zugeschaufelt hatte, verweilte sie noch einige Zeit an der Richtstätte. Sie sah sich an den Wintertag zurückversetzt, an dem sie weit vor den Mauern Hörsteins einsam und allein der Ungewissheit des Schicksals ausgesetzt gewesen war. Jetzt, viele Jahre später, war es nicht viel anders. Wieder einmal war Rosina mutterseelenallein. Sie hatte nur einen Gefährten an ihrer Seite, ihren guten, alten, treuen Wolf. Traurig schweiften ihren Augen von den Gräbern hinüber zu den beiden Zugtieren, deren letzter Weg wohl unweigerlich zum nächsten Schlachter führen würde.
Ihr Blick richtete sich einer plötzlichen Eingebung folgend zum Johannesberg hoch. Schon lenkte sie ihren Schritt in Richtung Norden. Albert, was mochte nur aus Albert geworden sein? Seit ihren gemeinsamen Abenteuern hatte sie ihn nicht mehr zu Gesicht bekommen. War er überhaupt noch am Leben? Sie hoffte es inbrünstig. Ihr Herz schlug höher, doch dann sank ihre Zuversicht. Er hatte sie wohl längst vergessen, eine Frau genommen und Kinder mit ihr... und war glücklich. Dieser schmerzliche Gedanke verfinsterte Rosinas Seele noch mehr, so wie das dicke Wolkengebräu, das allmählich von Westen heranzog, den Himmel verdunkelte. Rosina sah sich plötzlich gezwungen, eine andere Richtung einzuschlagen, wollte sie nicht geradewegs dem Unwetter in die Arme laufen. Erneut trieb das Schicksal einen breiten Keil zwischen Rosina und Albert. Seine unergründlichen Geschicke schienen etwas dagegen zu haben, dass die beiden sich wieder begegneten.

2

»Hexen heißen sie wegen der Größe ihrer Verbrechen, nämlich schlecht vor allen anderen Übeltätern ist ihre Wirksamkeit... Sie verwirren Elemente mit Hilfe der Dämonen, um Hagelschlag und Sturm zu erregen... Hexen verstören den Geist der Menschen...«

Isidorus

»Oooah, Oooah!« Langgezogen dröhnte aus der Ferne eine kräftige Stimme rollend durch die frische Kühle der Morgendämmerung. Ein kleines Rudel Kahlwild erhob sich aus dem wabernden Bodennebel der Waldlichtung. Genüsslich in den hohen Gräsern äsend, fuhren die Köpfe der Tiere plötzlich hoch. Abwartend blickten sie gespannt in die Richtung, aus der sie die seltsamen, röhrenden Laute vernahmen. Nur kurze Zeit später kündigte ein plötzliches Knacken im nahen Unterholz vom Nahen einer Kreatur, der wohl mit Abstand mächtigsten im ganzen Bergwald. Vorsichtig verharrte das große Tier für einen Moment still im schützenden Dickicht. Prüfend hielt es seinen nässenden Windfang in die fechelnde Spur des kühlen Lufthauches. Sein ausdruckstarkes Lichterpaar schweifte musternd umher. Hier auf dieser kleinen Lichtung drohte ihm keinerlei Gefahr. Das Tier brauchte niemanden zu fürchten außer den Menschen, und ein solcher war im Augenblick nicht in Sichtweite. Gekleidet in sein rotbraunes Fellgewand betrat der König des Waldes sein Reich. Zwanzig elfenbeinfarbene Enden schmückten die riesige dunkelbraune Krone des Rothirschs. Sein starker Hals und muskulöser Nacken ermöglichten es »Tabor«, seine großen und schweren Geweihstangen scheinbar mühelos zur Schau zu stellen.

Dem mächtigen Edelhirsch mit seiner dunklen Halsmähne war es auch an diesem Frühsommertag 1582 gelungen, eine große Schar an Weibchen um sich zu versammeln. Gemächlich trottete »Tabor« auf die äsenden Hirschkühe zu, in deren Reihen sich auch einige noch nicht geschlechtsreife Junghirsche befanden. Doch plötzlich zerriss ein erneutes lautes Röhren die Stille des Waldes. Am anderen Ende der Lichtung gab er sich zu erkennen, so als habe er die ganze Zeit über auf »Tabor« gewartet. Der herausfordende Rivale!

Ein junger Achtender, durch dessen Adern noch das stürmischheiße Blut der Jugend strömte, zögerte nicht länger. Seinem mehrmals ausge-

stoßenen Kampfruf wollte er endlich auf dem Brunftplatz Taten folgen lassen. Mit drohendem Imponiergehabe versuchte der jüngere Rothirsch, den alten »Tabor« einzuschüchtern. Aber dem aus unzähligen Zweikämpfen immer als Sieger hervorgegangenen König des Waldes war das Verhalten des Nebenbuhlers nichts Neues. Bereit, seinen Machtanspruch zu verteidigen, verharrte er scheinbar bewegungslos inmitten der Kahlstelle. Mit starrendem Auge beobachtete der Zwanzigender jede einzelne Bewegung seines Gegners.
Plötzlich, wie aus heiterem Himmel, stürmte der Rivale mit gesenktem Geweih vorwärts. »Tabor« stand ihm in nichts nach, er preschte nun selber nach vorne. »Klack, Klack!« – in voller Wucht prallten die mächtigen verzweigten Geweihstangen der beiden Kontrahenten gegeneinander. Vom stürmischen Drang der Jugend getrieben versuchte der Achtender unter Aufbietung all seiner Kräfte, den alten Hirschen vom Kampfplatz zu schieben. Doch der erfahrene Hirsch widerstand dem ungestümen Angriff seines Herausforderers. Heftig stampfend und schiebend sank dieser mit seinen beiden Vorderläufen in den Grasboden. Nicht von der Stelle weichend, bot »Tabor« dem stürmischen Widersacher aufrecht stehend und gesenkten Geweihs Paroli.
Das Hirschrudel verfolgte derweil aus sicherer Entfernung das beeindruckende Schauspiel der beiden erbittert fechtenden Rivalen. Der alte König des Bergwaldes spürte, wie seinem jüngeren Nebenbuhler allmählich die Kräfte schwanden. Zunehmend gewann »Tabor« die Oberhand und ging seinerseits zum Angriff über. In dem winzigen Moment eines Wimpernschlags, in dem sich der junge Rothirsch eine kleine Atempause gönnen wollte, schlug »Tabor« unerbittlich zu. Mit einem schnellen, wuchtigen Stoß seiner elfenbeinfarbenen Geweihenden in die ungeschützte Flanke seines Kontrahenten beendete er den Kampf. Benommen stürzte der Herausforderer zur Seite, aber ehe »Tabor« die Gelegenheit nutzen konnte, den Unterlegenen von Neuem zu attackieren, erhob dieser sich im Nu auf seine Läufe und verschwandt fluchtartig im nahen Unterholz. Dicht über ihm flog plötzlich ein langschwänziger Schatten hinweg. »Hu hu huh, Hu hu huh!« – der laute, dumpfe Ruf einer Eule in der Nähe klang beinahe wie ein höhnisches Lachen. Die Natur schien keinerlei Mitleid mit einem Verlierer zu haben.
Der unterlegene Hirsch war wohl noch nicht reif genug, die Nachfolge des alten Königs anzutreten und musste bis zum nächsten Jahr warten, um eine weitere Chance zu erhalten. »Tabor«, der neuerliche Sieger, hob sein mächtiges gekröntes Haupt und warf dem flüchtenden Besiegten seinen stolz erklingenden Triumphschrei nach: »Ooooah, Ooooah!«

Ein vielstimmiges Echo trug »Tabors« röhrenden Siegesruf vom nahen Dickicht weit über die Bachschluchten und Bergtäler hinweg, bis zu den äußersten Grenzen seines großen Reiches.
Mittlerweile waren die Hirschkühe und Junghirsche wieder einigermaßen zur Ruhe gekommen. Ihre aufmerksamen Blicke galten dem alten und neuen Herrn des Waldes. Soeben wollte er dem Rudel gemächlich hinterhertrotten, als seine Lauscher plötzlich aus der Ferne einen merkwürdigen Klang vernahmen. Diese schrecklichen, unnatürlichen Laute der Jagdhörner, die lärmend durch sein Reich schallten, ließen »Tabor« mit einem Mal jäh erschaudern. Nichts fürchtete er mehr als die Stimme des Menschen, wenn dieser in seine Welt trat. »Tabor« war in der Lage, jedes andere Lebewesen zu bezwingen, auch den ungleichen Kampf gegen eine hungrige Wolfsmeute hatte der Rothirsch vor etlichen Jahren in einem schlimmen Eiswinter erfolgreich überstanden. Aber die verhassten Zweibeiner kämpften mit Waffen, wogegen er selbst als König des Bergwaldes völlig machtlos war.
In »Tabors« mächtigem Rücken steckte noch immer die Spitze eines abgebrochenen Armbrustbolzens. Seit nunmehr sechs langen Sommern und Wintern trug er dieses Andenken an eine Jagd auf ihn in seinem rotbraunen Fell. Nur dank einer verwegenen Flucht durch die reißenden Fluten eines angeschwollenen Bergbachs war es ihm gelungen, dem listreichen und überlegenen Gegner zu entrinnen. In Panik versetzt suchte das Rudel des Kahlwildes in mächtigen Sprüngen das Weite. Für einen kurzen Moment stellte sich »Tabor« sichernd hinter die flüchtenden Hirsche. Doch sein demonstratives Macht- und Beschützergehabe wurde im Keim erstickt. Auch wenn er eben erst aus einem erbitterten Duell als strahlender Sieger hervorgegangen war, unterwarf er sich seinem Instinkt und floh.
»Tabors« verzweifelter Fluchtversuch führte ihn querfeldein durch den schier endlosen Bergwald über helle Lichtungen hinweg bis ins dunkle Dickicht hinein. Egal wohin er auch flüchtete, ob bergauf oder bergab, zwischen den dichtgewachsenen Reihen der Buchen, Eichen und Fichten hindurch, es kam immer näher – das lärmende Posaunen der Jagdhörner, das kläffende Bellen der Hunde und das laute Kreischen der Treiber. Es kam beinahe aus allen Richtungen, so als sei an diesem Tag der Wald voll von Jägern, die ihm nach dem Leben trachteten.
Der Sieg hatte »Tabor« sehr viel Kraft gekostet. Erst jetzt spürte der alte Zwanzigender, dass nicht mehr das kochende Blut der Jugend durch seine Adern raste. Längst waren die Hirschkühe und Junghirsche seines Rudels irgendwo weit vor ihm im Schutz des dunklen Forstes un-

tergetaucht. Inzwischen triefte »Tabors« Fell vor Schweiß, der sich im Licht der Morgensonne glitzernd widerspiegelte. Plötzlich vernahm er hinter sich die rasch näherkommenden hechelnden und japsenden Laute der Jagdhunde. Von ihrem Jagdherrn und seinen Hundehetzern in einem gnadenlosen Drill für diese Aufgabe abgerichtet, hatte sich gleich eine ganze Meute an »Tabors« Fersen geheftet. Die eifrig hetzenden Vierbeiner hatten dabei einen langen schweren Weg zurücklegen müssen, der auch ihnen einige Kraft und Ausdauer abverlangt hatte. Letztendlich brachten es die Jagdhunde aber doch fertig, ihr Opfer zu stellen. Ihr Herr durfte mit ihnen zufrieden sein.
Den Lecker weit aus seinem schaumigen Maul hängend, rang »Tabor« rasselnd nach Luft. Vor ihm versperrte ein scheinbar kaum zu überwindendes Hindernis seinen Fluchtweg. Aus der Tiefe der Rückersbacher Schlucht drang das Rauschen eines klaren Waldbachs an seine Lauscher. Mit zitternden Läufen stellte sich »Tabor« in seiner auswegslosen Situation den Verfolgern, die ihn nun laut kläffend von allen Seiten umringten. Plötzlich sprang ein hellgelber Hund mit langem spitzem Maul »Tabor« zähnefletschend an. Furchtlos blickte der Hirschkönig mit gesenkter Krone dem mutigen Angreifer entgegen. Mitten in den Sprung des Jagdhundes hinein hob »Tabor« seine Geweihstangen. Die elfenbeinfarbenen Enden seiner gehörnten Waffe bohrten sich tief in das Fleisch des Hundes. Vor Schmerzen gellend aufheulend, wirbelte das schwerverletzte Tier im hohen Bogen weit durch die Luft. Der Hund prallte gegen den harten Stamm einer mächtigen Rotbuche und fiel mit gebrochenem Rückgrat leblos zur Erde. Ihres Leittiers beraubt trauten sich die übrigen Vierbeiner nicht, zu einem weiteren Angriff anzusetzen. Trotzdem hielten sie das wehrhafte Wild weiterhin umzingelt. Ein plötzliches Hufgetrommel auf dem schweren Waldboden kündete vom Nahen eines Pferdes. Schnell nahm der Zwanzigender den Geruch des verhassten Menschen wahr. Wenn er seine letzte Chance auf ein Entkommen nutzen wollte, musste der erschöpfte »Tabor« den dichten Ring der bellenden und knurrenden Jagdhunde durchbrechen...
»Grundgütiger Himmel, welch ein Prachtexemplar!« Ein Ausdruck größten Erstaunens, der eine Spur von Bewunderung nicht verbergen konnte, huschte über das runde bartlose Gesicht des Reiters. Von kaum zu überbietender Jagdleidenschaft gepackt hielt der Jäger in seinem schwarzgrün gestreiften Waidmannsrock auf den von seinen Hunden umstellten Zwanzigender zu. Die Armbrust in seiner Rechten zum Schuss gespannt visierte der gut beleibte Jägersmann noch im Galopp sein Ziel an. Diese herrliche Trophäe musste unbedingt sein werden! In

der Seele des Mannes wuchs dieser Herzenswunsch schnell zur haltlosen Gier. Der Windzug riss ihm seinen großen geschwungenen Federhut vom Kopf. Sein Haar, frisiert zum modernen Pagenschnitt, wirbelte nach hinten. Gleich würde der Zeigefinger des Reiters den todbringenden Pfeil von der Armbrust schnellen lassen.
»Tabors« angstblitzende Lichter sahen den Menschen auf seinem Ross rasch näherkommen. Nun galt es! Mit gesenkten Geweihstangen stürmte der alte Rothirsch los. Vom urplötzlichen Ausbruchsversuch des tapferen Wildes überrascht bekam ein weiterer Jagdhund »Tabors« gefährliche Waffen zu spüren. Laut winselnd krachte er ins nahegelegene Reisiggebüsch, um dort peingekrümmt sein Leben auszuhauchen. Ein weiterer sank von den schweren Hufen betäubt lautlos zu Boden. Die Hundemeute sah sich im Handumdrehen dezimiert.
»Beim heiligen Hubertus!« Den wulstigen Lippen des enttäuschten Jägers entfuhr ein zerknirschter Fluch. Aber schon im gleichen Atemzug bewunderte er den Kampfesmut dieser majestätischen Kreatur, die vor seinen Augen gleich drei seiner besten Hunde getötet hatte.
»Dieser Hirsch ist ein wahrer König, er versteht sich wacker seiner Haut zu wehren!«, sprach der Mann anerkennend. Von unbändigem Jagdfieber erfasst gab der Jäger seinem Rappen in einer schon beinahe rücksichtslosen Art und Weise heftig die Sporen und setzte dem flüchtenden Tier nach. Auf die Schlucht zujagend sah der Jägersmann, wie der Rothirsch bereits zum Sprung ansetzte. Er hielt den Atem an. Trotz des rasanten Galopps gelang es dem Reiter, seine Waffe in Schussposition zu bringen. Gleich darauf raste das spitze Geschoss des Bolzens, das nun keine Macht der Welt mehr aufhalten konnte, auf das Blatt des Zwanzigenders zu.
Plötzlich, mitten im Sprung, verspürte »Tabor« in seiner rechten Flanke ein glühendheißes Stechen. Tief raste der quälende Schmerz durch sein Fleisch. Nur seiner großen ungebrochenen Willenskraft war es zu verdanken, dass er den Sprung nicht abbrach. Gerade so erreichten seine Hufe die rettende jenseitige Schluchtseite. Doch auf einmal lösten sich unter »Tabors« Hinterläufen jede Menge Erde und Gesteinsbrocken. Er drohte augenblicklich in den Schlund des Verderbens zu stürzen.
Gebannten Auges verfolgte der Reiter den Sprung des Hirschen. Trotz seiner schlimmen Verletzung gelang es »Tabor« in einem atemberaubenden Moment, dem Absturz in die tödliche Tiefe zu entrinnen. Vom dramatischen Überlebenskampf des Wildes völlig abgelenkt, versäumte es der Jäger, den ungebremsten Lauf seines schweißgebadeten Pferdes zu stoppen. Eine Woge siedender Hitze stieg in ihm auf, als sich

plötzlich vor ihm die gähnende Leere des nahen Abgrundes auftat. Er konnte das Pferd nicht mehr zügeln, dafür war es zu spät. Er musste es verloren geben. Nur sein eigenes Leben konnte er vielleicht noch retten, wenn überhaupt. Mit dem Mut der Verzweiflung sprang der Reiter aus dem Sattel. In einem wild aufgellenden Wiehern, einem durch Mark und Bein dringenden Todesschrei, stürzte der Rappe in die Schlucht. Der Waidmann selbst schlug mit einer unsanften Landung nur wenige Ellen vom Abgrund entfernt hart auf dem Waldboden auf. Dass sein Kopf unglücklicherweise gegen einen großen Stein stieß raubte ihm jäh das Bewusstsein. Weder der Jäger noch das Wild gingen aus dieser verwegenen Verfolgungsjagd als Sieger hervor. Beide teilten sie sich das traurige Los des Verlierers.
Während der Mensch leblos am Boden ruhte und sein Pferd mit zerschmetterten Gliedern im Tal der Bachschlucht lag, leckte sich der waidwunde Hirsch an seiner schrecklichen Verletzung. Sein rotbraunes Fell färbte sich schnell blutig. »Tabors« Instinkt verriet ihm, dass er das Ende dieses Tages nicht mehr erleben würde. Langsam trottete er, vom anklagenden Gebell der Hunde verfolgt, durch den Wald. Keiner der kläffenden Vierbeiner besaß den Mut, über die gefährliche Schlucht zu springen, um dem sterbenden Hirsch nachzustellen. Und niemand sollte ihm, dem König des Waldes, die mächtige Krone von seinem Haupt rauben. Große Müdigkeit ergriff von »Tabor« Besitz. Hinter einem dicht bewachsenen Gürtel aus Gestrüpp und Sträuchern fand er schließlich den Ort, nach dem er gesucht hatte. Mit den zittrigen Vorderläufen voran sank »Tabor« auf den Waldboden hinab und spürte, dass dieses Bett aus Heidelbeerkraut und gelben Moosflechten seine letzte Ruhestätte sein würde.
Bis hierher, wo er in Ruhe und Würde sterben wollte, konnten ihm seine Peiniger nicht folgen, dessen war sich der sterbende Hirsch sicher. Betäubender, schwerer Modergeruch stieg in seinen Windfang. Ein leise fechelnder Lufthauch trug aus weiter Ferne die Signale der Jagdhörner herbei. Es schien, als ob die restliche Jagdgesellschaft des sterbenden »Tabors« zu Ehren ein letztes »Halali« blies. Noch immer hob er, so wie es sich für eine Majestät gehörte, sein gekröntes Haupt stolz gegen den Himmel. Zwischen den wuchtigen Stämmen der Bäume hindurch schimmerte ihm, einem Abschiedsgruß gleich, das erste Licht des neuen Tages entgegen.

*

Nur mühsam fand der Bewusstlose zur Besinnung. Aus der gähnenden Dunkelheit, von der er umhüllt war, leuchtete ihm ein Feuer entgegen. »Grundgütiger, wo bin ich? Ich werde doch nicht etwa in der Hölle schmoren?!« Schockiert sah er zum Flammenherd hinüber.

Doch die nur schwach aufzuckenden Feuerzungen blieben an ihrem Platz. Ihnen gierte nicht nach Menschenfleisch. Das wenige Reisig, das noch brannte, würde bald aufgebraucht sein, das Feuer würde unweigerlich verlöschen, wenn niemand neues Holz nachlegte. Doch außer ihm war keiner da. Der anfängliche Schrecken des Mannes im Waidmannsrock war gerade am Verblassen, als ihm plötzlich ein Augenpaar gespenstisch entgegenleuchtete.

»Alle vierzehn heiligen Nothelfer, steht mir bei! Der Zerberus...« Er war wie gelähmt.

»Fremder Herr, ein Jägersmann wie ihr wird sich doch nicht etwa vor einem alten Wolf fürchten«, drang es auf einmal durch das Halbdunkel. Schritte kamen näher.

»Der Engel des Herrn, er kommt, um mich zu retten.« Sein jagender Puls beruhigte sich.

»Ich bin kein Engel, sondern ein einfacher Mensch aus Fleisch und Blut. Seht her!«, sprach die weibliche Stimme.

Ein Flammenwirbel stieg hoch. Das Feuer hatte neue Nahrung bekommen. Nun konnte er sie sehen. Eine junge Frau im langen Kleid stand genau vor ihm. Ihr Haar trug die gleiche Farbe wie das Rot des Feuers.

»Wer bist du?«, fragte er zögernd.

»Ich bin Rosina.«

»Und was machst du da?«

»Wie ihr seht habe ich soeben neues Holz nachgelegt, das ich draußen im Wald gesammelt habe«, gab sie zu Antwort. »Hier in der Höhle ist es recht kühl. Ich denke, ihr habt ein wenig Wärme durchaus nötig.«

»Wie komme ich nur hierher?« Er wollte aufstehen, doch die heftigen Schmerzen in seinen Gliedern ließen ihn sofort zurück auf sein Lager sinken. Unter seinem schweren Körper raschelten Zweige und Laub.

»Ihr seid bestimmt ein besseres Bett gewöhnt. Aber ihr müsst halt mit dem Vorlieb nehmen, auf dem ihr liegt. Zuerst dachte ich ja, ihr seid tot, als ich euch vor ein paar Tagen im Wald fand. Ihr müsst einen guten Schutzengel haben.«

Er sah sie völlig entgeistert an. Fragend durchbohrte sie sein Blick.

»Wisst ihr denn gar nichts mehr davon, was euch widerfahren ist?«

»Oh mein Gott, wenn ich das nur wüsste«, seufzte er schwer. »Mein Schädel, mein armer, armer Schädel, er brummt wie ein Bienenstock.«

Ein dicker Verband schlang sich wie ein Turban um seinen Kopf.
»Wie kam es nur dazu?« Er berührte vorsichtig den Verband, als habe er Angst, sein Kopf könnte zerbrechen.
»Das weiß wohl niemand besser als ihr«, antwortete Rosina. »Verzeiht, ich musste euch eures schönen Hemdes berauben, damit ich daraus Verbände machen konnte. Ihr habt Prellungen und Schürfwunden am ganzen Körper...«
»Mach dir deswegen keine Gedanken«, wehrte er mit gequältem Lächeln ab. »In meiner Hofresidenz zu Mainz hab ich eine ganze Kommode voller Hemden. Aber was riecht denn hier so entsetzlich, bin ich das etwa?«
Rosina lachte. »Das ist nur der Teufelsdreck, der Asant, der so furchtbar stinkt. Der Milchsaft seiner Wurzel verströmt den Geruch von Knoblauch, aber die Hauptsache ist doch, dass er hilft!«
»Du verstehst dich also auf die heilende Kraft der Pflanzen?«
»Ja.«
»Oh mein Kind, jetzt fällt es mir wieder ein«, durchzuckte es ihn wie ein Blitz aus heiterem Himmel. »Beim heiligen Hubertus, dieser Zwanzigender, was war er nur für ein prachtvolles Tier. So majestätisch...« Stück für Stück erwachte in ihm die Erinnerung. »Ich bin dem Hirschen nachgejagt, ich wollte mir sein herrliches Geweih als Trophäe holen. Er setzte zum Sprung über die Schlucht an. Ich schoss ihm mit meiner Armbrust in die Flanke... der Abgrund der Schlucht kam so schnell auf mich zu... ich sprang vom Pferd... dann wurde es auf einmal finstere Nacht um mich. Was ist aus meinem Pferd geworden?«
»Es ist tot!«
Er schwieg, aber er hatte auch keine andere Antwort erwartet.
»Das da vorne habe ich aus der Schlucht geborgen.« Rosina deutete zum Höhleneingang, wo eine Satteltasche lag. Ein farbiges Wappenschild zeigte zwei sechsspeichige Räder in Silber auf rotem Grund. Zwei weiße Lilienmuster auf blauen Feldern vervollständigten das Bild.
»Ihr müsst eine bedeutende Herrschaft sein«, glaubte Rosina zu wissen. »Ich kenne niemanden, der ein solch stolzes Wappen führt. Nicht einmal der Vizedom in der Stadt trägt ein solches.«
Leicht schmunzelnd wehrte er ab.
»Und mich schweren Kerl hast du hierher geschafft?«
»Ja, Herr!«
»Und das ganz alleine?« Sie nickte. »Vergelt's Gott, teure Lebensretterin!« Er reichte Rosina seine Rechte. »Kräuterfrau, ich werde dir dafür

zeitlebens danken. Du hast mein Wort darauf, niemand soll dir jemals ungestraft ein Haar krümmen!« Er drückte ihr fest die Hand. »Doch sag, wie kommt ein so hübsches Frauenzimmer wie du nur an einen solch ungastlichen Ort, an dem ansonsten nur wildes Getier haust oder Spitzbuben Unterschlupf suchen?«

Obwohl er für Rosina ein völlig Fremder war, fasste sie sofort Vertrauen zu ihm. Sein sanftmütiges Wesen öffnete alle Schranken. Sie setzte sich neben ihm auf das Bettlager und erzählte ihm freimütig ihre ganze Geschichte, von Anfang an.

Tief berührt von ihrem Schicksal strich er zärtlich über ihr rotes Haar. Doch außer Trost zu spenden wollte er nichts von ihr. Auch wenn er noch im besten Mannesalter war, sehnten sich seine Lenden nicht nach der Liebe einer Frau. Längst hatte er Herz und Seele einem anderen verschrieben – dem Allmächtigen.

»... auf der Flucht vor dem aufziehenden Gewitter verstauchte ich mir dann meinen linken Fuß, so dass ich nicht mehr weitergehen konnte. Zum Glück fanden Wolf und ich Unterschlupf in dieser Höhle. Seitdem leben wir hier. Not leide ich keine. Wie man in Wald und Flur überlebt, hat mich seinerseits Meister Quirin gelehrt. Auch wie man einen Hasen fängt.«

»Respekt, Respekt!«, kam es ihm anerkennend über die Lippen.«

»Ich glaube, ich kann nie wieder unter Menschen leben...«

»Sei nicht so deprimiert, mein Kind«, sprach er ihr Mut zu. »Hier kannst du unmöglich bleiben. Denke doch einmal an diesen Albert, von dem du mir vorhin noch in glühenden Worten vorgeschwärmt hast.«

»Ach, guter Herr, er hat sich bestimmt schon ein Weib genommen. Mich wird er schon längst vergessen haben...« Ihre Stimme zitterte. Rosina begann zu weinen.

»Das, mein Kind, weißt du doch erst, wenn du mit ihm gesprochen hast. Du darfst niemals aufgeben, wenn du einer Sache nicht wirklich sicher bist.«

Schluchzend hob sie ihren Kopf. Rosina versuchte, sich ein Lächeln abzuringen.

Plötzlich drang von draußen ein Schwall lauter Wortfetzen ins Innere der Höhle.

»Da sind ja lauter Fußspuren, lasst uns mal nachsehen. Schaden kann's nicht, jede Spur ist wichtig. Irgendwo muss er ja sein.«

Aus Wolfs Rachen kam ein drohendes Knurren. Die Rückenhaare gesträubt und seine Lefzen hochgezogen stellte er sich vor den Eingang. Das alte Tier war bereit, seine Herrin zu verteidigen bis zum letzten Atemzug.

»Wolf, komm her zu mir!«
Aufs Wort gehorchend trottete der Graue langsam zu Rosina hinüber, dabei den Höhleneingang nicht außer acht lassend. Wolf knurrte noch immer. Dass sein furchteinflößendes Gebiss eine starke, nicht zu unterschätzende Waffe darstellte, hatte er bekanntlich erst unlängst auf Rosinas Flucht aus der Stadt unter Beweis gestellt. Kilian durfte inzwischen wohl kaum von seiner schweren Verletzung genesen sein.
»Da drinnen scheint ein Feuer zu brennen, los Männer, kommt!«
Kaum dass die sonore Stimme verklungen war, wimmelte es in der Höhle von einer Schar uniformierter Männer. Im Lichtschein ihrer entzündeten Fackeln blitzten glänzende Helme, Piken und Schwerter. Allesamt trugen die Soldaten einen einheitlichen roten Waffenrock, ein jeder dabei auf der Vorderseite das Abbild des sechsspeichigen Rades des Mainzer Kurfürstentums zeigend. Wolf war im Begriff, sich auf die Eindringlinge zu stürzen, doch Rosina konnte ihn im letzten Augenblick mit ihren Händen zurückhalten.
»Weib, wenn mich das Biest angreift, steche ich es nieder!« Drohend rollte der Offizier mit seinen Augen. Sein Schwert zielte mit der Spitze genau auf Wolfs Brust. Musternd schweifte sein Blick in der Höhle umher. »Seid ihr alleine?«
Seine Frage sah sich im Handumdrehen von selbst beantwortet, als er den Bettlägrigen zu Gesicht bekam. Seine Augenbrauen zogen sich fast zu seinem federgeschmückten Dreispitz hoch.
»Ihr seid ja noch am Leben!«
»Wie ihr seht, Herr Hauptmann, erfreue ich mich beinahe bester Gesundheit. Schön, dass ihr nach mir gesucht habt.«
»Dank sei Gott dem Herrn, dass wir euch endlich gefunden haben!«
Der Hauptmann fiel auf die Knie. Demutsvoll senkte er sein Haupt und nahm den Hut ab. Wer mochte der verletzte Fremde nur sein, dachte Rosina verwundert, wenn sogar ein hoher Offizier derart vor ihm buckelte?
»Ehrwürdiger hochwohlgeborener Erzbischof, euer ganzer Hofstaat war außer sich vor Sorge um euch. Alle zweihundert Mann eurer Leibwache sind seit Tagen auf der Suche.«
Rosina erbleichte. Also einer solch hohen Herrschaft hatte sie sich angenommen und das Leben gerettet. Sie verharrte auf der Stelle.
»Jetzt habt ihr mich ja gefunden«, wehrte Wolfgang von Dalberg ab und richtete sich ein wenig von seinem Lager auf. »Nehmt eure Waffen weg, hier droht keinerlei Gefahr. Weder mir noch euch.«
Der Hauptmann zögerte.
»Worauf wartet ihr, steckt euer Schwert weg!« Seine Stimme bekam die

Schärfe einer Klinge. Er konnte anscheinend auch anders mit Menschen umgehen. Wolfgang von Dalberg schien nicht immer ein sanftes Lamm zu sein. Das hohe Amt, das er bekleidete gab ihm offenbar das Recht, so zu reagieren und zu sprechen wie ihm beliebte. Der Hauptmann und seine Männer gehorchten aufs Wort. Ehrerbietend hielt die Leibwache in Reih und Glied still.
»Wer seid ihr, Herr?« Rosina war verblüfft. »Seltsam, ein einziges Wort von euch und die Soldaten spuren...«
»Er ist unser aller Kurfürst!« Der Hauptmann fuhr wild aufschnaubend dazwischen. »Weib, du tätest gut daran, dich vor dem Herrn Erzbischof in den Staub zu werfen.«
»Nein, das braucht sie nicht!« Wolfgang von Dalberg setzte eine ernste Miene auf. »Sie war es, die mich nach meinem Unfall auf der Pirsch gefunden und sich meiner angenommen hat. Wahrscheinlich wäre ich den Bären oder Wölfen zum Opfer gefallen. Rosina hat mir das Leben gerettet. Wenn sich hier jemand vor einem anderen zu verbeugen hat, dann ist es meine Wenigkeit und zwar vor ihr, vor Rosina!«
Der Hauptmann schwieg, er verzog keine Miene.
»Muss ich jetzt wirklich mit euch kommen, hoher Herr?«
Wolfgang von Dalberg sah Furcht in ihren Augen aufleuchten.
»Ich kann dich nicht zwingen, mein Kind. Wenn du willst, dann bleibe halt hier. Aber denke an meine Worte und was ich dir wegen dieses Albert gesagt habe...«
»Ja, das will ich gerne tun«, sagte sie hastig.
Wolfgang von Dalberg hob seine rechte Hand und schlug ein Kreuzzeichen über Rosinas Antlitz. »Der Allmächtige segne dich für dein gutes Werk, das du an mir vollbracht hast, für alle Zeit!«
Der Hauptmann gab seinen Männern einen Wink. Zwei der Leibwächter hoben Wolfgang von Dalberg auf. Vorsichtig trugen sie ihn aus der Höhle. Mit neidvollem Blick, der den Anflug von Hass nicht verhehlen konnte, wandt sich der Hauptmann von Rosina ab.
»Ausgerechnet ein Kräuterweib...«, gab er abschätzend beim Gehen von sich. Nur allzu gerne wäre er der persönliche Lebensretter des Kurfürsten gewesen. Wenigstens hatte er ihn gefunden, doch der Grimm ließ nicht von ihm ab.

3

»Denn wir haben nicht mit Fleisch und Blut zu kämpfen, sondern mit Mächtigen und Gewaltigen, nämlich mit den Herrn der Welt, die in dieser Finsternis herrschen, mit den bösen Geistern unter dem Himmel.«

Brief Paulus an die Epheser 6, 12

Noch am gleichen Tag, an dem die Leibwache den Kurfürsten zurück nach Aschaffenburg in die Gemächer des Vizedomamtes brachte, näherte sich aus Richtung des Leiderer Feldes ein Reiter. Mensch wie Tier waren gleichsam von Kopf bis Fuß gänzlich mit Staub bedeckt. Die kleingewachsene Gestalt des Mannes war in einen weißen Rock gekleidet. Auf seinen Schultern ruhte ein dunkler Mantel. An seinem Gürtel blitzte das Skapulier, ein Schulterkleid, das normalerweise über dem Hauptgewand getragen wurde. Das Gesicht des Dominikaners blieb im Schatten der weißen Kapuze verborgen.

Der Schimmel gehorchte dem gemächlichen Trab, den sein Herr vorgab. Das alte Mütterchen hätte ihnen wohl sonst auch schlecht folgen können. Die Hände gefesselt und mit einem langen Strick an den gehörnten Sattelknauf gebunden, folgte die Gefangene dem Reiter, was jedoch mehr stolpernd als gehend vonstatten ging. Jeder einzelne Schritt verursachte der hochbetagten Greisin wahre Höllenqualen. Ihre wunden Füße trugen schwere Blessuren, blutig und voller Blasen vom langen Laufen über Stock und Stein. Ihr beinahe zahnloser Mund war völlig ausgetrocknet, ihre geschwollene Zunge klebte am Gaumen. Nur morgens und am Abend war ihr unbarmherziger Begleiter willens, ihr einige Schluck Wasser zu geben. Wie ein Hund musste sie aus den Regenpfützen trinken, wenn sie denn überhaupt an welchen vorbeikamen. Die letzten Tage waren recht warm und trocken gewesen.

Anna Ballmann, die Hebamme aus Amorbach, sollte leiden. Viel sollte sie leiden für das schlimme Vergehen, das sie begangen hatte. Mit jedem Schritt, den sie unter unsäglichen Schmerzen tat, sollte sie für den Tod eines neugeborenen Kindes büßen. Anna Ballmann hatte als Hebamme bei der Geburt des neunten Kindes einer Hafnerbäuerin versagt. Sie habe es absichtlich sterben lassen, warf man ihr im Dorf seither vor. Sie hätte aus der Leiche des ungetauften Kindes jene teuflische Schmiere machen wollen, um damit ihren Besen zu bestreichen, damit

sie als Hexe durch die Lüfte fahren könne, hieß es in den Anklagepunkten des Schultheißen.
»Christi Blut und Gerechtigkeit...«, brabbelte es mit hoher Fistelstimme gebetsmühlenartig unter der Kapuze des Dominikaners hervor.

*

»Das kann nicht wahr sein, das gibt es nicht!«
Der Mann von hoher, hagerer Statur haderte. Er stand vor einer der vielen Türen im ersten Stock im Nordflügel des Vizedomamtes. Aus seinem runzlig faltigen Gesicht schob sich eine lange schmale Nase spitz nach vorne. Unentwegt strich er sich nervös durch seinen grauen Bart, der ihm weit zur Brust hinabfiel. Auf seinem fast gänzlich kahlen Schädel saß eine Lederkappe. Das Aussehen des Mannes ähnelte stark dem eines Zauberers aus einem der neuen Bücher und der Flut von Flugschriften, die der Klerus als Pamphlete gegen das Ketzertum unter's Volk brachte.
Nicolaus Grün war beileibe kein Magier, noch verstand er sich auf das Wissen um die Dunklen Künste. Ihm wäre sonst wohl kaum die gnadenvolle Gunst zuteil geworden, als Medicus zum Leibarzt des Kurfürsten aufzusteigen. Statt eines weit herabwallenden Magiergewands trug er ein schnörkelloses Wams und enganliegende Beinlinge.
»So einen schlimmen Unfall überlebt man nicht, es sei denn...«
»Es sei denn was?«, wiederholte eine zweite Stimme.
Nicolaus Grün wirbelte herum. Dicht hinter ihm wuchs die kleine Gestalt eines Mannes aus dem Boden. Er trug das weiße Ordenskleid der Dominikaner. Sein Haar war in derselben runden Tonsur geschnitten wie bei einem Mönch. Unter seinen buschigen Augenbrauen blitzten zwei stahlblaue Augen wie Dolche hervor. Sein Blick war der eines Habichts, dem nichts entging.
»Es sei denn...?«, wiederholte er und zog seine buschigen Augenbrauen hoch. Über sein bartloses Gesicht huschte merklich ein Zucken. »...man steht mit dem Teufel im Bunde, wolltet ihr doch sagen oder?«, fuhr der Dominikaner fort.
»Wer seid ihr?« Nicolaus Grün zeigte sich erschrocken. »Ihr schleicht ja wie eine Katze umher, dass man euch gar nicht bemerkt, beinahe unheimlich!«
»Nur wer reinen Gewissens ist, muss nicht um sein Seelenheil fürchten, lieber Bruder.« Der Dominikaner bleckte die Zähne. »Gestattet, dass ich mich euch vorstelle. Man nennt mich Pater Imbert. Ich komme eigens aus Rom und bin zum neuen Hofbeichtvater des Kurfürsten bestimmt.«

»Um ein Haar hätte man euch gleich wieder auf den Weg zurückgeschickt«, sprach Nicolaus Grün.
»Warum denn das?«
»Habt ihr denn noch nichts vom schweren Reitunfall unseres ehrwürdigen Herrn Erzbischof gehört?«
»Wie sollte ich? Ich kam erst heute in die Stadt und habe vorhin noch eine ganz üble Maleficantin ins ›Kummerloch‹ werfen lassen. Auf dass sie dort auf gutes Zureden ihre Buhlschaft mit dem Teufel gesteht.«
»Ihr zeigt euch recht rührig«, meinte Nicolaus Grün anerkennend.
»Unser Heiliger Vater in Rom ist zutiefst beunruhigt über das verstärkte Treiben des Satans!« Pater Imbert redete sich in Rage. »Wo immer sich diese ruchlose Hexensekte auch auszubreiten versucht, gehe ich mit dem reinigenden Schwert des Feuers dazwischen. Ich will jede Art von Hexerei und Zauberei noch im Keim ersticken, bevor sie unser Land zerfrisst...«
Pater Imbert zitterte vor Eifer. Drohend streckte er dabei seine rechte Hand fest zur Faust geballt in die Höhe. Mit merkwürdigem Blick horchte Nicolaus Grün auf. Es schien, als sei ihm plötzlich etwas in den Sinn gekommen. Seine anfänglich finstere Miene verflüchtigte sich.
»Da kommt ihr gerade recht«, gab der Medicus schelmisch grinsend von sich.
»Wie soll ich das verstehen?« Imberts Augen glühten.
»Folgt mir bitte, ich will es euch gerne erklären.« Nicolaus Grün nahm den Dominikaner zur Seite. »Seid ganz leise, selbst hier in den erhabenen Hallen des Vizedomamtes haben die Wände Ohren. Ich glaube, mir ist da ein ganz schwerer Fall von Hexerei bekannt...«

*

»Der Heilige Vater in Rom ist voll des Lobes wegen eurer allseits guten Taten, wie die Zeilen verraten.«
Wolfgang von Dalberg sah kurz von der ausgebreiteten Pergamentrolle auf, die vor ihm auf dem Bett lag. Er sah seinem neuen Hofbeichtvater musternd ins Antlitz. Von neuem senkte er seinen Blick.
»Wie ich lese, seid ihr ein treuer Streiter für das Christentum. Man hat euch sogar mit einer Sondervollmacht ausgestattet... zur Bekämpfung gefährlicher Ketzer und Hexen.« Tief in Gedanken versunken rollte Wolfgang von Dalberg das Pergament zusammen. Ihn beschlich ein eigenartiges, unbehagliches Gefühl. Dieser von höchster Stelle abgefasste Brief jagte ihm einen eisigen Schauer über den Rücken. Wolfgang von

Dalberg war von Natur aus geduldig und fromm und ein Mann der eher leisen Töne. Auf einen eifrigen Fanatiker, der sich wie jener Pater Imbert selbst zur heiligen Geisel Gottes aufschwang, konnte er getrost verzichten. Die Ruhe in seinem Kurfürstentum war ihm heilig. Trüge das Pergament nicht die eigenhändige Unterschrift und das Siegel des Papstes Gregors XIII., Wolfgang von Dalberg hätte den Dominikaner auf der Stelle aus der Stadt gejagt. So aber war das Papier des Heiligen Vaters auch für ihn, den Kurfürsten, bindend. Bindend wie ein Befehl!

»Sagt, wo finde ich diese Rosina, die Kräuterfrau?« Mitten ins dunkle Gedankenspiel des Kurfürsten platzte die Frage des Paters.

»Was wollt ihr von ihr?«, fragte Wolfgang von Dalberg verdutzt.

»Ich will sie der Hexerei anklagen«, schoss es wie eine Musketenkugel aus Pater Imberts Mund.

»Grundgütiger, warum denn das? Rosina ist keine Teufelsbuhlin!« Wolfgang von Dalberg war wie vom Donner gerührt. Ein Schwächeanfall packte ihn, wie gut, dass er in seinem Bett lag.

»Wie könnt ihr euch sonst das unerwartete Ableben meines Vorgängers Pater Hieronymus erklären?«

»Gott hab ihn selig«, antwortete Wolfgang von Dalberg. »Aber es kam, wie es kommen musste. Er ist erstickt, der Ärmste. Ganz elendig, und das an einer ganz gewöhnlichen Hühnerkeule. Er hatte sich bedauerlicherweise wie so oft über Gebühr sattgefressen, dieser Völler!«

»Wie sprecht ihr von unserem Bruder?« Pater Imbert wich entsetzt zurück.

»Ganz so, wie es der Wahrheit. entspricht«, erwiderte Wolfgang von Dalberg leicht gereizt.

»Jede ärztliche Kunst musste versagen bei diesem teuflischen Spiel«, warf Nicolaus Grün schnell ein, der der Unterredung der beiden Männer beiwohnte. »Genauso wie es sich mit eurer mehr als wundersamen Genesung verhält, gnädiger Herr Erzbischof.«

»Das klingt ja schon beinahe wie ein Vorwurf, dass es mir besser geht! Meister Grün, schämt euch für euren Neid!«, polterte Wolfgang von Dalberg. »Am Besten, ihr geht nachher gleich mit Pater Imbert in die Beichtkammer und beichtet ihm eure schwere Sünde, ich verachte euch!«

Der Medicus errötete, betreten sah er zur Seite. So hatte er den Kurfürsten noch nicht erlebt.

»Und nun zu euch, Mönchlein, ihr glaubt doch nicht allen Ernstes, dass Rosina mir etwas angetan hat?!«

»Oh doch!« Pater Imbert widerstand dem Gefühlsausbruch des Kurfürsten und der Kränkung seiner Person. »Ich bin der festen Überzeugung, dass diese Kräuterfrau euch mit ihrem unheiligen Zauber behext hat. Wahrscheinlich war das Wild, dem ihr auf der Jagd nachgeeilt seid, auch nur ein Blendwerk des Bösen. Der Teufel ist von vielerlei Gestalt.« Pater Imbert war voller Eifer. »Seht euch vor, edler Kurfürst, auf euch liegt ein finsterer Bann. Der Leibhaftige hat seine Krallen schon nach euch ausgestreckt. Ihr merkt es nur nicht.«

»Hinaus, hinaus mit euch, ihr Natternbrut!« Wolfang von Dalberg fuhr von seinem Bett hoch. Die Pergamentrolle fiel achtlos zu Boden. »Rosina hat mir einzig and allein das Leben gerettet, dafür verdient sie fürstlichen Lohn, aber keine Anklage!«

»Ich will sie ja vorerst nur der Hexenprobe unterziehen«, gab Pater Imbert fast kleinlaut von sich, aber er blieb hartnäckig. »Vielleicht ist sie ja unschuldig...«

»Was ihr da von euch gebt, glaubt ihr doch selbst nicht...«, schleuderte ihm Wolfgang von Dalberg entgegen. »Ihr wisst doch ganz genau, wenn die Inquisition erst einmal jemanden im Griff hat, gibt es kein Entrinnen. Wieviele der armen Seelen sind eurem Martyrium entkommen, für immer gebrochen an Leib und Seele? Eine oder vielleicht auch zwei?«

»So eine Infamie muss ich mir nicht gefallen lassen, auch nicht von euch, Kurfürst!« Erbost trat Pater Imbert ans Bett. »Wenn ihr mir diese Rosina nicht ausliefert, werde ich euch als euer Hofbeichtvater fortan die Lossprechung von euren Sünden verweigern.« Er zeigte seine Krallen. »Ich sähe mich gezwungen, dem Heiligen Vater in Rom persönlich über euch und die mysteriösen Vorgänge Bericht zu erstatten...«

»Nur zu, droht mir weiter, Mönchlein«, zischte Wolfgang von Dalberg wutentbrannt. »Euer Eifer macht euch blind, so dass ihr gar nicht bemerkt, wen ihr eigentlich vor euch habt. Ein Wink von mir und euer ungezogenes Benehmen kostet euch den Kopf.«

»Im Namen der hochheiligen Inquisition darf im Kampf gegen die Andersgläubigen und Hexen weder auf Rang noch Namen Rücksicht genommen werden. Unser aller Erzfeind der Teufel ringt mit List und Tücke. Selbst vor dem Heiligen Vater schreckt er nicht zurück. Papst Silvester II. war seinerzeit den Dunklen Künsten des Satans zugetan. Ich selbst habe in den neugebauten Hallen der Peterskirche seine Büste aus der Galerie entfernen lassen. Steinmetze haben auf mein Geheiß hin sein bildliches Andenken zerschlagen, auf dass es für immer getilgt sei...«

»Soviel ich weiß zeigte sich Papst Silvester II. als ein recht weltoffener Mann«, erwiderte Wolfgang von Dalberg. »Durch arabische Gelehrsamkeit eignete er sich wertvolle Kenntnisse in den Naturwissenschaften an. Was soll daran verwerflich sein?«

»Welch ketzerisches Gerede aus eurem Mund, Erzbischof!«, brauste Pater Imbert auf. Er gab seine Sache nicht verloren. »Jeder andere wäre dafür auf den Holzstoß gewandert.«
Wolfgang von Dalberg stockte der Atem. So schwer hatte er noch nie ringen müssen. Gegen verblendete Eiferer war nur schwerlich anzukommen. Er hatte diesen »domini canes«, diesen »Hund des Herrn« unterschätzt. Wohl nicht umsonst bedachten ihre Gegner die Angehörigen des Dominikanerordens mit einem derlei üblen Schimpfnamen, dachte Wolfgang von Dalberg angewidert. Dieses kleine Mönchlein, wie er den Pater bezeichnete, erwies sich als ein recht gefährlicher Gegner. Pater Imbert besaß mehr Macht als er, der Kurfürst selbst. Er konnte ihn sogar auf den Scheiterhaufen bringen. Bei Gott, dies war wahrlich kein beruhigender Gedanke...
»Bedenkt, hochwohlgeborener Herr, dass euch eine Unehrliche berührt hat. Ihr wisst, was dies für euch bedeutet, wenn es ins Volk gebracht wird...« Pater Imbert hatte seinen letzten Trumpf ausgespielt, und dieser stach mitten ins Herz des Kurfürsten.

*

Rosinas Hände bargen den kräftigen schwarzen Wurzelstock, den sie aus dem Erdreich eines steilen Bachufers ausgegraben hatte. Da sie nur die Wurzeln des Beinwurzes gebrauchen konnte, riss sie den kantigen Stengel mitsamt den rauhen, behaarten Blättern ab und warf das Ganze weg. Der Heilzweck dieser Pflanze war gut anzuwenden bei Blutergüssen, Prellungen und Zerrungen.
Rosina war an diesem taufrischen Junimorgen schon beizeiten auf den Beinen. Wolf wich ihr auch heute nicht von der Seite. In ihrer weiten Rockschürze lagen mehrere karmesinrote Pflanzen des Gottesgnadenkrauts. Trotz des unangenehmen Geruchs, den die weichen Drüsenhaare jener Heilpflanze verströmten, schätzte Rosina ihren großen Nutzen. Dieses Kraut sollte nicht nur vor Blitzschlag schützen, es half auch gut bei Blutungen und Hautleiden. Rosina ging weiter. Sie suchte nach den Stauden des Frauenhilfs, einer Pflanze, die, wie ihr Name schon verriet, gerade bei Frauenleiden ihre Wirkung tat. Inmitten einer breiten Buschhecke entdeckte sie schließlich die winzig kleinen gelblich-grünen Rispenblüten. Sie bückte sich und pflückte gleich mehrere Handvoll davon ab. Plötzlich knurrte Wolf, scheinbar hatte er etwas gewittert.
»Was hast du denn? Da ist doch nichts. Du spinnst wohl. Ich glaube, du wirst allmählich alt«, schimpfte Rosina neckisch. Als sie wieder aufstand,

blitzten im gleißenden Sonnenlicht ein ganzes Dutzend blankpolierter Helme. Die Leibwache des Kurfürsten! Rosina zuckte zusammen. Sie hatte Wolf Unrecht getan, doch zum Wegrennen wäre es sowieso zu spät gewesen. Die Soldaten hielten sie von allen Seiten umringt.
»Was wollt ihr von mir?«
»Wir haben Auftrag, dich in die Stadt zu bringen!«, antwortete der Hauptmann in recht grobem Tonfall.
»Aber warum? Der Kurfürst hat mir erlaubt, hierzubleiben«, erwiderte Rosina verständnislos. Wolf blieb an ihrer Seite. Er spürte die drohende Gefahr, in der seine Herrin wieder einmal schwebte.
»Du stehst unter dem Verdacht, dem Teufel verfallen zu sein!« Dunkel und bedrohlich schwang es in der Stimme des Hauptmanns. »Jetzt aber halt's Maul und komm mit, du Hexe!«
»Hexe?!« Rosina erblasste und ließ ihre Rockschürze los. All die mühsam eingesammelten Heilkräuter und Wurzeln fielen ins Gras. Sie meinte, die Beine wollten ihr wegsacken. »Was habe ich denn Schlimmes getan?« Ihre Kehle war auf einmal wie zugeschnürt.
»Das wird Meister Lucas aus Altenhaßlau schon noch aus dir herausbekommen«, meinte er spottlächelnd. »Fesselt sie!«, befahl er seinen Männern.
Wolf stellte sich ihnen in den Weg. Sein Gebiss blitzte auf. Wehe dem, der es wagte, Hand an Rosina zu legen. Wolf würde nicht lange fackeln und ihm sofort an die Kehle springen. Keiner der Soldaten wagte es, das Seil um Rosinas Hände zu binden.
»Was ist, ihr feigen Memmen?«, schrie der Hauptmann. »Sagt bloß, ihr fürchtet euch vor diesem altersschwachen Wolf? Dass ich nicht lache!«, tobte der Hauptmann. »Dafür werde ich euch die nächsten Tage auf der Großen Tuchbleiche am Mainufer strafexerzieren lassen! Und nun zu dir, du Biest, wenn es nicht anders geht, dann brauche ich eben Gewalt.«
Er zog seine Pistole aus dem Gürtel und zielte damit auf das Tier. Wolf blieb wo er war, an Rosina Seite. Das Tier wusste nichts von der Gefährlichkeit dieser Tod und Verderben bringenden Feuerwaffe, die der Offizier genau auf ihn gerichtet hielt. Aber selbst wenn, er wäre nicht gewichen.
»Nein!« Mitten in Rosinas entsetzlichen Aufschrei löste sich krachend der Schuss. Wolf jaulte auf. Der Feuerstoß wirbelte ihn zurück, seine Läufe zuckten noch einmal kurz auf, bis er letztlich still liegenblieb.
»Ihr verdammten Totschläger!«, platzte es erregt aus ihrem Mund hervor. Rosina wollte zu Wolf rennen, doch im selben Moment griffen mehrere muskelbepackte Arme nach ihr.

»So lasst mich doch!« Kratzend und beißend wie eine Wildkatze setzte sich Rosina zur Wehr. »Ich will doch nur nach Wolf sehen, ob er noch lebt...«
»Das kannst du dir sparen«, lachte der Hauptmann schurkisch. »Das Biest ist tot, mausetot. Ich würde meinen eigenen Hut fressen, wenn dies nicht der Fall wäre.«
Rosina gab jeglichen Widerstand auf und ließ sich willenlos gefangennehmen. Die Fesseln des festgewirkten Stricks schnitten ihr tief ins Fleisch.
»Und nun los, weg mit ihr!«, schnaubte der Hauptmann, der seine rauchende Pistole in den Gürtel steckte. Während man Rosina abführte, warf sie noch einmal einen Blick über ihre Schulter zu Wolf. Leblos lag er im Gras. Sein Fell färbte sich blutig.
»Mein armer treuer Kerl, so ein trauriges Ende hast du wirklich nicht verdient.« Rosina schluchzte.
»Flenn nicht, Teufelsbuhlin, heb dir die Tränen auf. Du wirst sie bestimmt noch brauchen«, höhnte der Hauptmann. Ein harter Ruck am Strick riss Rosina vorwärts, einem unbarmherzigen Schicksal entgegen.

*

Ein einsamer Bauernwagen, gezogen von zwei Kühen, näherte sich in bedächtiger Fahrt von Norden her der Stadt. Der junge Mann, der das Gespann lenkte, schien es nicht gerade eilig zu haben. Seine Kundschaft würde ihm sein geerntetes Frühjahrsgemüse auch abkaufen, wenn er einen Glockenschlag später auf dem Marktplatz ankam. Ein milder Windhauch fuhr ihm durch seine langen dunklen Haare, die er im Nacken zusammengebunden hielt.
Plötzlich fiel nicht weit von ihm entfernt ein Schuss. Zwei Fasane flatterten verschreckt aus einem Feld hoch und suchten schleunigst das Weite.
»Hooo!« Albert Laurent straffte die Zügel. Das Gespann hielt an. Die Hand schützend an die Augenbrauen legend sah er gegen das Sonnenlicht. Abseits seines Weges, in Richtung des Waldrandes, war etwas. Er glaubte ein seltsames Blitzen und Blinken zu erkennen. Normalerweise gehörte Albert nicht gerade zu jener Art von Leuten, die auf Neuigkeiten versessen waren. Er war froh, wenn er in Ruhe seinem Tagewerk nachgehen konnte, doch das eigenartige Gefühl, das plötzlich unter seine Haut kroch, ließ ihn nicht los. Er musste einfach nachsehen...
Kurzum lenkte er den Wagen querfeldein, es zog Albert regelrecht zum

Waldrand hinüber. Über den Köpfen der Kühe schnalzte die Peitsche. Albert hatte es plötzlich sehr eilig.
Rosina haderte mit ihrem Schicksal. Was war nur geschehen? Warum tat man ihr das an? Verzweiflung packte sie. Vielleicht beruhte das Ganze ja nur auf einer Verwechslung? Ein Irrtum, der Wolf das Leben gekostet hatte... Das tragisches Ende ihres einzigen Freundes raubte ihr fast den Verstand. Betrübt senkte sie ihren Blick. ›Warum, warum, warum?‹, hämmerte es, vom monotonen Gleichschritt der Soldaten begleitet, unentwegt in ihrem Kopf.
Aus einem schmalen Hohlweg kommend tauchte in halsbrecherischer Fahrt ein zweispänniger Wagen auf. Auch die Eskorte der Leibwache hielt genau auf diesen Weg zu, der eine Abkürzung nach Aschaffenburg, hin zum Herstalltor, bot.
»Gib den Weg frei!«, plärrte der Hauptmann schon von weitem mit gebieterischer Geste. Albert bremste seine wilde Fahrt und lenkte sein Gespann beiseite. Es wurde sehr eng im Weg, aber die Leibwache konnte passieren. Albert erkannte sie an ihren roten Uniformen. Er hatte sie schon so manches Mal zu Gesicht bekommen. Wann immer der oberste Landesherr mit seinem großen Hofstaat von Mainz nach Aschaffenburg reiste, begleiteten ihn an die zweihundert jener schwerbewaffneten Männer. Albert wollte seinen Blick schon ins nahe Feld werfen, als es ihm auf einmal glühendheiß ins Auge stach. Die rote Mütze! Inmitten blitzender Helme sah er sie.
»Rosina!« Ein gewaltiger Freudenschrei löste sich von seinen Lippen. Rosina sah auf, Alberts Stimme riss sie aus ihrer Lethargie. Ihre bittertraurige Miene verwandelte sich im Nu in ein strahlendes Lächeln.
»Du?«, stieß Rosina ungläubig hervor. Mit einem weiten Satz sprang Albert vom Wagen. Nichts konnte ihn mehr halten, er wollte zu ihr.
»Zurück mit dir, du Bauernlümmel!«, fuhr ihn der Hauptmann barsch an. »Du willst doch nicht, dass wir dich mit unseren Piken und Schwertern ein wenig kitzeln, oder?« Die Leibwache zückte die Waffen. Albert ballte die Fäuste. Nein, gegen diese waffenstrotzende Wand kam er nicht an.
»Rosina, was machen sie mit dir?« Albert bebte vor Empörung. Als er schließlich ihre Handfesseln sah, verfärbte sich sein Gesicht.
»Geh weg, Bursche, was schert es dich?«, blaffte der Hauptmann. »Oder möchtest du von ihr verhext werden?«
Es traf Albert wie einen Keulenschlag. Rosina eine Hexe? Nein, das konnte nie im Leben wahr sein! Seine Starre hielt nur wenige Augenblicke an. Behend schwang er sich auf den Wagen und zückte die

Peitsche.
»Gebt Rosina frei, oder es setzt was!«
»Du, ausgerechnet du, ein Bauer, willst uns, der Leibwache des Kurfürsten, drohen?« Laut und spottend lachte der Hauptmann auf. Doch bevor er sich versah, schlug ihm Albert mit der Peitsche den schönen Federhut vom Kopf.
»Schockschwerenot!« Dem Hauptmann raubte es fast den Atem.
»Jetzt ist euch wohl das Lachen vergangen, was?« Breitbeinig stand Albert auf dem Wagen und hielt seine Peitsche erneuert bereit. Ihm war es todernst.
»Wir haben den strikten Befehl, diese Hexe in die Stadt zu bringen, und den werden wir auch ausführen.« Der Hauptmann hatte seine Fassung zurückgewonnen. »Und du wirst uns nicht daran hindern!«
»Albert, sei vernünftig, lass ab. Du machst alles nur noch schlimmer!«, schrie Rosina. »Ich will nicht, dass dir etwas geschieht.«
»Ja, hör auf sie, wenn dir dein Leben lieb ist!«, fügte der Hauptmann hinzu. Er hob seinen Hut vom Boden auf und klopfte den Staub ab.
»Nein, niemals! Viel lieber will ich sterben, als dass ich Rosina in euren Fingern weiß!«, schleuderte ihm Albert entgegen.
»Er will es nicht anders. Los, ergreift ihn und lehrt ihm ordentlich Mores, damit er ein für allemal sein freches Mundwerk hält!«, befahl der Hauptmann.
Die Leibwache stürmte auf den Wagen zu. »Klatsch! Klatsch!« – den wuchtigen Peitschenhieben folgten die ersten schmerzerfüllten Schreie. Während einem der Soldaten das Schwert aus der von Striemen gezeichneten Hand fiel, sprang ein weiterer mit wundgeschlagenem Hosenboden auf und davon.
»Kommt schon, wenn ihr euch traut!« Albert teilte weiterhin kräftig aus. Immer wieder versuchten die Soldaten, den Wagen zu erstürmen.
»Albert, hinter dir...!« Bevor der mutige Kämpfer auf Rosinas Warnruf reagieren konnte, war es bereits um ihn geschehen. Der Schlag mit der vollen Breitseite der Schwertklinge traf ihn genau an der Schläfe. Albert wurde schwarz vor Augen. Er verlor das Bewusstsein und sank auf dem Kutschbock zusammen.
»Nein!« Rosina schrie wie von Sinnen. Sie fühlte, wie es ihr das Herz zerreißen wollte.
»Er hat es ja nicht anders gewollt, dieser Dummerjan!«, sprach der Hauptmann.
»Der Widerborst ist noch am Leben!« Der Soldat, der Albert aus dem Hinterhalt niedergeschlagen hatte, kniete zu Albert nieder. »Soll ich

ihm das Lebenslicht ausblasen?«, fragte er und holte mit seinem Schwert zum Schlag aus.
Der Hauptmann zögerte. Eigentlich hätte dieser Albert den Tod verdient, überlegte er. Alberts Leben stand buchstäblich auf des Schwertes Schneide. Andererseits aber hatte der Bursche mehr Mumm in den Knochen als die ganze zwölfköpfige Abteilung. Der Hauptmann wünschte sich insgeheim, er hätte gleich mehrere solch kräftige und tapfere Männer in seinen Reihen. Es kostete wahrlich keine Mühe, ihn zu töten. Ein einziger Schwerthieb würde genügen...
»Nein, lasst ihn am Leben!« Der Befehl des Hauptmanns wirkte auf Rosinas bangendes Herz wie eine Erlösung. Erleichtert atmete sie auf. Der Soldat, der bereit war, Albert ohne mit der Wimper zu zucken zu töten, steckte enttäuscht sein Schwert in die Scheide.
»Genauso wie unser hochwohlgeborener Kurfürst Männer für seine Leibwache benötigt, so braucht er auch Bauern«, sprach der Hauptmann zu dem Soldaten. »Wenn der Bursche tot ist, haben wir einen weniger, der uns die Felder bewirtschaftet. Du willst doch nicht für ihn einspringen, wenn Not am Mann ist, oder...?«
»Nein, Herr Hauptmann!«, kam es ihm schnell über die Lippen. Nein, er war nicht bereit, sein Schwert gegen einen Pflug einzutauschen.
Die Eskorte zog weiter, Rosina in ihrer Mitte. Manch einer der Soldaten rieb sich seine schmerzenden Wunden, die ihm Albert mit der Peitsche beigebracht hatte. Albert selbst blieb bewusstlos auf seinem Wagen liegend zurück. Einer der Soldaten machte sich einen Spaß und gab den beiden Kühen einen tüchtigen Klaps aufs Hinterteil. Das zügellose Gespann trottete los.
»Ich bringe allen die ich liebe nur Unglück und Not«, seufzte Rosina schwer und sah dem langsam davonzuckelnden Wagen nach.
Albert war spät nach Hause gekommen. Der Schwerthieb hatte ihn doch sehr mitgenommen, so dass er erst nach längerer Zeit das Bewusstsein wiedererlangte. Erst ein herzzerreißendes Winseln ließ ihn vollends in die Wirklichkeit zurückkehren. Einem Wink des Schicksals gleich hatten die beiden Kühe ausgerechnet unweit der Stelle haltgemacht, wo der Hauptmann auf Wolf geschossen hatte. Albert fand schließlich das schwerverletzte Tier und lud Wolf auf den Wagen. Doch anstatt zum Markt in die Stadt zu fahren und sein Gemüse zu verkaufen, war Albert sofort wieder heimgefahren.
»Heiliger Strohsack, was hast du dir nur dabei gedacht, mein Junge?«, schimpfte Pierre Laurent, als Albert zu Hause in der Stube saß. Er hatte seinen Eltern alles erzählt, was vorgefallen war.

»Statt dass du unsere Früchte verkaufst, bringst du uns einen halbtoten Wolf ins Haus. Unglaublich! Du weißt doch, dass wir jeden Kreuzer und Gulden dringend brauchen, wenn wir uns im kommenden Herbst neues Vieh anschaffen wollen...«
»Lass ihn doch, Chérie«, warf Kathérine ein. »Albert kann die Sachen auch morgen noch in die Stadt bringen. So schnell verderben sie nicht«
»Mag ja sein«, wehrte Pierre in versöhnlicherem Tonfall ab. »Trotzdem hat er sehr leichtsinnig gehandelt. Sein Jähzorn hätte ihn das Leben kosten können.«
»Von wem mag er das Ungestüm wohl haben?« Kathérines Lippen umspielte ein flüchtiges Lächeln. Pierre schwieg. »Ja, dein Vater hat Recht, du hast wahrhaft großes Glück gehabt, mein Junge!«
Kathérine streichelte Albert über die Wange. Die einst so zarte und geschmeidige Haut ihrer Hand war mit den Jahren rissig und rauh geworden, so wie bei jeder anderen Bauersfrau.
»Glaubt ihr, dass wir ihn durchbringen?« Albert sah zu Wolf, der alle Viere von sich gestreckt auf einer alten Kuhhaut in der Nähe des offenen Kamins lag.
»Das, mein Junge, weiß nur der Herr im Himmel«, antwortete sein Vater. »Jedenfalls ist er ein sehr zäher Bursche, den so schnell nichts umzubringen scheint. Die Blutung ist inzwischen gestillt. Wenn der Wolf die nächste Nacht übersteht, wird er es sicher packen.«
Wolf zuckte leicht mit seinen Pfoten. Er hielt die Augen geschlossen. Albert fragte sich, ob das Tier wohl von Rosina träumte.
»Weshalb haben die Soldaten Rosina überhaupt mitgenommen?«, fragte Kathérine.
»Mutter, wie ich schon vorhin erklärt habe, man glaubt, Rosina sei eine Hexe!« Albert wirkte ungehalten. Er saß auf glühenden Kohlen. Irgendwo hinter den Mauern Aschaffenburgs hielt man in diesem Moment Rosina gefangen. Vielleicht war sie in ein dunkles Verließ eingesperrt, doch er konnte nichts für sie tun. Albert war zu lähmender Tatenlosigkeit verurteilt.
»Rosina eine Hexe?!« Kathérine schlug entsetzt die Hände vors Gesicht. Wortlos warfen sich Alberts Eltern gegenseitig einen Blick zu, der wahrlich Bände sprach.
»Warum seht ihr euch denn gar so seltsam an?« Albert ahnte Schlimmes.
»Du musst jetzt stark sein, Junge«, sprach Kathérine und fasste ihn an seiner Hand. »Du wirst Rosina nicht wiedersehen, sie ist dem Tod geweiht. Keine irdische Macht vermag sie zu retten...«

4

»Es ist ein Unglück, das ich sah unter der Sonne und es liegt schwer auf den Menschen.«

Prediger Salomo 6, 1

»Los, hinein mit dir ins Loch!« Rosina spürte einen derben Stoß im Rücken. Haltlos fiel sie kopfüber ins Dunkel und landete unsanft in einem Haufen Stroh. Ein fauliger Geruch, viel elendiger stinkend als beim Vieh im Stall, stieg ihr in die Nase. Sie rang verzweifelt nach Luft. Rosina wurde speiübel. Sie hatte schon viel vom »Kummerloch« gehört. Es gab keinen Menschen, den nicht große Furcht befiel, wenn er vom Gefängnis im Folterturm erzählt bekam. Außer der Hölle gab es wohl keinen Ort, an dem es grausiger zuging als in einem engen finsteren Kerkerloch. Nun sah sich Rosina selbst mit all seiner schrecklichen Wirklichkeit konfrontiert. Sie zitterte an allen Gliedern und brauchte lange, bis sie sich wenigstens einigermaßen beruhigen konnte.
Obwohl draußen im Freien noch heller Tag war, fiel nicht ein einziger Lichtstrahl in ihr Gefängnis. Der Mantel purer Schwärze umhüllte sie. Das Stroh, auf dem sie lag, war mit Sicherheit schon lange nicht mehr gewechselt worden. Voll von Unrat barg es Nahrung und Unterschlupf für allerlei Gekröse, Mäuse, Ratten und nicht selten auch Marder. Angewidert kroch Rosina zur Seite, nur ein kleines Stück, und sie stieß auch schon mit ihrem Kopf gegen das Steingemäuer. Wahrlich, viel Platz bot dieses enge Loch nicht. Es maß, wenn es hochkam, höchstens achteinhalb Schuh in der Breite als auch in der Länge, mehr aber nicht.
Wieder huschte es geräuschvoll durchs Stroh. Irgendetwas kam direkt auf Rosina zugekrochen. Sie kam sich vor wie eine Blinde. Sie hätte am liebsten laut aufgeschrien. Es raschelte wieder. Rosina kauerte sich dicht in ihre Ecke und zog die Knie fest an. Plötzlich berührte sie etwas an den Füßen. Sie ekelte sich und trat zu. Ganz fest und immer wieder, bis schließlich ein jämmerliches Quieken ertönte. Die Ratte hatte genug, hastig flüchtete sie ins Stroh zurück.
»Gib es auf. Es hat keinen Zweck, sie kommt wieder«, drang es unversehens leise und nur ganz schwächlich aus der Dunkelheit an Rosinas Ohr. »Spätestens wenn du schläfst machen sich auch die Läuse über dich her...«
Rosina erschrak fast zu Tode – sie war nicht allein!

»Wer seid ihr, fremde Frau?«, fragte sie mitten ins Dunkel hinein.
»Ich bin Anna, die Hebamme«, kam es zurück. »Deiner Stimme nach musst du noch ein blutjunges Ding sein, was?«
»Ja!« Rosina zitterte vor Angst. »Darf ich zu dir kommen?«
»Nur zu, du hast es ja nicht weit her zu mir, Kindchen.«
Rosina tastete sich langsam vorwärts, als sie auf einmal gegen zwei längs ausgestreckte Beine stieß.
»Auuuh!«
»Verzeihung!« Rosina zuckte zurück. Sie fühlte an ihren Händen etwas Warmes kleben. »Ich weiß, du hattest nicht die Absicht, mir wehzutun. Aber du hast mir in meine Wunden gegriffen.«
Rosina rückte ganz nahe zu Anna hinüber, bis sie deren Atem spüren konnte.
»Was hat man denn mit dir angestellt?«
»Viele fürchterliche Sachen, oooh!«, stöhnte sie schwer. »Sei geständig was immer man dir vorwirft, so ersparst du dir viel Leid. Sag ihnen einfach alles, egal was, erfinde irgendetwas!«
»Wem denn?«
»Dem kleinen Dominikanerpater, diesem Scheusal, und dem Henker.«
Rosina erschauderte.
»Auch wenn du dich noch so stark glaubst, es hat keinen Sinn, sich zu wehren«, erklärte Anna mühsam. Sie litt grausame Schmerzen. »Sie brechen jeden Widerstand, sie sind stärker als du. Je eher du gestehst, umso weniger Pein und Qual musst du erleiden.« Rosina drängte sich dicht an Annas Körper heran. Sie fror entsetzlich, aber nicht vor Kälte, es war die nackte Angst, die zusehends von ihr Besitz ergriff.

*

Rosina hatte eine schlimme Nacht hinter sich, sie hatte kaum ein Auge zumachen können. Ständig war etwas über sie hinweg gekrabbelt, hatte sie gebissen oder gezwickt. Das allgegenwärtige Ungeziefer hatte sich an ihr gütlich getan. Am meisten aber hatte wohl Anna zu leiden gehabt. Nicht nur die Läuse, sondern auch die Ratten machten sich über sie her. Das Blut ihrer Wunden lockte sie in Scharen an. Die schlimmen Torturen fanden für die Ärmste im Kummerloch ihre Fortsetzung.
Rosina wusste nicht, ob es Tag oder Nacht war. Anna hatte schon lange kein Wort mehr mit ihr gesprochen. Sie lag völlig still. Wahrscheinlich hatte sie die Erschöpfung übermannt und ihr so ihre entsetzlichen Schmerzen genommen, hoffte Rosina für ihre Leidensgenossin.

Plötzlich polterte es vor der schweren eisenbeschlagenen Türe. Ein Schlüssel klackte metallisch im Schloss. Die in ihren Angeln schwer ächzende Türe wurde aufgestoßen. Das unruhig zuckende Licht einer brennenden Fackel drängte die Dunkelheit zurück. Rosina schloss leicht geblendet ihre Augen. Und das war auch gut so, denn damit blieb ihr wenigstens der schreckliche Anblick erspart, der sich den beiden Männern bot. Gleich ein ganzes Rattenrudel war über Anna Ballmanns Beine hergefallen.
»Peter, hol zuerst die Alte heraus, der Pater will sie noch einmal der peinlichen Befragung unterziehen. Sie hat noch nicht alles gestanden, ihm fehlen noch die Namen der übrigen Buhlinnen.« Es war die Stimme von Meister Lucas, die zu Rosina ins Kerkerloch drang. Der Scharfrichter war eigens aus Altenhaßlau angereist, damit in der Stadt weiterhin der irdischen Gerechtigkeit Genüge getan werden konnte. Da nach dem Tode von Meister Quirin und seinem Gehilfen Michel noch kein Nachfolger gefunden war, musste eben Meister Lucas Amtshilfe leisten.
Peter Prucker, der Peinknecht des Scharfrichters, zwängte sich ins Kerkerloch. Mit festen Fußtritten verscheuchte er das Rattenvolk. Auch Anna Ballmann blieb vor seinen Stiefelsohlen nicht verschont. Doch die alte Frau rührte sich nicht. Peter leuchtete ihr mit der Fackel übers Gesicht. Sie hielt ihre Augen fest geschlossen. Wild gestikulierend winkte er Meister Lucas zu. Zeitlebens war nicht ein einziger Laut über Peters Lippen gekommen, denn er war von Geburt an stumm gewesen. Eben wegen seiner Behinderung fand sich Peter auf der Schattenseite des Lebens wieder. Niemand hatte sich mit ihm abgeben wollen, bis er schließlich als Habenichts in die Dienste des Scharfrichters getreten war. Hier war er endlich wer.
»Jetzt hat es sich aber ausgeschlafen, du alte Vettel!« Lucas griff nach Anna Ballmann. Leblos fiel ihre Hand nach unten. »Sie ist ja schon ganz kalt«, stellte er lapidar fest. »Bestimmt hat sie in der Nacht der Teufel geholt.« Peter nickte stumm.
Rosina fuhr entsetzt zurück. Sie hatte überhaupt nicht bemerkt, wie die Greisin an ihrer Seite gestorben war. Irgendwann tief in der Nacht musste ihr Herz aufgehört haben zu schlagen. Anna Ballmann, die Hebamme aus Amorbach, war erlöst.
»Das Beste wird sein, wir lassen ihren Leichnam einfach hier im Loch liegen«, sprach Meister Lucas, ohne dass seine Stimme auch nur den leisesten Hauch von Aufgeregtheit zeigte. »Da sie ihr Bündnis mit dem Teufel eingestanden hat, wird die tote Hexe später auf dem Schindan-

ger verbrannt. Pack dir dafür die andere!«
Peter trat auf Rosina zu. Eine mächtige Woge der Angst stieg in ihr auf. Bevor sie sich versah, fasste er in ihr langes Haar und zerrte sie aus ihrem Gefängnis. Sie schrie auf, von Schmerz und von Furcht gepackt.
»Deswegen musst du doch nicht gleich alles zusammenkreischen«, empfing sie Meister Lucas draußen an der Kerkertüre. »Hebe dir dein Geplärr für später auf.«
Alles an ihm war voller Grimm, seine Stimme, der kalte Blick, seine Miene, eben sein ganzes Wesen. Auf der Turmtreppe war es glockenhell. Durch ein breites Fenster fiel Tageslicht. Hätte Rosina die Wahl gehabt, sie wäre auf der Stelle freiwillig in ihr finsteres Verließ zurückgekrochen. Das rote Habit, dass die zwei Männer kleidete, erinnerte sie unweigerlich an Quirin und Michel. Beide hatten sie den gleichen Schinderrock getragen. Menschen quälen, das also war damals ihre wahre Arbeit gewesen. Sie wusste ja inzwischen, was Quirin und sein Knecht in Wirklichkeit gemacht hatten. Trotzdem konnte sie immer noch nicht richtig begreifen, dass sie zu so etwas Furchtbarem überhaupt fähig gewesen waren. Von welchem Holz musste man eigentlich geschnitzt sein, um solch grausame Taten fertig zu bringen?
Die beiden führten Rosina die steinernen Treppenstufen hinunter. Sie hielten geradewegs auf eine bereits geöffnete Türe zu. Peter stieß Rosina in die große Kammer hinein, in die Hölle auf Erden. Sie torkelte und drohte die Steinstufen hinabzufallen. Erst im letzten Moment gelang es ihr, sich an einer Art Fass abzufangen. Es war ein sogenannter »Schandmantel« aus Eichenholz, der mit schweren Eisengewichten versehen von den Unsittlichen und Trunkenbolden einen ganzen Tag lang durch die Stadt getragen werden musste, um sich dabei Hohn und Spottgelächter der Menschen ausgesetzt zu sehen. Kaum einer jener Delinquenten schaffte es, unter der ungeheuren Last nicht gleich mehrmals zusammenzubrechen. Mancher starb sogar dabei, von seinen Kräften verlassen.
Der Schein brennender Fackeln und das spärliche Licht, das durch ein kleines Fenstergitter fiel, schafften eine gespenstische Atmosphäre. Direkt vor Rosinas Augen hing ein langes Seil zum Aufziehen von der gewölbten Kellerdecke herab. Der Raum war gesäumt von Folter- und Marterwerkzeugen aller Art. Nur die gestörten Gehirne fehlgeleiteter Eiferer, Sadisten und wahrer Menschenfeinde konnten sich dergleichen Gerätschaft ausgedacht haben, um ihre Nächsten damit zu quälen und zu peinigen. Der Bock, in den die Füße der Verurteilten eingesperrt wurden, oder die Straf- und Schandmasken, versehen mit Eselsohren und langen Nasen, stellten dabei noch einfache Werkzeuge dar. Sie be-

reiteten wenigstens keine körperlichen Schmerzen. Zu ihnen gehörte die »Doppelgeige« zum Einsperren der Köpfe und Hände zweier zanksüchtiger Frauen. Die »spitznäglige Sitzbank« und das »Halseisen« mit Nägeln am eisernen Ringkragen waren hingegen wahre Hölleninstrumente, wie auch der »gespickte Hase«, eine mit Eisennägeln versehene Rolle, mit der man dem Delinquenten über den Rücken fuhr.
Ringsum an den düstergrauen Wänden hingen weitere Werkzeuge, um einem Armen Sünder das Leben zur Hölle zu machen. Eiserne Handfesseln, Kneifzangen, Peitschen mit kleinen Eisenkugeln, Ketten, Brandeisen, Messer, Beile und Schwerter, Folterbirnen, die zum Verhindern der Schreie dem Angeklagten in den Mund geschoben wurden, mit Haken versehene Steine, die beim Aufziehen an die Füße des Gefolterten gehängt wurden... Der Mannigfaltigkeit der Folterwerkzeuge waren keine Grenzen gesetzt. Rosina schloss die Augen. ›Gott Vater, steh mir bei!‹, flehte sie innerlich. Sie schlotterte.
»Du wirst doch wohl keine Angst haben, oder?«, spottete Meister Lucas und schlug ihr brutal in den Rücken, dass sie weit nach vorne taumelte.
»Da seid ihr ja, Jungfer Rosina!« Vor ihr erhob sich eine hohe Fistelstimme. Entsetzt riss Rosina die Augen auf. Erst in diesem Augenblick schälten sich aus dem Halbdunkel des hinteren Teils des Kellergewölbes die Umrisse einer Personengruppe. Genau sechs Männer waren es, die an einem langen Tisch beisammen saßen. Im Kerzenlicht wirkten ihre Gesichter wie starre Masken, ja schon beinahe unheimlich. Rosina glaubte, in ihnen die Fratzen von Teufeln zu sehen.
Pater Imbert, der neue Stadtschultheiß Konrad Flach, der Medicus Nicolaus Grün, zwei Schöffen und der Stadtschreiber, sie alle miteinander bildeten das Hexengericht. Der Vorsitz oblag keinem geringeren als Pater Imbert selbst.
»Jungfer Rosina, ihr seid beschuldigt der Zauberei, die in den heiligen zehn Geboten, den beschriebenen Rechten, vorab ›Kaiser Karls V. Peinlicher Halsgerichtsordnung‹ in dem einhundertneunten Artikel heilsamtlich und versehen bei hoher und großer Leib und Lebensstraf verboten ist.« Pater Imberts Worte trugen einen frostigen Hauch von Eis. Rosina fühlte Kälte in sich aufsteigen, sie erstarrte.
»Meister Lucas, waltet eures Amtes, wie es Recht und Gesetz verlangen!«
»Wie ihr selbst sehen könnt, hohes Gericht«, begann der Scharfrichter, »brauche ich bei dieser Inquisitin nicht groß nach den Teufelsbissen zu suchen, ihr Gesicht ist voll davon.« Was Meister Lucas damit meinte, waren die zahlreichen Sommersprossen in Rosinas Gesicht. Leber-

flecken, Muttermale oder jedwede sonstigen Hautauswüchse galten als Teufelsmale. Den Zeilen des Hexenhammers zufolge verhieß der Leibhaftige einer Hexe für die Buhlschaft großen Reichtum. Er führte sie an einen Weiher oder Brunnen, wo er sie taufte. Nach dem Beischlaf mit der Hexe zeichnete er ihren Körper mit einem »Teufelsmal«, dem »Stigma diaboli«.

»Unterzieht die Maleficantin der Hexenprobe!«, befahl Pater Imbert.

Peter Prucker riss Rosinas Kopf nach hinten und leuchtete ihr mit der Fackel ins Gesicht, sodass es für Jedermann gut zu erkennen war. Währenddessen holte Meister Lucas eine Nadel hervor, die sogenannte »Visitiernadel«.

»Halt ja still, Weib«, herrschte Meister Lucas sie an. Wiederum schloss sie ihre Augen. Er zielte genau auf einen der Sommersprossen und stach zu. Rosina verspürte keinen Schmerz. Wie sollte sie auch, denn statt der Spitze benutzte Meister Lucas nur den Kopf der Nadel zum Stechen. Der Scharfrichter hatte sich nicht geirrt, es lag sogar in seiner Absicht, die Hexenprobe so anzuwenden. Er handelte genau nach Vorschrift, wie es die Zeilen des Hexenhammers verlangten.

»Seht selbst, ihr ehrbaren Herren des Hohen Gerichts, sie verliert kein Blut, nicht einen einzigen Tropfen!«, sprach Meister Lucas. Der Gänsekiel des Stadtschreibers Christoph Schick fuhr kratzend über's Pergament. Pater Imbert erhob sich von seinem Stuhl und trat näher.

»In der Tat!«, entfuhr es ihm, als sei er darüber aufs Furchtbarste entsetzt. »Dieser Beweis mag genügen.«

»Was wollt ihr eigentlich beweisen?«, stieß Rosina hervor.

»Dass du eine vermaledeite Hexe bist«, zischte Meister Lucas und schlug ihr ins Gesicht. »Dein Kerbholz ist voll. Damit dürfte die Glocke schon über dir gegossen sein.«

Rosina spuckte einen Mund voll Blut.

»Lasst sie, Meister Lucas«, sprach Pater Imbert, »je mehr sie uns erzählt, umso mehr erfahren wir vielleicht von ihr und ihren Schandtaten. Jetzt aber macht die Inquisitin bereit zur peinlichen Befragung.« Pater Imbert ging gemächlich zu seinem Platz zurück.

Was nun folgte waren die bittersten Momente in Rosinas bisherigem Leben. Als sie auf einen Schemel gedrückt war, begann Peter Prucker, ihr die Haare zu scheren. Alles kam ab, ihr Schädel musste völlig kahl sein, so wollten es die Autoren des Hexenhammers. Nach dieser Tortur riss man ihr die Kleider vom Leib, so dass sie am Ende splitternackt dastand. Um dem Teufel auch die letzte Macht über die Inquisitin zu nehmen, schor Peter Prucker den Rest von Rosinas Körperhaaren ab.

Anschließend warf ihr Meister Lucas das »Peinkleid« zu. Ein schlichtes flachshaariges Gewand ohne jegliche Knöpfe, damit sich der Teufel nicht darin verstecken konnte, wie der Hexenhammer die Richter zur Vorsicht mahnte. Das Gewand war mit Weihwasser besprengt.
»Hier, nimm und schluck es hinunter!« Meister Lucas reichte Rosina einen kleinen Brocken geweihten Salzes zusammen mit einem Becher voll Wasser. Sie würgte vor Ekel. Als er zum Schlag ausholen wollte, nahm sie das Salz in den Mund und spülte es mit einem tiefen Schluck hinunter, genauso wie es das Procedere vorschrieb.
Pater Imbert erhob sich von seinem Platz und schlug ein Kreuzzeichen. »Ich segne euch alle im Namen der heiligen Dreifaltigkeit, damit uns diese Teufelsbuhlin und der Dämon, der in ihr sitzt, nichts anzutun vermögen. Meister Lucas, fahrt mit eurer Arbeit fort!«
»Wie ihr befehlt, Herr!« Er nahm Rosina beiseite und zeigte ihr seine auf einer Bank ausgebreiteten Folterwerkzeuge. »Hier, zwischen diese flachen Eisenstücke werden deine Daumen gelegt und dann fest zusammengepresst, bis das Blut unter den Nägeln hervorschießt«, erklärte Meister Lucas die Funktion der Daumenschrauben, einer eher noch ›gelinden Territion‹. »Und damit kann ich dir deine Schienbeine zersplittern!« Die Beinschrauben waren genauso konstruiert wie der Daumenstock. Allein schon der schaurige Anblick der »spanischen Stiefel«, die man auch als »Krebs« bezeichnete, jagte Rosina einen fürchterlichen Schrecken ein. »Solltest du trotzdem weiterhin deine Buhlschaft mit dem Teufel hartnäckig leugnen, binde ich dir deine Hände auf den Rücken und ziehe dich dann rückwärts an dem Seil dort hoch. Um deine Halsstarrigkeit zu brechen, binde ich dir zusätzlich ein schweres Steingewicht an die Füße...«
Viele der Beschuldigten ließen sich allein schon durch die Androhung dieser entsetzlichen Folter zum Geständnis bewegen.
»Nun, du große Sünderin, willst du endlich Urgicht ablegen, ob deiner Schandhaftigkeit, dich mit dem Teufel eingelassen zu haben?«, fragte Meister Lucas.
»Nein, ich habe nichts mit der Hexerei zu schicken!« Rosina schüttelte ihr kahlgeschorenes Haupt. Peter drückte sie auf das harte Holz des Schemels und fesselte sie. Pater Imbert ging auf Rosina zu und hielt ihr eine Kerze dicht vor's Gesicht.
»Jungfer Rosina, auf dass ihr, sofern ihr unschuldig seid, Tränen vergießt, im Namen des Vaters und des Heiligen Geistes, Amen.« Leise murmelnd, leierte er eine Beschwörungsformel herunter. Rosina verharrte bewegungslos auf dem Schemel. Sie starrte durch den Geistli-

chen hindurch, als ob er gar nicht vorhanden wäre.
Meister Lucas begann mit der »territio stricte sic dicta«, der Folter ersten Grades. Er legte Rosina die Daumenschrauben an und zog sie fest an, immer fester. Rosina wimmerte leise, sie keuchte vor Angst und Schmerzen. Sie presste ihre blutleeren Lippen zusammen. Die Haut platzte auf und Blut lief hervor. Rosina vergoss jedoch nicht eine einzige Träne, ebensowenig verlor sie das Bewusstsein.
»Der Fall dürfte klar sein!« Pater Imbert war voller Eifer, er schien von schierer Freude besessen zu sein. »Der Teufel hilft ihr, dass sie keinen Schmerzenslaut über die Lippen bringt. Ihr könnt es alle sehen, die Inquisitin kann nicht weinen. Dies ist das unleugbare Zeugnis der Tränenprobe. Jungfer Rosina, meiner anfänglichen Vermutung ist Recht gegeben. Ihr seid hiermit als Hexe überführt. Seid ihr jetzt willens, euer Verbrechen einzugestehen?« Rosina stand der Angstschweiß auf der Stirn, dennoch schüttelte sie stumm mit dem Kopf.
»Ihr werdet schon noch reden, verlasst euch darauf!«, brüllte ihr der Dominikaner ins Gesicht und wandt sich dem Scharfrichter zu. »Fahrt fort mit der peinlichen Befragung!«, befahl er. »Setzt ihr den Krebs ans Bein!«
Meister Lucas legte Rosina die Beinschrauben an und zog fest an. Ihre Miene verzog sich zu einer schmerzverzerrten Fratze. Sie schluckte trocken. Der Schweiß lief ihr den Rücken hinunter.
»Warum tut ihr mir das an, ihr gottlosen Peiniger?«, schrie Rosina plötzlich von Schmerzen gequält auf. »Ich habe nichts Unrechtes getan!«
Wieder schlug ihr Meister Lucas ins Gesicht. »Halt dein Maul, antworte gefälligst erst, wenn du gefragt wirst.«
»Jungfer Rosina, in welcher Gestalt trat euch der Teufel nahe?«, fragte Pater Imbert aus dem Hintergrund. »Was hat er mit euch geredet? Sprecht endlich, verstocktes Weib! Was hat er getan? Im Namen des Sohnes und des Heiligen Geistes!«
»Ich kenne den Teufel nicht!«
»Was hat euch der Leibhaftige versprochen? Was hat er euch gegeben? Wie oft habt ihr euch ihm hingegeben?« Eine Litanei an Fragen ergoss sich über Rosina. »Seid ihr des Schreibens kundig? Habt ihr euch dem Teufel verschrieben? Wo ist dieses höllische Dokument verwahrt? Hat euch der Teufel getauft? Wer ist mit dabei gewesen? Hat er euch dabei über die Stirn gestreichelt?«
»Nein, nein, ich weiß von nichts!« Rosina brüllte wild vor Schmerzen.
»Was habt ihr mit unserem hochwohlgeborenen Erzbischof zu schaffen gehabt?«

»Ich habe ihm doch nur geholfen, als er in Not war!«
»Pah, diese Art von Hilfe kenne ich«, blaffte Pater Imbert. »Ihr habt ihm schöne Augen gemacht. Verzaubert habt ihr ihn, gebt es endlich zu, Hexe!«
»Bei Gott, ich bin keine Hexe!«
»Der gerechte Gott würde einschreiten, um dich zu schützen, wenn du unschuldig wärst!« Seine Worte waren blanker Hohn. »Seid ihr euren Mitmenschen in ihre Kammern, Keller und Ställe gefahren? Habt ihr Zwietracht zwischen Eheleuten gestiftet?« Erneut hagelten die Fragen in Tiraden auf Rosina herab. »Habt ihr jemandem eine unheilbare Krankheit angehext? Habt ihr die Leichen kleiner Kinder ausgegraben, um daraus Hexensalbe zu machen? Was habt ihr mit ihrem Fleische gemacht? Habt ihr die heilige Hostie geschändet? Seid ihr mit eurem Besen nackt oder in Kleidern ausgefahren?«
»Warum schlagt ihr mich denn nicht einfach tot?!« Rosina konnte nicht mehr, sie verlor das Bewusstsein. Ihre Fesseln bewahrten sie davor, vom Schemel zu fallen.

*

Er wartete den Einbruch der Nacht ab, ehe er sich aus seinem Versteck wagte und langsam loslief. Albert hatte lange auf diesen Moment warten müssen, fast den ganzen Tag über hatte er sich hinter einem hoch aufgeschichteten Holzstapel verborgen gehalten. Der alte Seilergang, den die Aschaffenburger nur als »Armesünderweg« kannten, führte geradewegs zum alten Folterturm. Schon seit dem 14. Jahrhundert hatte sein finsteres Gemäuer tausendfachen Schrecken für einen jeden Armen Sünder geborgen, der durch seine schmale Pforte hatte treten müssen.
Die Konturen des Turms hoben sich im Lichtschein des Vollmonds deutlich von ihrer Umgebung ab. An die Mauer gedrängt schob sich Albert Schritt für Schritt näher. Nur ein guter Steinwurf trennte ihn noch von seinem Ziel. Der Helm des Turmwächters schimmerte matt. Albert beobachtete ihn eine Weile. Der Mann stand in aufrechter Position genau vor der Pforte des Folterturms und hatte eine Hellebarde geschultert. Damit war nicht zu spaßen. Alles, was Albert dagegensetzen konnte, waren die blossen Hände und sein Mut, wahrlich nicht gerade viel. Es musste sehr schnell gehen, wenn er den schwerbewaffneten Posten überrumpeln wollte.
Albert bückte sich, seine Hand tastete suchend über den Boden. Endlich hatte er einen Stein gefunden. Er zögerte nicht lange und warf ihn vom

Turm aus gesehen nach links. Laut polternd schlug der Stein auf.
»Halt, wer da?«, stieß der Wächter hervor. Er riss die Hellebarde von der Schulter und verließ seinen Platz. Gleichzeitig gab Albert seine schützende Deckung auf und näherte sich auf Zehenspitzen gehend dem ahnungslosen Wächter von hinten. Dieser starrte noch immer in die Richtung, aus der er das verräterische Geräusch vernommen hatte. Mit einem behenden Satz war Albert bei ihm. Er stand jetzt genau hinter ihm, fast Kopf an Kopf. Der Wächter hatte ihn gehört und machte eine heftige Drehung zur Seite, doch just in diesem Augenblick schlug Albert zu. Die Wucht des Faustsstoßes war enorm. Vergeblich nach Halt suchend kippte der Wächter hintenüber und schlug schwer zu Boden. Schon war Albert über ihm um ihn zu packen, doch er brauchte keine weitere Gewalt anzuwenden. Der Wächter war ausgeschaltet, wenigstens eine Zeit lang.
Albert hastete zur Türe, die zum Glück nicht verschlossen war. Er öffnete sie und trat ein. In der Wand steckte eine brennende Fackel. Er nahm sie herunter und stieg die Treppenstufen hoch. Es gab viele Türen, doch hinter welcher von ihnen hielt man Rosina gefangen? Albert blieb vor jeder Türe stehen und rief ihren Namen: »Rosina, Rosina!« Nichts, keine Antwort! Immer wieder ging er weiter zur nächsten Türe. »Rosina, Rosina!« Er wollte sich schon abwenden, als ihm plötzlich ein stöhnendes Wimmern entgegendrang. Albert blieb stehen und legte sein Ohr an die schwere eisenbeschlagene Türe.
»Rosina, hörst du? Bist du da drinnen?« Nach kurzem Zögern vernahm er ein leises »Ja, Albert, ich bin hier!« Sie hatte ihn erkannt.
Alberts Herz hüpfte vor Freude. Er drückte die Türklinke herunter, doch die Türe war verschlossen, wie sollte es auch anders sein. Er musste das Hindernis aufsprengen, aber wie? Verzweifelt warf er sich gegen das Holz. Wieder und immer wieder krachte er mit voller Wucht dagegen. Vergeblich, das verflixte Schloss hielt stand.
»Suchst du vielleicht den hier?« Die plötzlich erklingende Stimme in seinem Rücken ließ Albert erschrocken herumwirbeln. Ehe er sich versah, traf ihn ein harter Schlag. Alberts Bewusstsein tauchte rasch in eine schwarze Dunkelheit.

*

Vier Tage später holte Meister Lucas Rosina erneut zum Verhör in die Folterkammer. Rosina war abgemagert und kalkweiß im Gesicht. Täglich hatte sie nur einen Krug Wasser zum Trinken bekommen und Brot

gab es nicht mehr als wie für zwölf Heller. Die schweren Verletzungen, die ihr durch die »spanischen Stiefel« zugefügt worden waren, hatten sich entzündet. Rosina litt wahre Höllenqualen. Ihre Augen standen tief in ihren Höhlen, untrügliche Zeichen fehlenden Schlafes. Neben ihr lag noch immer die tote Hebamme. Die ewige Plage des Ungeziefers und der Ratten hatten Rosina nicht zur Ruhe kommen lassen.
»Wollt ihr auch heute wieder schweigen, unbußfertige Sünderin?«, fragte Pater Imbert.
»Ihr seid doch an der Wahrheit gar nicht interessiert. Die Wahrheit ist, dass ich der Sünde der Zauberei unschuldig bin wie ein kleines Kind«, erwiderte Rosina mit sicherer Stimme.
»Törichtes, verblendetes Weibsstück, warum um alles in der Welt wollt ihr den Tod so viele Mal erleiden, wenn ihr es doch nur einmal zu tun braucht? Nehmt meinen Ratschlag an, erklärt euch vor der neuerlichen Folter für schuldig. Ihr werdet eurer gerechten Strafe doch nicht entrinnen, arme Verführte.«
Man hatte Rosina die Fußgelenke gefesselt, ihre Hände waren hinter dem Rücken zusammengebunden.
»Zieht sie auf, Meister Lucas!« Langsam spannte sich das Seil. Für Lucas' muskelbepackte Arme war es ein leichtes, ihr Opfer in die Höhe zu ziehen. Rosinas Hände wurden hintenüber nach oben gerissen. Von fürchterlicher Pein gepackt stieß Rosina schrille Schreie aus. Ihre Schultern drohten ausgerenkt zu werden.
»Wie oft habt ihr Wetter gemacht? Wie oft habt ihr es getan? Wo und wie habt ihr durch Zauberei Schaden angerichtet? War dieser Albert ebenfalls als Gast beim Hexensabbat zugegen?«
»Nein, lasst ihn in Frieden. Er hat nichts getan. Albert ist unschuldig. Gebt ihn frei!«, flehte Rosina mit tränenerstickter Stimme.
»Sollen wir euch das wirklich glauben?« Über Pater Imberts Gesicht huschte ein höllisches Grinsen. »Wenn wir das tun, sagt ihr uns dann endlich die Wahrheit?«, fragte er sie mit falschem Blick.
»Ja, ja, ich sage euch alles, was ihr von mir hören wollt«, seufzte Rosina schwer. »Wenn ihr nur Albert dafür gehen lasst.« Schweißperlen standen ihr in Massen auf der Stirn.
»Wie habt ihr das Wetter gemacht?«
Rosina zögerte, was sollte sie sagen? Plötzlich drangen ihr die Worte der toten Anna Ballmann ins Bewusstsein: ›Sei geständig... sag ihnen einfach alles, egal was sie von dir hören wollen. Erfinde irgendetwas...‹
»Na, was ist, rück endlich heraus mit der Sprache, sonst müssen wir Albert ebenfalls der peinlichen Befragung unterziehen.«

»Ich habe Wasser aus einer Quelle geschöpft und es in einen Topf geschüttet...« Rosina stockte.
»Ja und weiter?«
»...dann wartete ich ab, bis der Teufel kam und hineinblies. Daraufhin vergrub ich den Topf draußen im Feld.«
»Was habt ihr sonst noch Übles vollbracht?«
»Ich habe die Blätter der Weinstöcke mit Hexensalbe beschmiert, auf dass alles verdirbt im Namen des Bösen, habe mit meiner Gerte so lange ins Wasser geschlagen, bis Nebel aufkam, der dann die Felder vernichtet hat.«
»Habt ihr das Geständnis der Jungfer Rosina in der Schrift festgehalten?« Pater Imbert stellte die Frage an den Stadtschreiber.
»Ja, Herr, Wort für Wort«, antwortete Christoph Schick und sah von seinem Schreibpult auf.
»Dann ist es gut!« Pater Imbert nickte zufrieden. »Noch ein Letztes, Jungfer Rosina, von welcher Gestalt war euer Buhlgeist?«
Die rasenden Schmerzen raubten Rosina fast den Verstand. Hunger, Durst und der Aufenthalt im Kummerloch, sowie die Sorge um Albert taten das Übrige dazu. ›Erfinde irgendetwas!‹, hämmerte es Rosina durchs Hirn. ›Dann wirst du erlöst sein...‹
»Er ist ein riesiger zottiger Bock... mit glühenden Augen... kalt sind seine strahlenden Hörner...« Rosina stammelte, sie wusste nicht mehr weiter. Noch immer hing sie aufgezogen am Seil. Plötzlich kippten ihr die Augenlider herunter. Schwer malträtiert an Seele und Leib fiel sie auf einmal in einen tiefen, todesähnlichen Schlaf.
»Pater, ihre Seele sitzt ihr schon auf der Zunge!« Meister Lucas drückte damit in der Sprache der Henkersleute aus, dass Rosina mittlerweile dem Tod näher stand als dem Leben.
»Nein, um Himmels Willen, sie darf uns jetzt nicht sterben. Eine tote Hexe genügt.« Pater Imbert war völlig außer sich. Seine Mission sah es vor, dem Volk einen lebenden Sündenbock zu präsentieren. »Beendet augenblicklich die peinliche Befragung. Wir haben alles was wir brauchen. Lasst die Hexe herunter und bringt sie in den Kerker zurück.«

*

»Hochwohlgeborener Erzbischof, die Maleficantin hat vorhin ihr unheiliges Maleficium gestanden.« In Pater Imberts Stimme schwang unverholener Triumph. Der Dominikaner trat ins Gemach des Kurfürsten. Wolfgang von Dalberg würdigte den Besucher keines Blickes. Seine

Augen schweiften hinüber zur St.Agatha-Kirche. Erzbischof Merkolf von Mainz hatte diese gotische Hallenkirche in den Jahren 1363 und 1364 erbauen lassen. Seitenschiffe, Mittelbau und das romanische Hauptportal wurden von einem breit ausladenden Dach überspannt. Ein spitzer Steinhelm ragte über den ganz aus stabilem Fachwerk errichteten Turmbau. In den bunten Glasscheiben der spitzbogigen Fenster der Seitenschiffe blitzte das Sonnenlicht. Über den Friedhof hinweg lenkte Wolfgang von Dalberg sein Augenpaar zur St.Anna-Kapelle, bis er letztlich am Folterturm hängenblieb.
»Mein armes Kind!«, flüsterte er leise zu sich selbst. »Du musst so bitter leiden, weil du mir das Leben gerettet hast. Welch Undank in dieser völlig verrückten Welt.« Er schüttelte den Kopf. Langsam drehte er sich Pater Imbert zu. »Es ist keine Neuigkeit mehr, die ihr mir da bringt. Ich weiß längst, dass Rosina ihre, wie ihr es nennt, Urgicht abgelegt hat.«
Wolfgang von Dalberg spürte, wie er mit seinen Worten seinem Gegenüber den Wind aus den Segeln nahm.
»Aber ich hatte doch Recht mit meiner Vermutung, dass sie eine Hexe ist«, entgegnete Pater Imbert trotzig wie ein Kind.
»Humbug!«, wehrte Wolfgang von Dalberg mürrisch ab. »Ihr wisst doch selbst am besten, dass das Ganze nur eine Farce ist, ein abgekartetes Spiel und nichts anderes. Jeder, ausnahmslos jeder...«, betonte er fest, »würde unter der grausigen Torquierung gestehen, egal was auch immer man ihm vorwirft. Oder seid ihr da anderer Meinung?« Wolfgang von Dalbergs Tonfall klang scharf und durchdringend.
»Rosina ist ein Kind des Teufels, weil ihre Mutter bereits als Hexe verbrannt worden ist, wie man mir berichtet hat.« Pater Imberts Augen glühten wie Feuer in der Dunkelheit. »Rosina ist die teuflische Saat, die der Satan ihrer verruchten Mutter einst in den Schoß gepflanzt hat. Es heißt ja schließlich nicht umsonst: ›Wie das Ei, so das Küken, wie das Küken, so der Vogel, also legt er Eier!‹«
»Pah, lasst doch dieses Altweibergetratsche! Ihr habt eine Unschuldige gemartert.« Wolfgang von Dalberg machte eine Pause, um seine Worte wirken zu lassen. »Sagt mir lieber, wie es ihr jetzt geht.«
Er wusste selbst, wie überflüssig seine Frage war. Wie sollte es schon jemandem ergehen, der sich der grausamen Folter zweiten Grades ausgesetzt gesehen hatte.
»Die Inquisitin ist in den Hexenschlaf gefallen«, antwortete Pater Imbert, »sobald sie wieder zu sich kommt...«
»...werdet ihr sie durch den Scheiterhaufen zur ›Erlösung‹ bringen!« Wolfgang von Dalberg schnitt ihm barsch das Wort ab.

»Sie wird den Tod als gerechte Strafe hinnehmen«, keifte Pater Imbert zurück. »Es muss sein, ich dränge auf ein Exempel besonders in jenem schweren Fall dieser Kräuterfrau«, betonte er. »Im Hexenhammer steht schließlich geschrieben, dass das Weib von Natur aus schlecht sei. Da es schneller am Glauben zweifelt, ist es auch der Hexerei schneller zugetan.« Pater Imberts Redefluss triefte vor fanatischem Eifer. »Eva ist im Paradies der Schlange erlegen und hat damit das Unheil der Sünde über die Menschheit gebracht. In der Schlange war kein geringerer als der Teufel selbst.«

»Grundgütiger, wie könnt ihr jedem Wort, das in dieser ›Ketzergeisel‹ geschrieben steht, Glauben schenken?«, zürnte Wolfgang von Dalberg. »Ihr habt nicht das Recht, jeder Frau, und schon gar nicht Rosina, das Leben abzusprechen.«

»Wo ich stehe, da steht das Recht«, erwiderte Pater Imbert frei von allen Zweifeln. »Hinter diesem unbeugsamen Recht stehen Herren und Heilige, Fürsten und Bischöfe und über allen unser Heiliger Vater. Nein, sie können sich nicht alle irren ob des teuflischen Zaubers der Hexen. Ihr seid es, edler Kurfürst, der sich hier irrt.«

»Warum hegt ihr denn solcherlei Groll und Hass gegen die Frauen?« Wolfgang von Dalberg wurde in seiner Stimme um eine Spur schärfer. »Ihr habt wohl nie eine Mutter gehabt, was?«

»Ich..., ich verstehe eure Frage nicht.« Pater Imbert stutzte verblüfft. Wortlos drehte ihm Wolfgang von Dalberg seinen Rücken zu und sah wieder aus dem Fenster.

*

Rosina spürte, wie ihr ausgemergelter und geschundener Körper von heftigen Fieberschüben geschüttelt wurde. Fieberträume narrten sie und gaukelten ihr die ungewöhnlichsten Trugbilder vor. Sie sah sich auf einem Besen reiten, der sie hoch und immer höher durch die Lüfte trug. Tief unter sich sah sie die Häuser, Gassen und Plätze von Hörstein, sie flog über die hochaufragenden Hänge der Weinberge...

»Rosina, Rosina!«, drang es wie aus weiter Ferne an ihr Ohr. Die Leichtigkeit zerstob, ihr Besen wurde zusehends schwerer. Sie hatte einen Gast bekommen, dieser nahm am vorderen Ende des Besen Platz. Langsam drehte er ihr seinen Kopf zu. Sein höllisches Grinsen ließ sie erschaudern. Da war er wieder, ihr Peiniger, der wahre Teufel in Menschengestalt: Pater Imbert. »Nein, nein!« Rosina schrie laut auf, sie wollte wild um sich schlagen. Doch ihre Arme zuckten nur, sie verwei-

gerten ihren Befehl. Schlaff hingen sie im Stroh, als würden sie gar nicht mehr zu ihrem Körper gehören. Meister Lucas hatte ihr beim Aufziehen mit dem Seil die Arm- und Schultergelenke ausgerenkt.
»Rosina, so komm doch endlich zu dir!« Sie war schweißgebadet. Langsam öffnete sie ihre rotentzündeten Augen. Ihr Blick war matt vom Fieber.
»Grundgütiger, es war nur ein schlimmer Traum, mein Kind«, sprach Wolfgang von Dalberg. Er war erschüttert über den schrecklichen Anblick, den das junge Mächen bot. Der in der zugigen Luft des alten Gemäuers flackernde Lichtschein der Fackel verlieh ihr zusätzlich ein gespenstisches Aussehen.
»Ah, ihr seid es?«, gab sie schwach von sich.
»Du erkennst mich wieder?« Sie nickte stumm.
»Vergib mir Rosina, dass ich dir nicht helfen konnte!« Sie sah ihn an und schwieg. »Ich ganz allein bin an deinem furchtbaren Unglück schuld, wenn ich es doch nur ungeschehen machen könnte...«
Rosina spürte die Ehrlichkeit seiner Worte. »Wo ist Albert?«, fragte sie mit schwacher Stimme.
»Er ist ebenfalls hier im Gefängnis«, antwortete er. »Aber er ist unversehrt.«
Dass der junge Bursche genau wie Rosina in einem finsteren Loch vor sich hin vegetierte, ließ Wolfgang von Dalberg lieber unerwähnt.
»Versprecht mir, dass wenigstens ihm kein Leid geschieht.«
»Ja, das will ich. Wenn ich schon nichts für dich tun konnte, so möchte ich es dafür bei Albert gutmachen. Ich werde meine schützende Hand über ihn halten«, versprach Wolfgang von Dalberg.
»Jetzt brauche ich keine Angst mehr zu haben!« Rosina lächelte gequält. »Mir ist nicht bange vor dem Tod...«
Wolfgang von Dalberg wusste nicht um die richtigen Worte für eine Todgeweihte.
»Rosina, du sollst kein Leid mehr fühlen«, sagte er und wandte sich dabei Peter Prucker zu, der hinter ihm im Stroh kniete und die ganze Zeit über die brennende Fackel gehalten hatte. »Du verschaffst ihr augenblicklich Linderung. Tu etwas gegen ihr hohes Fieber. Es soll an geeigneten Mitteln nicht fehlen. Hier nimm, das ist für dich!«
Wolfgang von Dalberg zog einen prall gefüllten Geldbeutel aus seiner Jackentasche und drückte ihn dem Folterknecht in die Hand. Ein blödes Grinsen verjagte die Grimmigkeit von dessen Gesichtszügen. Er nickte. Ein scheuer Blick hinter seine Schulter und der Geldbeutel verschwand flugs unter seinem roten Wams. Wie gut, dass dieser einfältige Men-

schenschinder nicht sprechen konnte, dachte Wolfgang von Dalberg zufrieden.

»Hast du mich auch gut verstanden?« Peter Prucker versuchte zu reden, aber es kam nur ein stammelndes, wortloses Gebrabbel aus seinem Mund. Wolfgang von Dalberg nahm den Knecht am Arm und zog ihn ganz nah zu sich heran.

»Kannst du auch Laudanum besorgen?« Peter nickte.

»Besorg es aber bald«, raunte ihm Wolfgang von Dalberg ins Ohr. »Hör gut zu, am Abend vor der Hinrichtung gibst du Rosina davon. Und sei dabei nicht sparsam. Kannst du dir das merken?« Wolfgang von Dalberg sah ihm mit strengem Blick ins Gesicht. Peter nickte mehrfach eifrig.

»Und da wäre noch eine ganz wichtige Sache...« Peter Pruckers Augen ließen nicht von den Lippen des Kurfürsten. »Wenn du meine Anweisungen nicht allesamt befolgst, nehme ich dir das Geld wieder weg und du wirst selbst hier eingesperrt. Das willst du doch nicht, oder?« Peter schüttelte wild mit dem Kopf. In seinen Augen leuchtete Angst, er griff sich an sein Wams. Nein, das Geld wollte er behalten.

Plötzlich wurden auf der Turmtreppe Schritte laut. Es kam jemand.

»Ihr schon wieder?«, begrüßte Wolfgang von Dalberg den Eintretenden. »Könnt ihr denn Rosina nie in Ruhe lassen?«

Pater Imbert fühlte, wie ihn der hasserfüllte Blick des Kurfürsten streifte. »Ich bin nur gekommen, um der Delinquentin ihr Urteil zu verkünden«, griente er kalt und drängte den Kurfürsten aus dem Kerkerloch. Der Dominikaner zog eine Pergamentrolle unter seinem Skapulier hervor. Er bedeutete dem Folterknecht, dass er ihm mit seiner Fackel leuchten solle.

»Rosina, Tochter der Magdalena Hartmann zu Hörstein, wird als Hexe beschuldigt, Gott den Allmächtigen, ihren Schöpfer und Jesus Christus, ihren Erlöser unter des Teufels Verbündnis nicht nur verleugnet, sondern auch demselbigen ihrem Anführer Huldigung geschworen zu haben. Ferner hat sie durch grausame Zauberei viel Schaden an Mensch, Vieh und Frucht getan und das heilige Sakrament geunheiligt. Deshalb soll sie zur Richtstätte geführt werden und dort unter Straf und den anderen zum abschrecklichen Exempel durch den Scharfrichter und das Feuer vom Leben zum Tod gestraft werden. Da die Maleficantin, besessen von der unheiligen Kraft ihres Buhlteufels, besonders großen Schaden in die Welt trug, wird ihr die Gnade der Erdrosselung verweigert. Möge das reinigende Feuer die Teufelsbuhlin bei lebendigem Leib verzehren, auf dass sie dabei in ihren letzten Augen-

blicken auf Erden mit großer Pein dahinscheiden und ihre verwerflichen Sünden bereuen möge.«

Rosina zeigte keine Regung, sie hielt die ganze Zeit über ihre Augen geschlossen. Es schien, als ob das Urteil sie nicht im Geringsten bewegte.
»Und ihr, hochwohlgeborener Erzbischof, wäret gut beraten, euch fortan nicht mehr hier blicken zu lassen.« Pater Imberts eisige Stimme wirkte einmal mehr höchst bedrohlich. »Ihr könntet durch eure Besuche bei dieser Hexe schnell ins Gerede kommen, was eurem Ansehen wahrlich nicht gut täte.
›Mönchlein, das wirst du noch bitter bereuen‹, dachte Wolfgang von Dalberg in grenzenlosem Zorn, die Hände hinter seinem Rücken zu Fäusten geballt.

5

»Wer den Schuldigen gerecht spricht und den Gerechten schuldig, die sind beide dem Herrn ein Greuel.«

Sprüche Salomos 17, 15

Hoffnung, aber auch Trauer und Verzweiflung waren in so manches Menschenherz geschlichen. Alberts Eltern verzehrten sich vor Sorge um ihren Sohn. Jede Spur verlor sich im Nichts. Sie ahnten das Schlimmste, es auszusprechen brachten sie jedoch nicht fertig.

Schon seit Tagen hatte es nicht mehr geregnet. Die Luft des Juni war von unsäglicher Hitze erfüllt. Selbst während der Nacht wollte die schwüle Wärme nicht aus der sonnenversengten Stadt weichen, in der es aber auch Menschen gab, die nicht nur wegen des Wetters schwer zu leiden hatten. Albert lag noch immer in seinem dunklen Verließ. Sein anfängliches Toben und Schreien nach Rosina hatten die dicken Wände des Kummerlochs stumm aufgesogen. Albert war schon halb wahnsinnig, weil er nichts für Rosina tun konnte. Mit einem Stein, den er im Stroh gefunden hatte, vertrieb er sich die Zeit beim Rattenjagen. Die lästigen Nager bekamen all seine aufgestaute Wut zu spüren. Wann immer ihm der Peinknecht Wasser und Brot brachte, hatte er ihn nach Rosina gefragt, doch nie eine Antwort erhalten.

Rosina erholte sich, wenn auch nur langsam. Das Fieber war inzwischen gesunken. Peter Prucker hatte für seinen kurfürstlichen Lohn Gutes getan. Nach ihrem »Bekenntnis«, der Urgicht, hatte Rosina, wie es bei jeder Inquisitin üblich war, täglich warme Speisen, Wein oder Bitterbier vorgesetzt bekommen. Sie hegte aber keinerlei Hoffnung mehr. Sie wusste, dass sie bald sterben würde. Wenigstens Albert würde man verschonen, allein dieses Wissen nahm ihr ein wenig von der ungeheuren Pein, die schwer auf ihre Seele drückte.

Immer wieder traten ihr die gleichen entsetzlichen Bilder aus der Vergangenheit vor Augen, als ihre Mutter den Holzstoß betreten hatte. Obwohl Rosina sich heftig dagegen sträubte, brachte sie es nicht fertig, diesen ewig wiederkehrenden Alptraum zu verscheuchen. Wie würden sie wohl sein, die letzten Augenblicke? Der Priester, der ihr am Abend vor Johannis Baptista die Beichte abgenommen und ihr gleichzeitig die heilige Kommunion erteilt hatte, hatte von einer Erlösung gesprochen. Rosina nahm sich vor, sich mit dieser Handvoll Worte zu trösten, doch

sie schaffte es nicht. Trotz ihrer Schmerzen loderte tief in ihrem Innersten noch ein kleiner Funke, der nach Leben schrie. Rosina war hin und her gerissen, sie kämpfte mit sich und ihrem Schicksal. Sie wollte noch nicht sterben.
Pfarrer Heinrich Herold, zugleich auch mit den Titeln eines Canonikus und Capitulars des Stifts bedacht, war in der Frühe des Johannistages erneut ins Kummerloch gekommen. Er legte ihr ein zweites Mal die geweihte Hostie auf die Zunge. Der Pfarrgeistliche von St.Agatha fühlte Mitleid mit ihr. Er gehörte nicht zu jenen religiösen Eiferern, die es auf glänzende Weise verstanden, gerade nach Unwettern und Missernten böses Gift unter's Volk zu streuen und unentwegt zum Kampf gegen Hexen und Zauberer aufriefen. Derlei Fanatiker wirkten gottlob anderswo oder würden erst noch kommen. In Pater Imberts Fußstapfen sollten noch viele, allzu viele Nachfolger treten.
Die letzte Kommunion ging beinahe still vonstatten. Pfarrer Herold kniete sich neben Rosina ins Stroh. Beide sprachen sie gemeinsam das Pater noster.
»Pfaffe, seid ihr bald fertig?« Am Eingang des Kerkers zeigte sich Meister Lucas. »Die Zeit drängt, das Volk wartet schon. Wir wollen es nicht warten lassen.« Pfarrer Herold half Rosina auf die Beine. Unerträgliche Schmerzen rasten durch ihren Körper. Seit ihrer Folter war es das erste Mal, dass sie wieder auf ihren Füßen stand.
»Wenn ich dich lieber tragen soll, dann sag es mir!«, sprach Meister Lucas in völlig gefühllosem Ton. Ihm ging es weniger um Mitgefühl als vielmehr um die Zeit, die er nicht unnötig verplempern wollte.
Rosina schüttelte den Kopf, sie wollte selbst gehen. Trotz ihrer Schmerzen schaffte sie es aus eigener Kraft, die Treppenstufen hinabzusteigen. Das hitzeflirrende, ungewohnte Tageslicht stach ihr grell in die Augen. Der Schinderkarren stand bereit. Plötzlich überkam Rosina eine bleierne Müdigkeit. Die ständig vor ihren Augen umhertänzelnden Bilder vom Hinrichtungstod ihrer Mutter zerflossen ins Nichts. Rosina wurde auf den Wagen gehoben. Schmerzhaft schnitten ihr die Handfesseln ins Fleisch, als man sie an den Wänden des Schinderkarrens anband. Rosinas Beine knickten weg. Das Gefühl ungeheurer Schwäche ließ sie auf ihre Knie sinken.
Die Sonnenuhr am Thöngesturm zeigte die achte Tagesstunde des Johannistages an, als die beiden Kirchenglocken von St.Agatha zu läuten begannen. Die größere der beiden, die Dreifaltigkeitsglocke, war das Werk des Kanonenkugelgießers Martin Möller aus Frankfurt, er hatte sie im Jahre 1470 gegossen. Die kleinere Glocke, die der Muttergottes

geweiht worden war, stand in ihrem Geläut um nichts nach.
Das Pferd zog an, rumpelnd setzte sich der Schinderkarren in Bewegung, den Leichnam von Anna Ballmann begleitet von Fliegenschwärmen hinter sich her schleifend. Den Armesünderweg entlang begann der Zug seine Fahrt durch die Stadt. Wolfgang von Dalberg und Hartmut von Kronberg ritten Seite an Seite an der Spitze. Die dichten Reihen seiner Leibwache hielten den Kurfürsten schützend umringt.
Wolfgang von Dalberg war sterbenselend zumute. Auf dieses makabre Schauspiel hätte er allzu gerne verzichtet. Schließlich kostete es einen unschuldigen Menschen das Leben. Ein Fehlurteil, das in seinem Namen gefällt wurde. Er wünschte sich ganz weit weg, weit hinaus in die tiefen Wälder des Spessarts, zum Jagen... Konrad Flach, Pater Imbert und die Schöffen saßen ebenfalls hoch zu Ross. Gleich eine ganze Kompanie an Stadtschützen umringte den Schinderkarren.
Pater Imbert fühlte nur noch eines: Überschäumenden Triumph. Seine Seele hüpfte vor Freude und er lächelte selbstzufrieden ins Volk. Wieder einmal war es ihm gelungen, Hexen ausfindig zu machen und sie zur Strecke zu bringen. Der nächste, der Anna Ballmann und Rosina folgen würde, war dieser Albert. Auch er durfte nicht ungestraft davonkommen. Die Liste der Ketzer war ellenlang. Pater Imbert warf einen flüchtigen Blick auf den vor ihm reitenden Kurfürsten.
Wahre Heerscharen von Menschen säumten die Herstallgasse. Fast alle 3.000 Seelen der Stadt waren auf den Beinen, um dem großen Schauspiel der Hexenverbrennung beizuwohnen. Gründe, diesem Spectaculum nicht fern zu bleiben, gab es genug. Nicht nur wegen des Sündenablasses, den ihnen die Geistlichkeit wie üblich in Aussicht gestellt hatte, zog es das Volk zur Richtstätte. Hinrichtungen versprachen auch Abwechslung, vielfach verkamen sie gar zu einem wahren Volksfest. Es wurde gezecht, gejubelt und gesungen. Besonders geschäftstüchtige Kaufleute boten »Armesünderwürstel« und »Galgenbier« zum Verkauf an. Nicht selten endete das Ganze am Ende in wüsten Balgereien und Raufhändel.
Eine solch riesige Menschenmasse hatte Aschaffenburg zuletzt im Sommer 1525 nach der Niederschlagung des Bauernaufstands erlebt. Frowin von Hutter, der Führer des siegreichen Schwäbischen Bundes, hatte seinerzeit mehrere Personen, die als Rädelsführer beim Aufstand in der Stadt beteiligt waren, hinrichten lassen, darunter auch einen Priester.
»Lasst die Hexe endlich in der Hölle schmoren!« Ein Hagel wüster Beschimpfungen ging auf Rosina nieder. Sie fühlte die erregte Menge in ihrem Rücken. Doch all das prallte von ihr ab. Rosina hatte jegliche

Empfindung einschließlich Angst und Schmerz verloren. Peter Prucker war auch dem zweiten Auftrag das Kurfürsten gefolgt. Das starke Betäubungsmittel, das er Rosina heimlich in ordentlicher Menge ins Bitterbier geträufelt hatte, konnte seine Wirkung nicht verfehlen. Mit völlig freiem Blick, sah sie in die Menschenmenge. Die wütenden Fratzen des lustgeilen Pöbels verschwommen zu einer gesichtslosen und bedeutungslosen Masse. Aus ihren Reihen schlug Rosina tausendfacher Hass entgegen, auch von Leuten, die sie über viele Jahre hinweg gut gekannt hatte, so wie den Apotheker aus dem Goldenen Löwen, den Karpfenwirt, den Müller, der ihr einst das Leben gerettet hatte, Frauen und Männer vom Markt. Es waren auch viele darunter, denen Rosina bei Krankheit und sonstigen Wehwehchen mit Quirins Kräuterarznei und Heilpflanzen geholfen hatte. Doch dies alles gehörte längst der Vergangenheit an. Dank durfte Rosina von niemandem erwarten. Die aufgepeitschte Menge gierte nur noch nach einem, nach Rosinas Leben.
»Auf den Holzstoß mit ihr!« Aufgeregtes Hundegebell mischte sich unter die Flut von Schimpfrufen und Hohngelächter. »Die Oberhexe, sie hat neulich erst zusammen mit ihrem höllischen Geschwader den Kirchturm von St. Agatha überflogen. Gemeinsam mit ihrem Teufelsheer soll sie anschließend die Wallfahrtsorte im Spessart heimgesucht haben.« In den Reihen des wild wogenden Volkes erhob sich Getuschel.
»Verbrennt es endlich, dieses verfluchte Hexenweib!« Auch Kilian verlieh seiner Wut Ausdruck. Er saß abseits auf einem alten umgekippten Mühlstein. Die schrecklichen Wunden, die ihm Wolf damals geschlagen hatte, waren nie ganz verheilt. Sein Schoß war mit einer Wolldecke zugetan. »Sie allein trägt die Schuld an meinem furchtbaren Unglück!« Zitternd erhob er seine Hand und zeigte auf die Delinquentin, die soeben an ihm vorbeifuhr. »Rosina ist schuld, dass ich meine Manneskraft verloren habe!« Zwei junge Frauen steckten neckisch grinsend ihre Köpfe zusammen und kicherten.
Bender, Brettschneider, Buchdrucker, Bildhauer, Büchsenschäffner, Einspännige, Gerber, Geistliche, Kannengießer, Kuhhirte, Löher, Manger, Notare, Seegräber, Schwertfeger, Stiftskanoniker, Schweizer, Schweinehirte, Trödler, Wirte, Zimmerleute, Ziegler... Keinen hielt es zurück, sich gemeinsam mit Weib, Kind und Kegel dem schier endlosen Zug durch die Stadt anzuschließen. Und dies obwohl sich die brüllende Hitze wie eine Glocke über Aschaffenburg gesenkt hatte.
Vom Salzmarkt aus nahm der Armesünderzug seinen Weg über die Steingasse und die Strickergasse. Deren Strickerpforte passierend, strebte der große Lindwurm dem Dingstalltor entgegen. Viele der

Schaulustigen hatten sich jedoch schon frühzeitig draußen an der Galgenmühle eingefunden, um sich einen guten Platz mit freiem Blick zum hoch aufgeschichteten Scheiterhaufen zu sichern.
Das Geschrei der erregten Menschenmenge war auch Albert nicht verborgen geblieben, dafür war das alte Gemäuer des Kerkers schon viel zu löchrig, als dass es diesen Radau verbergen konnte.
»Nein, das könnt ihr doch nicht tun!« Verzweifelt warf sich Albert gegen die Türe. Plötzlich gab das Schloss nach, die Türe ging einen Spaltbreit auf. Albert staunte. Wie war das nur möglich? Seine bloßen Hände verfügten wohl kaum über die Kraft, Eisen zu sprengen. Ihm erschien es wie ein Wunder. Schlagartig erwuchs in ihm die Erkenntnis, dass ihm in diesem Augenblick die Türe in die Freiheit offenstand. Albert nahm das unverhoffte Angebot des Schicksals dankend an. Er sprang auf und eilte aus seinem Verließ.
Auch hier hatte Peter Prucker die heimliche Anweisung des Kurfürsten befolgt und das Türschloss aufgesperrt. Der Folterknecht spielte mit dem Schicksal, auch mit dem seinigen...
Albert hetzte los, er nahm gleich mehrere Stufen auf einmal. Unmittelbar am Ausgang des Folterturmes hing ein breites Schwert an der Wand. Albert riss es im Vorbeihuschen herunter, er hatte keine Zeit zu verlieren. Er brauchte nur dem von weit herschallenden Lärm zu folgen. Die ersten frischen Windböen wehten das Geräusch schweren Donnergrollens gegen die Mauern der wie ausgestorben wirkenden Stadt.

*

Konrad Flach, der Stadtschultheiß, hatte das förmliche Urteil noch einmal vor dem versammelten Volk verlesen. Peter Prucker hob Rosina zu dem riesigen Berg aus trockenem Kluftholz, pechgetränktem Stroh, Wolle, Weidenruten und Heuballen hinauf. Auch Anna Ballmanns zerschundener Leichnam war reichlich mit Öl überschüttet worden, damit alles ja gut brannte.
Meister Lucas zog Rosina zu sich hoch und fesselte sie unverzüglich mit einer Kette an den Eichenpfahl, der aus dem aufgeschichteten Holzstoß emporragte. Rosina war es völlig gleichgültig. Es gab kein Aufbäumen, und keine Furcht drang mehr in ihr leeres Bewusstsein.
»Vergib mir!«, sagte Meister Lucas zu ihr. Es war weniger Mitleid, das ihn zu dieser Geste bewog. Er sprach die Worte nur, um sich vor dem Zorn des Geistes der Armen Sünderin zu schützen.
»Nur zu, tut endlich eure Pflicht!«, hauchte sie mit leiser Stimme. Bevor

Meister Lucas vom Scheiterhaufen herunterkletterte, stopfte er Rosina öltriefendes Werk zwischen die Füße.

»Herr Richter, wollt ihr dieses Urteil?« Meister Lucas ging zum Stadtschultheiß.

»Ja, es ist euch erlaubt und auferlegt, es zu vollbringen«, erwiderte Konrad Flach, der sich streng an das übliche Procedere dieser Zeremonie hielt. »Richte mit sicherer Hand und dem richtigen Maß.«

Eine atemberaubende Spannung lag über dem weiten Rund der Richtstätte. Die Stadtschützen hatten einen breiten Ring um den Scheiterhaufen gezogen. Dieser wirkte wie eine Insel im Meer wogender Menschenfluten. Die kurfürstliche Leibwache hielt sich um Wolfgang von Dalberg und das Hexengericht postiert. Alles wartete wie unter einem unheimlichen Bann stehend darauf, dass Meister Lucas den Holzstoß anzündete. Kaum jemand hatte noch Zeit für einen Blick ins tiefhängende Gebräu des finsteren Himmelsgewölks. Die ersten Blitze zuckten, aber noch regnete es nicht.

Da, endlich stieß Meister Lucas die brennende Fackel in den Scheiterhaufen, die ersten Flammen schossen züngelnd nach oben. Er legte gleich an mehreren Stellen Feuer, bis schließlich ein breiter Flammenring den Holzstoß umschloss. Peter Prucker goss sofort überall brennbare Flüssigkeit nach, damit das Feuer lebendig blieb. Das Jubelgeschrei des Mobs war ohrenbetäubend.

Rosina fühlte, wie die Hitze unter ihren nackten Füßen aufstieg. Noch hatte das Feuer ihre Haut nicht berührt, aber es wurde rasch heißer. Rosina packte ein heftiger Hustenreiz. Ihre Lungen keuchten schwer, der Rauch des brennenden Öls erstickte sie fast. Verzweifelt rang sie nach Atem. Plötzlich verlor sie das Bewusstsein. Ihr Kopf fiel nach vorn.

Schweißverklebt und erschöpft näherte sich Albert dem Richtplatz. Der Scheiterhaufen brannte inzwischen lichterloh, aufsteigende Rauchschwaden verhüllten Rosinas Antlitz. War sie schon verbrannt, kam er zu spät, durchzuckte es Albert, dem war, als stieße ihm jemand einen Dolch ins Herz. Doch der Schmerz in seiner Brust währte nur für den Moment eines Wimpernschlags. Jetzt gab es für Albert kein Halten mehr. Mit dem Schwert in der Hand, kämpft er sich durch den undurchdringlich erscheinenden Ring von Menschenleibern. Er musste heftige Püffe und Tritte austeilen, damit ihm die sturen Gaffer den Weg frei machten.

Die ersten Regentropfen fielen. Albert hatte sich erst bis zur Mitte des verzückten Publikums vorgedrängt, als sich urplötzlich die Schleusen des Himmels vollends öffneten. Es begann wie aus Eimern und Kannen zu schütten. Der Wolkenbruch und das schnell aufgezogene Gewitter entluden sich mit all ihrer Heftigkeit genau über der Richtstätte. Erst jetzt bemerkten die Menschen, in welch großer Gefahr sie auf einmal selbst schwebten. Hagelkörner so groß wie Taubeneier prasselten auf sie nieder. Ein grell aufleuchtender Blitz schlug in die nahe Galgenmühle ein und setzte sie in Brand. Das Donnerkrachen ließ einem das Trommelfell vibrieren.

»Das ist der Zorn Gottes!«, bebte eine Stimme ehrfürchtig. »Wehe uns allen. Der Allmächtige gibt uns ein Zeichen, er will sein eigenes Urteil!«

Die ungeheuren Wassermassen erstickten binnen weniger Augenblicke die Flammen des Scheiterhaufens, der gleich darauf einem Berg aus Rauchwolken glich.

»Ein Gottesurteil, ein Gottesurteil!«, lärmte es erregt aus vielen Mündern. Plötzlich kam eine gewaltige Bewegung ins Volk. Es begann zu wimmeln als werfe jemand Steine in einen Ameisenhaufen. Die Menschen wandten sich zur Flucht. Lärmend und schreiend verließen sie in Scharen nach allen Seiten davonstiebend den Richtplatz.

»Oh mein Gott, welch scheußliches Verbrechen beging man in deinem Namen?« Nicolaus Grün, der Medicus, fasste sich bestürzt ans Herz. »Ich alleine trage die Verantwortung dafür. Was habe ich nur getan, ich armer neidzerfressener Thor?«

Seine späte Erkenntnis und Reue konnten Rosina jetzt wohl auch nicht mehr retten. »Ahhh, mein Herz...« Von der Wucht der Hals über Kopf zurückwogenden Menschenflut erfasst, stürzte Nicolaus Grün zu Boden. Die Füße der Flüchtenden trampelten den Leibarzt des Kurfürsten zu Tode.

»Ein gerechter Gott schreitet ein, wenn er einen Unschuldigen schützen will!« Wolfgang von Dalbergs Stimme drang laut durch den peitschenden Regen. »Schade, dass Gott mit seinem Urteil zu spät kam, um Rosina zu retten.« Er schleuderte dem Dominikaner einen hasserfüllten Blick zu.

Ein Mantel wächsener Bleiche überzog das verdatterte Gesicht des Paters. Der Eiferer, der unermüdliche Hexenjäger glich mit einem Mal nur noch einem Häuflein Elend. Es schien, als sei er mit seinem Latein am Ende.

Nicht nur die hohe Herrschaft auf ihren Rössern ergriff ihrerseits die Flucht. Auch die Stadtschützen und die Leibwache des Kurfürsten verließ von heilloser Panik ergriffen in völliger Unordnung den Platz. Selbst für Meister Lucas gab es kein Halten mehr. Jetzt hatte Albert endlich freie Bahn. Niemand versperrte ihm den Weg. Wildentschlossen stieg er den schwelenden Scheiterhaufen hoch. Das halbverbrannte

Bauwerk des Holzstoßes drohte unter ihm zusammenzubrechen. Aus den sich verziehenden Rauchwolken und dem dicht niedergehenden Regen schälte sich Rosinas Gestalt. Das vom Feuer stark versengte Peinkleid strotzte vor Ruß. Die Haut an ihren Beinen schlug entsetzliche Blasen. Leblos hing ihr kahler Kopf nach unten. Albert würgte es, als stecke ihm ein dicker Kloß im Hals. Rosina musste unweigerlich erstickt sein, es konnte gar nicht anders sein. Sie hatte bestimmt einen schlimmen Tod erlitten.
Albert spürte, wie ihn plötzlich jemand am Fuß packte und drehte sich um. Es war Peter Prucker, der ihn mit beiden Händen vom Scheiterhaufen herunterziehen wollte.
»Scher dich endlich weg!«, schrie ihm Albert wütend ins Gesicht. »Rosina ist doch schon tot! Was willst du denn noch?« Albert würde nie erfahren, warum der stumme Folterknecht als einziger außer ihm am Richtplatz zurückgeblieben war und sich nicht wie all die anderen vor den tobenden Gewalten in Sicherheit gebracht hatte. Peter Prucker hatte Albert fast vom Scheiterhaufen heruntergezogen, als das Unglück geschah. Albert wollte ihn nicht töten, er wollte seinen Widerpart nur abschütteln. Es passierte aus reinem Reflex, mitten aus der Bewegung heraus schlug er mit seinem Schwert zu. Der ungezielte Schwertstreich ließ den Unglücklichen zu Boden sinken. Der Stumme starb völlig lautlos. Er schied aus der Welt, ohne dass er jemals ein Wort über die Lippen gebracht hatte, was ihm schließlich zum Verhängnis geworden war.
Warum er Albert hatte vom Scheiterhaufen zurückhalten wollen, sollte für immer sein Geheimnis bleiben, das er mit in sein Grab nahm, so wie den dicken Geldbeutel, den er unter seinem roten Habit trug. Welche Ironie des Schicksals: Peter Prucker, zeitlebens ein Habenichts, besaß ausgerechnet im Tod einen ungeheuren Batzen Geld.
Noch immer gingen schwere Regengüsse nieder. Das Gelände rings um die Richtstätte hatte sich inzwischen in eine riesige Seenplatte verwandelt. Das kleine Flussbett der Aschaff führte Hochwasser, die braunen Fluten des Sturzwassers wälzten sich dem Main entgegen. Albert erklomm den Scheiterhaufen.
»Rosina...« Seine Stimme bebte. »Welch furchtbares Ende!« Nur schwer fand die entsetzliche Wahrheit den Weg in sein Bewusstsein.
»So will ich dich aber nicht zurücklassen. Du sollst ein ordentliches Begräbnis bekommen.« Mit kräftigen Schwerthieben zerschlug er ihre Fesseln. Albert wollte Rosina gerade in die Arme nehmen, als plötzlich eine leichte Regung durch ihren leblosen Körper strömte. Sie röchelte schwach.

»Du lebst? Rosina, du lebst ja...!« stammelte er ungläubig. Plötzlich stieß Albert ein Freudengeschrei aus, das weit über den Platz hinwegschallte.

Noch hatte Rosina das Bewusstsein nicht wiedererlangt, aber sie lebte.

»Ich fahre dich nach Hause!« Albert trug sie vorsichtig zum Schinderkarren hinüber. Das Pferd war noch am Galgengerüst angebunden, vermutlich hätte es sonst ebenfalls die Flucht ergriffen. Albert legte Rosina behutsam auf den Wagen. Zum Glück war eine alte Decke vorhanden, mit der er die Bewusstlose zudecken konnte. Albert setzte sich auf den Kutschbock und gab dem Pferd die Peitsche. Der Schinderkarren verschwand rasch in der dichten Regenwand...

6

»Gott hat die Erde unter gottlose Hände gegeben und das Antlitz ihrer Richter verhüllt. Wenn nicht er, wer anders sollte es tun...?«

Hiob 9, 24

»Das kann ich nicht aktzeptieren!« Pater Imberts Gesichtsfarbe wechselte vor Zorn jäh ins Blaurote. »Ich möchte doch um mehr Respekt vor unserem Herrn und Gott bitten, wenn ihr ihn schon vor mir vermissen lasst!«, schmetterte ihm Wolfgang von Dalberg entgegen. »Bedenkt, es handelt sich hier um ein von Gott gegebenes Urteil, ein wahres Wunderwerk des Allmächtigen!«

»Verzeiht, hochwohlgeborener Herr, aber ich betrachte dieses ganze Gerede von einem Gottesurteil als blanken Unsinn. Es gibt keine Wunder!«, erwiderte Pater Imbert voller Inbrunst. Die große Furcht, die ihn vor wenigen Tagen draußen auf der Richtstätte hatte schlottern lassen, war längst wieder verflogen. Von Neuem hatte ihn blanker Fanatismus gepackt. Wahrlich, diesem »domini canes« schien wirklich nichts heilig zu sein. Wolfgang von Dalberg schüttelte den Kopf.

»Wo mag diese Teufelsbuhlin nur stecken?« Grübelnd fuhr sich der Dominikaner mit der Hand über sein bartloses Kinn.

»Rosina ist bestimmt tot!«

»Nein, das glaube ich nicht«, entgegnete der Pater. »So schnell stirbt diese Oberhexe nicht. Der Teufel hat sie mit allen unheiligen Wassern getauft. Ich spüre ganz deutlich, tief in meiner Brust, dass Rosina noch lebt. Aber wo mag sie nur stecken?«

»Seht doch einmal im Siechenhaus drüben auf dem Leiderer Feld nach.« Wolfgang von Dalbergs Stimme troff vor Zynismus. »Vielleicht sucht sie ja Schutz inmitten der Aussätzigen...«

»Nein, dort kann sie niemals sein!« Pater Imbert machte eine wegwerfende Handbewegung. »Selbst unter Sterbenden und Todkranken wird diese Unehrliche keine Aufnahme finden.« Plötzlich zuckte es in seinem Gesicht. Sein Blick glich dem eines Wahnsinnigen. »Jetzt, ja, jetzt weiß ich, wo ich sie finden werde...« Er sprühte vor Eifer. »Das Hexenweib hält sich bei diesem Albert versteckt! Warum bin ich eigentlich nicht schon früher darauf gekommen? Es ist mir ein Rätsel, wie er überhaupt aus dem Kerker entkommen konnte. Da muss der Teufel höchst-

persönlich seine Hand im Spiel gehabt haben.«
Wolfgang von Dalberg verzog keine Miene. Wortlos lauschte er dem Redeschwall des Paters.
»Warum habe ich den Burschen nicht gleich gemeinsam mit Rosina auf den Holzstoß geschickt?«
»Eure Reue kommt wohl etwas zu spät, was?« Wolfgang von Dalberg konnte sich ein spitzbübisches Grinsen nicht verkneifen. »Außerdem sehe ich keinerlei Gründe, weswegen man auch diesen braven Bauernburschen anzuklagen hätte.«
»Oh doch«, fuhr Pater Imbert dem Kurfürst ins Wort. »Meines Erachtens kommt nur einer in Betracht, der den feigen Mord am Peinknecht begangen hat, und zwar Albert!«
»Wart ihr denn Zeuge dieses ›Mordes‹, wie ihr es nennt? Wer weiß, vielleicht war es auch nur ein bedauerlicher Unfall?«
»Nein, Albert hat ihn mit Vorsatz getötet. Wie sonst hätte er sich dieser Rosina bemächtigen können?«
»Erspart euch eure Suche«, sprach Wolfgang von Dalberg. »Die beiden sind bestimmt schon längst außer Landes.«
»Nein, das kann nicht sein«, wehrte der Pater ab. »Ich hörte, dass Alberts Familie, dieses Hugenottenpack, in Ober Affolderbach lebt. Es ginge mit dem Teufel zu, wenn sich die Hexe dort nicht finden ließe. Ich werde sogleich die Stadtwache alarmieren. Eine ganze Abteilung will ich den Johannesberg hochschicken. Mitten in der Nacht soll der Zugriff erfolgen, keiner darf seiner gerechten Strafe entgehen.«
Pater Imbert geiferte vor Tatendrang. Abrupt verließ er das Gemach des Kurfürsten.
»Wenn denn hier jemand seine gerechte Strafe erhalten sollte, dann müsstest du es sein, du gottverlassenes Mönchlein!«, sprach Wolfgang von Dalberg voller Grimm zu sich selbst.

*

Rosina erholte sich langsam aber stetig von ihrem Martyrium. Noch hatte sie nicht alle ihre »sieben Leben einer Katze«, wie Michel einst zu ihr gesagt hatte, verwirkt. Bei Alberts Familie, die ihr sorgfältige Pflege angedeihen ließ, befand sie sich in besten Händen. Auch Wolf schaffte es schließlich, wieder auf die Pfoten zu kommen. Doch es würde noch einige Zeit und gutes Heilfleisch brauchen, bis Rosina mit ihren verbrannten Füßen und Beinen wieder würde gehen können. Auch die seelischen Wunden würden noch lange Zeit heilen müssen, wenn das

überhaupt möglich war.
»Danke für alles, was du für mich getan hast, mein Lieber!«, sprach Rosina und richtete sich ein wenig auf ihrem Bettlager auf. Trotz einiger Schmerzen konnte sie schon wieder ihre rechte Hand heben. Sanft strich sie Albert über die Wange, der sich zu ihr ans Bett gesetzt hatte.
»Jetzt hast du mir schon das zweite Mal aus der Patsche geholfen.«
»Ja, dafür schuldest du mir auch etwas.«
»Was denn?« Rosina sah ihm tief in die Augen.
»Es muss schon etwas wirklich Besonderes sein. Und zwar etwas ganz Wertvolles, das mehr wiegt als alles Gold und Silber der Erde auf einem Haufen...«
»Oh, du... lieber Dummkopf!« Rosina senkte die Stimme zu einem zärtlichen Flüstern. »Das, wonach du strebst, besitzt du doch schon längst.« Sie lächelte, nahm seine Hand und drückte sie fest an ihre Brust.
»Mein Herz gehört dir, schon seit dem Augenblick, an dem ich dich zum ersten Mal sah.« Albert errötete. »Kannst du dich noch daran erinnern, als ich dir eine rote Mütze schenkte?«
»Ja, ich besitze sie noch. Sie liegt da drüben in meiner Truhe«, antwortete Albert. »Du sagtest, uns verbinde mehr als nur das Band der Freundschaft und dass wir einander für immer gehörten...«
»Ja, so soll es ein, untrennbar für alle Zeit.« Rosina zog Albert langsam zu sich aufs Bett.

*

»Wohl bekomm's den Herrn Soldaten!« Margarethe Rücker reichte ein großes Tablett mit Bierkrügen herum.
»Jawohl, so habt ihr richtig eingeschenkt, Frau Wirtin!« Der Hauptmann der Stadtwache war voll des Lobes. »Ein Bier muss immer die ordentliche Schaumhaube eines Feldwebels tragen!«
Er nahm den Bierkrug und nahm einen langen tiefen Schluck.
»Köstlich!« Er setzte den grauen Tonkrug ab und wischte sich den Schaum von den Lippen. »Dieser Dominikanerpater ist doch kein so schlechter Kerl, wie man die Leute in der Stadt an allen Ecken flüstern hört«, meinte der Hauptmann.
Mit begehrlichem Blick sah er der Karpfenwirtin hinterher.
»Fesches Weib, was?«, raunten sich die Soldaten zu. Margarethe Rücker war in der Tat ein hübsches Frauenzimmer. Ein großer Teil ihrer Stammgäste, die meist Fischer oder Schiffsleute waren, tranken ihren Schoppen nur ihretwegen im »Karpfen«, doch zu haben war die junge

Wirtin nicht mehr. Erst vor kurzem hatte sie Heinrich Rücker, den Sohn des alten Karpfenwirts geehelicht. Noch wusste die Frau nichts von ihrem grausigen Schicksal, das sie im Jahre 1611 ereilen würde. Es würde Rosinas Erlebnissen der jüngsten Zeit sehr ähnlich sein, nur viel schlimmer ausgehen...

Margarethe Rücker ging zum Ausschanktisch zurück. Die Wirtsleute hatten alle Hände voll zu tun. Die große Wirtsstube war bis auf den letzten Platz mit Soldaten gefüllt, und noch hatten nicht alle ihr Bier erhalten.

»Gott erhalt's, Hopfen und Malz, und unseren lieben Pater Imbert, der uns allen heute diesen herrlichen Trunk spendiert.«

»Ja, dann lässt es sich heute Nacht auch viel besser den Johannesberg hochmaschieren«, pflichtete ihm bierselig einer seiner Kameraden bei.

»Prost, Männer, haltet euch ran, es gilt ein ganzes Fass zu leeren".

Während sich die Stadtwache im Gewölbe des Schankraumes am schäumenden Gerstengebräu erquickte, schlich klammheimlich eine Gestalt aus dem Keller des Wirtshauses hoch und eilte über den angrenzenden Hof.

Das Krachen der Bierkrüge und das muntere Lachen rauher Männerkehlen war bis weit ins nahe Fischerviertel zu hören. Unbemerkt stahl sich Syndikus Dollhaimer auf die Gasse des Löhergrabens. In die graue Kutte eines einfachen Mönches gekleidet zog er keinerlei Aufmerksamkeit auf sich. Sein Auftrag war erfüllt. Liebend gerne hätte sich Syndikus, der sich stets als eine durstige Seele vor dem Herrn erwies, im Gasthaus »Zum güldenen Karpfen«, dem ältesten Gasthaus der Stadt, ein frischgezapftes Bier munden lassen. Aber seine Herrschaft würde sich schon nicht lumpen lassen für seine gute Tat, die er soeben erst vollbrach hatte. Ein, zwei Schoppen des Godelsberger Rieslings dürften ihm auf jeden Fall sicher sein. Geistliche gab es wegen des Stifts und der Pilgerscharen viele in der Stadt, ein Einzelner, egal welches Ordenskleid er auch immer trug, fiel da gar nicht auf. Er gehörte einfach zum Stadtbild. Gerade an einem so hohen Feiertag wie heute zu Sankt Peter, dem Kirchenpatron des Stifts geweiht, zeigte sich viel Geistlichkeit in den Gassen. Den Kopf unter der Kapuze verborgen ging der Mönch den Windfang hoch. Rasch verlor sich seine einsame Gestalt im Gewirr der heimwärts strömenden Pilger.

*

Der Tag neigte sich seinem Ende entgegen. Längst hatten sich die Schatten der kühlen Abenddämmerung über die Stadt gesenkt. Die

Tore waren geschlossen, die Ströme der Gläubigen verebbt. Wer von den Pilgern noch in Aschaffenburg geblieben war, hatte Aufnahme in den überfüllten Herbergen gefunden. Gut gefüllt waren auch die Klingelbeutel und Spendenkassen des Stifts.
Eine einzelne Gestalt stahl sich im Schutz der hereinbrechenden Dunkelheit zielstrebig vom Salzmarkt aus die Herstallgasse hoch. Der Nürnberger wusste, wohin er zu gehen hatte. Sein schurkisches Grinsen glomm auf, wann immer er nach dem prallgefüllten Lederbeutel fühlte, den er unter seiner Manteltasche verborgen hielt. An diesem Abend gab es anscheinend viele zufriedene Menschen.
Der Liebfrauenaltar der St.Agatha-Kirche war hell erleuchtet vom Lichtermeer brennender Kerzen. Dieses »Altarbild mit zwei Flügeln« war nur eines der vielen Werke des begnadeten Malers Matthias Grünewald, denen man in der Stadt begegnen konnte. Der Kustos hatte es keineswegs versäumt, die Kerzen zu löschen. Der Pater im Dominikanergewand hatte sie gerade erst von Neuem entzündet. Pater Imbert kniete auf der kleinen Holzbank, die vor dem Liebfrauenaltar, einem der vier Seitenaltäre, stand.
»Gib mir die Kraft, dass ich auch die kommenden Aufgaben, die mir dein Sohn auferlegt, zu meistern vermag!«, betete er leise. In tiefe Andacht versunken schloss Pater Imbert die Augen.
Ein Luftzug fegte kurz durch's Kirchenschiff. Die Flammen der Kerzen zuckten auf.
»An welchen Ort mich auch immer das Wort meines Herrn ruft, will ich ihm stets ein guter Diener sein. Diese Rosina soll in deinem Namen den Holzstoß betreten. Diesmal entkommt sie nicht. Schon heute Nacht wird man die Hexe gefangennehmen.« Da war er wieder, sein fanatischer, lodernder Blick. »Sie darf nicht länger Schaden unter die Menschen bringen. Ich werde sie mit des Feuers Schwert ausmerzen, diese Hexenbrut. Das gleiche gilt auch für diesen Erzketzer von Kurfürst...«
Sein Schnitt saß zielgenau, das Blut spritzte über die Kerzen hinweg. Der Nürnberger mordete nicht zum ersten Mal. Sein Opfer hatte ihn nicht bemerkt, geräuschlos wie ein Luchs hatte er sich dem Betenden von hinten genähert. Der Schnitt mit dem scharfen Dolch quer über die Kehle des Paters kostete den Nürnberger keine Mühe. Es war nicht anders als schlachte er einen Hasen.
Pater Imbert fasste sich an den Hals, der Blutstrom war nicht mehr aufzuhalten. Röchelnd sank er nach vorne. Der hinterhältige Mörder hingegen würdigte sein Opfer keines Blickes mehr, er ging. Nur langsam klärte sich der anfängliche Schock noch einmal, der den Sterbenden er-

fasst hatte. Es blieb ihm jedoch keine Zeit, das ganze grauenvolle Ausmaß dessen, was geschehen war, zu begreifen. Hilfeflehend langte seine blutverschmierte Hand hoch zum Liebfrauenaltar. Das Bild der Muttergottes zerfloss vor seinem brechenden Auge, die Hand fiel kraftlos zu Boden. Pater Imbert starb völlig lautlos. Die Steinfliesen färbten sich schnell blutrot.

*

Der Schankraum beim Karpfenwirt war erfüllt von lautem Geschnarche.

»Das gibt es doch nicht, sie schlafen ja alle.« Heinrich Rücker staunte nicht schlecht. »Normalerweise vertragen diese Kerle doch allerhand!« Vom Hauptmann bis zum gemeinen Hellebardenträger, die gesamte Abteilung der Stadtwache saß oder lag auf ihrem Platz, wo sie vom plötzlichen Schlaf übermannt worden war.

»Wie gibt es denn so etwas?« Margarethe Rücker schüttelte den Kopf.

»Es muss ihnen jemand heimlich was ins Bier geschüttet haben!«, stellte Heinrich Rücker fest. »Hast du vielleicht etwas bemerkt?«

»Nein, wie sollte ich?«, entgegnete sie. »Aber wer sollte so was tun?«

»Der Haupmann hatte doch noch einen Auftrag zu erfüllen...«

»Und genau dies wollte anscheinend jemand verhindern.«

»Was ihm auch gelungen ist, wie man sieht«

»Was sollen wir nur machen?«

»Am besten gar nichts, wir löschen das Licht und legen uns ins Bett. Die Männer werden vor dem Morgengrauen bestimmt nicht wach.«

Das plötzliche Klopfen draußen an der Pforte ließ die beiden Wirtsleute zusammenschrecken.

»Wer mag das um die späte Stunde noch sein? Die Leute wissen doch, dass wir nach acht kein Bier mehr ausschenken...«

Margarethe Rücker wich die Farbe aus dem Gesicht. Mit flauem Gefühl im Magen ging Heinrich Rücker zur Türe, blieb stehen und horchte nach draußen. Eilige Schritte entfernten sich. Er steckte den Schlüssel ins Schloss und sperrte auf. Die Gasse war leer, der geheimnisvolle Besucher längst wieder vom Dunkel der Nacht verschluckt. Erst im letzten Augenblick sah er die Pergamentrolle, die am Türstock hing. Heinrich Rücker nahm sie herunter und trat damit ins Licht. Die versiegelte Pergamentrolle war an den Hauptmann adressiert...

*

Der Abendwind wehte einen Schwall kühler Luft ins Zimmer. Wolfgang von Dalberg fror es ein wenig. Er saß in einem hohen Lehnstuhl. Im offenen Kamin war noch kein Feuer entfacht worden.
Er sah kurz aus dem Fenster. Noch hatte der ewige Gleichmacher im Tageslauf die Konturen der nahen St. Agatha-Kirche nicht mit dem Dunkel der Nacht verschmolzen. Ihm blieb nicht verborgen, dass soeben jemand das Gotteshaus ziemlich hastigen Schrittes verließ. Wolfgang von Dalberg atmete auf und ein zufriedenes Lächeln huschte um seine bartlosen Lippen. Eine weitere Gestalt löste sich aus der Finsternis und folgte der ersten, die sich heimlich in Richtung der alten Burgruine davonstahl.
»Syndikus, Syndikus!«, rief Wolfgang von Dalberg. Kurz darauf öffnete sich die Türe.
»Herr, ihr habt nach mir gerufen.«
»Komm herein und schließe die Tür. Nachts wird es immer recht kalt.«
»Soll ich Feuer machen?«
»Sei so gut!«
Syndikus Dollhaimer, der Leibdiener des Kurfürsten, legte neue Holzscheite nach.
»Hast du meine Aufträge auch gut ausgeführt?«
»Ja, Herr, genau wie ihr mir befohlen habt. Nur bei diesen zwielichtigen Gestalten, die am Heumarkt herumlungern, habe ich mich, ehrlich gesagt, schon ein wenig gefürchtet.« Syndikus überkam ein Schaudern. »Diese Mordbrenner töten sogar für eine Handvoll armseliger Albus.«
»Ja, so ist es eben, mein lieber Syndikus«, sagte Wolfgang von Dalberg, »alles auf dieser Welt hat seinen Platz und Sinn im großen Räderwerk, das wir Leben nennen. So auch ein gedungenen Mörder.«
Plötzlich durchschnitt ein schriller Todesschrei die Nacht.
»Was war das?« Entsetzt sah Syndikus auf. »Das kam doch von der Ruine des abgebrannten Schlosses her...«
»Sei so gut und schließe das Fenster, mein Guter. Mich friert es wieder. Die Nacht ist erfüllt von dunklen Schatten, die durch die Gassen schleichen...« Die beiden warfen einander einen vielsagenden Blick zu.
»Wenn man es genau nimmt, sind es ihrer zwei...«, meinte Syndikus Dollhaimer.
»...und ein Schatten frisst den anderen auf«, führte Wolfgang von Dalberg zu Ende. Syndikus schloss das Fenster. »Du kannst dich jetzt ruhig in deine Kammer zurückziehen. Ich benötige deine Dienste heute nicht mehr. Gute Nacht!«
»Schlaft gut, Herr!« Syndikus verließ das Zimmer.
Wolfgang von Dalberg war allein. Erstmals seit Tagen und Nächten

würde er wieder gut schlafen können, dessen war er sich sicher. Die ersten Feuerzungen fuhren leckend über die trockenen Holzscheite hinweg. Das Feuer brannte.

»Wie gut, dass du schon so alt bist, lieber, guter Syndikus«, flüsterte Wolfgang von Dalberg zu sich selbst. »Du wirst bestimmt nicht lange mein dunkles Geheimnis mit dir herumtragen. Es hätte mir aufrichtig leid getan, wenn ich dich mit einem Becher vergifteten Weines hätte töten müssen, weil es für einen Kurfürsten nicht gerade von Vorteil ist, einen Mitwisser an seiner Seite zu haben. Diese Sorge wird mir aber der letzte Weg, den wir alle einmal gehen werden, vielleicht schon im kommenden Winter abnehmen, wenn Gott will...«

Wolfgang von Dalberg schlug den dicken Folianten auf, der neben ihm auf einem Beistelltisch lag. Er brauchte nicht lange zu suchen. Mit einem festem Ruck riss er zwei Seiten heraus. Sie trugen die Unterschrift von Rosinas Urgicht.

»Welch ein Wahnsinn, diese Hexenprozesse!« Wolfgang von Dalberg warf Rosinas Akte in den offenen Kamin. Ein Flammenwirbel stieg hoch. Das Feuer schien es sehr eilig zu haben, das mit schwarzer Tinte beschriebene Papier zu verzehren. Ein Papier, an dem am Ende Blut klebte, viel Blut. Rasch sank es lautlos zu einem Häufchen Asche zusammen. »Quod non est in actis, non est in mundo.«

*

»An den Hauptmann der Stadtwache!

Hiermit ergeht folgender Befehl:
Rosina, die Tochter der Margarethe Hartmann zu Hörstein, ist frei.
Der Allmächtige, unser Herr und Schöpfer, hat in seinem unergründlichen und gerechten Ratschluß entschieden, Rosina von jeglicher Schuld freizusprechen.
Das barmherzige Gottesurteil hat vor jeglicher irdischer Gerichtlichkeit Bestand. In der Kraft meines von Gott und weltlicher Macht gegebenen Amtes tue ich dies hiermit kund.
Rosina ist ein freier Mensch. Sie mag ihren Fuß an jeden Ort setzen, wonach ihr beliebt. Die Tore der Stadt stehen ihr offen.

Erlassen an Sankt Peter, zu Aschaffenburg 1582

Wolfgang von Dalberg«

Aschaffenburg um 1600

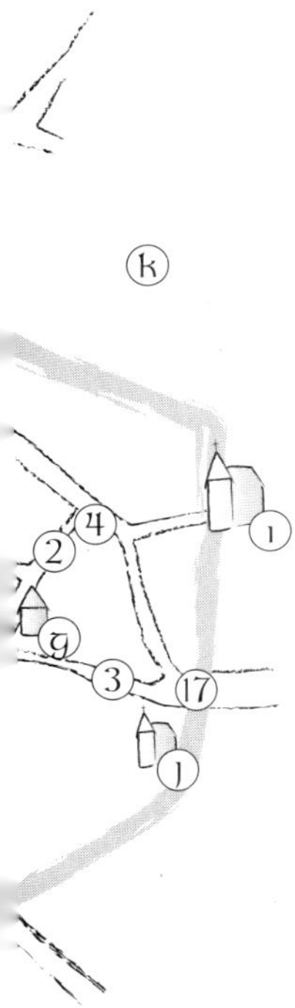

Straßen und Pforten

1. Löhergraben
2. Ohmbachsgasse
3. Sandgasse
4. Roßmarkt
5. Herstallgasse
6. Freihof
7. Treibgasse
8. Steingasse
9. Strickergasse
10. Karlstraße
11. Seilergang, auch »Armesünderweg«
12. Salzmarkt
13. Strickerpforte
14. Dingstalltor
15. Fischerpforte
16. Herstalltor
17. Sandtor

Plätze aus Rosinas Leben

a) Schinderhof
b) Tuchbleiche
c) Elisabethen-Hospital
d) Weiher
e) Willigisbrücke
f) Löwenapotheke
g) Haus des Grafen von Sembach
h) Burgruine
i) Hl. Grab-Kirche (Ruine im heutigen Schöntal)
j) Kapelle »Unsere liebe Frau« (heute Sandkirche)
k) Thiergarten (heute Schöntal)
l) St. Agatha-Kirche
m) Amtshaus des Vizedoms und Unterkunft des Wolfgang von Dalberg
n) Hexenturm

Epilog

Die Prophezeiung von Admiral Gaspard de Coligny, dass die Reformation ihren Sieg feiern würde, sollte in Erfüllung gehen, wenn auch erst in ferner Zukunft. Doch dieser Tag kam.

Die fürchterlichen Greueltaten, die in der »Bartholomäusnacht« auf Geheiß von Kathérine de Medici in verbrecherischer Weise an tausenden von Hugenotten verübt wurden, sollten sich bitter rächen. Die überlebenden Anhänger des Calvinismus formierten sich unter der Führung von Henri de Navarra-Bourbon entschlossen zum Widerstand. Nach weiteren langen Kämpfen, in denen viel kostbares Blut nicht nur auf den Schlachtfeldern vergossen wurde, bestieg 1594 Henri de Navarra-Bourbon als Henri IV. (Heinrich IV.) den Königsthron von Frankreich.

Obwohl er mit dem berühmt gewordenen Ausspruch »Paris ist eine Messe wert« zum katholischen Glauben übertrat, gewährte er seinen ehemaligen Glaubensbrüdern im Edikt von Nantes 1598, wenn auch beschränkt, die Ausübung ihrer Religion und schenkte somit Frankreich wenigstens für einige Jahre Frieden.

Im Jahre 1610 fiel Henri IV. dem Mordanschlag eines Katholiken zum Opfer. Sein Nachfolger König Louis XIII. bestätigte das Edikt, doch weitere Querelen führten zum bis dahin neunten Hugenotten-Krieg von 1621 bis 1622.

Nach wie vor hielt Louis XIII. am Edikt von Nantes fest, aber nachdem Kardinal Richelieu 1624 als leitender Minister von Louis XIII. ins Amt berufen wurde, kam es zu einem neuen, dem zehnten und letzten dieser Glaubenskriege. Unter Richelieus unheilvollem Einfluss verloren die Hugenotten ihre politische Macht. Mit der Thronbesteigung König Louis XIV. im Jahr 1643 brach ums Haar das Ende der Hugenotten an. Kardinal Mazarin ging mit äußerst brutaler Gewalt gegen die Andersgläubigen vor. Mit der endgültigen Aufhebung des alten Edikts von Nantes 1685 wurde die Ausübung der reformierten Religion unter Androhung der Todesstrafe verboten. Allen reformierten Geistlichen blieb nur der Weg in die Verbannung, die »Temples« der Hugenotten wurden das Opfer der Spitzhacke.

Was folgte, war fast ein ganzes Jahrhundert der »l'église du desert« im Verborgenen. Doch trotz all dieses Martyriums gingen Idee und Glauben der französischen Hugenotten nicht unter. Im »siècle des lumières« erkannte König Louis XVI. mit seinem Toleranz-Edikt von 1787 wenigstens die Eheschließungen, Taufen und Beerdigungen der rund 500.000 Hugenotten als gesetzmäßig an. Aber erst die Revolution von 1789 brachte mit ihrer Erklärung der Menschen- und Bürgerrechte für alle die Gewissens- und Glaubensfreiheit. Die Verfassung von 1791 gewährte letztlich die völlige Kultusfreiheit für alle christlichen Religionen bei gleichzeitiger Hinzunahme der Konfessionsbezeichnung der »Protestanten«.

Das Richtschwert von Meister Quirin hängt heute nach erfolgreicher Restaurierung in der »Folterkammer« - dem Stiftskarzer - des Stiftsmuseums der Stadt Aschaffenburg. Dieses furchteinflößende Relikt schickt ebenso wie eine alte Folterbank den nachdenklichen Betrachter zurück in eine schlimme Zeit unserer Heimat, wo beinahe täglich hell auflodernde Scheiterhaufen wüteten.
Beim Bau des neuen kurfürstlichen Schlosses Johannisburg zwischen 1605 und 1614 wurden in einem halbverschütteten Brunnenschacht der alten Burgruine die Gebeine eines Unbekannten gefunden. Zwischen den Rippen der Skelettreste steckte ein spitzer Dolch, daneben lag ein einzelnes Goldstück. Allem Anschein nach hatte der Nürnberger - einer alten Stadtchronik nach wohl einer der größten Schurken und Verbrecher des Spessarts - nicht viel von der Belohnung seines Auftragsmordes gehabt.
Wolfgang von Dalberg wurde vom Domkapitel am 20. April 1582 als Kurfürst für den verstorbenen Daniel von Homburg gewählt. Statt auf den Würzburger Fürstbischof Julius Echter von Mespelbrunn fiel die Wahl auf den früheren Domprobst aus dem altrheinischen Geschlecht der Kämmerer von Worms.
Wolfgang von Dalberg war persönlich untadelig und fromm und auch in Staatsgeschäften wohlbewandert, aber keineswegs so energisch wie die strengkatholische Richtung von Papst und Kirche es sich gewünscht hätten. Seine Lauheit und seine freundschaftlichen Beziehungen zu protestantischen Fürsten brachten ihn in den Verdacht unkatholischer Gesinnung, zumal er sich auch nicht von seiner protestantischen Umgebung des Hofadels zu Mainz trennte. Trotzdem war sein ausgleichendes und versöhnliches Verhalten den calvinistischen Nachbarn gegenüber wohl klüger und erfolgreicher als pures Draufgängertum.
In den religiösen Wirren der Zeit - dem Aachener Streit, dem Kölner Bistumskrieg, dem Magdeburger Sessionsstreit - vertrat er jedoch einhellig mit den katholischen Fürsten die Rechte der Kirche und Stifter und war bestrebt, mit Unterstützung der Jesuiten den im Gebiet des

Erzstift-Kurstaats eingedrungenen Protestantismus zurückzudrängen. Durch seine gemäßigte Richtung, seine versöhnliche Haltung und die Bemühungen um gütlichen Ausgleich konnte Wolfgang von Dalberg auch in der Reichspolitik entscheidenden Einfluss ausüben und wie seine Vorgänger die beste und tatvolle Stütze des habsburgischen Kaisertums bilden. Auf den Reichstagen zu Augsburg 1582 und Regensburg 1594 war er persönlich zugegen und wirkte für kräftige Unterstützung des Kaisers gegen die türkische Gefahr.
Auch als fürstlicher Bauherr hinterließ Wolfgang von Dalberg seine heute noch sichtbaren Spuren. Unter seiner langen Regierungszeit entstanden die Schlösser in Steinheim und Höchst. Kurfürst Wolfgang von Dalberg starb nach kurzer Krankheit am 5. April 1601 im Alter von 64 Jahren in Aschaffenburg, so wie viele Kurfürsten vor und nach ihm. Die enge Bindung an Mainz und die Zuneigung, welche Aschaffenburg bei den Kurfürsten genoss, wird darin deutlich, dass so viele der Erzbischöfe in Aschaffenburg ihr Lebensende verbrachten.
Das Kurfürstentum Mainz bildete insgesamt kein in sich geschlossenes Territorium, es umfasste Gebiete in den heutigen Bundesländern Baden-Württemberg, Bayern, Hessen und Rheinland-Pfalz sowie Gebiete in den neuen Bundesländern. Das Erzstift war im 17. Jahrhundert eingeteilt in die drei Vizedomämter Aschaffenburg, Mainz und Rheingau.

Ende Juni 1582 ließ Landgraf Georg zu Darmstadt in Hessen erstmals mehrere Frauen als »Hexen« verbrennen.
Unter Adam von Bicken, dem Nachfolger von Wolfgang von Dalberg, fanden zwischen 1601 und 1604 im Amt Amorbach, im Raum Aschaffenburg und im Freigericht 650 Menschen den Tod auf dem Scheiterhaufen. Der frühe Tod dieses Menschenschlächters wird mit seinen schrecklichen Hexenverfolgungen unmittelbar in Verbindung gebracht. Völlig unerwartet und plötzlich raffte eine tückische Krankheit Adam von Bicken dahin.
Unter seinem Nachfolger Johann Schweikard von Kronberg, der von 1604 bis 1626 regierte, kam es zunächst nur zu wenigen Hinrichtungen. Zwischen 1610 und 1618 flutete jedoch eine neue Prozesswelle über das Land. Am intensivsten wurden die Verfahren gegen die Hexen unter Kurfürst Georg Friedrich zu Greiffenklau in seiner Amtszeit von 1626 bis 1629 mit beinahe 800 Todesopfern betrieben.
Im Kurfürstentum Mainz dürfte die Zahl der Hinrichtungen im 17. Jahrhundert weit über 2.000 gelegen haben. Die genaue Zahl ist wegen des Fehlens von Prozessakten nicht mehr genau festzustellen. Ebenso

ist zu bedenken, dass zahlreiche Quellen mit der Zeit verloren gegangen sind. Dennoch dürfte die Intensität der Verfolgung im Erzstift Mainz kaum stärker gewesen sein als in den benachbarten fränkischen Territorien.
Unter Kurfürst Anselm Kasimir von Umstadt, der von 1629 bis 1647 regierte, gingen die Hexenprozesse stark zurück, bis sie nach dem Einfall der Schweden 1631 fast gänzlich aufhörten. Einzelne Verfahren wurden bis 1642 noch durchgeführt, aber nur wenige Personen zum Tode verurteilt. Die meisten der angeklagten Frauen, Männer und Kinder wurden nach Leistung der Urfehde aus der Haft entlassen.
Im 17. Jahrhundert besaßen Mainz und Hanau auch die Landeshoheit über die vier Zehnten des Freigerichts, Alzenau, Hörstein, Mömbris und Somborn. Vor allem in Hörstein und Somborn, den größten Orten des Freigerichts, brannte die Lohe der Vernichtung quer durch alle Altersstufen, Berufsgruppen und Gesellschaftsschichten. Die Freigerichter Hexenprozesse dauerten vom 10. September 1601 bis zum 13. Januar 1605 und forderten 139 Todesopfer. Durch den Ausbruch der Pest wurde das unheilvolle Aufleben der Hexenverfolgungen in den 13 Dörfern des Freigerichts verhindert.
Ausgerechnet auch in den Reihen der Jesuiten - den »Jägern der Finsternis«, wie die Befürworter der gausamen Hexenjagden von ihren Gegnern abschätzig bezeichnet wurden - fanden sich scharfsinnige und mutige Kritiker an den wahnwitzigen Hexenprozessen. Einer von ihnen aus der Gesellschaft Jesu war Friedrich Spee von Langenfeld (1591-1635). Von dessen Ansichten geprägt verbot Johann Philip von Schönborn, der von 1647 bis 1673 regierte, im Kurfürstentum Mainz als erster Fürst im Deutschen Reich jegliche Hexenverfolgungen.
Bis dahin wurde neben vielen anderen auch die Frau des Aschaffenburger Karpfenwirts, Margarethe Rücker, ein Opfer des Hexenwahns. Sie wurde 1611 der Hexerei bezichtigt, verhört, gefoltert und noch im selben Jahr hingerichtet.
Der letzte Mainzer Hexenprozess fand in der Regierungszeit des Kurfürsten Anselm Franz von Ingelheim zwischen 1679 und 1695 statt. Im Jahre 1681 mussten zwei Frauen aus dem Eichsfeld den Scheiterhaufen besteigen.

Begriffserklärungen

Ahne	Großmutter
Albus	Währungseinheit, silberne Scheidemünze; 1 Albus = 8 leichte Pfennige = 2 Kreuzer = ½ Batzen; 30 Albus = 1 Gulden
Arme(r) Sünder(in)	Verurteilte(r), auch: Delinquent(in), Maleficant(in)
Beelzebub	Teufel, auch: Fedderwüsch, Grünlendisch-rock, Grünwältge, Klotz, Liebge, Süßhaltzgin
Beginen	weltlicher Nonnenorden ohne strengere Ordensregeln, 1492 von Gelnhausen nach Aschaffenburg gekommen
Brandschatzung	»Schutzgelderpressung«
butzen	»patzen« bei der Hinrichtung eines Armen Sünders durch den Scharfrichter
Einschläfriger Galgen	Galgen, an dem nur eine Person gehenkt werden kann
Elle	Längenmaß; 1 Elle = 57,04 cm
Faselvieh	Zuchtvieh
Fiskal	öffentlicher Ankläger der landesherrlichen Regierung, auch: Procurator Fisci
Fuder	Maß für Flüssigkeiten, v.a. Wein; 1 Fuder = 6 Ohm = 900 Liter
Gulden	Währungseinheit; 1 Gulden = 15 Batzen = 30 Albus (im 16. Jh. nur 27 Albus)
Hugenotten	frz. »hugenots«, aus dem dt. »Eidgenossen«; zunächst Spottname, später allg. Bezeichnung für die frz. Protestanten
Kragenfalten	weißer, vielmals gefalteter Schmuckkragen
Kurfürst	Adelstitel; einer von damals sieben, später zehn Fürsten und Erzbischöfen, die den Kaiser wählten
Maleficium	Schadenszauber
Malter	Maßeinheit für Getreide
Morgen	Maßeinheit für die Größe eines Ackers oder Weinbergs, auch: Joch

Muhme	Tante
Oheim	Onkel
Ohm	Maß für Flüssigkeiten, v.a. Wein; 1 Ohm = 150 Liter
Peinliche Befragung	Folter der Inquisition mit dem Ziel, die Urgicht zu erpressen
Probst	oberster Leiter eines Kollegialstifts, Vertreter des Stiftskapitels und Verwalter des Stiftsvermögens
Rabenstein	Richtplatz
Scholaster	Ausbilder des geistlichen Nachwuchses
Schuh	Längenmaß; 1 Aschaffenburger Schuh = 0,288 m (von Stadt zu Stadt unterschiedliches Maß)
Tagewerk	Wiesen wurden nach Tagewerk bemessen; 1 Tagewerk ist die Fläche, die ein Mann an einem Tag mähen kann
Teufelsbrot	Heilige Hostie
Torquierung	Folter
Urgicht	unter Folter erpresstes Geständnis
Vizedom	höchster Militär-, Justiz- und Verwaltungsbeamter und damit höchster Vertreter der kurmainzischen Landesherrschaft, den Weisungen und Richtlinien aus der Kanzlei des Kurfürsten unterworfen
Weinschröter	Handwerk, das mit dem Transport schwerer Lasten, insb. Weinfässern, befasst ist
Zaunreiterinnen	Hexen

Der lateinische Ausspruch: »Quod non est in actis, non est in mundo.« bedeutet übersetzt: »Was nicht in den Akten steht, ist nicht in dieser Welt.«

Die im Roman abgedruckten Urteile gegen die als Hexen angeklagten Magdalena und Rosina Hartmann sind im Wortlaut aus tatsächlichen Hexenprozessen übernommen. Lediglich die Namen der Verurteilten wurden abgeändert und entsprechen nicht der Wirklichkeit.
Das zum Schluss von Wolfgang von Dalberg verfasste Dokument wurde in dieser Form nie verfasst und ist ebenso wie die Romanfiguren frei erfunden.

Opfer des Hexenwahns

Die folgenden Seiten enthalten die Namen der als »Hexen« oder »Hexenmeister« hingerichteten Personen aus Hörstein, Alzenau, Wasserlos, dem Dörtshof, Albstadt, Kälberau und Michelbach, von denen noch Protokolle existieren. Was die Zeit vor 1601 betrifft, so ist alles längst im Dunkel der Geschichte verschwunden.

Hörstein

Katharina Dietmar († 10. September 1601),
Witwe des Stoffel Dietmar und erstes Opfer;
Magdalena Pfeifer
Anna Geiger
Kunigunde Hartmann
Margarete Emge
Kunigunde Harterich
Anna Ebaldt
Elisabeth Kien
Elisabeth Becker
Anna Müller
Margarete Lotz
Elisabeth Kittel
Margarete Mef(f)ert
Apolonia Hofman(n)
Kunigunde Dietmar
Margarete Schlett (Schlott)
Elisabeth E(c)kstein
Margarete Weis
Gertrud Zentgraf
Anna Johann
Katharina Trageßer
Maria Gnieß
Gertrud Kittel
Maria Sieber
Elisabeth Kabel
Elisabeth Himbel
Maria Knauf
Katharina Becker
Margarete Schelm
Hans Schelm
Kunigunde Ellermann
Anna Dutner
Magdalene Hornick (Hornig)
Engel (Angelika) Gitzel
Katharina Meinhart

Alzenau

Margarete Schäfer
Anna Schlett
Elisabeth Bock
Anna Dill
Margarete Wilß
Katharina Naß
Maria Herr
Katharina Werckman(n)
Anna Seipel
Stephan Dill
Katharina Schefer
Anne Trages (Trageß)

Margarete Rupel
Eva Sattelberger
Hans Trucklaib (Drucklaib)
Kunigunde Doll
Elisabeth Schefer
Maria Seipel
Katharina Ni(c)kel
Anna Schiller
Anna Lotz
Margarete Apel
Katharina Heckman(n)
Margarete Huth
Heinrich Müller
Eva Zerr
Margarete Taus
Magdalena Stenger
Heinrich Stenger
Elisabeth Hans
Elisabeth (Elsa) Heckmann († 12. Januar 1605 durch Selbstmord im Gefängnis), letztes Opfer;

Wasserlos

Katharina Scherer
Kunigunde Girlach
Elisabeth Dietmar
Eva Reichenbach
Anna Schlosser
Margarete Reusing
Anna Kieß
Gertrud Hartleb
Margarete Wirzberger
Katharina Koch
Gertrud Heckman(n)
Balthasar Rücker (Rucker)
Katharina Rücker (Rucker), Ehefrau von Balthasar Rücker (Rucker)
Margarete Kuner

Dörsthof

Barbara Meißner

Albstadt

Hans Heilos (Hailoß, Heilaß)
Anna Happel
Gertrud Heilos (Hailoß,Heilaß), Ehefrau des Hans Heilos
Margarete Trageßer
Hans Franz
Katharina Hoffman(n)
Peter Huth
Ursula Kröpf
Heinrich Bo(h)n

Kälberau

Margarete Dietman
Katharina Seger
Kaspar Gröller
Melchior Pfeufer
Margarete Mangolt
Anna Rückert (Rucker)

Engel (Angelika) Zeller
Elisabeth Schmid
Anna Döll
Margarete Reusing

Michelbach

Elisabeth Winter
Elisabeth Gotzman(n)
Katharina Beyer
Katharina Glöckner
Elisabeth Reusing
Margarete Kien (Kihn)
Margarete Groß
Margarete Schlett
Katharina Döll
Katharina Dietmar
Mechthild Sommerladen
Barbara Hubert
Anna Heilmann
Anna Kihn (Kien)
Elisabeth Vetter
Anna Ubelack(h)er
Mechthild Hubert

(Vgl. Christian Grebner: Hexenprozesse im Freigericht Alzenau. In: Aschaffenburger Jahrbuch Nr. 6 / 1979. Geschichts- und Kunstverein Aschaffenburg e.V., Aschaffenburg 1979)

Quellen- und Literaturverzeichnis

- Gerhard Nees, Hermann Kehrer: Alzenauer Wetterchronik. Reinhold Keim Verlag, Großkrotzenburg 2002.
- A. Keller: Der Scharfrichter in der deutschen Kulturgeschichte. Leipzig 1921.
- Roman Fischer: Aschaffenburg im Mittelalter. Geschichts- und Kunstverein Aschaffenburg e.V., Aschaffenburg 1989.
- Alois Grimm: Aschaffenburger Häuserbücher. Geschichts- und Kunstverein Aschaffenburg e.V., Aschaffenburg 1991.
- Christian Grebner: Hexenprozesse im Freigericht Alzenau. In: Aschaffenburger Jahrbuch Nr. 6 / 1979. Geschichts- und Kunstverein Aschaffenburg e.V., Aschaffenburg 1979.
- Horst Heinrich Gebhard: Hexenprozesse im Kurfürstentum Mainz im 17. Jahrhundert. Geschichts- und Kunstverein Aschaffenburg e.V. Bd. 31, Aschaffenburg 1989.
- Bruno Emil König: Hexenprozesse. A. Bock Verlag, Berlin-Friedenau.
- W. Diepenbach, C. Stenz: Die Mainzer Kurfürsten. Verlag Kirchheim & Co., Mainz 1935.
- Tankred Koch: Geschichte der Henker. Kriminalistik-Verlag, Heidelberg 1988.
- Prof. Wolfgang Tarnowski: Hexen und Hexenwahn. Aus der Reihe: Was ist was, Bd. 97. Tessloff-Verlag, Nürnberg 1994.
- Willi Kohl: Aschaffenburg – Urgeschichte, Geschichte, Wirtschaft. Druck und Verlag: Weilandtsche Druckerei, Aschaffenburg 1935.
- J.A. Eichelsbacher (Hrsg.): Heimatbuch des Kahlgrundes. 1. Teil: Geschichte und Sagen. Druck und Verlag: J. Götz und Hammer, Alzenau 1928.
- Heinrich Fußbahn: Die Stadtverfassung Aschaffenburgs in der frühen Neuzeit. Geschichts- und Kunstverein Aschaffenburg e.V., Hrsg.: Carsten Pollnick, Aschaffenburg 2000.
- Jutta Nowosadtko: Scharfrichter und Abdecker. Ferdinand Schöningh Verlags GmbH, Paderborn 1994.
- Rien Poortvliet: Das Erbe. Verlag Paul Parey, Hamburg und Berlin 1992.
- Tessloffs Weltgeschichte in Farbe, Bd. 1. Tessloff-Verlag, Hamburg 1982.

- Hans-Jürgen Wolf: Sünden der Kirche. EFB-Verlagsgesellschaft, Erlensee 1995.
- Alexandre Dumas: Die Bartholomäusnacht. Aufbau Taschenbuch-Verlag, Berlin 1957.
- Angelika Rohrs: Affolderbach - Johannesberg - 800 Jahre Geschichte einer Gemeinde. Hrsg.: Gemeinde Johannesberg, Johannesberg 1991.

Bilderverzeichnis

Umschlag	siehe Impressum
Seite 13	Scharfrichterschwert, Stiftsmuseum Aschaffenburg, Foto: Thomas Meßenzehl.
Seite 16	»Hexenverbrennung im 16. Jahrhundert«, Gemälde, unbekannter Künstler, um 1860: AKG-Images, Berlin.
Seite 102	»Le Massacre de la Saint-Barthélemy«, Gemälde von François Dubois (1529-1584), Öl auf Holz, 1572: AKG-Images, Berlin.
Seite 208	Bildnis Wolfgang von Dalbergs, entnommen aus: W. Diepenbach, C. Stenz: Die Mainzer Kurfürsten. Verlag Kirchheim & Co., Mainz 1935.
Seite 278	Grundriss der Stadt Aschaffenburg im 16. Jahrhundert, nachempfunden dem »Aschaffenburger Stadtgrundriß« von Willi Görich und Ulrich Weiß, in: Willi Görich: Betrachtungen zum Aschaffenburger Stadtgrundriß. Hrsg.: Geschichts- und Kunstverein Aschaffenburg e.V., Aschaffenburg 1972. Grafische Umsetzung: Petra Wegmann.
Seite 280	Zeichnung: Ilona Heininger.